전상국 교수의 소설 쓰기 명강의

◆일러두기

이 도서는 1991년 6월 5일 초판 발행 이후 25여 년간 독자의 꾸준한 사랑을 받아 2판 7쇄가
발행된《소설 창작 강의》의 완전 신장 개정판입니다. 시대의 흐름에 따라 내용을 대폭 수정 ·
보완하여 2017년 7월《전상국 교수의 소설 쓰기 명강의》라는 제목으로 새롭게 발행합니다.

전상국 교수의
소설 쓰기 명강의

문학사상

소설 쓰기의 실제와 이론의 완벽한 조화
—단편소설의 전범을 보여온 작가

강단에서의 이론적 지도와 소설가로서의 직접 체험이 잘 조화된,
그동안 이 분야의 다른 책들 중에서 단연 돋보이는
여러 장점을 지니고 있다.

김원일(소설가)

　문학수업을 어떻게 하면 좋을까를 두고 그 지망생들로부터 자주 질문을 받게 된다. 그러면 나 역시 스승으로부터 배운 바대로, 삼다三多라 하여 많이 읽고, 많이 생각하고, 많이 쓰라는 답을 주곤 한다.

　평범하면서도 속뜻이 깊은 답이라는 생각에는 지금도 변함이 없다. 그 세 가지 답은 한결같게 "스스로 열심히 공부하는 길밖에 문학은 다른 길이 없다"는 함축성을 강조하고 있다. 실제 문학은 미술·음악·무용 등 순수예술과 달리 스승이 별 소용에 닿지 않는다. 다른 예술 분야는 재질 있는 지망생들이 좋은 스승을 만나 지도를 받으면 그 성장이 눈에 띄게 빨라진다. 그러나 언어를 매개로 하는 문학은 '훌륭한 책'이 곧 스승이므로, 스스로 읽어 그 좋은 점을 깨우치면 된다. 선대의 작가들이 쓴 고전이 텍스트이므로 그 독서체험을 통하여 소설 쓰기의 방법을 터득하는 길이 지

망생들의 기본자세이다.

근년에 들어 문학의 창작방법을 지도하는 문학 강좌가 여러 곳에 생겨, 그 강좌를 통하여 창작의 기술적 방법을 배운 신인들의 문단 진출이 활발해졌다. 이런 현상은 혼자 읽고 생각하고 깨닫기보다는, 동아리들이 모여 서로 자극을 주고받으며, 요점으로 정리될 이론을 자기화自己化하는 방법의 한 사례로 보인다.

다원화된 산업사회는 문학 분야뿐만 아니라 다른 여러 분야에도 전문화를 가져왔고, 전문화에 따른 속성 지도 또한 그 개발이 가속화되고 있다. 문학도 이제 밀실에서 자신의 내면과 고투하며 한 편의 작품을 혈서 쓰듯 써내던 시대가 아니라, 공개된 모임에서 자신의 작품을 두고 뒵뒵이를 토론에 부쳐 객관적인 장단점을 발견하여 성장의 빠른 토대를 마련하게 되었다. 이런 점을 나의 문학청년 시절과 견줄 때 격세지감이 느껴지기도 한다.

그와 더불어 문학이 그 구름 잡듯이 막연하게만 느껴지는 '삼다'의 고된 수련에서 벗어나, 단도직입으로 창작에 도움을 주는 실무형 교재도 더러 선보임을 볼 수 있다. 나 역시 문학수업 시절, 주제를 운반하는 구성의 방법론, 그 내용에 알맞은 문장의 유형은 물론, 소설에서의 복선이 무슨 뜻인지도 모르는 채 이야깃감이 떠오르는 대로 소설이랍시고 썼다. 그 시절 좋은 창작 교재가 있었다면 '소설 만들기'의 전형을 나름대로 숙달하기 위한 시행착오를 거치지 않고, 쉽게 소설 쓰기의 방법론에 접근할 수 있었을 것이다.

전상국 작가의《전상국 교수의 소설 쓰기 명강의》는 문학강좌 붐과 때맞추어 출간된 좋은 교재라 할 것이다. 이 책은 전상국 작가의 강단에서의 이론적 지도와 소설가로서의 직접 체험이 잘 조화된, 그동안 이 분야의 다른 책들 중에서 단연 돋보이는 여러 장점을 지니고 있다.

알다시피 전상국 작가는 우리나라 단편소설의 한 전범을 보여온 작가이다. 선명한 주제, 그 구성의 완벽성, 문장의 정확도가 여느 작가 중에서도 탁월하여, 작품의 전체적 수준에 높낮이가 없이 한결같은 성숙도를 이룩해 왔다. 거기에다 학생들을 지도하며 연구한 소설이론 면에서도 업적을 쌓아, 이론과 실제에서 그 완성도로서의 감각이 다른 작가들보다 출중하다 아니할 수 없다.

이번 저서를 위해 오랜 동안 노트를 만들고 예문 카드를 정리한 저자의 성실성을, 이 책을 읽는 소설가 지망생은 쉽게 깨달을 수 있을 것이다. 딱딱하지 않고 쉽게, 복잡하지 않고 간명하게, 어느 예술 분야보다 수련이 힘들다는 소설 쓰기의 방법론을 차근차근 풀어 나간 솜씨는 그 노력의 대가대로 상찬을 받을 만하다. 특히 우리나라 현대소설을 80년대까지 섭렵하여 뽑아낸 예문만으로도 이 책은 고증적 자료성에서 한몫을 하고 있다.

소설 쓰기의 실제 문제에 부닥쳤을 때 어떻게 풀어 나가야 하느냐로 고민하는 지망생, 좋은 소설이 만들어지는 그 비법이 궁금한 소설 독자들에게 이《전상국 교수의 소설 쓰기 명강의》는 좋은 길잡이 구실을 할 것임을 의심치 않는다.

불꽃처럼 터질
터득의 그 큰 기쁨을 위해

이 책은 아직은 맨손이지만 그 산에 오르기만 하면
자신의 숨겨진 재능의 밭을 찾아낼 것만 같은
그런 예감의 끌림을 가진 이들을 위해 쓰였다.

이 책은 소설문학에 대한 남다른 관심, 나아가 소설을 쓰고 싶은 창작 욕구에 시달리고 있는 작가 지망생들을 위해 쓰였다. 즉, 작가 지망생들이 반드시 통과해야 할, 쓰는 처지로서의 '소설 이해'에서부터 작품의 창작과정에서 항상 부딪혀 고민하게 되는 여러 문제들을 한 작가의 허심탄회한 심경으로 정리한 것이 바로 이 책이라는 말이다.

"그 접근이 부담스럽지 않을 것."

이것이 저자의 집필 전략이었다. 그것이 비록 보잘것없는 것이라 해도 작가로서 지금까지 작품을 써오는 동안 터득한 부분만을 이야기하고 싶었던 것이다. 즉, 작가로서 제대로 납득하기 어려운 그런 소설이론은 가능하면 피해 보자는 생각이었다. 그리하여 이 책의 내용은 다분히 개인적 창작 체험의 토로라고 해도 지나친 말이 아니다. 그만큼 편견의 뿔이 독자의 비위를 거스를 수도 있다는 말이다.

어차피 소설 쓰기는 논리적 분석과 지적 이해와는 다른 차원에서 그 즐거움을 찾지 않으면 안 된다는 생각에서 시작할 일이다. 이는 이제까지의 소설에 대한 관념적 이해와 그 작법의 추상적 틀을 깬, 보다 선험적이고 감성적인 터득을 바탕으로 하여 소설 쓰기의 신명을 찾아야 한다는 뜻이다. 즉, 소설 창작 이야기는 합리적 이지로 서술할 것이 아니라 다소 거칠더라도 작품 창작의 그 절망 혹은 신명이 담긴 역동적 육성으로 진술하는 것이 바람직하다고 생각한 것이다.

지금까지 자신이 알고 있는 소설에 대한, 혹은 소설 쓰기에 대한 단순하고 지나치게 일반화된 생각, 그 덫에서 과감히 벗어나는 것이 진짜 소설 쓰기를 즐기는 것이라 생각한다. 이 책은 그렇게 쓰였다. 어느 날 불현듯 괜찮은 소설을 써낸 자기 자신과의 만남이 얼마나 감동적일 것인가를 귀띔하기 위해 쓰였다는 말이다.

모든 이론은 창작된 작품을 통해 비로소 이루어진다. 이 책에서 보인 저자의 일관된 의도 역시 소설이 무엇인지, 좋은 소설이 어떤 것인지, 그렇게 좋은 소설을 어떻게 써야 할 것인지 하는 물음에 대한 답은 이제까지 당신이 읽은, 아니 이제부터 읽게 될 많은 소설 속에 들어 있다는 것을 믿어야 한다는 것이다.

정말 중요한 것은 이미 검증된 소설 작품을 통해 소설이 무엇인지 알게 되고, 그런 좋은 소설을 어떻게 써야 할 것인지 소설을 통해 터득하는 과정에 당신의 작가적 재능을 발견하게 될 것이란 말이다. 또한 그 자유분방한 상상과 빼어난 현실 투시의 통찰이 소설을 쓰려는 당신 안에서 거침없이 꿈틀거리고 있음을 발견하게 될 것이다. 지금까지 그 누구도 알아보지 못한 당신 자신과의 벅찬 만남이다.

이 책은 모든 연장을 다 갖춘 뒤 그 나무를 현장에서 제품으로 만들겠다는 자신을 가지고 희희낙락 산을 오르는 그런 사람들을 위해 쓰지 않았다. 아직은 맨손이지만 그 산에 오르기만 하면 자신의 숨겨진 재능의 밭을 찾아낼 것만 같은 그런 예감의 끌림을 가진 이들을 위한 그 산길 안내의 역할을 하기 위해 쓰였다고 해도 좋다.

특히 소설을 잘 쓰는 어떤 비결이 있다고 믿어, 처음부터 주눅 든, 이를테면 대학에서 소설문학에 대한 공부를 하지 못했기 때문에 자신이 없다고 말하는, 그런 잘못된 생각을 가진 사람들의 열등감을 치유하는 데 이 책이 크게 이바지하리라 믿는다.

이 책을 읽는 사람들은 이 책 속의 어느 문맥과 만나는 순간 불꽃처럼 터질 수도 있는 터득의 그 큰 기쁨을 인내로 기다리는, 치열한 작가정신을 기르는 일에 더 힘을 기울이지 않으면 안 될 것이다.

소설을 잘 쓰는 어떤 방법이 따로 있을 수 없다. 거듭하는 이야기이지만 자신이 지금까지 알고 있는 소설에 대한 굳어진 생각에서 자신을 해방시킴으로써 소설 쓰는 방법을 터득하지 않으면 안 된다. 그것은 자신의 문학적 재능을 가리고 있는 무수한 편견의 덫으로부터, 그 짙은 혼미의 안개로부터, 그 방자한 객기로부터, 끝도 없는 그 열패의 늪으로부터 자기 자신을 건져 올리는, 참으로 겸손하고도 치열한 작업부터 시작하라는 말과 다르지 않다.

26년 만에 두루 살피고 첨삭하여 개정판을 낸다. 개정판의 책 제목에 주목할 일이다. **'소설 쓰기 명강의'** 앞에 붙은 저자 이름이다. 이는 작가 전상국의 소설 쓰기 그 신명의 확인이며, 그 즐거움에 동반할 독자들에 대한 저자로서의 최대한의 신뢰 그 예우라고 생각한다.

　작가 전상국의 소설 쓰기, 그 시작과 하나도 다르지 않을 모든 작가 지망생들에게 이 책을 바친다.

　　　　　　　　　　　　　　　　　　　　2017년 여름 전상국

차 례

1장

소설이란 무엇인가

체험과 상상이 빚은 언어예술

소설은 진실된 거짓 이야기다

기분이 썩 좋지는 않겠지만 소설을 쓰려는 사람은 소설이 무엇인가 하는 자문에 대해 그것이 거짓말 이야기라는 사실을 자기 자신에게 확인시켜야 한다. 남을 속이기 위해 의도적으로 꾸며낸 이야기라는 것을 믿어야 한다는 것이다.

이쯤에서 성급히 그 거짓말은 '참말'의 반대 개념으로서가 아니라 참말 그 이상을 내포한 또 다른 '진실'을 의미한다고 말하고 싶어질 것이다. 거짓말에 대한 미화는 계속된다. 선의의 거짓말을 생각해 보라. 상대를 위해서, 모든 사람을 위해서 부득이한 경우의 거짓말도 있지 않은가. 더 나아가 그 거짓말은 허위의 뜻도 아니며 비사실은 더욱 아닌, 있는 그대로의 사실보다 더 보편적이고 개연성 있는 진실이다. 있어야 할 거짓말, 드디어는 거짓말의 필요성까지 강조하게 될 것이다.

옳은 얘기다. 소설은 선의의 거짓말이요, 그 허구의 세계는 인간이 사는 현실 생활에서 선택된 제재에 의해 이루어진 세계이기 때문에 현실을 굴절시켜 반영하는 '진실된 거짓'인 것이다. 이 말은 소설을 올바로 이해하고 제대로 감상하는 데 절대적 지침이 된다.

그러나 소설을 쓰려는 사람은 그러한 소설의 정의에 귀 솔깃하여 짐짓 점잔을 빼기에는 아직 이르다. 당신은 결코 선의의 거짓말을 하려고 소설을 쓰는 것이 아니기 때문이다. 원고지를 앞에 놓고 앉아 있는 당신은 모종의 음모로 회심의 미소를 입가에 흘리고 있다. 그것은 분명히 어떤 것을 뒤집어엎을 악의가 분명하다. 무서운 반역의 기미가 당신의 웃음 속에, 당신의 부르쥔 주먹 속에, 때로는 스스로 빠져 든 그 감동의 떨림 속에 감춰져 있다.

그렇다. 당신이 하는 거짓말은 때로는 칼이다. 경우에 따라 당신은 색소를 넣은 사탕을 무기로 쓰기도 한다. 때로는 껄껄 웃음으로 위장하기도 하며 명치를 치받쳐 오르는 울음으로 거짓말을 한다. 더구나 당신은 지금 남을 속여 넘기는 일을 업으로 삼아 그 일을 본격적으로 즐기려 하고 있는 것이다.

소설은 악의의 음모요 반역이다

소설을 쓰려는 당신에게는 분명 어떤 악의가 있어야 한다. 여기서 악의는 인간을 해치려는 그런 악의가 아니라, 인간이 믿고 있는 어떤 생각, 이를테면 전통적 규범이나 도덕과 가치를 다른 각도로 휘어놓거나 아예 무시하려는 그런 부정의 정신을 말한다.

그 부정의 기미를 전혀 내색하지 않는 그 시치미 떼기, 감쪽같이 능청스럽게 속여 넘긴 다음 그것을 믿게 하는 그런 악의 말이다. 감쪽같음, 능청스러움—그것이 바로 소설의 얼굴이다. 지금까지 '참말'로 알려진 것을 참말이 아니라고 믿게 하려는 이야기가 소설이다. 악의가 아니고 반역이 아니고서, 어찌 이제까지의 '참말'을 뒤집어엎을 수 있겠는가.

'그'를 아는 사람 모두가, 심지어는 그의 부모까지도 그가 죽어 없어지기를 바라는 그런 구제 불능의 악덕한(惡德漢)을 옹호하는 입장에서, '그'가 '당신'들보다 더 가치 있는 인간이라는 것을 말하기 위해 만들어내는 이야기가 소설이다. 이때 당신은 어차피 거짓말을 생각하지 않으면 안 된다. 그것은 사람을 판별하는 이때까지의 사회적 조건이나 인식을 뒤집어엎으려는 악의가 없이는 어림도 없는 거짓말이다.

소설은 감춰져 있는 것 드러내기의 한 방법이다. 소설을 쓰려는 당신은 당신 속에 들어 있는 그 어떤 것을 드러내고 싶어 안달이 났다고 봐야 한다. 당신이 꾸며내는 거짓말 이야기, 그것은 당신 자신의 이야기다. 소설가는 자서전을 쓰지 않는다고 한다. 소설을 통해 자신을 다 풀어내기 때문이다. 물론 처음부터 자신의 이야기가 아니고 남의 치부나 남의 그릇된 생각을 들춰내기 위해서 이야기를 꾸며내는 사람도 없지 않다.

그러나 그 경우도 자신의 생각이 미치는 범위 내에서의 들춰냄이 있을 뿐이다. 이럴 때 '가치 있는 체험의 기록'이 문학이라고 말한 최재서(崔載瑞)의 말은 매우 적절한 표현이라고 생각된다. 당신이 하려는 거짓말 이야기는 당신의 체험을 토대로 했을 때라야만 상대를 감쪽같이 속여 넘길 수 있는 힘을 갖게 되기 때문이다.

소설은 과장이다

"그 여자와 그 남자는 매우 애틋한 사랑을 했다" 또는 "전쟁은 비극이다" 등의 단순한 진술을 위해서 소설가는 오랜 시간을 끙끙거려 수백 장 혹은 수천 장 분량의 이야기를 꾸며낸다. "아아, 괴로워!" 그 말 한마디면

족할 것을 중언부언 그럴싸한 말들을 끌어다 자신의 내면이 매우 복잡하고 심오하기 때문에 그 괴로움이 결코 단순하고 저급한 것이 아니라는 걸 보여주려 노력한다.

다행히도 독자들은 계산된 거짓말(정치꾼의 심각한 얼굴은 그 좋은 예다)보다는 과장된 거짓말에 더 호감을 갖고 있는 것 같다. 이것은 어차피 거짓말이요 과장된 것이라는 생각이 독자를 어떤 부담으로부터 해방시켜 주고 있기 때문이다. 소설은 바로 그 심리를 역이용한 것이다. 현실의 일도 아니요, 자기 얘기도 아니라는 안도감이 과장된 그 거짓말 속으로 허심탄회하게 걸어 들어가 감동의 눈물을 맛보게 하는 것이다. 좋은 소설이란, 자기가 읽은 그 소설이 결코 꾸며진 이야기가 아니라는 착각을 일으켜 현실 그 이상을 생각하게 해주는, 그럴듯하게 과장된 거짓말을 의미한다.

또한 소설은 사람들의 기억 속에 거의 잊혀져가는 어떤 사건을 선택한 다음, 비록 어제의 것이지만 이것만은 결코 잊어서는 안 된다고 다소 과장된 방법으로 뭔가를 환기시켜 주는 것이기도 하다. 독자들은 이미 오래전 별것 아니라고 버렸던 지난 어느 날의 그 일이, 이처럼 흥미 있게 또는 이처럼 심각하게 재현되었다는 사실에 놀라 그것이 꾸며진 이야기, 과장된 이야기라는 사실을 까맣게 잊게 마련이다.

그런 면에서 소설은 반성의 한 형태다. 자신의 자잘한 마음 움직임을 돌아보는 데에서 시작하여 우리 이웃들의 사는 방식에 대해서, 더 나아가 이 사회의 모순과 부조리에 대해서 반성을 요구하기도 한다.

소설은 인간에 대한 이야기다

이쯤에서 우리는 당신이 그처럼 거짓말로 꾸며내고 싶어 하는 이야기가 결국은 '어떤 인간'을 우리에게 보여주고 싶은 저의에서 시작되었다는 것을 알게 된다. 당신은 어떤 인간이 이러한 상황에 이렇게 대처해 나갔으며 급기야는 그 상황을 이런 의지로 바꿔놓았다는 것을 이야기하고 싶어 한다. 이와는 반대로 어떤 상황이 인간을 이 지경으로 만들어놓을 수도 있다는 것을 이야기하는 경우가 더 많기도 하지만 결과는 마찬가지다. 당신은 짐짓 그 어떤 상황에 관심이 있을 뿐이라고 강변할 수도 있겠지만, 따지고 보면 그 어떤 상황을 만든 사람들에 대한 감정이 그만큼 깊다는 이야기밖에 안 된다. 결국 당신은 그 인간들이 만든 나쁜 상황으로 해서 이 지경이 된 '그'를 우리 모두가 사랑해 주기를 바라는 마음에서 그 소설을 구상하게 됐을 것임이 분명하다. 실패한 소설이란 대부분 작가 자신이 사랑하지도 않는 '그'를 독자에게 내놓고 이 사람이야말로 당신들이 사랑하지 않으면 안 될 것이라는 발언을 소설 속에 끼워 넣는 경우다.

그것은 소설이 인물탐구이며 성격창조라는 지극히 기초적인 지침을 망각했을 때 일어나는 현상이다. 성공한 소설은 모두 '이러한 인간의 의식'을 그려내겠다는 인물창조에 대한 관심이 그 어느 것보다 앞서 있었음을 알게 된다. 당신이 만들어내려는 이러한 인간의 의식이 그 작품의 분위기와 당신이 노리고 있는 뻑적지근한 사건을 만들어간다는 것을 믿어야 할 것이다.

소설의 인물에 대해서는 다른 장에서 좀 더 구체적으로 진술하게 될 것이다.

소설은 상상의 산물이다

소설을 쓰려는 당신은 무엇보다 당신의 상상력을 믿어야 한다. 당신이 하려는 거짓말 이야기, 당신이 만들어내려는 인물은 모두 당신의 상상력에 의해 얻어진다는 것을 믿어야 한다. 물론 문학적 상상력은 칸트의 분류에 따르지 않더라도 단순히 과거 감각의 인상을 그대로 재생해 내는 것이 아니라 과거 체험(강렬한 기억이라 해도 좋다)에서 유추된 새로운 이미지, 새로운 세계를 지향하고 있다는 점에서 창조적이다. 그러나 시적 상상력이 다분히 직관적이고 절대적 자유성을 필요로 하는 넉넉한 마음의 상태에서 얻어지는 것인 데 비하여, 소설에 필요한 상상력은 대상을 의식하고 거기서 어떤 의미를 인식하려는 절박성으로 하여 보다 구체성을 띠며 현실적이다.

현상학적으로 볼 때, 우리의 의식은 어떤 대상(외적 세계)에 의해 드러나며, 그 의식과 대상의 연결은 작가나 독자의 상상력에 의해서만 가능하다고 한다. 아울러 어떤 대상이 상상력에 의해 인식되는 과정에서 그것은 어떤 요구나 희망을 내포하게 됨으로써 존재의 지향성을 강력히 시사한다. 바꾸어 말하면 소설을 쓰려는 당신에게는 인식되는 현실을 보다 나은 세계로 보여주고 싶은 욕구로 가득한 그런 상상이 힘차게 펼쳐지고 있다는 말이다. 이럴 때 소설을 쓰려는 당신은 다소 불만스러운 얼굴로 말한다. "소설이 고작 상상에서 나온 거라니, 제기랄." 그러나 당신은 곧 회심의 미소를 머금고 말할 것이다. "상상이라면 나한테 맡기라구. 그거야 내가 끝내주지."

그러나 이렇게 말하는 당신의 경우 그 상상이란 것이 대개 공상이나 망상이기 십상일 것이다. 시의 경우는 자유분방한 몽상까지를 창조적 상상으로 떠받들 수 있겠지만 소설에서는 그것이 구별되어야 한다고 생각한다. 물론 공상이나 몽상의 힘으로 쓰이는 소설이 아주 없는 것은 아니다. 그러나 그것은 독자의 상상력을 마비시켜 대상을 제대로 인식하는 힘을 빼앗기 위한 악의가 작용되었다고 봐야 옳을 것이다. "자, 나한테 코

펜 이 우매한 독자들아, 너희는 내가 보여주는 이런 세상을 상상도 하지 못했을 거다." 그는 독자들이 여유를 가지고 이야기의 앞으로 돌아가 이럴 수도 있는가 하는 의문을 가지는 것을 용서하지 않는다. 그렇다고 독자들이 미래를 예견하도록 도와주지도 않는다. 그는 오직 자신의 공상으로 독자를 사로잡고 있음을 자랑삼을 뿐이다. "남자는 호텔 앞에 서서 여자의 눈길을 사로잡는 데 성공했다." 이쯤에서 끝내야 할 이야기가 독자를 호텔 안으로 끌어들여, 너희는 이런 거 모르지, 하면서 방에 불이 꺼진 뒤의 사건을 그리는 데 전력을 쏟아 붓는 그런 소설. 무협 소설류의 황당무계함. 달콤한 이야기로 어린 소녀의 영혼을 주장질하는 질 나쁜 하이틴 소설류. 물론 당신은 그런 류의 소설을 쓰기 위해 소설 창작 공부를 할 수도 있다. 그러나 분명한 것은, 그런 소설은 결코 우리가 원하는 '보다 나은 세계를 지향하는' 상상력과는 다소 거리가 있다는 사실이다.

소설이 필요로 하는 상상력은 작가의 의식이 어떤 대상(현실이라고 하는 것이 좋겠다) 속에 깊이 뿌리를 내리고 있을 때만 문학적이요 창조적이다. 상상력은 과거의 어떤 기억(강력한 충격에 의해 각인된 것일수록 좋다)이 현실의 어떤 대상과 만나는 순간 불꽃처럼 피어오르게 마련이다. 그것은 우리를 둘러싸고 있는 현실의 풀리지 않는 답답함과 그 고통을 극복하기 위한 불꽃이며, 그 불꽃에 의해 피어오르는 문학적 상상은 인식된 대상을 변용·변화·융합시키는 즐거움을 동반한다. 그것은 인식된 대상에 대한 새로운 각도의 해석과 더불어 다른 의미, 다른 가치, 새로운 질서를 부여하기 위한 즐거움인 것이다.

소설은 창조된 세계다

소설이 끈 끊어진 풍선 같은 공상이나 몽상에 의해 만들어지지 않은 이상 그것은 창조된 세계다. 상상력에 의해 소설이 만들어진다는 것을 믿는 당신은 지금 이 세상 어디에도 없는 새로운 세계, 새로운 질서로 만들어지는 세계를 설계하느라 신명이 날 것이다. 당신이 우리에게 보여주려는 세계는 현실에서 유추된 세계다. 그것은 없음에서 있음을 보여주는 신의 창조와는 달리, 있음(현실)에서 다른 있음을 만들어내는 세계다.

그러나 당신이 독창적으로 만들려고 하는 그 세계는 현실에 뿌리를 둔, 현실의 변용이기 때문에 진실성 혹은 사실성을 획득하게 될 것이다. 현실과 꼭 닮은 세계, 현실이 잘 투영된 세계를 그려내는 것이 소설을 쓰려는 당신의 욕심이다. 지극히 옳은 생각이다.

소설은 현실의 축도다. 어떤 면에서 소설은 역사 기록과 많이 닮았다. 소설이 사회를 반영하는 거울이어야 한다는 소설의 효용적 측면에서 볼 때 당신의 욕심은 더욱 빛난다. 그러나 소설을 쓰려는 당신의 그러한 욕심은 본래의 뜻에서 많이 빗나가 있을 수도 있다. "소설은 결코 현실의 모사가 아니다." 당신은 대상을 있는 그대로 충실히 담는 일에 만족하는 사진사가 찍은 사진과 당신의 소설을 비교해서는 안 된다. 굳이 비교하자면 화가가 대상의 지배적인 인상이나 그 성질을 강조하여 묘출한 캐리커처 한 장이 당신이 그려내려는 소설과 더 닮았다고 봐야 한다. 꾸며진 이야기로서의 소설문학이 특수한 사실만을 중시하는 역사적 기록과 어떻게 다른가 하는 것은 이미 아리스토텔레스가 '개연적 진실'이라는 말로 명료하게 밝힌 바 있다.

어느 날 당신은 신문기자인 친구와 함께 충청도의 어느 마을을 방문한다. 출발하기 전부터 그 친구는 아직 세상에 알려지지 않은 그 마을을 취재하게 된 흥분을 감추지 못한다. 타성바지가 단 한 집도 살지 않는 그 아무 데 김 씨 마을은 옛날은 말할 것도 없고 근래 수십여 년 동안 남편이 죽은 뒤 단 한 사람의 여자도 개가를 하지 않았을 만큼 열녀들이 많이 나왔다는 것이다. 열녀가 많이 나와 나라로부터 세금까지 면제받았던 마을이라는 것이 옛 문헌에 고증까지 돼 있다며, 그 친구는 전통적 미풍약속의 계승이라는 측면에서 그 마을을 세상에 널리 알리겠다고 한다.

그러나 당신은 소설 소재를 얻기 위해 그 마을을 방문한다는 것을 잊지 말아야 한다. 소설을 쓰려는 당신은 친구의 흥분과는 반대로 그 마을을 '정말 못돼먹은 마을'로 생각할 필요가 있다. 당신은 전통과 가문과 유교적 악습이 커다란 폭력이 되어 그 마을 여자들의 인권을 유린했다는 사실에 착안해야 한다, 당신은 분노를 감춘 채 그 여자들 중 어느 한 사람이 그 폭력으로부터 도망치려 몸부림하던 일을 상상해 볼 필요가 있다. 결코 기록에 오를 수 없었던, 그러나 분명히 있을 수 있었던 그 작은 항거에 대한 생각, 그것이 바로 소설을 창조의 세계로 끌어올리는 개연적 진실인 것이다.

소설을 쓰려는 당신이 소설에 대해 꼭 알아야 할 것이 또 한 가지 있다. 비록 거짓말로 꾸민 이야기이지만 소설은 언어를 일차적인 재료로 한 예술이다. 작가나 독자가 소설의 일차적인 재료가 언어라는 것을 잊었을 때 올바른 소설문학은 성립될 수 없다, 소설을 쓰려는 당신이 혹시 문학의 일차적인 재료가 언어라는 사실을 가볍게 생각하고 있을는지 모른다는 노파심에서 다시 한 번 강조해 둔다.

소설은 언어예술이다

당신이 꾸며내려는 거짓말 이야기, 그 이야기 속에 은근슬쩍 찔러 넣으려는 당신의 생각, 인식된 대상을 보다 나은 세계로 보여주려 힘차게 펼쳐지고 있는 당신의 그 자랑할 만한 상상력, 당신의 이야기 속에 만들어 넣을 사랑받을 만한 그 여자의 모습……. 그 모든 것을 제자리에 집어넣기 위해, 그리고 당신이 바라는 만큼의 조화와 통일을 연출하기 위해서 당신은 어느 날 당신의 언어와 마주 앉지 않으면 안 될 것이다. 이제까지 별것 아니라고 관심도 두지 않았던 당신의 언어에 대해서 신경질을 부리고 있는 당신의 모습을 떠올리는 것은 어렵지 않다. 지지리 못난 얼굴로 당신을 쳐다보며 히히 열없게 웃고 있는 당신의 언어로 해서 절망하는 당신의 얼굴도 보인다.

'언어의 특수한 구조'가 문학이라는 구조론적 정의는, 우선 소설이 '이야기 구조'라는 측면에서도 음미해 볼 만한 가치가 있다. 당신의 귀여운 어린 조카가 당신에게 '어떤 이야기'를 들려주기를 부탁했을 때, 당신은 피아노나 그림도구들을 생각하지는 않을 것이다. 당신이 춘향이와 돈키호테를 만난 것이 모두 언어에 의해서 이루어졌듯, 당신은 어린 조카에게 들려줄 '이야기'로서의 '말'을 준비하기 시작할 것이다. 조카를 놀라게 할 이야기도, 조카의 웃음을 유도할 이야기도, 잠시 이야기를 멈추고 조카의 궁금증을 가중시킬 그 틈 들이기도, 당신이 구사하는 말의 높낮이와 완급의 호흡도 모두 이야기의 구조로서 당신의 언어에 의해 형상화된다는 사실을 잊어서는 안 된다.

당신이 쓰는 언어에 의해 제대로 형상화된 이야기, 그 이야기를 이루는 여러 가지 구조가 유기적으로 통일성을 갖추게 한 당신의 그 장인의식이 빚어낸 그 소설을 우리는 언어예술이라고 부른다.

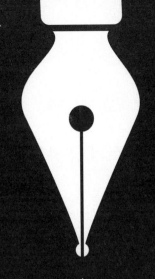

2장

왜 쓰려고 하는가

콤플렉스의 긍정적 승화

소설이 어떠한 것인가를 대충이나마 확인한 지금 이 시간도 변함없이 작가가 되기를 꿈꾸고 있다면 이제야말로 당신은 심각한 얼굴로 당신 자신을 향해 물음을 던져야 한다.

소설, 왜 쓰려고 하는가

하고많은 일 중에서 어찌하여 나는 소설 쓰기를 선택했단 말인가. 대답이 결코 쉽지 않을 것이다. 그것은 왜 사느냐 하는 물음만큼 다분히 추상적인 것이어서 애초부터 분명한 대답이 있을 수 없다. 그러나 소설을 쓰려는 당신은 반드시 물어야 한다. 왜 쓰려고 하는가.

당신은 아예 이 물음으로부터 도망칠 생각을 버리는 게 좋다. 물론 당신은 이 물음으로부터 도망치기 위해 이 시대의 어느 작가가 그 따위 물음으로 소설을 쓰는 일을 시작한 일이 있느냐고 반문할는지 모른다. 실상 그런 물음을 진지하게 했기 때문에 훌륭한 작가가 되었다는 기록을 본 기억이 없다.

그러나 작가가 된 그네들이 어느 날 문득 '나는 왜 소설을 쓰게 되었는가'를 쏟아놓기 시작했을 때 평소 그런 물음 자체를 우습게 생각해 온 당신이 몹시 당혹해하는 모습을 상상해 보기란 그리 어렵지 않다.

우선 당신은 작가가 된 그네들이 은근히 내비치는, 자신에게는 소설을 쓸 그런 싹수가 어릴 때부터 나타났다는, 천재연하는 말에 절망하게 될 것이다. 그네들의 빼어난 기억력과 어려서 보고 겪은 그 일들에 대한 심상찮은 통찰과 그 일에 맞선 올찬 수작이 당신을 기죽일 것이 분명하기 때문이다. 물론 그네들의 확신에 찬 그 과장된 이야기를 다 믿을 필요는 없다. 작가가 되지 못했다면 아예 머리에 떠올리지도 않았을 그 시시껄렁한 이야기가 당신을 기죽이기 위해 대단한 의미로 치장됐을는지도 모르니까 필요 이상 절망하지 않아도 된다는 얘기다.

당신은 작가가 된 사람들의 이야기를 통해 또 다른 면에서 절망을 맛보게 되는지 모른다. 작가가 된 그네들의 내적 동기가 생각했던 것보다 절실, 절박한 구석이 있다는 걸 확인했을 때일 것이다. 작가가 되지 않으면 안 될 어떤 숙명의 줄 같은 것이 그네들의 이야기 속에 들어 있음을 확인하는 일이 당신에게는 그다지 달가운 일이 아닐 수도 있기 때문이다. 소설 쓰기가 꼭 그렇게 절실한 동기에서 시작돼야 한다는 게 못마땅한 것이다.

이럴 때 당신은 다시 자신을 향해 심문할 필요가 있다. 왜 쓰려고 하는가.

이미 작가인 사람들은 이 물음을 대수롭잖게 여길 수도 있다. 당신도 머지않아 작가가 될 것이고, 그때는 역시 이 물음을 우습게 여길 만큼 여유를 보일 것이 분명하다. 그러나 당신은 아직 작가가 아닌 것이다. 그러니까 물어야 한다. 나는 왜 소설을 쓰려고 하는가.

자신에게 작가가 될 수 있는 싹수가 있는가를 확인하기 위해서도, 남들이 갖지 못한 어떤 재능이 자신에게 있다는 것을 발견하기 위해서도,

또한 소설 쓰는 일이 그렇게 절실한 것이어야 하는가를 따져보기 위해서도 당신은 거듭거듭 물어야 할 것이다. 왜 쓰려고 하는가.

이 물음으로부터 쉽게 빠져나가기 위해서 당신은 아무렇게나 대답할 수도 있다. 쓰고 싶어 쓰는 거지, 쓰는 게 뭐 별겁니까.

쓰고 싶어 쓴다

아무렇게나 한 대답치곤 명답이 아닐 수 없다. 분명한 것은 누가 강요하기 때문에 쓰는 것이 아니라 스스로 쓰고 싶어 소설을 쓴다는 것이다. 왜 사느냐는 물음에, 사는 게 좋으니까 그냥 산다는 대답과 맥락을 같이 하는 말이다. 사는 게 좋아 그냥 산다는 말 속에 생에 대한 강한 긍정이 담겨 있듯, 소설에 대한 무한한 애착이 쓰고 싶어 쓴다는 말을 했을 것이기 때문이다.

모처럼 진지하게 마주 앉은 자신과의 눈싸움에서 이겨야 한다. 쓰고 싶어 쓴다고 시큰둥하게 말하는 과정에서 당신은 지금까지 그처럼 사랑해 온 문학을 영원히 잃게 되는지도 모른다. 좀 더 바싹 다가앉아 심각한 얼굴을 보일 필요가 있다. 그렇게 할 때 당신은 쓰지 않고 사는 일이 쓰는 일보다 더 어렵다는 것을 어렴풋이 터득하게 될 수도 있기 때문이다.

쓰지 않고는 견딜 수가 없다

매우 절실한 욕구에 의해 시작한 일은 대체로 후회가 없는 법이다. 뜨뜻미지근한 자세로 소설 쓰기를 욕심내서는 안 된다. 모든 것을 다 버릴 수 있다고 생각했을 때 비로소 소설 쓰는 일을 시작할 일이다. 그렇게 절실해질 때까지 기다리지 않으면 안 된다.

그렇게 소설이 절실하게 쓰고 싶어지는 데는 분명 무슨 이유가 있을 것이다. 무엇이 나를 이렇게 소설 쓰는 일에 연연하게 한단 말인가.

"소설이 좋아서 소설을 쓸 뿐이라구."

그러나 소설이 무엇인가 알 만큼 아는 당신은 그런 대답으로 당신과의 눈싸움에서 쉽게 물러서지는 않으리라고 믿는다. 당신은 이미 소설 독자로서 소설을 좋아하는 단계를 넘어섰기 때문이다. 소설을 쓰기 위해 소설을 좋아하는 당신은 다시 고문하듯 묻게 될 것이다. 왜 나는 소설을 쓰려고 하는가.

그 물음은 당신이 하려는 소설 쓰기에 대한 의미 부여이며 쓰는 행위를 정당화하기 위한 당당한 도전이다.

왜 쓰려고 하는가. 그 반성과 고문이 제대로만 이루어진다면 당신은 뜻밖에 탄탄대로를 만날 가능성도 없지 않은 것이다. 아직까지 찾지 못했던 문학적 재능이 쉽게 발견될 수도 있을 것이며, 소설을 쓰지 않으면 안 될 어떤 절실함을 자신의 몸속에서 뻑적지근하게 체득하게 되는지도 모른다.

시인·작가 지망생인 대학 2학년 학생들에게 왜 쓰는가 하는 문제를 통해 자기 고문을 하도록 유도했다. 그 짧은 시간의 반성 속에서 얻어진 대답을 여기 몇 구절 인용해 본다.

— 나 스스로를 죽이기 위해, 철저하게 나 자신을 부정하기 위해 글을 써야 한다.

— 내가 가장 아픔을 느낄 때 글을 쓰고 싶은 욕구를 느낀다. 아파한다는 것, 그것이 내가 문학을 하려는 이유인 것이다.

— 어머니, 아버지를 비롯한, 제자리를 지키고 앉아 묵묵히 일하는, 그러나 이 사회로부터 소외된 그런 사람들의 정직한 삶을 여러 사람들에게

알려야 한다는 소명의식 같은 것을 느낄 때 글을 쓰고 싶어진다.

─가슴 답답함에 대한 내 나름의 항변의 방법이 곧 글쓰기라고 생각한다.

─중·고등학교 때 백일장에 나가 두어 번 입상한 뒤 시인이 될 것을 결심
했다. 시 쓰는 일이 그 어떠한 일보다 즐겁다.

─즐거우면 손바닥에서 땀이 나듯, 나는 글을 쓸 생각만 해도 즐겁다. 그
런 면에서 글 쓰는 일은 내가 살아 있다는 것의 확인 같은 것이다.

─어젯밤에는 돌아가신 아버지의 꿈을 꾸었다. 당신의 못다 푼 한을 이
자식에게 넘겨주려 하심인가. 아버지의 한은 내 가슴 밑바닥에 항상
울음으로 깔려 있다. 그 한에서 벗어나지 못한 내 유년의 우울과 청소
년기의 증오와 분노가 글을 쓰지 않고는 못 견디게 하는 것 같다.

─아버지의 술주정과 어머니의 가출, 동생의 만성 빈혈과 그 지긋지긋한
가난과…… 군대에서 죽은 동생의 가매장 무덤 위에 얹혀 있던 국화
꽃…… 복학 후 나는 종교 서클에 안 나가기로 결심했다. 우선은 모든
것을 문학 속에서 찾기로 한 것이다.

그 나이에 빠질 수 있는 자학과 오기와 치기스러움이 가득 차 있긴 하
지만 나름대로 절실한 무엇이 그네들의 대답 속에 들어 있음을 느낄 수
있다. 지금의 그네들 의식을 지배하는 것이 다름 아닌 유년 시절의 어떤
아픔이라는 사실의 확인이다. 각인된 아픔이 있어야만 글을 쓸 수 있다
는 것이 아니라 적어도 그런 아픔 자각 자체가 글 쓰는 일에 결정적 계기
가 됐다는 사실만은 인정하지 않을 수 없는 것이다. 글 쓰는 일이 정말 그
일을 해낼 수 있는가 하는 것은 별개의 문제라고 본다. 중요한 것은 그네
들이 글 쓰는 어떤 계기를 찾아 그것을 절실한 것으로 몸속에 간직하려
한다는 사실의 확인이다. 바야흐로 그네들은 그 일을 본격적으로 즐기려
하고 있는 것이다.

그것은 열등감으로부터 시작된다

물론 다 그런 것은 아니다. 그러나 소설을 쓰려는 당신에게 어떤 열등 감이 작용되고 있는가를 알아보는 일은 중요한 일이다.

자기가 남보다 못났다고 생각하는 감정은 강한 자존심을 동반하면서 그것을 극복하려는 여러 가지 징후를 드러낸다. 약한 사람이 허세 부리 듯 혹은 저능아가 외고집쟁이가 되는 것처럼 열등감을 보상받기 위한 방법으로 당신은 지금 소설가를 꿈꾸고 있는지도 모른다. 즉, 소설 쓰는 일이 자기를 지켜내는 일에 가장 적합하다고 생각됐기 때문에 이 길로 들어섰다고 봐도 크게 틀리지 않을 것이다.

열등감을 감추기 위한 보호막으로서 작가들이 택한 소설 쓰기는 정말 그네들을 구원할 수 있었던 것인가. 정말 그 길밖에 없는가. 작가들은 이 문제를 놓고 수없이 절망해 왔다. 작가들이 그 절망 속에서 터득한 분명한 사실은 자신들을 용수 씌우듯 덧씌웠던 그 열등감이야말로 자기 문학의 근원이요 빛이었다는 사실의 확인이다. 이제까지 벗어나고 싶은 부정적 요소로서의 열등감이 어느 날 문득 조개 속에 박혀 있는 진주처럼 은근한 빛깔로 그네들을 사로잡기 시작했다는 말이다.

당신이 가지고 있는 열등콤플렉스가 당신의 상상력을 부추기는 힘이라는 것을 알 필요가 있다. 당신의 콤플렉스 자체가 바로 당신이 쓰려고하는 소설의 구심점이요 지향점이라고 생각할 일이다. 그런 인식으로 소설 쓰기를 시작했을 때 당신의 상상력은 힘찬 박동으로 피어오를 것이다. 콤플렉스의 긍정적 승화, 그것이 곧 문학의 길일 수 있다는 얘기다.

작가들은 대체로 자신이 작가가 되기 전까지의 자신의 모습을 패배자의 그것으로 얘기하기를 즐긴다. 그 패배, 그 참담함을 극복하게 해준 것이 바로 글쓰기였다는 것을 말하기 위한 장치로서 그네들은 열등감을 안

주 삼는 것이다.

10년의 투병 과정을 거친 끝에 작가가 된 〈누님의 초상〉의 작가 유재용柳在用은 어떻게 작가가 되었는가 하는 물음에 대답한다.

병들어 누워 지내자니 할 수 있는 일이란 책 읽고 생각하고 글 쓰는 것밖에 없어 소설을 쓰게 되었노라고 말했지만, 따지고 보면 절박함을 그대로 느낄 줄 모르는 나의 아둔함이 소설을 쓸 수 있게 해주었다는 생각이 든다. 절망적인 현실 속에 주저앉듯 하고도 딴청을 부리고 한눈을 팔고 우스꽝스러운 짓을 하도록 하는 느긋함과 아둔함이 아니었다면 내가 과연 소설을 쓰겠다는 생각이나 할 수 있었을까 의문이 생긴다.

그 '느긋함과 아둔함' 그리고 '딴청'을 부릴 수 있는 여유가 바로 자기 열등감을 역동적인 것으로 승화시키는 힘이요 비결이었던 것이다. 그는 작가가 된 이유를 좀 더 솔직한 말로 이야기한다.

그렇게 되어서 나는 소설 습작을 시작했다. 내가 이 세상에 태어나 살았다는 흔적을 남기기 위해서, 나를 알고 있는 사람들에게 내가 무력하게 침몰해 버리지 않았음을 알려주기 위해서 그리고 나도 돈을 벌 수 있는 능력을 소유했음을 증명하기 위해서였다.

작가 이문구李文求는 "가난에 대한 섭섭함과…… 다섯 차례나 혈육을 잃었건만 단 한 번도 호상好喪을 입어보지 못한 박복함, 어버이로 하여금 단 하루도 자식 낳아 기른 재미를 느껴볼 겨를이 없게 하고 끝내 보상할 길이 없게 됨으로써 불효를 평생 하게 된 개탄스러운 울분, 그것은 어떤 수단과 노력을 그치지 않는다 해도 삭이지 못할" 절실한 아픔이 바로 연작소설 〈관촌수필〉을 쓰게 된 동기임을 설득력 있게 밝힌 바 있다.

〈변방에 우짖는 새〉의 작가 현기영玄基榮은 그의 첫 창작집《순이삼촌》의 후기에서 이렇게 말하고 있다.

> 글 쓰고 있지 않은 시간은 나에게 굶주린 공복 상태처럼 느껴져 공연히 괴롭고 안절부절 스스로를 주체 못한다.

〈무너진 극장〉의 작가 박태순朴泰洵은 글 쓰는 일에 몰입하던 청소년기를 이렇게 말하고 있다.

> 중산층의 소시민적 생활은 나를 질식시킬 것만 같았다. ……신흥 부르주아의 생태와 비겁한 근성들을 나의 환경에 환치시켜 나 자신 불행하다고 끊임없이 생각하게 만들었다. 게다가 나는 워낙 수줍어하고 열등감에 잠겨 있었으므로 결코 정상적인 인간이 되기는 틀렸다고 체념하게 만들어놓고 있었다. 나는 수음을 하는 듯한 느낌으로…… 글을 쓰기 시작했고, 그 글 속에서 나 자신의 열등감을 보상받고, 그리하여 스스로를 영웅으로 둔갑시키기 전에는 글쓰기를 멈추지 않았다.

〈장마〉의 작가 윤흥길尹興吉은 교제하던 여선생의 '꼬드김'이 계기가 되어 소설 쓰기를 결심한다.

> ……소설이 무엇인지 대강 윤곽이 잡히는 느낌과 함께 인생 항로를 바꿀 엄청난 결심을 해버렸다. 오직 소설에서만이 내가 열등감에서 벗어날 수 있고, 구원을 받을 수 있고, 오직 소설을 통해서만이 내 내부에 서식하는 범죄성과 내 집을 허물어뜨린 사회에 대한 복수 의지와 못다 이룬 이상을 한꺼

번에 합법적으로 실현할 수 있다고 믿게 되었다.

쓰는 일이 이처럼 절실함을, 〈폐광〉의 작가 이진우李辰雨는 "내 나름의 젊음의 한과 서러움과 다투며 군복을 벗고 비로소 이 황량한 세상 한가운데 홀로 놓여졌을 때, 결국 살아가면서 아끼고 부딪치고 헤쳐 나가야 할 가장 큰 과제"가 소설 쓰는 일임을 피력하고 있다.

유년기에 6·25 전후를 체험하면서 가족적 문제인 상흔을 통해 제2기 분단 문학의 첫 주자가 된 〈노을〉의 작가 김원일金源—은 비교적 구체적으로 자신이 문학에 뜻을 두게 된 이유를 말했다.

내가 문학에 관심을 두고 습작을 시작한 것은 고등학교 2학년에 올라갔을 때였다. 공책과 연필만 있으면 되는 글쓰기가 내성적인 나에게는 안성맞춤일 수밖에 없었다. ……가난한 집안의 장남으로 몸도 약했고, 수줍음도 많이 탔고, 공부도 못했으며, 늘 공상에만 사로잡혀 있던 나에게, 내가 할 수 있는 일은 문학밖에 없었다.

〈동경〉의 작가 오정희吳貞姬는 자신을 송두리째 던져 넣을 비장한 삶의 방법으로서 작가의 길을 택한다.

어릴 때, 내게 의식이라는 것이 싹트면서 마음속에 깃든 비밀한 꿈은 피아니스트가 되는 것이었다. ……그러나 그 꿈은 1년 뒤에 깨졌다. 집에는 피아노를 사줄 재력이 없었고 그 무렵 나는 도내 글짓기 대회에서 특선을 했기 때문에 피아니스트의 꿈은 별반 어려운 곡절을 겪음이 없이 소설가가 되리라는 각오로 바뀌었다. 당시의 내겐 꼭 '무엇'이 된다는 것보다 무엇엔가 자신을 송두리째 던져 넣을 비장한 삶이 문제였던 것이다.

〈사육제〉의 작가 이광복李光馥은 가난 콤플렉스를 문학으로 승화시킬 것을 결심한다.

　　어렸을 때, 나는 가난 속에서 살았다. 아니, 가난의 지배를 받았다고나 할까. 그런 가난 속에서 내 성격은 형성되었으며, 그러는 동안 한 인간으로서 한이랄까 말할 수 없는 답답함을 간직하게 되었다. 그것을 내 가슴속에서 풀어 나갈 길은 문학밖에 없다고 생각했던 것 같다. 말하자면 인간수련을 위해서 이 길을 택했다.

　　그 삶의 걸음이나 작품의 호흡이 거인처럼 느껴지는 〈쑥 이야기〉의 작가 최일남崔一男은 자신의 작은 키에서 비롯된 열등감을 극복하는 과정을 이렇게 말한다.

　　그것이(심신의 소외감) 바로 문학을 일구어가는 데는 결코 나쁘지 않은 조건으로 작용했다는 사실을, 지금도 고마워하고 있다. 결과로서는 소득이야 어떻든 간에 역순逆順의 환경을 되레 유리하게 전개시키려는 갈잖은 오기와 의지가 다른 무엇보다도 괜찮다는 확신은 끝끝내 내 차지로 남아 있다. 그래서 어쨌다는 게 아니다. 불순한 기후를 맞받아 나가는 데 있어 외람이 었다는 어불성설의 논리를, 내 나름으로 가다듬고 체질화시키려는 안간힘을 다했다는 뜻에 다름 아니다.

　　파괴된 고향의 살벌함과 공포를 유년의 기억으로 가지고 있는 〈자기십자가〉의 작가 노순자盧淳子는 "철없고 교만하고 이기적이고 건강에 대한 열등감 때문에 폐쇄적이기까지 했던" 고등학교 시절, 국어 선생님인 신동엽 시인을 만나게 됨으로써 문학에 눈뜨게 되어 결국은 할머니가 늘 말씀 하시던 '사람 노릇'을 하기 위해 "육신으로 사는 것만큼 정신으로, 글로 힘차게 맑게 사는" 문학의 길을 택했다고 말한다.

오늘 우리들과 함께 살고 있는 작가들의 소설을 쓰게 된 내적 동기 혹은 어떤 계기를 살펴보는 과정에서 공통적으로 드러나는 것이 있다. 그것은 절망과 열패감과 가난이라는 굴레가 가족사적 비극을 배경으로 하여 그네들의 유년 시절과 청장년기에 무겁게 덧씌워져 그네들의 의식을 지배해 왔다는 사실의 확인이다. 그네들은 그 열악한 환경에서 비롯된 열등감을 극복하기 위해 모두 무서운 자기와의 싸움을 벌였음을 알 수 있다. 그 싸움의 치열함이 쓰는 행위로 구현된 것이다.

쓰는 일은 자기 구제의 길이다

어떤 절실한 욕구에 의해 시작된 소설 쓰기는 그 욕구에 값하는 즐거움이 따르게 마련이다. 어렸을 때 어렵게 얻은 하모니카를 밤낮없이 입에 물고 누가 듣건 말건 입술이 부르트도록 그것에 도취된 것처럼 작가들은 그런 열정으로 소설을 쓰는 일에 미쳐왔던 것이다. 하모니카의 음색 고르는 그 묘미에 취하듯 작가들은 쓰는 즐거움을 즐겨왔다는 말이다.

좋은 작품을 써야 한다는 강박감, 소설이 구상되는 과정의 소화불량을 동반하는 그 고뇌와 절망, 아울러 체력이 따라야 하는 그 긴 시간의 집필 노동까지도 쓰는 즐거움에 비하면 아무것도 아닌 것이다. 소설 쓰는 일에 미쳐보지 않은 사람은 그 쓰는 즐거움을 이해하기 어려울 것이다.

더 솔직히 말하자. 작가들은 다른 어떤 일보다 소설 쓰는 일을 통해 재미를 보아왔던 것이다. 그 재미가, 그 문학이 그네들의 영혼을 구제했다. 그렇다. 문학은 자기 구제로부터 시작해야 한다. 소설을 쓰는 사람은 그 쓰는 행위가 그 사람의 삶을 지배할 수 있을 때 그 문학은 참된 것이라고 생각할 필요가 있다.

자기 구제의 길이 보인다고 생각됐을 때쯤에 자신이 살고 있는 현실과 사회를 생각해도 늦지 않는다고 생각한다. 마치 하모니카에 어느 정도 자신이 생긴 다음에 그것을 들어줄 상대를 찾아 나서듯, 우선 쓰는 즐거움을 만끽한 다음 자신이 쓴 글이 누구에게 어떤 울림을 일으킬 것인가를 생각해도 늦지 않는다는 얘기다.

작가는 먼저 자기가 만드는 이야기에 감동하기 위해 소설을 쓴다. 그것이 바로 글 쓰는 즐거움의 시작인 것이다. 이야기를 만드는 재미 그 자체가 이미 감동이기도 하다. 감동이 크면 클수록 작가는 그 감동을 공적인 것으로 확대해 전달하고 싶은 욕구에 시달린다. 독자를 의식하는, 자기가 쓴 것을 누구에겐가 읽히고 싶은 바람이 글 쓰는 또 다른 재미로 바람나게 한다.

사람을 감동시킬 수 있는 재주, 그런 재능을 야금야금 즐기고 있는 사람을 우리는 작가라고 부른다.

문학적 재능이 있어야 한다

소설을 쓰려는 당신이 가장 알고 싶어 하는 것은 자신에게 소설을 쓸 수 있는 재능이 있는가 하는 문제다. 소설가 지망생인 ㄱ군이 필자 앞에 습작한 소설 한 편을 꺼내놓으며 말한다.

"읽어보시고 저한테 소설을 쓸 수 있는 재능이 있는지 없는지 솔직하게 말씀해 주십시오."

재능이 있다고 하면 머리를 싸매고 사생결단 달라붙을 것이고 만약 재능이 없다고 하면 포기하겠다는 얘기다. 그럴 때 필자는 참으로 난감하다. 작품을 나한테 들고 올 정도면 벌써 병이 꽤 깊은 단계인데, 작품 한 편으로 자신의 재능을 점검하고자 하는 그 생각의 경솔함이 우선 섭섭한 것이다.

더구나 그 한 편을 읽은 내 말 한마디로 자신의 인생 항로를 결정짓겠다는 비장한 각오이고 보니 작품 읽기부터가 두렵다. 그런 경우일수록 작품이 신통치 않기 마련이다.

그 작품을 읽기 전에 필자는 ㄱ군에게 문학적 재능이란 그렇게 쉽게 판별되는 성질의 것이 아니라는 걸 이야기해 준다. 필자의 경우 작가가 되어 작품을 꽤 많이 쓴 지금까지도 늘 불만인 것이 문학적 재능이 많이 부족하다는 사실의 확인이다. 그것이 어디 필자뿐이겠는가. 작가들 대부분은 작품이 잘 안 쓰일 때마다 자신에게 소설 쓰는 재능이 없다는 절망감으로 시달리고 있다는 것을 알아야 할 것이다.

어떻든 ㄱ군의 작품을 정성껏 읽은 뒤 그 부족함을 솔직히 지적해 준다. 포기할 수만 있다면 그까짓 소설 같은 거 안 쓰는 게 좋다는 투로 말 속의 말을 한다. 눈치가 빠른 그는 낙심천만인 얼굴로 돌아간다. 만약 내 말로 그가 소설 쓰기를 정말 포기하게 된다면 필자는 환자 한 사람을 고친 셈이 된다. 그러나 얼마 뒤에 필자는 ㄱ군이 또 다른 사람에게 그 작품을 가지고 가 다시 재능이 있고 없음을 확인하려 했음을 알게 된다. ㄱ군의 증세는 이미 중증인 것이다. 그는 자신이 소설을 쓸 수 있는가 하는 것을 확인하는 일로 평생의 시간을 빼앗길는지도 모른다. 그는 지금 끝없이 외로운 도로徒勞의 길에 들어섰기 때문이다. 안타까운 일이 아닐 수 없다.

길 바로잡아 치열하게 달려가기

당신이 다른 것도 아닌 이 책을 샀다는 일만 해도 심상찮은 일이다. 어떤 끌림이 작용하고 있지 않고는 어려운 일이다. 더구나 지금 당신은 '왜 쓰려고 하는가'를 놓고 심사숙고하고 있는 많지 않은 사람 중의 하나다. 결코 예사로운 일이 아니다.

당신에게는 당신이 그처럼 확인하고 싶어 하는 문학적 재능이 있다. 어떤 끌림, 이를테면 어떤 운명적인 것이 당신의 내부 깊숙이 숨어들어 있음을 알아야 한다. 그것을 아는 일이 문학적 재능 확인의 시작이다. 매년 신춘문예 시즌만 되어도 설레는 가슴, 다른 사람은 모두 무덤덤한데 왜 당신 가슴만 설레는가. 그 가슴 설렘이 곧 문학적 재능의 징후다. 뭔가 풀고 싶은 강렬한 욕구, 쓰는 일로 그것을 풀어낼 때 신명을 낼 수 있다면 당신에겐 문학적 재능이 넘쳐흐르고 있는 것이다. 우리말에 대한 남다른 애착, 소설을 읽다가 문득 어느 낱말에 혹은 좋은 문장에 매료되어 긴장하는 당신의 소설문장에 대한 관심이 곧 문학적 재능이기도 하다. 그런 재능이 소설 쓰기를 부추기고 있는 것이다.

작두 위에서 춤추는 무당의 그 귀기鬼氣스러움을 생각할 일이다. 소설을 쓰려는 당신은 이미 무당인 것이다. 당신은 지금 내림굿을 하기 직전의, 앓아누워 있는 예비 무당이다. 쓰지 않고는 못 견디는, 그리고 한번 시작한 일은 철저하게 달라붙는 그런 치열성이 곧 장인의식이다. 소설을 쓰려는 당신의 그 끈질긴 근성이 문학적 재능이다. 뭔가 글로 풀어내려는 어떤 절실한 것이 당신의 장인의식과 만났을 때 당신의 상상력은 한껏 신명이 날것이다.

소설을 쓰려는 당신은 평범한 것을 평범한 눈으로 바라보지 않을 것이다. 오히려 당신은 남들이 별나다고 여기는 것을 평범한 것으로 보기를 즐기는 편이다. 게다가 당신은 남보다 앞질러 생각하기를 즐기고 있을 것이다. 남들이 애써 감춘 것을 들춰내는 악취미도 있다고 봐야 한다. 또한 당신은 아주 작은 문제를 크게 부풀려 생각하기를 좋아하거나 그 반대로 큰 것을 되도록 축소시켜 연상시키는 일을 즐기고 있을 것이다. 그런 것들이 소설을 쓰려는 당신의 문학적 재능이다.

재능은 훈련에 의해 계발되는 경우가 더 많다. 소설을 쓰는 데 필요한 재능이야말로 그렇게 훈련된 재능이라고 생각해도 크게 틀리지 않을 것이다. 어떤 요령에 의해 문학적 재능이 계발되는 것은 아니다. 그렇다고 맹목적 노력에 의해 재능이 생겨나는 것도 아니다. 재능이 치열하게 발휘될 수 있는 밭을 이야기하고자 하는 것이 다음 장의 '무엇을 쓸 것인가'이다. 어떻든 당신은 소설 쓰는 일이 아니고서는 이 세상을 살 재미가 없다고 생각하는 단계까지 와 있다. 그런 정신으로 시작할 일이다.

물론 심심풀이로 소설 쓰는 일을 할 수도 있다. 그러나 그런 심심풀이가 이미 당신의 삶의 핵核이 돼 있다는 것을 잊어서는 안 된다. 스스로 택한 일이긴 하지만 이제 당신은 소설 쓰기를 당신 마음대로 포기할 수 없다는 사실을 알아야 한다. 이쯤에서 당신은 소설 쓰는 일로 출세하리란, 감춰왔던 생각을 어금니에 지그시 씹어도 좋을 것이다. 그럴수록 거듭 반성해야 한다. 왜 쓰려고 하는가. 그러나 대답할 말은 이미 준비되어 있다. 쓰지 않으면 안 된다. 당신은 뭔가 미진하다는 생각에서 다음과 같은 말을 덧붙이게 될 것이다.

좋은 소설을 쓰고 싶다. 내 자식들이 읽어도 부끄럽지 않은 그런 소설을.

3장

무엇을 쓸 것인가

'무엇'의 전문가가 돼야 한다

쓰지 않고는 견딜 수 없다. 소설 쓰는 일 말고는 다른 어떤 일에도 성취감을 느낄 수 없다. 쓰는 일이 가장 즐겁다. 내 재능의 발휘는 역시 소설 쓰는 일을 통해서만 가능하다. 이러한 자기 검증이 끝난 당신은 이제 자신이 달라붙어 파먹어야 할 밭을 찾기 위해 고심해야 할 단계에 와 있다.

'무엇'을 선택하지 않으면 안 된다

가족들이 밖에서 돌아올 시간쯤이면 그 집의 주부는 식구들 입에 맞는 음식을 만들 준비로 마음부터 바쁘게 마련이다. 물론 그 주부는 그날 아침부터 오늘 저녁에는 무슨 음식을 만들어야 할 것인가를 놓고 숫제 고민했다고 해도 과언이 아닐 것이다. 찬거리를 사러 시장에 나갈 때까지도 그 고민은 계속된다. 그럴 때 음식 만드는 솜씨가 있고 없음은 문제가 되지 않는다. 우선 어떤 음식을 만들어야 할 것인가를 선택하는 것이 중요하기 때문이다. 식구들 입맛에 맞을 어떤 음식을 선택한 뒤 그 재료를 사러 시장에 달려가서도 고민은 계속된다. 찌개를 하되 육류로 할 것인가 아니면 해물로 할 것인가.

이처럼 주부가 저녁 반찬을 무엇으로 할 것인가를 놓고 고민하듯 소설을 쓰려는 당신도 이제 무엇을 쓸 것인가를 선택하지 않으면 안 될 그런 고민의 시간을 앞에 놓고 있는 것이다. 독자가 자기 입맛에 맞는 작품을 선택해 읽는 것처럼 작가도 독자가 선택할 수 있는, 선택하지 않고는 견딜 수 없는, 또한 선택한 것을 후회하지 않을 그 '무엇'을 찾지 않으면 안 된다.

'어떻게 쓸 것인가'에 집착하지 말라

필자가 만난 신인 작가 한 사람은 이제 작가가 되고 보니 어떻게 쓸 것인가 하는 두려움보다 무엇을 쓸 것인가 하는 데 신경을 더 쓰게 된다는 말을 했다. 그것은 무엇을 써야 세상 사람들을 깜짝 놀라게 할 좋은 작품이 될 것인가 하는 작가로서의 당연한 욕심일 것이다.

물론 무엇을 쓸 것인가 하는 물음에는 소재적인 측면에서의 무엇과 주제로서의 무엇으로 나누어 생각할 수 있을 것이다. 그러나 그것을 굳이 나누어 생각할 필요가 없는지도 모른다. 쓰는 쪽에서 볼 때 소재와 주제는 결코 별개의 것이 아니기 때문이다. 주부가 정성껏 만들어놓은 요리에서 그 재료와 솜씨를, 혹은 그 요리를 만드는 데 쏟은 정성이 어떠했는가를 따로 떼 생각할 수 없듯, 소설도 쓸 거리가 있으면 거기에 맞는 작가의 어떤 의도와 그 의도를 살릴 수 있는 솜씨가 자연스럽게 따라붙게 마련인 것이다.

소설을 처음 쓰려는 분들은 대체로 '무엇을 쓸 것인가' 하는 것에 별로 고민을 하지 않고 '어떻게 쓸 것인가' 하는 문제에 더 집착하고 있음을 흔히 볼 수 있다. 물론 습작 과정이니까 이것저것 이야깃거리가 될 만한 것을 찾아 그것을 어떤 방식으로 보여줄 것인가를 모색하는 일이 나쁠 것은 없다.

그러나 처음 시집간 새댁이 시집 식구들의 식성에 맞는 음식을 알아내기 위해 여러 면으로 고생을 하듯 자기 작품을 읽어줄 독자들을 만족시킬 수 있는 그 '무엇'을 찾는 일이 더 중요하다고 본다. 이것은 처음부터 독자들의 입맛을 맞추기 위해서 독자의 눈치를 살피라는 얘기와는 문맥이 다른 얘기다. 그것은 어느 음식이 식구들의 식성에 잘 맞는지 그것을 알아보는 과정에서 이 반찬이야말로 내가 가장 자신 있게 만들 수 있는 것이라는 걸 확인할 수 있는 모색 과정으로서의 눈치 보기일 것이다.

무엇을 쓸 것인가. 이 문제를 가지고 고심하기 시작한 당신이야말로 작가가 될 자질을 가지고 있음이 분명하다. 당신 스스로가 택한 고행의 그 첫걸음, 그것은 바로 무엇을 쓸 것인가 하는 물음으로부터 시작된다.

몸에 맞는 옷을 입어라

아무리 좋은 옷도 몸에 맞지 않으면 그것을 입기가 거북할 뿐더러 그 옷의 가치를 찾는 게 어렵기 마련이다. 여러 벌의 옷이 있다고 해도 그중에서 유달리 입기가 편한 옷이 있는 법이다. 그 옷만 걸치면 마음이 편안해져 남 앞에 나서도 자신이 있는 그런 옷이 있다.

물론 옷 입기는 유행을 많이 탄다. 철 따라, 시대의 흐름에 따라 옷 입기 유행은 바뀌게 마련이다. 어떤 옷을 입을 것인가를 선택하는 것도 대체로 그 유행에 따라 결정하게 될 것이다. 그러나 옷을 맞출 때부터 그 선택을 신중히 하여 그 옷이 몸에 잘 맞는 것이었다면 그 옷은 유행과는 아랑곳없이 언제 입어도 편하고 또한 남 보기에도 잘 어울려 보일 것이다. 몸에 맞는 옷은 대체로 자신의 개성이 잘 나타난 것으로, 남들이 보기에 항상 새롭게 느껴질 수 있는 그런 독창성을 가지고 있는 법이다.

소설 쓰기도 마찬가지다. 자기 몸에 맞는, 자신의 개성을 유감없이 드러낼 수 있는 그런 무엇을 찾아 써야 한다. 남의 작품을 많이 읽다 보면 그중에서 마음에 드는 작품이 있게 마련인 것처럼 자기가 쓰려는 이야기 중에서 가장 하고 싶은 이야기, 이 이야기만은 내가 자신 있게 할 수 있다고 생각되는 것만을 찾아 쓰는 일이 곧 몸에 맞는 소설 쓰기가 될 것이다. 즉, 이 이야기라면 상대의 마음을 움직일 수 있다고 자신하는 그런 '무엇'을 찾는 일이 그 어떤 일보다 중요하다고 본다. 자기 몸에 잘 맞는 옷은 유행을 타지 않고 오래 입을 수 있듯 자기 재능에 잘 맞춘 소설 쓰기는 그 작가의 창작 행위를 신명나게 하는 그런 힘이 될 것이기 때문이다.

할 말 쓸 말이 있어야 한다

좋은 소설이란 할 말 쓸 말을 제대로 해낸 소설을 의미한다. 물론 할 말 쓸 말이란 소설의 주제적 측면을 말한다. 우리가 어떤 이야기를 남한테 들려줄 때는 그 이야기를 통해서 하고 싶은 말이 있기 때문이다. 어떤 의미…… 그렇다. 이 세상의 모든 이야기는 어떤 의미를 내포하고 있다. 김동인金東仁의 단편 〈감자〉 이야기는 대충 이렇다.

"복녀는 열다섯 살 때 동네 나이 많은 홀아비에게 돈 80원에 팔려 시집을 간다. 그러나 나이 많은 그 남편은 게으르고 무능했다. 이들 부부는 막벌이와 행랑살이 등으로 전전하다가 끝내는 칠성문 밖 빈민굴로 들어온다. 당국에서 빈민구제를 겸한 송충이잡이를 벌였을 때 그 작업에 나간 복녀는 일 안하고 돈을 받는, 즉 감독에게 몸을 파는 일을 하게 된다. 결국 빈민촌의 거지들에게까지 몸을 팔게 되는 그녀는 어느 날 밤 중국인의 감자밭에 들어가 감자를 훔치다가 주인 왕 서방에게 들킨다. 거기서도 몸을 팔게 되고 결국은 그 일을 시작으로 왕 서방과 자주 관계를 갖게 되던 중 왕 서방이 어떤 처녀를 마누라로 사오자 질투를 느낀 나머지 그 결혼식 날 밤 신혼부부에게 덤벼들었다가 오히려 그녀 자신이 낫에 찔려 죽게 된다. 그러나 왕 서방이 복녀의 남편에게 돈 30원을 주는 일로 모든 것이 끝나버린다."

이 이야기를 통해서 어떤 독자들은 일제 치하에 우리나라 사람들이 얼마나 비참하게 살았는가 하는 시대적 암울함을 그 이야기의 의미로 받아들일 수 있다. 또 어떤 사람들은 복녀가 한 여인으로 성장해 가는 과정 속에서 겪는 도덕적 가치의 무너짐 혹은 애욕의 본능적 갈구를 그 의미로 찾을 수 있을 것이다. 어쩌면 그런저런 모든 것이 총체적으로 보여주는 소설 미학 자체를 그 이야기의 의미 구조로 생각할 수도 있다. 어떻든 그런 의미들이 이야기 속에 들어 있는 할 말 쓸 말이라고 생각하면 될 것이다.

김동인의 또 다른 작품, 이를테면 〈광염 소나타〉나 〈광화사〉는 예술가를 주인공으로 하여 보다 완성된 아름다움에 집착하는 광적인 이야기를 통해 작가의 심미적 혹은 예술지상주의적 관심을 의미 구조로 보여준다.

이태준李泰俊의 단편소설 〈돌다리〉는 한 농부의 성실성이 보여주는, 몸에 밴 우리 것에 대한 그 집착과 외경을 그 작품의 할 말 쓸 말로 삼고 있다.

어떤 이야기 구조에서 찾을 수 있는 그 작가의 사상이나 철학 등은 그 이야기를 만든 의도와 밀접한 관계가 있다. 물론 자신의 사상이나 철학을 전달하기 위해서 소설을 쓴다고는 할 수 없지만 작가가 어떤 이야기를 꾸밀 때는 반드시 그 작가의 인생관이 이야기를 지배하게 되는 일은 당연한 것이라고 본다. 그것은 그 작가가 평소에 어떤 문제에 대해 갖는 관심과 그 인식의 문제이기 때문이다. 특히 그 작가의 어떤 신념이 이야기의 얼개를 결정짓는다고 봐도 크게 틀리지 않을 것이다.

무엇을 쓸 것인가. 소설을 쓰려는 사람이 펜을 들고 파먹을 수 있는 밭은 무한정 넓다.

소설은 인생에 대한 여러 문제를 논리나 철학의 깊이가 아닌 개연蓋然의 시각에서 총체적으로 혹은 감동의 차원에서 다루기 때문에 그 다뤄지는 영역 또한 다양하고 복합적이다.

그러나 인생의 근원적 혹은 본질적이라고 할 수 있는 문제 쪽에 더 관심을 갖느냐, 아니면 보다 가시적인 현실 문제에 집착하고 있는 것이냐 하는, 두 가지 방향으로 나누어 생각할 수 있을 것이다. 죽음이라는 인간 한계의 문제, 인간의 원초적 죄의식과 타락의 문제, 구원의 문제, 사랑·미움·증오·화해의 문제, 고독사, 사이코패스, 소시오패스, 혹은 무속적 신비의 세계, 초인격적인 성자에 대한 경외심 등이 앞의 것에 해당하는 것이라면, 사회 제도의 모순이나 부조리의 고발과 폭로, 폭력에 대한 성토, 각 계층 간의 갈등, 농촌 문제, 노동 문제, 도시빈민 문제, 교육 문제, 다문화 가족 문제, 청년실업, 노인 문제, 청소년 문제, 산업화 과정의 인간성 상실과 그 회복의 문제, 분단 현실과 거기서 비롯된 갖가지 비극의 진단과 통일 지향적 의지 등 주로 현실 인식의 차원에서 관심을 가지고 천착해 들어가는 것이 나중의 것에 해당하는 것이라고 생각할 수 있다.

이런 다양한 관심 중에서 어떤 것에 집중적으로 관심을 둘 것인가를 생각하는 것이 바로 '무엇을 쓸 것인가'이다. 물론 작가라면 어느 것이나 다 쓸 수 있어야 한다. 실상 작가들은 그 모든 문제를 다 그리고 싶은 욕구로 시달린다. 그러나 욕심을 낸다고 해서 그 다양한 세계를 자유자재로 다룰 수 있는 것은 아니다. 작가의 한계가 바로 그것이다. 현명한 작가는 자신이 다룰 수 있는 영역과 그 한계를 일찌감치 터득한다.

작가의 대부분은 자신이 다룰 수 있는 어느 한 가지를 택해 집중적으로 달라붙는다. 다루기에 자신 있는 문제라야 그것을 좀 더 새로운 시각으로 보여줄 수가 있다는 것을 터득했기 때문이다.

작가가 어떤 문제에 집요하게 달라붙어 오직 그 문제의 심화·확대를 위해 초지일관할 수 있다면 그 작가는 확실히 그것의 성공 여부와는 관계없이 행복한 사람이다. 우선 그것은 그 문제 속에 그 작가의 관심과 창작 욕구를 강렬하게 유발하는 소재로서의 보고적寶庫的 가치가 충분함을 뜻하기 때문이다. 작가정신의 치열성도 바로 그러한 '무엇'에 대한 집착이 상상력과 맞아떨어질 수 있을 때만 가능하다고 생각한다.

절실한 것을 써라

비록 그것이 역사적인 사건을 다루는 소설일지라도 쓰는 사람 쪽에서는 그것을 쓰지 않으면 안 될 어떤 절실한 것이 작용하고 있음을 알아야 한다. 이야기를 만들고 있는 작가가 자신의 내면에서 얼마나 절실하게 그 이야기를 필요로 하고 있는가 하는 것이 문제다.

자기가 가장 잘 아는 이야기를 써야 한다. 작가들의 출세작이 대부분 자기의 체험을 바탕으로 하여 쓴 이야기라는 것을 확인하는 일은 어렵지 않다. 그것은 체험 그 자체가 소설이 될 수 있다는 얘기가 아니고 체험적 사실이 이야기를 절실하게 만드는 결정적 역할을 한다는 것을 말하고 싶은 것이다. 절실한 이야기를 쓰기 위해서는 그것을 만드는 사람 자신의 체질과 개성에 맞는 것을 찾아 쓰지 않으면 안 된다. 자기가 좋아하는 빛깔과 소리로 이야기를 만들어야 한다.

성공한 작품들은 대체로 그 작가의 개성이 유감없이 발휘돼 있음을 알수 있다. 개성에 맞는 이야기일 때 쓰려는 대상을 인식하는 능력과 이야기를 만드는 장인의식이 맞아떨어지는 법이다. 남이 쓴 것을 읽어보고 나도 이런 것을 쓰면 좋겠다고 욕심을 내 달라붙어봤자 그것을 만드는 데 신명을 낼 수 없게 마련이다. 신명나는 이야기를 써야 한다. 쓰는 일에 신명이 나지 않는다는 것은 이야기가 절실하지 않다는 증거다. 신명도 나지 않는 이야기를 억지로 만들어봤자 독자의 마음을 사로잡을 수 없는 법이다.

우리들 주변에는 능력 있는 작가들이 거의 절필 상태에 있는 것을 꽤 여럿 볼 수 있는데 그것은 그 작가들이 신명을 낼 수 있는 이야깃거리를 찾지 못했기 때문이라고 생각해도 좋을 것이다. 절필 상태의 그 작가는 소설을 억지로 만들어낸다는 것이 자기 자신과 독자에 대한 기만이요 죄악이란 생각으로 시달리고 있음이 분명하다. 그렇게 쓰고 싶은 소설을 쓰지 못하는 절필 작가의 절망을 생각할 때, 할 말 쓸 말이 있어 지금 신명을 내고 있는 작가 지망생인 당신은 작가가 되어 평생을 파먹을 그 밭 만들기에 좀 더 신중히 그리고 치열하게 달라붙을 필요가 있다고 본다.

할 말 쓸 말이 있으면 그것은 언제고 넘쳐나게 마련이다. 요즘 열린 시대를 맞아 바야흐로 쏟아져 나와 홍수를 이루고 있는 르포 형식의 글이야말로 그것이 비록 문학성은 많이 부족하다고 해도 할 말 쓸 말이 있을 때 그 형식이 문제가 아니라는 것을 입증하는 좋은 예가 아닌가 싶다. 문학적 체험의 확대와 폭넓은 독서를 통해 보다 절실한 할 말 쓸 말을 찾아야 한다.

자기 이야기로부터 시작할 일이다

자기 자신의 일, 자기 가족 구성원이 겪고 있는 일, 이웃에서 늘 보고 듣는 일에서 절실한 것, 쓰고 싶은 그 무엇을 찾아야 한다. 자기 이야기로부터 시작하라는 말은 자신의 안에 들어 있어 풀어내고 싶은 이야기를 망설임 없이 풀어내야 한다는 뜻이다. 맺힌 것 풀기가 소설 쓰기라고 생각해도 좋다.

〈날개〉의 이상李箱은 자기 자신의 이야기를 풀어내는 명수였다. 그는 자신의 천재상을 거꾸로 뒤집어 내보이는 일로 자기 자신을 유감없이 풀어낼 수 있었다. 같은 시대의 작가 채만식蔡萬植은 자신의 이야기를 냉소적인 방법으로 푼 〈레디메이드 인생〉 같은 작품을 남겼고, 〈따라지〉의 김유정金裕貞도 가난과 질병의 비참함을 철저하게 희화시키는 소설 쓰기로 그 고통을 극복하고자 했던 것이다.

분단 현실을 살고 있는 이 시대 여러 작가가 오늘의 비극적 상황과 그 아픔을 개체의 체험 차원을 넘어선 민족적 한으로 인식하여 그것을 풀어내는 일에 신명을 내고 있음을 한국문학 혹은 민족문학이 나아갈 바람직한 방향이라는 점에서 본받아 좋을 것이다.

독자의 신뢰를 얻어낼 수 있는 것이라야 한다

자기 자신의 이야기를 쓰라는 이야기나 체험적 이야기를 쓰라는 것은 그 이야기를 읽는 독자를 감동시킬 수 있는 이야기를 쓰라는 것을 강조하기 위함이다. 감동은 그것이 꾸며진 이야기라는 사실을 잊고 완전히 그 이야기 속에 빠져 들었음을 의미한다. 이야기에 완전히 빠져 들었다는 것은 그것을 만든 사람을 신뢰하고 있다는 것을 말함이다. 작가가 그 이야기에 대해서 얼마나 많이 알고 있는가 하는 것이 독자에게 신뢰를 주는 확실한 방법일 것이다.

이것은 소설이 마땅히 지녀야 할 진실성의 문제와도 상관된다. 독자들은 그 이야기 속에 그것을 쓴 사람의 진심이 얼마나 작용했는가를 진단하고 싶어 한다. 작가 자신도 잘 모르는 이야기를 만들어서는 안 된다는 걸 명심할 일이다.

독자의 신뢰를 얻어낼 수 있는 소설은 작가 자신이 감동하는 이야기여야 한다. 어쩌면 소설가는 자기가 만드는 이야기에 감동하는 재미로 소설을 쓰고 있는지도 모른다. 자기가 감동할 수 있는 이야기는 그것을 쓰는 자신이 그 이야기에 얼마나 진지하게 매달렸는가에 달려 있다고 생각한다. 그러한 진실성을 낳게 하는 '무엇'을 찾아 최선을 다했을 때 독자들은 신뢰의 눈으로 그 이야기에 빠져 들 수가 있는 것이다.

쓰려는 '무엇'의 전문가가 돼야 한다

다른 사람들도 다 아는 그런 사실을 대단한 발견처럼 떠벌리기 위해 소설을 쓸 필요는 없다. 독자가 어떤 소설을 선택했다는 것은 그가 이미 그 소설에서 그린 세계에 대해 상당한 관심과 식견을 가지고 있다는 것을 뜻한다고 봐야 한다. 독자를 감쪽같이 속여 넘기기 위해서도 쓰려는 이야기의 전문가가 돼야 한다. 자신이 가장 잘 아는 이야기를 쓰라는 말과 같은 맥락에서 이해해도 좋을 것이다. 그 '무엇'이 남들도 다 아는 것, 뻔한 이야기, 들어봤자 그렇고 그런 것이면 독자들은 그 이야기에 식상하게 마련이다. 그 방법이 아무리 새롭다고 하더라도 남들이 다 아는 진부한 이야기는 독자를 긴장시키기 어려운 법이다.

소설 한 편을 만든다는 것은 곧 독창적인 새로운 세계 하나를 만든다는 것이기 때문에 아직 누구도 그 속에 들어가 경험해 보지 못한 세계로서의 낯설음, 신비함, 의외성이 독자를 사로잡을 수 있어야 한다. 그것을 만든 사람만이 그 문제에 대해 정통하다는 전문성의 강조야말로 소설을 쓰는 또 다른 즐거움일 수 있다.

동학혁명을 소설로 다루는 작가는 동학혁명의 배경과 그 역사적 의의에 대해 사학자 못지않은, 오히려 그 역사의 깊이와 각도에서는 사학자보다 앞서는 잣대를 가지고 있어야 한다고 본다. 지나간 역사 속의 어느 변두리 그늘진 곳을 재생시키기 위해서는 그 시대 민중적 삶의 제반 습속과 하찮은 일상에 대해서도 정통하지 않으면 안 될 것이다. 종교 문제를 다루는 소설은 작가가 얼마나 진지한 구도적 자세로 그 문제를 다루었는가에 따라 독자로부터 신뢰를 얻어낼 수 있으며, 농촌 문제를 다루기 위해서는 그 방면 정책자의 안목은 물론이고 그 정책 자체를 체감으로 비판할 수 있는 농민의식이 있어야 함은 두말할 것도 없다.

성공한 소설은 어김없이 그 소설 전체, 아니면 그 어느 한 부분만이라도 반드시 독자를 제압하는 전문적인 안목이 그 작품의 형상화에 기여하고 있음을 발견할 수 있다. 전문적인 안목이란 단순히 지식의 나열이나 현학적 자기 과시가 아닌 신념과 그 판단이 따르는 책임성, 진실성의 문제라고 생각한다.

전문성의 문제를 생각할 때 노동자, 농민 혹은 전문 직업에 종사하는 사람이 그 방면의 이야기를 소설로 형상화시키는 작업은 매우 바람직한 일이라고 생각한다. 이러한 차원에서 창작 주체의 문제도 제기될 수 있다고 본다.

쓰려는 그 '무엇'의 전문가가 되기 위해서 당신은 그 무엇 속에 깊이 빠져 들어야 한다. 당신이 그처럼 몰입한 그 문제가 온전히 당신의 것으로 절실하게 다가설 때 소설 쓰기를 시작할 일이다.

어린 시절의 기억을 밑천 삼아라

많은 작가들이 유소년 시절의 체험을 재생시키는 일로 소설 쓰기의 힘을 삼고 있다. 정서적으로 가장 예민한 시절에 겪은 일들은 쉽게 잊혀 지지 않을 뿐더러 강한 연상 작용을 불러일으키게 마련이다. 그렇게 각인된 기억은 훗날 작가가 되었을 때 이용할 수 있는 가장 확실한 이야깃거리인 것이다.

소설을 쓰기 위해 당신은 이용이 가능한 당신의 과거를 보물처럼 다룰 줄 알아야 한다. 당신의 유소년 시절은 당신의 과거 중에서 가장 빛나는 보석이다. 당신 체질과 개성을 결정적으로 완성시킨 유소년 시절의 기억들은 당신이 쓰려는 모든 이야기의 단서가 될 것이기 때문이다. 유소년 시절의 어떤 기억들이 바로 당신이 찾고 있는, 몸에 맞는 그 '무엇'을 결정짓게 하는 계기가 될 수 있다고 믿어도 좋을 것이다.

당신의 일기장이 바로 그 '무엇'의 단서다

당신이 쓰고 있는 일기장 속에서 당신이 쓰려는 그 '무엇'을 쉽게 찾아낼 수도 있을 것이다. 일기는 가장 절실했던 일들을 기록하고 있다. 당신의 생각이 가장 솔직하게 드러난 것이 일기가 아니겠는가. 정말 좋아했던 어떤 일, 죽기보다 싫었던 어떤 기억, 증오, 연민, 환멸, 회의 등 쉽게 잊을 수 없는 일들이 반성의 기미를 보이면서 기록된 것이 당신의 일기인 것이다. 당신의 일기 속에 들어 있는 어떤 것 하나를 택해 소설을 만들 때 당신은 신명이 날 것이다. 평소 당신을 괴롭혀온 어떤 죄의식이 일기장을 뛰쳐나오면서 당신의 상상력은 겁도 없이 무한정 펼쳐지기 시작하는 그 즐거움, 그것이 바로 당신이 소설을 쓰는 이유일는지도 모른다.

열등 콤플렉스를 무기로 삼아야 한다

왜 쓰려는가 하는 자기 검증을 통해 확인했듯이 소설을 쓰려는 당신에게는 열등 콤플렉스를 극복하기 위한 남다른 노력이 소설 쓰기로 나타났다는 것을 인정할 필요가 있다. 당신은 열등한 어떤 문제로 인해 치유되기 어려운 상처를 입었다. 이제 당신은 그 상처를 무기로 삼아야 한다. 그 상처는 오직 당신만이 잘 아는 문제로서 그 이야기라면 누구보다도 자신이 있잖은가. 부모를 일찍 잃은 아이가 자립심이 강하고 매사에 도전적이듯 당신은 소설 쓰는 일을 통해 당신을 괴롭혀온 그 열등 콤플렉스를 극복하게 될 것이다. 그것이 바로 맺힌 것 풀기가 아니겠는가. 소설 쓰는 일로 당신은 모든 것을 보상받을 수 있다. 그 당시의 형편으로는 도저히 접근할 수도 없었던 그 소녀를 이제 소설 속에서 뜨겁게 사랑할 수도 있으며 통쾌한 복수의 칼을 들이댈 수도 있는 것이다.

작가는 소설을 씀으로써 그 소설 속의 인생을 새로이 사는 것이나 다름없다. 연애소설의 명수인 작가에게서 사랑 콤플렉스를 발견하는 일은 어렵지 않다. 사랑에 대한 갈구가 연애소설을 만드는 힘으로 작용하는 것은 당연한 일이다.

슬픔, 기쁨, 아름다운 추억, 어떤 사물에 대한 혐오감이 당신이 만드는 소설의 얼개에 사용되는 끈끈한 접착제가 될 것이다. 멀리서 찾을 것이 아니라 바로 자신의 안에서, 가족사에서, 이웃들의 삶 속에서, 더 넓게는 우리 민족사의 비극 자체가 당신의 열등 콤플렉스가 되어 당신의 상상력을 부추기고 있다는 것을 잊어서는 안 된다.

당신의 관심을 지배하는 그 인물에 대해서 써라

소설이 인간에 대한 이야기라는 것은 다 아는 사실이다. 문제는 어떤 인간에 대해서 써야 좋은 소설이 될 수 있는가 하는 점이다. 당신이 지금까지 살아오며 만남을 가졌던 그 많은 사람 중에서 잘 잊히지 않는 사람,

이를테면 사랑했던 사람, 주는 것 없이 미웠던 사람, 그 생각이나 행동이 좀 별났던 사람을 떠올릴 일이다. 당신이 어릴 때 살던 고향 마을의 마스코트 같은 반편이라든가, 마을을 벌컥 뒤집어엎었었던 어떤 인물, 마을에 소리 없이 숨어들어 당신에게 신비감을 안겨주고 홀연히 사라진 그 사람, 그러나 지금은 모든 사람들의 기억 속에서 사라져버린 그런 사람에 대해서 관심을 새로이 할 필요가 있다. 당신이 쓰려는 그 무엇의 모델은 항상 당신 가까이 있는 '그 사람'으로 하는 것이 성공할 확률이 크다는 것을 알아야 한다.

그러나 작가가 달라붙어 파먹을 수 있는 밭은 작가의식의 성숙에 따라 바뀔 수도 있다. 매장량이 많지 않은 광맥을 계속 파봤자 별로 신통할 것이 없다고 판단되면 즉시 다른 곳을 파는 게 좋다. 사실 대부분의 작가들은 자기가 달라붙었던 '무엇'을 필요에 따라 자주 바꾸기도 한다. 보다 새로운 것을 찾고 싶은 작가적 욕구 때문이다. 그것은 독자의 반응이 결정적 역할을 할 때가 많다. 아무리 몸에 맞는 옷도 철 지난 옷은 그것을 입은 사람이나 보는 쪽이나 모두 불편하기 마련인 것이다. 작가들은 대부분 고급독자(비평가가 그 대표적이다)의 반응, 혹은 의미 부여에 의해 새삼스레 철에 맞는 자신의 옷을 바꿔 입듯 자신의 의식을 변형 혹은 성숙시켜 가는 일에 게으르지 않다.

'어떻게 쓸 것인가'에 들어가기 전, 다음에 소개하는 작품들을 찾아 읽기를 간곡히 권하는 바다. 무엇을 써야 좋은 작품을 만들 수 있는가 하는 고민 속에서 당신이 만나게 될 다음 작가들의 작품들은 우선 당신을 절망시킬 것으로 생각된다. 보통 독자들에게는 그 작가가 택한 그 '무엇'의 절실함이나 전문성이 그대로 소설 읽기의 감동으로 이어질 수 있겠지만 소설을 쓰려는 당신이 필요에 의해서 하는 독서는 자신의 부족함을 확인하는 피할 수 없는 고통의 시간이 될 것이 분명하기 때문이다. 그러나 소설을 쓰려는 당신은 이 싸움에서 이겨야 한다. 대체로 성공한 작품들이 갖고 있는 힘을 확인하는 작업에서의 그 절망이 곧 '무엇을 쓸 것인가'의 단서를 얻어낼 유일한 기회라는 걸 잊어서는 안 될 것이다.

거듭 말하거니와 다음 작가의 작품들을 통해 그들이 자신의 몸에 맞는 옷을 얻기까지 그 문제에 얼마나 진지하게 몰입했는가 하는 것을 확인해 보는 것이 좋은 소설공부가 되리라고 믿는다. 그들이 선택한 그 '무엇'이 그대로 그네들 소설의 방법으로 나타났다는 것을 확인할 수 있다면 더 바랄 것이 없겠다.

쓰고 싶은 강렬한 욕구를 억누르는 일도 좋은 소설공부라고 생각한다. 쓰고 싶은 욕구를 지그시 누르고 우선 오늘 우리들과 호흡을 같이하고 있는 다음 작가들의 작품을 읽는 일부터 시작할 일이다. 물론 다음에 열거한 작가와 작품들은 당신의 독서 편의를 위한 극히 제한적이고 주관적인 선택임을 밝혀둔다. 그러나 다음 작품들을 읽음으로써 당신은 오늘 우리 한국문학의 현주소를 확인하는 동시에 우리 소설의 체취를 당신의 것으로 하는 결정적 계기가 되리라고 믿는다.

강영숙: 〈문래에서〉(단편)

공선옥: 〈명랑한 밤길〉(단편)

공지영: 〈맨발로 글목을 돌다〉(단편)

구효서: 〈별명의 달인〉(단편)

권여선: 〈약콩이 끓는 동안〉(단편)

김 숨: 〈뿌리 이야기〉(단편)

김 훈: 〈화장〉(단편)

김경욱: 〈장국영이 죽었다고?〉(단편)

김도연: 〈0시의 부에노스아이레스〉(단편)

김미월: 〈정원에 길을 묻다〉 (단편)

김병언: 〈이삭줍기〉 (단편)

김성동: 〈오막살이 집 한 채〉 (단편)

김소진: 〈자전거 도둑〉 (단편)

김승옥: 〈무진기행〉 (단편)

김애란: 〈침이 고인다〉 (단편)

김연수: 〈달로 간 코미디언〉 (단편)

김영하: 〈오빠가 돌아왔다〉 (단편)

김용성: 〈홰나무 소리〉 (단편)

김원우: 〈무기질 청년〉 (중편)

김원일: 〈미망〉 (단편)

김이설: 〈아무도 말하지 않는 것들〉 (단편)

김이정: 〈그 남자의 방〉 (단편)

김인숙: 〈바다와 나비〉 (중편)

김주영: 〈외촌장 기행〉 (단편)

김중혁: 〈엇박자 D〉 (단편)

김지원: 〈사랑의 예감〉 (중편)

김향숙: 〈수레바퀴 속에서〉 (단편)

문순태: 〈말하는 돌〉 (단편)

박민규: 〈아침의 문〉 (단편)

박범신: 〈덫〉 (단편)

박상우: 〈샤갈의 마을에 내리는 눈〉 (단편)

박상원: 〈하루〉 (단편)

박영한: 〈왕릉일기〉 (중편)

박완서: 〈꿈꾸는 인큐베이터〉 (중편)

박태순: 〈무너진 광장〉 (중편)

박형서: 〈자정의 픽션〉 (단편)

백가흠: 〈조대리의 트렁크〉 (단편)

서영은: 〈먼 그대〉 (단편)

서정인: 〈강〉 (단편)

서하진: 〈책 읽어주는 남자〉 (단편)

성석제: 〈황만근은 이렇게 말했다〉 (단편)

손홍규: 〈톰은 톰과 잤다〉 (단편)

송 영: 〈선생과 황태자〉 (중편)

송기숙: 〈개는 왜 짖는가〉 (중편)

신경숙: 〈풍금이 있던 자리〉 (단편)

신상웅: 〈히포크라테스의 흉상〉 (중편)

양귀자: 〈원미동 시인〉 (단편)

오정희: 〈동경〉 (단편)

유재용: 〈달빛과 폐허〉 (중편)

윤대녕: 〈은어낚시통신〉 (단편)

윤성희: 〈레고로 만든 집〉 (단편)

윤영수: 〈착한 사람 문성현〉 (중편)

윤정모: 〈밤길〉 (단편)

윤후명: 〈돈황의 사랑〉 (중편)

윤흥길: 〈장마〉 (중편)

은희경: 〈아내의 상자〉 (단편)

이균영: 〈어두운 기억의 저편〉 (중편)

이기호: 〈밀수록 다시 가까워지는〉 (단편)

이동하: 〈장난감 도시〉 (단편)

이명랑: 〈어느 휴양지에서〉 (단편)

이문구: 〈해벽〉 (단편)

이문열: 〈금시조〉 (중편)

이상문: 〈숨은 그림찾기〉 (중편)

이순원: 〈낮달〉 (단편)

이승우: 〈일식에 대하여〉 (단편)

이인성: 〈한낮의 유령〉 (중편)

이인화: 〈시인의 별〉 (단편)

이제하: 〈초식〉 (단편)

이창동: 〈소지〉 (단편)

이청준: 〈눈길〉 (단편)

이청해: 〈빗소리〉 (단편)

이현수: 〈마른 날들 사이에〉 (단편)

이혜경: 〈길 위의 집〉 (단편)

이호철: 〈판문점〉 (단편)

임철우: 〈아버지의 땅〉 (단편)

전경린: 〈천사는 여기 머문다〉 (단편)

전상국: 〈꾀꼬리 편지〉 (단편)

전성태: 〈퇴역 레슬러〉 (단편)

정건영: 〈골패〉 (단편)

정미경: 〈내 아들의 연인〉 (단편)

정지아: 〈풍경〉 (단편)

정 찬: 〈정결한 집〉 (단편)

조경란: 〈불란서 안경원〉 (단편)

조세희: 《난장이가 쏘아올린 작은 공》 (연작)

조정래: 〈유형의 땅〉 (중편)

채희문: 〈외로운 질주〉 (단편)

천운영: 〈바늘〉 (단편)

최 윤: 〈회색 눈사람〉 (단편)

최문희: 〈크리스탈 속의 도요새〉 (중편)

최수철: 〈배경과 윤곽〉 (중편)

최인호: 〈타인의 방〉 (단편)

최인훈: 〈웃음소리〉 (단편)

최일남: 〈힘을 먹는 다슬기〉 (단편)

편혜영: 〈토끼의 묘〉 (단편)

하성란: 〈곰팡이꽃〉 (단편)

한 강: 〈아기 부처〉 (단편)

한상윤: 〈고리〉 (단편)

한수산: 〈타인의 얼굴〉 (단편)

한승원: 〈두족류〉 (중편)

한창훈: 〈섬에서 자전거 타기〉 (단편)

함정임: 〈광장 가는 길〉 (단편)

현기영: 〈순이삼촌〉 (중편)

현길언: 〈사제와 제물〉 (중편)

황석영: 〈삼포 가는 길〉 (단편)

황정은: 〈파씨의 입문〉 (단편)

〈가나다 순〉

4장

어떻게 쓸 것인가

발상이 좋아야 한다

물은 스스로 길을 만든다

땅속의 물줄기가 위로 솟은 것이 샘물이다. 샘물은 웅덩이를 채웠다가 넘쳐흐르면서 골을 이뤄 다시 시내를 이루고 강줄기를 만든다. 물의 양이나 그 흐름의 여리고 세참에 의해 강줄기가 바뀌기도 한다. 물길이 처음부터 있었고 그 길로 물이 흘러간 것이 아니다. 한 가지 분명한 것은 물은 위에서 아래로, 그리고 자신이 뚫기가 좋은 지층을 골라 흘렀다는 사실이다. 중요한 것은 그 길을 만들어 흐르는 물이다.

소설 쓰기도 마찬가지다. 소설 쓰는 어떤 방법이 따로 있고 그 방법에 의해서 모든 소설이 만들어지고 있다고 잘못 알고 있는 사람이 의외로 많다.

좋은 소설은 모두 그 하나하나가 방법인 것이다

소설을 만드는 것은 그 어떤 방법이 아니고, 방법을 필요로 하는 이야깃거리와 그 이야기에 감춰져 있는 작가의 어떤 의식인 것이다.

할 말 쓸 말이 많아 그것이 저절로 넘쳐흘러 물줄기를 이루면 그것이 바로 새로 뚫린 길, 새 방법인 것이다. 예부터 지금까지의 좋은 소설은 모두 그 하나하나가 지금까지 이 세상에 알려지지 않은 소설 쓰기의 새로운 방법이라고 봐도 틀리는 말이 아니다. 소설은 다 알다시피 창조된 세계다. 창조란 있던 것을 흉내 냄을 말하지 않는다. 사람 하나하나가 모두 다른 얼굴, 다른 개성을 가지고 있듯이 당신이 쓰려는 소설은 당신 나름의 방법에 의해 만들어진다는 사실을 알아야 한다.

어떻게 쓸 것인가에 너무 집착하지 말아야 한다는 것을 강조하고 싶다. 그렇다고 소설 쓰는 방법을 아예 무시하라는 얘기는 아니다. 알아야 할 것은 알아야 한다. 중요한 것은 소설이 어떻게 쓰이는가 하는 것을 어느 정도 안 다음에는 그것을 아예 잊어버리거나 무시해도 좋은 자기의 방법을 창출할 수 있어야 한다는 얘기다.

물은 위에서 아래로 순리를 따라 흘러가야 한다는 것, 물은 산을 넘어가는 것이 아니라 그 산의 어느 골짜기를 타고 흘러내린다는 것, 강줄기는 물에 의해 그 꼴이 바뀌어간다는 것, 여러 골짜기를 제멋대로 흘러내린 물줄기는 시내에서 내로 다시 강으로, 강에서 바다로 일사분란하게 합류된다는 것, 즉 하나의 중심을 향해서 어떤 목표를 향해서 그 흐름이 나름나름의 조화를 부리면서 모여들어 하나를 이루는 그것이 강이라는 것—이런 당연한 사실을 확인하고자 하는 것이 '어떻게 쓸 것인가'라고 생각하면 좋을 것이다.

소설 쓰기의 절차를 밟아라

아무리 바빠도 바늘허리 매어 쓰지 못하는 법이다. 모든 글쓰기에는 의식적이든 아니든 거쳐야 할 소정의 절차와 그 나름의 격식이 있게 마련이다. 이것은 소설 쓰기의 기법을 익히기 이전의 문제인 것이다. 기법이 소설을 담는 그릇이라면 소설 쓰기의 절차는 그 그릇을 만드는 과정이라고 생각할 수 있다. 사람 사는 일이 모두 그러하듯, 그 과정을 무시한 소설 쓰기란 있을 수 없다.

소설 쓰기의 절차는 그것을 쓰는 사람의 개성이나 습관에 따라 약간씩 다를 수 있다. 소설을 여러 편 쓰다 보면 자기한테 맞는 나름의 효과적인 절차를 갖게 되기 때문이다. 그러나 소설이 만들어지는 기본적인 과정은 다를 수가 없다.

1. 무엇을 쓸 것인가에 대한 고민(어떤 의도 혹은 어떤 이야기)
2. 이야기의 얼개 구상(이야기의 대충 줄거리 및 그 전개방법과 인물·배경 설정)
3. 집필(제목 붙이기, 초고 잡기, 서두 쓰기, 효과적인 반전 등)
4. 퇴고(부분 수정에서 처음부터 다시 쓰기까지)

이 단계를 달리 도식화하면 다음과 같다.
발상 → 구상 → 아우트라인 → 집필 → 퇴고

이제 소설이 쓰이는 단계를 좀 더 구체적으로 살펴보도록 하자.

독자들은 그 작품의 발상 경위를 알고 싶어 한다

독자들은 자기가 읽은 작품이 어떤 아이디어에 의해 쓰였는가를 궁금해 한다. 감동이 큰 작품일수록 그것이 그 작가의 실제 체험일는지 모른다는 생각을 하게 된다. 혹시 그 작품의 모델이 누구는 아닐까 하는 생각도 해볼 것이다. 또는 그 작품은 한창 관심이 집중되고 있는 사회의 어떤 문제에서 힌트를 얻은 것이 아닐까, 멋대로 상상해 보기도 한다.

자기가 읽은 그 작품의 작가를 만나게 된다면 그것을 도대체 어떤 동기에 의해 썼는가를 반드시 물어보리라 벼르게 되는 것은 당연하다. 그리하여 독자들은 그 작가가 쓴 작가 노트에 남다른 관심을 가지고 그 작품을 쓴 경위를 알고 싶어 한다.

독자들의 이러한 소설 발상에 대한 관심은 그 작품을 제대로 이해하고 싶은 무의식적 욕구인 동시에 자신이 빠져 든 그 거짓말 이야기에 대한 신뢰를 후회하지 않으려는 소설 사랑의 마음이라고 해도 크게 틀리지 않을 것이다.

소설을 쓰려는 당신이 소설 착상에 대한 관심을 깊이 가져야 한다는 것은 소설 쓰기의 가장 기본적 자세라고 생각한다.

열 편의 소설은 각각 다른 열 개의 발상에 의해 만들어진다

작가마다 체질과 개성이 다르듯 소설 쓰기의 그 발상법도 각각 다를 것이다. 같은 작가라 해도 그 작품 하나하나의 발상이 모두 다르다고 봐야 한다. 모든 소설은 각각 그것만의 독특한 발상 내력을 가지고 있게 마련인 것이다.

자, 이쯤에서 당신은 소설을 쓰는 어떤 발상법이 따로 있는 것이 아니라는 것을 알게 됐을 것이다.

그러나 당신은 당신이 읽은 그 작품들이 어떤 발상에서 비롯됐는지 알아볼 필요가 있다. 그것은 당신이 지금까지 좋은 소설을 쓸 수 있는 아이디어를 우습게 흘려버렸다는 것을 무릎을 치며 아쉬워하기 위해서도 필요한 것이다. 그리고 당신은 정말 별것 아닌 일에서 그 작품들이 소설로 발전되었다는 것을 놀라운 마음으로 확인해야 한다.

도대체 어떤 아이디어가 소설로 발전될 수 있는가. 그 아이디어는 막상 소설로 발전되는 과정에 어떤 형태로 탈바꿈했는가. 하나의 아이디어가 소설로 발전되기까지는 얼마만큼의 시간이 필요했던가.

작가로서 갖게 되는 첫 번째 기쁨은 이것이 소설이 될 수 있지 않을까 하는 아이디어가 떠올랐을 때다.

그것은 대체로 느닷없이 영감처럼 오는 것이다

화장실에서, 대중목욕탕에서, 술 한 잔 걸치고 올라탄 만원버스 속에서, 정말로 숨넘어가게 바쁜 일터에서, 늘 만나는 친구와의 술자리 그 시시껄렁한 대화 속에서, 가족들의 입을 통해 듣게 되는 이웃집의 딱한 이야기 속에서, 무심히 전해 듣게 된 중학교 어느 동창의 별난 인생에서, 신문의 삼단기사 몇 줄 그 문맥에서, 자신이 좋아하는 그 사람을 생각하는 그 달콤한 시간에, 주는 것 없이 미운 그 인간을 망신 줄 그 아이디어가, 세상에서 일어나고 있는 갖가지 사회 문제가, 특히 가정 파괴범의 그 파렴치한 인간 포기의 흉악성에 대한 치 떨리는 분노가 느닷없이 당신이 쓰지 않고는 견딜 수 없는 어떤 결정적 단서를 제공해 줄 것이다.

다음에 예로 드는 몇 작가의 작품 발상을 살펴보는 과정에서 특히 실제로 그 작품을 찾아 읽는 동안에 당신은 영감처럼 떠오르는, 바로 이것을 쓰면 소설이 되겠구나 하는 기발한 아이디어에 의해 흥분을 감추기 어려울 것이라고 확신한다.

우선 요즘 작품 활동이 매우 활발한 신인 작가들에서부터 시작해 그 완숙기에 이른 중견 작가들에 이르기까지의 소설 발상에 대한 이모저모를 알아보자.

'소설 창작의 출발점은 관찰에 있다'고 말하는, 〈배경과 윤곽〉의 작가 최수철은 그의 연작 장편소설《고래 뱃속에서》를 쓴 경위를 이렇게 말한다.

> 언젠가 한 대학 선배와 이야기하던 중에 그가 이런 말을 한 적이 있다. 강릉에 사는 그는 어쩌다가 대관령을 지날 때마다 그 위에서 강릉을 내려다보면 멀리 바다가 떠올라 보이고 강릉시는 그 밑으로 가라앉아 있는 것으로 보여서 마치 고래 뱃속을 들여다보는 것 같다는 것이었다. 그 말을 듣는 순간 내게는 사람 사는 세상이 온통 고래 뱃속으로 보이기 시작했고, 동시에 고래 뱃속이란 말이 불러일으키는 그 무수한 이미지들로 나의 머릿속이 가득 차버렸다.

최수철은 그 대학 선배의 말이 그때까지 막연하게 머릿속에 가졌던 어떤 생각에 방향성을 준 결정적 계기가 되었다고 말한다. 그것이 작품으로 형상화되는 데는 그때로부터 4년이 지난 뒤가 된다.

이미 지나간 일, 그러나 아픔은 다시 시작되고 있다

무서울 정도로 문장수련을 거쳐 늦게 등단한 한상윤은 그의 성공적인 단편 〈고리〉의 발상 경위를 이렇게 말한다.

> 나의 문학수업을 지켜보시던 분이 조언을 하셨다. 자신의 체험을 '나'라는 1인칭으로 써 보라는 것이었다. 그 무렵 칠면조 사육으로 파산 지경에 몰렸던 일은 기억 속에서 4년이나 앙금처럼 가라앉았다가도 수시로 뼈아프게 살아나곤 했다. 그때의 경제적 파탄, 살육현장의 참담함, 그 아픔을 소설

로 써서 성공하겠다는 욕망이 나를 책상 앞에 앉도록 만들었다. 그 아픈 기억과 절실함을 되찾기 위해 4년 전의 그 칠면조 사육장을 찾아갔다. 칠면조를 돌보며 숙식을 하던 슬레이트 지붕의 흙벽돌집은 그럴싸하게 단장이 되어 조그마한 암자로 바뀌어져 있었다. 부처님, 향불 냄새, 목탁 소리…… 순간 나의 뒷골을 때리는 말이 있었다. 30년 불도생활을 해오신 시어머니가 칠면조 살생 장면을 지켜보시다가 장탄식처럼 내뱉으시던 말, 너희들 그 죄 어떻게 다 받을래?

칠면조 사육 실패의 그 아픈 체험과 시어머니의 그 말이 단편 〈고리〉로 형상화되는 데 꼭 4년의 세월이 걸렸다는 것을 작가는 밝히고 있다.

《황색인》의 작가 이상문李相文은 그의 문제작인 중편 〈그림자 찾기〉의 발상을 이렇게 말하고 있다.

당시 박대통령이 학생 시위가 빈발하는 이유 중의 하나는 역사소설이 너무 부정적으로 돼 있기 때문인 것 같다면서 정신문화연구원에 역사를 좀 더 긍정적으로 서술할 수 있는 방도를 찾아보라는 지시를 내렸다는 신문기사를 읽고, 다시 쓰이는 역사, 역사의 변조·왜곡에 대해서 생각하기 시작한 것이 중편 〈그림자 찾기〉를 쓰게 된 동기였다.

〈못〉이라는 짜임새 있는 단편을 발표하면서부터 작가적 역량을 보여온 작가 이승우는 작품 발상이 대체로 어떤 관념의 편린으로부터 시작된다는 것을 전제로 한 다음, 〈못〉은 자신이 월미도에 살던 시절 어느 정신질환증세를 보이던 젊은이의 자살이 준 그 충격을 평소 종교 아니면 광기에 의탁하지 않으면 안 되는 이 시대의 암울한 상황 인식에 곁들여 종교와 정치의 관계를 생각하는 단계까지 발전시킨 것이라고 말한다. 그 작품에 역동적으로 작용한 자신의 생각을 그는 경구식으로 노트한 바 있다.

> 뵈는 게 없는 사람은 위험하다. 그러나 뵈는 게 너무 많은 사람은 불행하다. 볼 걸 다 보고 살면서도, 마치 뵈는 게 없는 것처럼 거침없이 행동할 수 있는, 그러면서도 그런 행동이 어떤 식으로든 '벙어리'의 패배를 유발시키지 않는 삶의 자리를 우리는 꿈꾼다.

중편 〈병원〉과 〈철탑〉의 작가 채희문은 "내 삶에서 느끼는 권태를 피해 한눈을 파는 행위 그것이 내 소설 발상의 단서가 된다. 즉, 권태로운 나를 끌어들이는 강한 호기심 그 자체가 소설을 만드는 힘이 된다"며, 그의 단편 〈309.8킬로미터〉가 발상된 것도 '이런저런 생각으로 잠 못 이룬 채 앉아 있을 때 들려온 요란한 기차 소리가 던져준 허탈감'이 동기였다고 말한다.

가장 가까이 지내는 사람들에 대한 작가적 관심이 좋은 소설을 만든다

작가 김원일의 빼어난 단편 〈미망〉은 자신이 함께 모시고 살던, 이데올로기의 질곡에 희생된 할머니와 어머니의 한 깊은 실제적 삶의 모습을 그린 것이다. 성격은 물론 그 식성까지 대조적이던 두 분의 평소 갈등을 소설 속에서나마 화해시키고 싶었던, 그 가정 장손으로서의 그 마음 자체가 그 작품을 쓰게 된 동기가 됐다고 볼 수 있다. 한 노인네의 행복한 죽음을 특출 나게 묘사한 단편 〈가을볕〉은 자식으로서 평소 어머니의 자상한 사랑을 받지 못하고 자란 작가가 구원의 한 여인상(어머니의 실제 모습과는 반대되는)을 마음속에 그려보는 과정에서 얻어진 작품이라고 한다.

'이런 인물'을 만들어내자는 그 생각이 곧 소설의 발상이다

〈누님의 초상〉의 작가 유재용은 실향민소설의 발상이 대부분 직접 겪은 일을 돌이켜보는 과정에서 얻어진 것임을 강조한다. 중편 〈누님의 초상〉은 격변기의 거센 물결에 능동적으로 적응하며 살아간 여인상을 그리겠다는 인물의 성격창조를 그 발상으로 삼아 실향민 속에 얼마든지 있을 법한 그런 인물을 모델로 하여 구상된 소설이다. 작가 유재용은 세를 얻어 차린 그의 문방구에서 어느 날 문득 이게 내 삶을 사는 것이 아니라 남의 삶을 살고 있다는 생각을 하게 된다. '남의 삶을 살아가는 인생'을 그려보자는 생각이 가벼운 흥분을 가져온다. 소아마비로 다리 한 짝이 불구인 아들을 잃어버린 어느 부잣집 아들의 대역을 하다가 죽음을 당하는 비극적 인생을 그린 〈타인의 생애〉가 바로 문방구에서 문득 떠오른 '남의 삶을 살아가는……'이란 발상에서 얻어진 작품이다.

몇 년 뒤 그는 〈타인의 생애〉의 그 발상을 다시 살려 좀 더 다른 각도의 작품을 구상하게 된다. 남의 인생을 대신 살되 두 인생의 만남을 불교적인 인연과 인생 유전의 세계로 수용한, 이상문학상 수상 작품인 단편 〈관계〉가 바로 그것이다. 그의 또 다른 단편 〈날아온 돌 하나〉는 어떤 아이가 우연히 던진 돌에 맞은 새 한 마리가 그 소설을 쓰게 된 동기가 된다. 인생에 있어서 어떤 우연성이 불러일으키는 문제를 우선 한 편의 콩트로, 그것이 더 많은 시간이 지난 다음 단편소설로 만들어진 것이다. 단편 〈세월의 덫〉도 '인생 항로에 무수히 널려 있는 덫이나 함정'에 대해 생각해보는 단계에서 얻어진, 즉 주제의식적 발상에서 비롯된 것이다.

여행에서 겪은 잊히지 않는 그 일이 소설의 단서가 된다

절필 선언까지 했던 《객주》의 작가 김주영은 깔끔한 단편 〈새를 찾아서〉란 작품을 쓰게 된 동기를 '작가의 말'에 적고 있다.

가깝게 지내고 있는 사람들은 잘 알고 있지만 내 생활을 세 가지로 대별한다면 술과 여행과 외박이다. 나는 이 세 가지 생활 관습 중에 한 가지도 등한히 할 수 없어서 항상 사랑한다. 〈새를 찾아서〉는 그 세 가지 중 여행에서 얻어진 소재이다. 이 작품에 도움말을 준다면 이야기의 줄거리는 실제였다는 것이다. 나는 지난해 여행 경험을 오래 잊지 못할 것이다.

〈물과 구름의 순례〉의 작가 황충상黃忠尙은 〈복원가〉라는 단편이 "태화관이 헐릴 무렵 나는 인사동 화랑가에 있던 출판사 편집일을 하고 있었다. 그때 만났던 복원가 송씨에 대한 나의 환상 내지는 연민"으로부터 비롯되었다는 것을 말하고 있다.

생각의 상투성 깨기, 그것이 곧 소설의 시작이다

〈무기질 청년〉의 작가 김원우는 사건이나 인물에서보다 관념 쪽에서 소설의 발상법을 찾는다고 말한다. 신문의 논조나 여론 등을 다른 각도로 뒤집어보기, 즉 시각의 상투성과 관행을 깨는 시각 비판이야말로 소설문학의 힘이 아니냐는 것이다. 해직기자의 얘기를 다른 인식에서 다룬 중편 〈아득한 나날〉도 뒤집어보기의 한 예일 것이다. "우리에게 미국과 미국인은 무엇인가. 그리고 역으로 그들에게 한국과 한국인은 무엇인가. 흔한 말로 우방이고 친구인가. 그렇지 않으면 서로가 서로에게 돌려보낼 수 없는 볼모인가. 이런 문제가 오래전부터 나의 조그마한 관심사 중의 하나"가 역시 다른 시각을 보인 〈탐험가〉를 써내게 됐던 것이다.

어떤 사람의 죽음, 그것이 곧 소설의 모티프가 된다

〈타오르는 강〉의 작가 문순태文淳太는 〈대추나무가시〉의 발상을 이렇게 적고 있다.

역사 속에서 역사를 보듬고 죽은 사람은 두려움을 이긴 사람이다. 그러기에 우리는 그들의 이름을 오래 기억하려고 한다. 나는 얼마 전 전라북도 김제의 어느 산골짜기 마을에서 동학전쟁 때 수많은 동학군을 목매달아 죽였다는 오래된 대추나무 한 그루와 만났다. 그리고 그 늙은 대추나무를 통해서 위대한 죽음이란 무엇인가 생각해 보았다.

〈붉은 방〉의 작가 임철우는 〈달빛밟기〉란 단편이 발상된 경위를 이렇게 말하고 있다.

우연한 기회에 한 꼽추여자를 알게 되었다. 움막 같은 단칸 집 마루 끝에 구부정하니 앉아서 늘 홀로 대바구니를 짜고 있던 모습을 나는 지금도 기억하고 있다. 지난겨울 어느 날 그녀는 지켜보는 이 하나 없이 눈을 감았고 그 불행한 여자의 쓸쓸한 삶과 죽음은 내 마음에 오래도록 축축한 물기로 남아 있었다. 어쩌면 삶은 분노가 아닌 따뜻함일 거라고 아니 바로 그래야만 할 것이라는 새삼스러운 사실을 문득 그 여자가 내게 깨우쳐주었다.

〈풍화〉의 작가 손영목孫永穆은 집 근처에 제법 풍치가 괜찮은 야산이 어느 날 갑자기 철책으로 진입로를 봉쇄당한 채 무슨 위락 시설을 만든다는 공사가 시작되는 상황에 이르러 "바쁜 일만 없었더라면 주민들을 동원해서 공사 반대 운동을 전개했을 텐데, 산을 쳐다볼 때마다 뒤늦은 배앓이만 하다가, 그래도 명색이 소설가라고 이런 엉뚱한 방법으로 자기 속의 응어리"를 풀기 위한 방법으로 단편 〈최공, 출분하다〉를 구상하게 된다.

신화·전설 등도 소설의 모티프가 될 수 있다

《뜨거운 강》의 작가 정소성鄭昭盛은 동인문학상 수상작인 〈아테네 가는 배〉의 '작가 노트'에서 이렇게 적고 있다.

민족의 비극은 현실적으로, 역사적으로 우리만의 것이 아니다. 수없이 되풀이되어 왔고, 되풀이되고 있는 인류 공통의 것이다. 신화와 전설의 존재 이유가 여기에 있다. 이 소설의 모티프는 멸망 트로이의 전설이다. 포로가 된 안드로마케의 눈물은 이 민족의 눈물이다. 지중해를 건너 아테네 여행을 하면서 나는 이 전설의 의미를 생각했다.

신문의 작은 기사 한 토막이라도 예언처럼 깊이 저장하라

필자의 중편 〈투석〉은 기자들이 취재 여담을 쓰는 지방신문의 작은 칼럼을 읽은 일에서부터 비롯된다. 어느 가정부인이 대낮에 형사들의 방문을 받는데 그 형사들은 자신들이 데리고 온 범죄 피의자를 내보이며 느닷없이 아주머니가 보았다는 사람이 맞느냐고 한다. 생뚱맞은 일을 당한 그 부인은 그들이 돌아간 뒤부터 혹시나 있을지도 모르는 보복이 두려워 불안한 나날을 보낸다는, 시민들의 입장을 고려하지 않는 형사들의 수사 방법을 꼬집은 내용이었다.

뭔가 얘기가 될 수 있을 것 같다는 생각으로 그것을 오려 스크랩을 했다. 최소한 콩트 한 편은 되겠다는 생각이었던 것이다. 스크랩을 뒤질 때마다 그 기사가 눈에 띄었지만 별로 시답잖아 그냥 지나치곤 했다. 무려 4년여 세월 동안이나 내 머릿속에서 푸대접을 받은 셈이다. 그러던 어느 날 문득 그 부인 집에 돌이 날아드는 상황을 상상하게 됐다. 바로 이것이구나. 그때부터 상상이 불붙기 시작했다.

특히 우리의 암울한 현대사 속에서 확인되는 것은 오늘의 가해자가 내일은 피해자로, 결국 피해자가 가해자요 가해자가 피해자라는 평소 우리의 악순환되는 역사에 대해 가졌던 생각이 그 투석 이야기와 걸맞아 떨어지는 순간 단편 하나가 구상되었다가 집필 과정에 그것이 다시 중편으로 탈고됐던 것이다. 결국 원고지 두 장 정도의 짧은 기사가 4년 뒤에 300장 정도의 중편이 될 수 있다는 얘기다.

극작가 존 필미어는 신과 성인과 기적의 문제를 놓고 의문을 제시하는 그 두려운 긴 번민 중 몇 개월 전에 보도된 적이 있는 신문의 헤드라인을 문득 기억해 낸다. '수녀가 아이를 죽이다.' 지금까지의 의문과 번민을 옹호하고 공격할 수 있는 극적이고도 완벽한 투쟁 여건으로서의 창조 가능성이 그 신문의 짤막한 헤드라인을 통해 〈신의 아그네스〉를 만들어내기에 이른 것이다.

싹수 있는 것을 놓치지 않는 작가의 눈을 가져야 한다

지금까지의 여러 작가의 소설 발상에 대해 살펴보는 과정을 통해 확인할 수 있었던 것은 작가에 따라, 상황에 따라, 주제와 제재의 성격에 따라 소설의 발상이 각각 다르게 나타난다는 사실이다. 그러나 분명한 것은 소설이 처음부터 어떤 거창한 명제를 가지고 시작된 것이 아니라는 사실이다. 자신이 체험 속에서 문득 어떤 사실을 환기시킬 수 있는 아주 작은 것들을 놓치지 않고 기억해 두게 되면 그것이 적당한 시기에 소설로 형상화된다는 사실을 알 필요가 있다.

모든 것은 '관심'에서 시작된다

소설을 쓰려는 당신은 소설 발상은 이렇게 해야 한다는 그 어떤 방법을 찾으려고 애쓸 것이 아니라 지금 당장은 아니더라도 언제고 이것은 소설이 될 수도 있겠다는, 그런 싹수를 가진 이야기, 그런 상황, 그런 인물, 그런 생각을 찾아 기억해 두는 습관을 기르도록 노력할 일이다.

문제는 평범 속에서 비범한 것을 찾아내 의미를 부여하는 그러한 작가의 눈을 갖는 일이다. 보고 듣고 겪는 모든 일에 사랑을 가지고 임하는, 그것을 진심으로 이해하고 싶은 그런 관심으로 사물을 바라보는 일이 무엇보다 중요하다는 것을 알아야 한다.

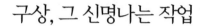

구상, 그 신명나는 작업

선택받은 발상에 살 붙이기, 그 즐거움

발상은 다분히 영감적이고 직관적이다. 또한 그것은 지극히 개인적인 차원의 실제 체험에서 비롯된다. 그것은 마치 신기루 같은 것이어서 잘 붙잡지 않으면 그냥 허망하게 사라져버리거나 본래의 모습을 영영 되찾지 못한 채 무용지물이 되고 만다. 실제로 발상이 됐다고 해서 그것이 모두 소설로 발전되는 것은 한두 개에 불과할 것이다. '바로 이것이다' 하고 흥분했던 발상이 시간이 지나면서 흐지부지 그 빛을 잃어버린 끝에 드디어는 완전히 잊히고 마는 경우가 필자의 창작 노트에도 얼마든지 남아 있다.

발상된 것이 곧바로 소설로 발전되는 경우는 그렇게 흔하지 않은 일이다. 대개의 경우 오랜 시간이 지난 어느 날 느닷없이 '아, 그걸 쓰면 되겠구나' 하는 강력한 끌림을 받은 뒤 거기에 살이 붙기 시작하는 그런 계기가 있게 마련이다. 떠오른 생각을 그때그때 메모해 두지 않으면 벌써 잊혔을 그런 것이 소설로 발전된다고 볼 때 새삼 메모의 필요성을 생각하지 않을 수 없다.

어떻든 계시처럼 떠오른 발상이 모두 소설이 되지 않고 취사선택의 시간을 가져야 소설이 된다는 것은 창조되는 모든 것의 속성을 말해 주는 것이기도 하다. 발상은 창작의 동기일 뿐 창작 그 자체와는 거리가 있는 것이다. 즉, 산수풍광이 좋은 곳의 남향받이 빈 터를 보고 이곳에 집을 지으면 좋겠다는 생각이 떠올랐다고 해서 집이 지어지는 것은 결코 아니기 때문이다.

발상에 살이 붙기 시작하는 그 즐거움이 바로 창작의 두 번째 즐거움에 해당한다고 할 것이다. 생각해 보라. 문득 이것이 소설이 될 수도 있겠구나 하고 무심히 메모해 두었던 것이 어느 날 불현듯 상상의 날개를 달고 자유분방하게 피어오르는 창조의 그 즐거운 유영을.

시작이 반이란 말도 바로 이렇게 발상이 소설로 발전되는 단계의, 대충의 얼개가 보일 무렵의 기쁨에서 나올 수 있는 말일 것이다. 이때부터 그 누구도 들어가 보지 못한 새로운 세계를 찾아 들어가는 당신의 가슴 뛰는 소리만이 들리게 되리라. 소설을 쓰려는 당신은 하나의 우주다. 그 우주에서 새로운 세계 하나를 만들기 위한 당신의 신명나는 작업, 그것을 우리는 구상構想이라고 한다.

구상이란 생각을 얽어 어떤 틀을 만드는 일이다. 생각이란 고정된 틀이 없는 것이어서 극히 유동적이요 변화불측이다. 그대로 내버려두면 산만한 채로 아무런 의미를 부여받을 수 없다. 그 생각의 산만함을 하나의 통일된 얼개로 묶어놓기 위한 작업을 구상이라고 생각하면 된다. 다시 말하면 소설미학이 필요로 하는 내용과 형식이 필연성을 축으로 하여 통일과 질서를 찾아 완전한 구조를 지향하는 노력이 곧 구상이란 말이다.

구상은 당신이 쓰려는 이야기에 '주제의식 불어넣기'와 그것의 효율적 '표현방법 찾기', 그것들을 형상화할 '얼개 만들기'까지의 세 단계가 포함

된 것이다.

구상 단계에서 당신이 유념해야 할 일은 우선 다음 세 가지 원칙이다.

1. 이야기의 중심을 분명히 잡아 산만한 글이 되지 않도록 할 것.
2. 씨도 안 먹히는 지루한 글이 안 되게 꼭 필요한 이야기만 얼개에 넣되 독자를 긴장시킬 수 있는 방법을 찾을 것.
3. 처음과 끝이 달라지지 않도록 일관성 있는 이야기를 만들 것.

위의 세 가지 원칙을 중심으로 구상하는 법을 좀 더 구체적으로 알아보도록 하자.

분명한 주제의식으로 시작할 일이다

이것은 무엇을 쓸 것인가를 분명히 하라는 이야기다. 자기가 꾸며내는 거짓말에 어떤 의미를 주지 않으면 안 된다. 왜 그런 거짓말 이야기를 만들어내야 하는가를 자신의 마음속에 새겨 넣고 시작하지 않으면 안 된다는 것이다.

무엇을 쓸 것인가 하는, 작가의 의도가 없이 쓰인 글은 그야말로 한낱 거짓말 이야기일 뿐이다. 그것은 마치 혼이 들어가 있지 않은 눈사람이나 다름없는 것이다. 살아 있는 이야기, 진실된 이야기를 만들기 위해 주제의식을 분명히 해야 한다.

구상은 이러한 주제의식을 어떻게, 어떤 방법으로 제시하느냐 하는 고민으로부터 시작해야 할 것이다. 즉, 주제의식이 아무리 분명하다고 해도 그것이 적절한 방법으로 드러나지 않으면 오히려 역효과를 가져오는 경우가 흔하기 때문이다. 습작 과정에 있는 작가 지망생들이 종종 주제를 너무 의식한 나머지 그것을 직설적으로 드러내는 경우가 있다. '주제 의식의 빈약'도 문제지만 '주제의 노출'은 더 안 좋다고 본다. 주제가 빈약한 것은 그런대로 읽는 사람에 따라 나름의 의미를 부여할 수도 있겠지만 작가가 지나치게 명시적으로 보여준 주제는 소설의 형상화를 방해하는 가장 분명한 요인이 될 수 있기 때문이다. 주제를 분명히 하라는 말은 그것을 밖으로 드러내라는 얘기와는 문맥이 다른 이야기다. 수필문학을 흔히 주제의 구조라고 하는 것은 그것을 쓴 사람의 의도가 그 글 어느 부분(주로 끝)에 분명히 명시되는 것이기 때문에 하는 말이다. 물론 소설에도 지문이자 등장인물들의 대화 속에 작가의 의도가 의도적으로 배치되는 경우도 있지만 그것은 주제의 극히 미세한 일부분일 뿐 전부는 결코 아닌 것이다. 소설의 주제는 수필처럼 바로 이것을 말하기 위해서 쓰인 것이라는 걸 드러내서는 안 된다. 그것은 그렇게 단순한 것이 아니며 가시적인 것은 더욱 아닌, 보다 암시적이고 함축적이며 복합성을 필요로 하는 성질의 것이다. 분명한 것은 소설의 주제는 작품의 앞에 있는 것도 아니고 끝에 있는 것도 아닌, 그 작품 전체를 지배하는 중심 원리로서의 어떤 힘 같은 것이다. 물론 그것을 쓴 사람의 인생관이나 현실에 대한 어떤 인식이 주제를 이루는 중요한 힘이 되는 것은 사실이지만 그것 자체를 그 작품의 주제라고 생각해서도 안 된다.

의식은 분명히, 그러나 당신이 만드는 이야기 속에 스며들게 해야 한다

주제의식을 분명히 하라는 말은 무엇을 말해야 할 것인가를 명시적으로 밝히라는 말과 다르다는 것을 다시 한 번 강조해 둔다. 당신이 정말 조심해야 할 일은 성질 화끈한 독자들의 성화에 쫓겨 성급하게 당신의 의도를 노출시키는 일이다. 그 독자들의 대부분은 소설을 쓰려는 당신만큼 소설에 대해 모른다고 느긋이 생각할 일이다. 소설에 대해, 특히 당신이 창조하는 세계에 대해 잘 모르는 독자들의 기대를 충족시킬 생각은 아예 하지 않는 게 좋다. 그네들은 결코 당신이 내보인 그 따위 주제에 만족할 사람들이 아니기 때문이다. 비록 그네들이 소설에 대해서는 잘 모른다고 하더라도 당신이 말하고 싶어 하는 그 무엇에 대해서는 당신보다 여러 면으로 또 더 깊이 알고 있다는 것을 잊어서는 안 된다는 얘기다. 그네들은 당신이 말하고 싶어 하는 그것(주제)의 전문가라는 사실을 잊어서는 안 된다. 공자 앞에서 문자 쓰는 어리석음을 범하지 말아야 한다. 당신이 그럴듯한 말로 그 당장은 그네들을 현혹시킬 수 있을지도 모른다. 그러나 독자들은 잠시 당신 곁에 머물 뿐이다. 그네들은 항상 당신의 머리 위에서 당신을 내려다보고 있다는 것을 알아야 한다. 독자와 선불리 정면으로 맞서지 않는 것이 좋다.

당신은 가끔 '소설을 쓰고 있다'는 것을 잊고 있는 경우가 많을 것이다. 그럴 때가 위험하다. 당신은 사상가도 철학가도 정치꾼도 아니란 걸 명심할 일이다. 주제에 대한 강박감이 당신을 철학가로 사상가로 착각시킬 수가 있다는 것을 알아야 한다. 조심하지 않으면 안 된다.

당신은 오직 당신이 만드는 이야기를 통해 독자들과 겨뤄야 한다. 당신이 혹은 독자들이 그처럼 신경 쓰는 주제를 당신 자신만 아는 방법으로 슬쩍 (그러나 의식은 분명하게) 당신의 특기인 당신이 만드는 이야기 속에 스며들게 해야 한다. 삼투성滲透性의 원리를 생각할 일이다. 즉, 당신이 하려는 말이 당신의 특기인 이야기 속에 스며들어 확산되도록 하라는 이야기다.

그렇게 될 때 독자들은 당신이 만든 이야기 속에서 선불리 주제를 꺼내려 하지 않을 것이다. 왜냐하면 당신의 이야기 속에 풀어 넣은 그 주제는 보다 음전스러운 모습으로 그 이야기가 주는 감동과 함께 그것을 읽는 사람들의 몫이 돼버렸기 때문이다. 열 명의 독자가 당신의 이야기를 읽었으면 이제 당신의 의도가 열 가지 이상으로 확대됐다는 생각을 해도 좋을 것이다. 물론 그것은 당신이 만든 이야기가 소설답게 형상화됐을 때의 얘기다.

"뭔가 말하려고 하는 건 알겠는데 이야기가 제대로 안 됐어."

"이야기는 그런대로 됐는데(재미있는데) 왜 이런 얘기를 썼는지 도무지 이해가 안 되는군. 도대체 무슨 얘길 하려구 한 거야?"

위의 두 가지 지적들은 독자가 당신이 만든 소설을 그네들의 몫으로 나눠 갖기를 거부하는 결정적 불만이다. 형상화의 실패가 그 원인이다.

주제의식이 분명해야 이야기의 초점이 모인다

주제의식을 분명히 하라는 또 다른 의미는 산만한 이야기를 만들지 말아야 한다는 말과 같은 것이다. 횡설수설하는 사람의 이야기는 말하고자 하는 어떤 무엇이 분명하지 않기 때문에 산만할 수밖에 없다. 이야기가 산만하다는 것은 그 이야기 전체를 통어할 어떤 중심이 없기 때문이다. 당신이 쓰려는 얘기가 분명한 주제의식을 가져야 한다는 것은 이야기가 흘러 갈 어떤 방향을 분명히 설정하지 않으면 안 된다는 말과 같은 것이다. 말하고 싶은 어떤 의도가 분명히 설정됐을 때 이야기는 하나의 골을 찾아 제 길로 흘러갈 수 있기 때문이다.

주제의식이 분명하면 이야기는 그것에 맞춰 짜이는 법이다. 한 가지 예를 들자. 몇 년 전 신문에 났던 1단 정도의 작은 이야기다.

"어느 노파가 임종 자리에서 며느리한테 다이아 반지를 끼어보고 싶다는 유언을 했다. 그러나 그 집에는 다이아 반지가 없었다. 죽는 이의 마지막 소원이라 며느리는 이웃집에서 3부짜리 다이아 반지를 얻어다가 시어머니의 손에 끼워드렸다. 일은 그때 벌어졌다. 자신의 손에 끼워진 반지를 들여다보던 노파가 그것을 빼어 입 속에 집어넣고 삼켜버린 것이다."

이 흥미로운 신문기사는 그것을 읽은 사람들에게 다음과 같은 화젯거리를 제공했다. 즉, 어떻게 그 반지가 죽는 이의 목구멍으로 넘어갔을까. 그 반지는 어떻게 됐을까……. 조금 생각이 깊은 이들은 하필이면 그 노파가 왜 집에도 없는 다이아 반지를 끼어보고 싶다는 유언을 했단 말인가. 더 생각이 깊은 사람들은 그 이야기를 고부간의 갈등으로 연결시켜 생각했을 것이다. 또 어떤 사람은 노인들의 망령에 대해서도, 더 나아가 노인 문제로까지 비약할 수도 있었을 것이다.

소설을 쓰려는 당신에게는 이 이야기가 콩트 한 편 정도의 소재는 충분히 되리라고 본다. 자, 그러면 이 이야기에다 상상력의 날개를 달아 콩트 한 편을 만들어보자. 문제는 이 이야깃거리를 통해 당신이 뭔가 '말하고 싶은 어떤 의도'가 있어야 한다는 것이다. 이 이야기를 통해 '고부간의 갈등'을 문제 삼을 수도 있다. 좀 더 구체적으로 하자면 가족 구성원의 영원한 갈등인 고부간의 문제를 다루되 시어머니 쪽에 문제가 있는 것으로 할 것인가, 아니면 그 반대로 며느리 쪽에 문제가 있는 것으로 할 것인가. 이와는 정반대로 고부간의 갈등인 것처럼 독자를 긴장시켰다가 결말에서 그것을 뒤집어엎는, 즉 갈등보다는 오히려 사랑 쪽으로 만들어보자…… 등, 어떻든 자신이 하려는 이야기의 의도가 어떻게 잡혔느냐에 따라 이야기의 흐름도 달라질 것이다. 즉, 의도를 살리기 위한 필연적 사건들만이 선택돼 배열되기 때문이다. 이쯤에서부터 인간관계를 해석하는 작가의 생각이 그 이야기의 방향을 결정짓게 될 수도 있을 것이다. 즉, 시어머니나 며느리의 성격도 작가의 주제의식의 영향권에 들게 된다는 말이다. 그 이야기를 표현하는 문장부터도 작가의 주제의식에 맞춰 달라질 수 있다고 본다.

제재가 먼저인가, 아니면 주제가 먼저인가 하는 것도 작가에 따라 또는 그 작품이 발상되는 과정에 따라 다를 것이다. 중요한 것은 어느 것이 먼저인가가 아니라 그 두 가지가 하나의 이야기로 형상화되기 위해서는 그 이야기의 방향을 결정지어 줄 작가의 어떤 의도가 분명히 잡히는 일이다.

작가 이문구의 연작소설인 《관촌수필》의 다섯 번째 작품인 〈공산토월〉은 석공 직업을 가진 어느 불우한 청년의 이야기다. 6·25 때 부역을 했으며 그 대가로 5년간 형무소 생활을 했고, 출옥 후에는 마을의 온갖 궂은일을 도맡아 하는 억척이며 성실한 그는 뜻밖에도 37세 한창 나이로 요절한다. 이 이야기에 작가가 집어넣으려는 어떤 의도가 마련된다. "피보다 짙은 인간관계를 극적으로 고조시킬 것." "비극. 이 비극에는 인간에의 연민과 사랑이 있으며 불우한 시대에 불우하게 끝나버린 삶의 통분이 있다." 바로 이러한 작가의 의도를 살리기 위해 모든 이야기는 그 청년이 죽기 전에 보였던 억척스러움과 성실했던 생활을 감동적으로 그려나가는 일에 초점이 모아지게 마련이다.

임철우의 〈아버지의 땅〉이란 중편소설은 실제로 군대에서 겪었던 체험에다 어린 시절 고향 마을에서의 추억을 섞어 만든 작품이다. 더 구체적인 작품 동기는 '전방 야영지에서 우연히 찾아낸 이름 모를 유골'이다. "전후 세대인 우리들에게 분단은 어떤 의미를 갖는 것인가. 전쟁은 살아남은 우리들에게서 완전히 종결된 것인가." 이러한 의문들이 작가가 말하고자 하는 주제인 것이다. 소설에서, 야영지에서 파낸 그 유골이 누구 것인가를 알아보는 과정을 통해 어느 한 개인의 것이 아닌 '공적公的인 애비'라는 인식에까지 이르게 되는 과정이 리얼하게 펼쳐질 수 있었던 것도 쓰려는 의도가 중심에 놓여 있기 때문이다. 화자의 우울한 기억 속에 살아 있는 아버지나 야영장 근처 마을 사람들의 잃어버린 아버지들이 모두 작가가 의도한 방향으로 모여들고 있음을 우리는 이 작품 속에서 확인할 수 있다.

구상을 할 때 유념해야 할 또 한 가지는 꼭 필요한 이야기만을 유효 적절하게 얽어야 한다는 사실이다.

독자를 긴장시켜 사로잡아야 한다

지리멸렬한 이야기는 독자를 사로잡을 수 없다. 그리고 이치에 맞지 않는 이야기도 독자에게서 긴장감을 빼앗아가는 것이다. 어떤 방법으로 써야만 지루한 글이 되지 않고 독자가 끌려 들어오게 되는 것일까.

소설이 독자를 긴장시킬 수 있는 것은 독자가 그 이야기에 흥미를 가졌을 때만 가능하다. 흥미를 유발할 수 있는 요소를 이야기 속에 적절하게 배분하는 것이 중요하다.

전해져 내려오는 모든 옛날이야기는 그런 흥미를 유발하는 요소들로 짜여 있기 때문에 한번 끌려 들어가게 되면 좀처럼 풀려나기 어려운 것이다. 추리소설이 독자를 사로잡는 그 기법을 알아보는 일도 구성 공부의 좋은 예가 될 것이다.

소설을 소설답게 하는 묘미와 그 힘은 독자가 한눈을 팔 수 없게 하는 긴장감 조성에 있다고 본다. 긴장감이란 단순히 호기심을 유발하는 스토리의 흐름을 말함이 아니고 작가가 계속 던지는 질문과 몰래몰래 감추어온 의미 찾기에 독자가 기꺼이 참가하고 싶은 자발적 노력이 생기도록 유도해 내는 그런 힘을 말한다.

그러나 긴장감을 불러일으키는 소설일수록 그 갈피 중 한 가닥이라도 노출되거나 잘못 이어지게 되면 역효과를 가져오기 쉽기 때문에 구성에 더욱 힘을 기울이지 않으면 안 될 것이다.

소설은 재미가 있어야 한다

물론 소설의 재미란 그렇게 쉽게 단정 지어 '바로 이런 것이다' 하고 말하기가 어려운 것이다. 실상 재미란 아기자기하게 즐거운 것을 말함인데 그 즐거움이란 그것을 찾는 이의 지적 수준이나 취향에 따라 상당히 다르게 마련이다. 통속 대중소설의 재미에 맛들인 사람이 종래의 규범과 형식을 깨는 이인성의《한없이 낮은 숨결》에 수록된 실험소설을 읽는 새로움의 충격을 재미로 느낄 수 없을 것은 너무나 당연하다. 오정희의 소설의 그 독특한 분위기와 밀도에 유달리 재미를 느끼는 독자가 있는가 하면 생생한 현장감을 속도 있게 펼쳐 보이는 노동 문제나 사회 고발적 소설에서 더 많은 재미를 얻는 독자도 많을 것이다. 현실의 사실적 묘사보다는 다소 낭만적이며 관념화된 세계를 보여주는 소설에 더 재미를 얻는 독자들도 많으리라. 젊은 독자들은 보다 지적인 만족을 얻을 수 있는 다소 현학적 문체와 지적 성찰의 문제를 다룬 소설에 기울어지는 경향을 보인다.

재미가 있는 소설이란 '읽히는 이야기'로서의 요소를 갖춘 것을 말한다. 그런 뜻에서 필자에겐 염상섭의 소설이 이광수의 소설보다 더 재미있는 요소들로 이루어졌다고 보인다. 이처럼 재미란 '읽히는' 요소가 문제인 것이다.

당신만이 해보일 수 있는 그런 재미를 당신이 쓰려는 소설의 힘으로 구현시키는 일, 그것이 곧 구상의 묘미이기도 한 것이다.

꼭 필요한 이야기만을 적절한 비율로 배분하라

구상 단계에서 당신이 또 한 가지 신경을 써야 할 일은 되도록 불필요한 이야기를 과감하게 버릴 줄 알아야 한다는 것이다. 소설을 처음 써보는 사람일수록 되도록 많은 에피소드를 소설 속에 집어넣고 싶어 한다. 모처럼 찾아낸 그 삽화 중에 단 한 가지라도 빠지면 소설이 안 될 것 같은 조바심이 생기기 때문이다. 이런 경우 자칫하다가는 이야기 본래의 길을 잃어버리고 엉뚱한 방향으로 흘러가거나 지리멸렬한 내용이 돼버리기 쉽다. 이럴 때 소설을 쓰는 당신이 해야 할 일은 불필요한 삽화를 과감하게 잘라버리는 일이다. 그것은 용기를 필요로 한다. 진정한 용기는 불필요한 것을 버릴 줄 아는, 과다한 욕심의 억제에서만 얻어진다.

이러할 때 소설의 구성에는 이야기가 배분되는 비율이란 것이 필요한 것이다. 그 한 가지 예로 삽화를 넣는 문제다. 소설을 쓰다가 보면 그 삽화가 별로 필요하지도 않은데 그것이 없어서는 안 될 것처럼 끌어안아 필요 이상 그 이야기를 길게 늘어놓게 되는 경우가 많다. 나중에 보면 아주 빼버렸거나 넣더라도 작은 비율로 처리했어야 할 이야기가 너무 많이 들어가 그 작품의 유기적 결합에 결정적 장애 요인으로 작용됐음을 알게 될 것이다.

그것은 핵심화核心化의 원리를 잘 지키지 못한 때문이다. 즉, 주변적인 이야기에 빠져 본질적인 이야기 또는 의도한 바의 주제의식으로 작품이 흘러가지 못하고 엉뚱한 방향으로 빠지는 것을 막지 못했다는 뜻이다. 구상이 잘된 작품이란 주변적인 이야기를 적당히 배분하여 그것이 작가가 의도한 바를 살리기 위한 일에 보탬이 되는 것을 말함이다. 그것이 바로 핵심화의 원리인 것이다. 잘된 소설이란 바로 핵심화의 원리에 따라 모든 사건과 그것을 만들어내는 인물과 배경 등이 서로 끌어당겨 필요로 하는 관계로 이루어졌음을 알 수 있다.

소설의 구상 단계에서 핵심화의 원리를 문제 삼는 것은 작품을 이루는 이야깃거리들을 통일성 있게 배열하여 이른바 형식과 내용이 나누어질 수 없는, 완벽한 구조의 형상화를 지향하는 작가의 장인의식이 그만큼 중요하다는 것을 작가가 되려는 당신에게 강조하기 위함인 것이다.

자신의 장기가 있는 쪽에서 이야기를 풀어라

이것이야말로 구상 단계에서 당신이 결정적으로 써먹어야 할 요령이다. 이미 '무엇을 쓸 것인가'에서 가장 잘 아는, 절실한 것을 써야 성공적인 작품을 만들 수 있다는 말을 한 바 있다. 장기가 있는 쪽에서 이야기를 풀어야 한다는 것도 그것과 문맥을 같이하는 말이다.

중편 〈두족류〉의 작가 한승원이 이 문제에 대해 가장 적절한 비유를 하고 있다. "언덕 씨름을 하면 이긴다." 즉, 자기가 유리한 지점에서 승부를 해야 싸움에서 이길 수 있다는 말이다. 호랑이와 악어의 싸움에서 그들은 서로 유리한 곳으로 적을 끌어들이려고 할 것이다. 호랑이는 뭍에서 싸우려 할 것이고 악어는 호랑이를 무슨 수를 쓰더라도 물속으로 끌어들여야 이길 수 있는 싸움을 할 수 있을 것이다. 실제로 작가 한승원은 자신의 고향인 장흥 대덕도라는 섬과 그 연안 바다를 작가로서의 가장 유리한 승부처로 최대한 활용하여 뜻한 바의 성과를 얻어내고 있다. "고등학교 졸업 후 3년간 고향에서 농사와 김 양식에 종사했다. 연안 바다의 파도를 알고, 그 파도 속에서 갯강구나 짱뚱어 뛰듯 하며 살아가는 사람들의 삶을 가슴으로 읽을 수 있는 좋은 기회가 되었다. 말하자면 바다를 시 아닌 산문으로 파악할 수 있는 계기"를 자기 언덕으로 삼아 작품을 쓸 때면 신명이 안 날 수 없었을 것이다. 그가 고향을 떠나 서울에 터 잡아 살면서 쓴 중편 〈포구〉나 〈포구의 달〉은 그것의 발상 단계에서는 제재가 모두 도시적 삶이었다고 한다. 그러나 한승원은 도시적 삶을 그리는 데 자신이 없다는 판단을 한 뒤 이야기를 자신이 잘 아는 바닷가로 끌어갔다고 한다. 그가 말한다. "내 감각은 도회적인 것하고는 거리가 멀다는 것을 알았기 때문이죠."

그렇다. 작가는 자신의 감각, 자신의 취향, 자신의 개성에 맞는 배경과 분위기와 인물과 사건을 다루어야 한다. 구상 단계에서 그것이 결정되지 않으면 안 된다. 이 경우에도 욕심은 금물이다. 비록 보잘것없는 이야기일지라도 그것을 쓰는 일에 신명이 날 수만 있다면 그것이야말로 행복한 일이 아닐 수 없을 것이다.

소설가 지망생이 그 뜻을 이루기 위해서는 자신의 재능이 어떤 이야기를 다루는 데 적절한 것인가, 자신의 장기를 살릴 수 있는 최선의 방법은 무엇인가 하는 것을 빠른 시간에 파악하여 그 방면으로 넓고 깊게 파고들어가 '자기 언덕 만들기'의 그 치열성으로 시작할 일이다.

자기 목소리를 낼 수 있는 마당을 찾아야 한다

판소리 한 판에 춤사위가 한껏 흥겨운 마당에 오페라 가수가 한 곡 뽑아봤자 욕을 바가지로 먹을 것이 뻔하다. 관현악단이 장중한 음악을 연주하는 자리에 뽕짝이 가당치 않은 것처럼, 그 소리가 어울리고 먹혀 들어갈 자리가 따로 있다는 것을 알아야 한다. 자신의 목소리가 먹혀 들어갈 그런 자리, 그 분위기를 만들기 위해 당신이 여러 시간을 고민하게 되는 것도 바로 구상 단계인 것이다. 이것은 별항을 잡아 다루려고 하는 '문체'와도 관계가 되는 얘기다. 다만 구상 단계에서 당신이 유념해야 할 것은 당신이 쓰려는 소설의 톤tone을 결정하고 넘어가야 한다는 것이다.

당신이 구상하고 있는 그 이야기를 어떤 색조, 어떤 어조로 할 것인가를 구상 단계에서 분명히 설정할 필요가 있다. 이것은 그림의 바탕색과 같은 것으로 쓰려는 그 이야기의 얼개와 그 전개의 방향성이기도 하며 등장인물들의 운명을 암시·예언하는 역할도 할 수 있다고 본다.

필자는 중편 〈투석〉을 구상할 때 대체로 다음과 같은 톤으로 하겠다는 생각을 했다. "돌이 날아드는 그 집의 분위기를 되도록 암담하게, 생각의 흐름도 되도록 어둡고 비감스럽게, 현실 문제에 대한 인식을 다룰 때는 되도록 의지적인 문체로, 돌의 상징성을 작품 여러 곳에 배분하되 노출시키지 말 것 등."

밝고 명랑한 톤을 필요로 하는 이야기도 있을 것이고 밀도 자체를 그 작품의 힘으로 삼는 작가도 있을 것이다. 필자가 읽은 단편 〈한 우주를 그리기 위한 밑그림〉(권도옥, 1989년 《현대문학》 10월호)은 소설문장이 해보일 수 있는 최대한 밀도를 그 작품의 독특한 형식으로 다룬 작품이었다.

속도와 긴장을 필요로 하는 작품이 있을 것이며 관념의 추상적 배열을 그 작품의 특징으로 혹은 생명으로 삼는 작품도 있는 법이다. 문제는 자기한테 가장 잘 어울리는 목소리를 찾아야 한다는 것이다. 남의 좋은 작품을 읽으면 자기도 그렇게 써보고 싶은 욕심이 생긴다. 현장 체험이 중시된 그런 사실적 수법의 소설을 읽으면 자기도 그런 방법으로 쓰고 싶고 감각이 현란하게 구사된 소설을 읽을 때는 또 그렇게 써보고 싶어 안달이 나는 것이다. 다분히 철학적인 분위기를 가진 관념소설을 읽으면 독자들은 바로 이런 지적인 것을 찾아 목말라하고 있다는 생각으로 들떠 당장 그런 소설을 쓰려고 할 수도 있다.

그러나 무모한 일이다. 당신은 인생과 사회를 총체적으로 재구성해 새롭게 보여주려는 작가이지 만능의 목소리로 연기하는 탤런트가 아닌 것이다.

물론 습작 과정에서는 이런저런 것을 모두 탐색하는 것이 나쁠 것이 없다. 그러나 아무리 습작 과정이라고 하더라도 당신은 자신의 목소리가 어느 마당에 어울린다는 것쯤은 알고 시작하는 것이 좋다. 일찌감치 한 우물을 파는 것이 작가에게 있어 얼마나 중요한 일인가 하는 것을 미리 아는 것도 그리 나쁘지는 않을 것이다.

발상이 영감처럼 왔다고 해서 그 구상도 빠른 시간에 이루어져야 한다는 법은 없다. 구상하는 시간이 너무 길었기 때문에 좋은 작품이 안 됐다는 말을 들어본 적도 없다. 집 짓는 데 설계가 필요하듯 구상은 당신이 쓰려는 소설의 뼈대와 살을 붙이기 위한 성찰과 판단의 시간을 의미하기 때문에 그 시간이 길고 신중할수록 좋다는 것을 명심할 일이다.

아우트라인 작성, 취재와 창작 노트

칼집에 든 당신 재능의 칼을 쓸 때가 왔다

무엇을 쓸 것인가 하는 주제의식을 갖는 일이나 거기에 맞는 이야기와 얼개를 대충 만드는 일은 작가적 재능이 별로 없어도 가능한 과정이다. 오히려 소설 쓰는 재주가 없는 사람이 더 깊은 주제의식을 가지고 분명한 이야기를 만들 수 있을는지도 모른다. 이른바 작품의 형상화에 별 부담을 갖지 않음으로써 한 가지 문제에 겁 없이 달려들 수 있기 때문이다. 즉, 자신의 철학이나 어떤 문제에 대한 소신 피력에 필요한 최소한의 제재(이야기의 줄거리)를 적당히 늘어놓기만 하면 소설이란 이름을 빌어 독자의 손에 들어가고 그것이 소설의 전부인 양 인식되는 현상도 없지 않다.

그러나 당신은 당신의 작가적 재능을 형상화도 되지 못한 소설 만들기로 허비해서는 곤란하다. 당신의 작가적 재능이 발휘돼야 할 때가 바로 지금 단계이기 때문이다. 당신의 그 뛰어난 장인의식이 이제 바야흐로 소설이 바로 이런 것이라는 것을 보여주기 위해 신명을 내는 시간인 것이다.

아우트라인 작성

구상의 마지막 단계가 아우트라인 작성이다. 아우트라인은 머릿속에서 구상된 것을 도식화하여 메모한 것을 말한다. 아우트라인의 작성은 소설을 쓰는 당신의 생각을 보다 조직적이고 체계적으로 만들어주는 데 결정적인 도움을 준다. 당신이 구상한 소설이 어떤 '방향'으로 나아가야 할 것인가를 '중심' 잡아 '긴장감'을 잃지 않은 채 '일관성' 있게 쓰일 수 있도록 그 대충의 얼개(책의 목차와 같은 것)를 만드는 일이 곧 아우트라인 작성이기 때문이다.

이것은 플롯(구성·구조)을 좀 더 구체적으로 생각해 보는 단계라고도 할 수 있다. 즉, 이야기를 짜는 여러 방법이나 그 유형들에 대해 이모저모 생각한 것 중에서 최선의 것을 잠정적으로 선택해 굳히는 시간인 것이다.

아우트라인 작성에 모범답안 없다

어떻게 하는 것이 아우트라인 작성의 좋은 방법일까. 그러나 그 방법이 따로 있는 것은 아니다. 당신의 편리에 의해 선택한 그것이 모범답안이다. 작가에 따라, 그 작품의 구상 정도에 따라, 혹은 그때의 기분에 따라서도 그 방법은 달라질 수 있는 것이다.

비교적 작품 활동이 활발한 중견 작가 세 사람에게 구상 단계에서 아우트라인을 어떻게 하느냐고 물었다. 그들 세 사람의 대답은 각기 달랐다.

갑: 아우트라인이오? 난 그런 거 안 해요. 직접 원고지에 써 나가면서 이야기가 만들어지는 거지, 번거롭게 그런 걸 뭣 하러 합니까. 머릿속에

서라도 어느 정도 구상이 됐을 거 아니냐구요? 천만에, 난 그냥 쓰면서 생각한다니까요.

을: 머릿속에서 구상은 비교적 오래 하지만 그것을 아웃라인으로 작성하는 건 불과 몇 줄 안 돼요. 등장인물 이름이나 이야기에 끼워 넣을 삽화 같은 것이 떠오르면 써놓을 정돕니다.

병: 나는 머릿속에서 어느 정도 구상이 되기 시작하면 곧바로 아웃라인을 합니다. 비교적 세밀하게 부호나 숫자 등의 기호를 이용해서 내가 쓸 이야기를 구체적으로 도식화하는 겁니다. 그게 완전해야 글이 잘 써지더군요. 그게 없으면 뭘 써야 할지 종잡을 수가 없거든요.

세 사람의 말 중 어느 것이 좋고, 나쁘고를 따질 성질의 것은 아니지만 갑의 경우는 좀 과장이 있었지 않나 싶다. 쓰면서 구상이 된다는 말이 어느 정도 일리는 있지만 그것은 쓰기 전 이야기의 대체적인 얼개가 잡혔을 때의 경우에나 가능한 얘기이기 때문이다. 머릿속에 대체적으로 잡힌 그 얼개가 바로 아웃라인 작성과 같은 것이란 것을 그 작가는 인정하기 싫었던 것이다. 작가적 재능의 과시일 수도 있다. 설사 그 작가의 말대로 구상 단계가 없이 작품을 쓸 수 있다고 해도 당신은 그 방법을 부러워하지 않는 게 좋다. 독자들 중에는 그렇게 힘들지 않고 즉흥적으로 쓰인 소설을 우리가 무엇 때문에 읽느냐고, 독자를 깔본 그 작업을 신통치 않게 생각하는 무서운 독자도 많다는 걸 생각할 필요가 있기 때문이다.

대체로 을과 병의 방법이 소설 창작의 바른 길이라고 생각한다.

집필에 들어가기 전 낙서하듯 끄적인 것, 그것이 아웃라인이다

아우트라인 작성 역시 그 구상과 마찬가지로 소설 쓰는 방법이 아니라 그것을 쓰는 과정 속에서 자기 암시적인 어떤 것을 얻기 위한 하나의 과정일 뿐이다. 자기 암시적이기 때문에 메모된 그것을 남에게 보였을 때 그것은 요령부득이거나 매우 유치한 것으로밖에 보이지 않는 법이다. 이 따위 낙서가 소설이 되다니. 만약 어느 독자가 자신이 읽은 소설의 아우트라인을 우연히 보게 된다면 그는 몹시 실망할 것이 분명하다.

아우트라인 작성에 모범답안이 없음은 다음에 예로 드는 작가 지망생인 몇 사람의 아우트라인을 통해서도 확인할 수 있을 것이다.

가) 중편 〈이를 닦는 이유〉 (이광원)

1. 주인공 나(34세)는 컴퓨터 회사 영업부 과장대리로 영업실적이 항상 수위를 달리는 장래가 유망한 위치. 아파트도 있음. 유치원 다니는 딸과 의지력 강한 아내. 상위 중산층을 꿈꾸는 전형적인 도시민. 나의 세일즈 성공 사례를 인상 깊게 묘사할 것.

2. 나의 특이한 버릇. 지나치게 열심히 이를 닦는 결벽증을 묘사할 것.

3. 어머니의 사망. 그 장례를 치른 후 이를 닦는 버릇이 점점 심해짐. 자다가도 일어나 이를 닦을 정도로 심해짐.

4. 내 이상한 버릇을 심상치 않게 생각한 아내가 시골 유산을 팔아 딸의 교육환경이 좋은 강남의 고층아파트로 이사 갈 것을 강요함.

5. 아내의 성화 등으로 내 건강이 나빠짐. 직장 일에도 의욕이 없어짐.

6. 이를 그렇게 열심히 닦는 이유를 찾아냄. 비정상적인 입모양을 갖고 있었던 어머니에 대한 열등감에서 비롯? 어머니의 한을 삽화로 처리할 것.

7. 아내의 뜻대로 강남으로 이사. 이사한 뒤 견딜 수 없는 외로움으로 가출하여 고향을 찾음.

8. 유언을 핑계로 공동묘지에 모신 어머니의 무덤을 찾아감. 이를 닦는 버릇이 열등감이 아니라 어머니에 대한 그리움이었다는 것을 알게 됨.

나) 제목: 담쟁이덩굴의 변명 (이혜경)

1. 화자: 일인칭(주인공 시점) 〈나: 20대 강도〉
2. 연립주택 친구의 방에서 건너편 집을 쌍안경으로 관찰하는 이야기. 즉, 자신이 며칠 전 범행한 현장을 철저하게 돌아보며 반성한다(범행현장을 처음부터 끝까지 재구성하는 과정에 자신이 보였던 약점을 찾아낸다).
3. 가정파괴범의 심리를 되도록 리얼하게 그려낸다(처제 대신 언니를 강간하게 되는 심리를 설득력 있게 묘사한다).
4. 20대 강도들의 범행수법, 말투, 그 잔인성을 살릴 수 있도록.

다) 실화의 허구화 (최금봉)

1. 폭풍이 무섭게 불던 어느 날 밤 친구가 찾아온다. 생물학 교수인 남편이 한라산 계곡에서 실종됐다는 것이다.
2. 그 친구가 남편을 찾아 헤매는 과정. 드디어 포기함. 절망.
3. 그 친구 남편의 괴벽·기인스러움(현실 생활에 대한 적응력 없음).
4. 그 친구가 생계수단으로 시장에서 장사를 하겠다고 함. 시장터의 그 살벌한 분위기. 시장 노점의 자릿세에 대해.
5. 그 친구의 남편이 청량리 정신병원에서 발견됨. 아내를 알아보지 못함.
6. 친구의 갈등. 현실 탈피를 위한 그녀의 규범 일탈. 삶과 존재의 무상.
7. 그 친구가 교통사고로 죽었다는 소식을 듣는다.

＊ 한 여자의 미래지향적 의지가 현실 속에서 어떻게 붕괴되어 가는가, 그 과정을 독자가 감동할 수 있도록 그릴 것. 통속성을 극복할 것.

라) (김은하)

우리에게 미국의 본질은 무엇인가 하는 물음에 앞서 우리 스스로가 미국과 미국인을 우상화하는 일에 얼마나 적극적으로 동원돼 왔는가를 진단, 폭로한다.

동진. 화랑에서 일함. 불우한 유소년기. 간판장이. 미국인들의 기호에 맞는 그림 그리기. 그들의 개척정신을 예찬하는 그림. 갈등. 은밀하게 고쳐지는 그림. 생활인으로서의 또 다른 갈등.

마) (이근미)

장생포의 파시현장. 세계어로협약에 의해 고래를 잡지 못하고 있는, 한때 포수였던 김씨 이야기. 김씨는 횟집을 차려 생계를 꾸려간다. 그는 선주이기도 하다. 배를 사는 일에 함께 투자한 정·전·함·신씨 등이 김씨의 횟집에 모여 너스레를 떨지만 마음들은 결코 편치 않다. 포경 금지 2년 전에 모두 전 재산을 털어 배를 샀지만 그들은 고작 밍크 두 마리를 잡고는 포경 금지법에 묶여버린 한들을 가졌다. 그들의 분노는 고래의 멸종을 막는다는 명분으로 약소국들을 굴복시키려고 하는 강대국들에 대한 성토로 이어진다. 녹이 슨 배를 둘러보며 '함'이 배에 대한 자신의 모든 권리를 포기하고 장생포를 떠나겠다는 선언을 한다. 김씨는 안주감으로 장어를 익숙하게 잡아 올리는데……. 장생포 어부들의 애환을, 특히 포경이 금지된 후 포경선을 탔던 사람들의 실직과 그 울분을 실감나게 그릴 것.

비교적 간단하게 메모된 것들만 추려보았다. 위의 예를 든 것보다 더 소상하게 아우트라인을 만들 수도 있을 것이다. 실제로 작품의 첫 장면부터 결말까지를 완벽하게 도식화한 다음에야 비로소 집필에 들어간다는 작가도 많다. 김원일은 스무 살 나이 전후 '무작정 떠오르는 대로 써

갈겨대던 당시의 습작 버릇'의 어느 날 김동리 선생의 단편 〈무녀도〉의 창작 노트를 보고 '참담한 느낌'에 빠지게 된다. 그 창작 노트의 분량이 완성된 작품의 그것보다 많았기 때문이다. '작품의 힌트를 얻기부터 등장인물의 배치와 성격분석, 표현의 효과 문제, 현지 답사, 참고문헌 등 아주 세밀한 부분까지' 기록돼 있었던 것이다.

작가의 능력은 자신이 작성한 아우트라인을 벗어나는 데 있다

아우트라인을 아무리 세밀하게 잘 짰다고 해도 집필 과정에서 그대로 쓰이는 것은 결코 아니다. 작성된 아우트라인에 구속을 받아 그 이상을 넘어서는 것을 겁내는 작가는 작가적 재능이 없다고 봐도 좋을 것이다. 소설은 논문과 달리 처음 구상된 대로 쓰이지 않는 법이다. 그 아우트라인은 그냥 작품이 지향하는 목표의 방향을 가리키는 나침반일 뿐 여행길의 나그네는 길을 벗어나 바다로 나가 배를 타기도 하고 때로는 기차 속에서 느닷없이 열차강도를 만나기도 한다. 일정에도 없던 어느 남쪽 도시에 들러 옛 애인과 만날 수도 있다. 작가는 그 나그네를 목적지에 이르기도 전에(목적지에서의 일이 그 소설의 중심 내용이었다 해도) 죽게 할 수도 있어야 한다.

작가는 그 작품을 다 완성해 놓은 뒤 처음 작성된 아우트라인을 찾아보고 그것이 전혀 다른 내용으로 바뀌었음을 알고 놀라게 된다. 그러나 처음의 아우트라인이 그 소설의 골격이 되어 자유분방한 상상력을 불러일으켰다는 것을 잊어서는 안 된다. 정성을 들인 아우트라인은 집필을 하는 데 있어 좀 더 안정된 마음으로 이야기를 술술 풀어갈 수 있는 여유를 갖게 한다. 이미 집필 전에 얼개를 탄탄히 했기 때문에 쓰다가 이야기가 막히는 일도 없을 뿐더러 오히려 작성된 그 아우트라인을 한결 넘어서는 좋은 생각들이 떠오르게 될 것이다, 소설 쓰는 일에 신명이 나는 것도 그렇게 자신이 만든 얼개를 허물고 다시 더 좋은 이야기를 생각해 내는 재미에 있다고 할 수 있다.

어느 작가고 자신의 창작 노트를 독자에게 공개하는 것을 달가워하지는 않을 것이다. 자신이 완성시킨 작품에 비해 아우트라인이 너무 허술하고 유치한 것이기 때문일 것이다. 학술 논문의 아우트라인은 대체로 논점의 주종관계 및 그 단계와 중요성에 따라 대항목·중항목·소항목·세목 등으로 도식화한 것이기 때문에 보기만 해도 그럴듯하다. 그러나 소설의 경우는 그 아우트라인이 아무리 꼼꼼히 잘된 것이라 해도 형상화된 작품과는 거리가 있는 것이어서 그것을 남에게 내보인다는 것은 자신의 치부를 보이는 것이나 다름이 없는 일일 것이다. 그리하여 대부분의 작가들은 작품이 완성된 뒤에는 그 유치한 아우트라인을 찢어버리고는, 나는 그런 걸 아예 하지도 않는다고 시치미를 떼는 것이다. 혹시 완성된 작품이나 자신의 작가적 위신이 그 아우트라인으로 해서 손상되는 일이 있을지도 모른다는 두려움 때문일 것이다. 또한 이렇게 유치한 생각밖에 할 수 없었던가 하는 자괴심 같은 것일 수도 있다.

추상적·관념적인 아우트라인은 작품 형상화에 도움이 안 된다

필자가 작성했던 것 중에서 아직까지도 작품으로 만들어지지 못한 아우트라인을 소개한다.

1980. 4. 7. 갑: 밑바닥 인생(쟁이). 그러나 한국적인 것의 묵묵한 전수. 명분을 위해 살지 않는다. 을: 오직 명분을 위한 삶. 요령주의. 권모술수. 마

비된 양심. 한국적인 것의 파괴.

* 탐욕의 안개가 시야를 가린다. 마음을 빼앗기고 나면 눈은 아무것도 보지 못한다. 거룩한 위선자보다 용기 있는 죄인이……

1980. 1. 20. 변성기(목소리). '나'의 목소리가 어느 날부터 타인과 통하지 않는다는 것을 알게 된다.

1. 세대 차이에서 오는 것(강의시간. 권위의식).

2. 동료 사이에(이해타산. 동지상실. 소외감).

3. 가정에서(타산적인 아내. 벽).

4. 자기 내면의 두 목소리(역사. 현실인식. 진실의 표리).

* 알면 행동하라. 모르면 알도록 하라. 그래도 모르겠으면 침묵하라. 내 목소리를 듣고 싶어 하는 사람이 있을지도 모른다. 그렇다. 내 목소리를!

위의 예로 든 아우트라인이 10년이 가깝도록 아직 작품이 안 된 것은 그 구상 자체가 너무 추상적·관념적인 발상인 데다가 아우트라인마저 막연한 것이라 별로 신통한 이야기가 떠오르지 못했다는 생각이다. 어쩌면 그 내용이 별로 절실한 것이 아니었기 때문에 억지로 만들어내는 작품을 쓰고 싶지 않았는지도 모른다.

다음은 1978년 5월에 탈고한 졸작 〈고려장〉(단편)의 아우트라인이다.

제목: 어머니─현대판 고려장

* 인간이 어느 한계점을 인식했을 때 그 인식 자체가 바로 원죄 인식이다. 그 한계점의 극복 의지를 역사 속에서 찾는다.

* 현세: 화자. 말단 관리(40세). 전형적인 소시민.

1. 노모 유기遺棄(노인 문제의 차원으로 다뤄서는 안 된다. 유기의 당위성).

2. 일제시대. 6·25. 암울한 현실(가족사).

3. 노모의 광증 묘사. 주인집 장항아리에 요강 쏟기. 밤에 얼굴 더듬기. 아이들 숙제장 가위로 쏠기. 발가벗고 다니기(정신병원 상황을 자세히).

4. 인륜 파기(더 큰 죄를 범하지 않기 위해 유기. 산? 바다? 자살 가장?).

5. 현세가 본 두 개의 주검(아버지와 형의 주검)─역사 인식

* 이데올로기에 의해 희생된 한 개인을 위해서 국가가 해 보일 수 있는 일은 과연 어떠한 것일까.

중편 〈아베의 가족〉을 쓰기 위해 작성했던 아우트라인을 옮겨본다.

* 모母의 수기(30년 저쪽, 6·25. 백치 아베를 낳기 전후의 상황. 아베를 살해하는 모정을 리얼하게 그릴 것. 이민. 귀국).

* '나'의 시점: GI. 이민지移民地에서의 좌절과 실의를 술회. 6·25 현장 추적. 아픔 자각.

* 아베의 상징(?). 백치에 대해서.

* 세 개의 난행亂行을 종적으로 연관 지을 것(형, 미군, 나).

위에 작성한 것 말고도 이야기 속에 들어갈 삽화를 과거와 현재로 구분하여 20여 개씩 메모했던 것으로 기억된다.

집필에 도움이 되는 효율적인 아우트라인 작성법을 개발하라

필자의 창작 노트에 작성된 아우트라인이 집필에 실제로 큰 도움이 되기 시작한 것은 최근의 일이다. 창작에 효율적인 아우트라인을 작성하기

위해 필자는 좀 더 구체적인 것을 열거하기로 했던 것이다,

　최근에 발표한 졸작 〈사이코 시대〉(중편)는 아우트라인이 작성될 때만 하더라도 제목이 〈땡삐〉였다.

　땡삐. 피요학. 로스케. 양키. 별종. 독종. 악종. 독사. 사이코. 광기. 살기.

　*땡삐의 특수 체질: 술 중독. 무서운 눈. 당뇨 중증. 신장결석. 악화된 치
　질. 위궤양. 쥐약 먹고 3일 만에 살아남.

　서두: 땡삐는 미치지 않았다. 그는 화장실에서 변기를 타고 앉아서 자신
　도 모르는 사이에 그런 소릴 중얼거렸다. 땡삔 미치지 않았다. 차마 아내
　한테도 못하는 말이었다.

　화자: 정호. 46세. 읍의 유지. 피해자.

　1. 가게 문을 닫으며(막차가 들어오는 소리에 가슴이 뛰기 시작한다).

　2. 밤 12시 30분쯤 전화. 기도원 김 집사. 땡삐의 네 번째 탈출을 알려옴.

　3. 연락망(큰 처남, 작은 처남, 처형, 처제) 전화 내용을 통해 사건 밝힐 것.

　4. 땡삐의 첫 번째 탈출(잡아넣던 과정 묘사).

　5. 땡삐의 광기 묘사(유년 시절부터 기도원에 들어가기 전까지).

　6. 특수 체질에 대하여. 땡삐의 병력, 음주, 식성 등.

　7. 기도원 현장 답사. 처절한 상황으로 묘사. 두 번째 탈출상황.

　8. 정신질환에 대해(신경정신과 의사를 방문할 것). 모두 미쳤다.

　9. 다시 탈출 환기(불안, 긴장, 절박함). 세 번째 탈출 때의 공포.

　10. 현세의 아내를 묘사. 조용함. 피동적. 신비감.

　11. 현세의 광증(피해자에서 가해자로). 공포의 메커니즘.

　12. 땡삐의 행방??? 실종. 죽음. 복수? 화해?

물론 〈사이코 시대〉는 작성했던 아우트라인을 기본 방향으로 삼긴 했

지만 땡삐와 대조되는 인물을 등장시킨다든가, 기도원에서의 탈출을 두 번으로 줄이는 등 이야기의 구조와 톤tone이 처음 의도와 많이 달라지지 않을 수 없었다. 탈출한 땡삐의 행방 문제는 작품의 탈고 직전까지도 어떻게 할 것인가를 결정짓지 못한 상태였다.

아우트라인, 그것은 당신의 장인의식에 불붙이는 불쏘시개다

필자가 작성했던 아우트라인을 보면서 웃고 있는, 소설가를 꿈꾸는 당신의 얼굴을 떠올리는 것은 어렵지 않다. 소설이 정말 이런 정도의 유치한 구상에서 나온단 말인가. 당신의 그 웃음을 다른 뜻으로 해석할 수 있다. 그 정도 아우트라인이면 나도 자신이 있다. 또 다른 뜻에서 당신은 고개를 끄덕인다. 야아, 정말 별것 아닌 것이…….

당신의 그 터득은 매우 값진 것이다. 길가에 버려진 나무토막 한 개가 조각가에 의해 소재로 선택되는 순간 그것은 이미 나무토막이 아닌 것이다. 자판기에 돈을 넣어야 종이컵에 커피가 쏟아지는 그 당연한 사실을 가지고 시인 최승호는 현대문명의 속성과 그 타락을 매춘으로 비유한 〈자동판매기〉란 시를 썼다. 그 흔한 자판기의 종이컵을 창녀로 상징, 비약시키는 시인의 그 통찰력·상상력이 작품 형상화의 절대적 힘이란 것을 알 필요가 있다.

문학은 결코 논리적 단계를 거쳐 형성·발전되는 것이 아니다. 남들이 우습게 생각하는 것, 아무것도 아닌 그것이 일단 작가의 창작 노트 속에 들어오는 순간부터 그것은 전혀 낯선 모습의 새 얼굴로 다시 태어날 수 있어야 한다. 당신이 끼적거려 놓은 아우트라인의 그 유치함이야말로 당신의 문학적 재능이 확인되는 좋은 기회일 것이다. 중요한 것은 아우트라인이 아니라 그것을 소설 형상화의 불쏘시개로 삼아 자유분방한 상상력을 발휘하는 당신의 장인의식인 것이다. 아우트라인 작성은 당신의 작가적 재능을 십분 발휘하기 위한 예비 단계의 훈련으로 시작되어 나중에는 그 재능을 충전할 수 있는 에너지원이 될 것이 분명하다.

작품의 발상을 당신 나름의 구상으로 전개시키는 법과 집필에 도움이 되는 보다 효율적인 아우트라인 작성 요령을 습작 단계에서 꼼꼼히 익혀 두는 것이 좋다. 아우트라인의 필요성과 그 요령을 어느 정도 터득했다면 당신은 의미 훌륭한 작가인 것이다.

🥄 취재와 창작 노트

독자의 신뢰를 얻어내지 않으면 안 된다

작가가 자신의 작품을 통해 독자와 만남에 있어 가장 중요한 것은 그 독자로부터 신뢰를 받는 일이다. 신뢰를 받을 수 있는 요소가 바로 그 작품 속에 들어 있어야 한다. 구상의 마지막 단계로 아우트라인을 작성하는 이유가 바로 독자로부터 신뢰를 받을 수 있는 어떤 무엇을 찾기 위함인 것이다.

독자에게서 신뢰를 얻어내기 위해서는 우선 이야기를 보다 실감나게 할 수 있는 정보나 지식을 풍부히 하지 않으면 안 된다. 독자가 다 아는 이야기로는 신뢰는커녕 그 작품을 끝까지 읽게 만들기도 힘들 것이다.

독자는 작품을 손에 넣는 순간부터 작가를 단순한 이야기꾼으로 보지 않고 만능의 박사로, 철학가·사상가·사학자·사회학자로 생각하는 법이다. 이때 작가가 할 일은 자신을 그처럼 대단하게 생각하고 있는 독자에게 실망을 줘서는 안 된다는 것이다.

그 역할을 가장 멋지게 해내고 있는 작가 중 한 사람으로 우리는 이문 열을 생각할 수 있다. 이문열은 독자들의 지적인 욕구를 적절한 방법으로 만족시킬 줄 아는 탁월한 작가다. 장편《황제를 위하여》나 중편〈금시조〉 등을 읽고 어찌 이 작가를 신뢰하지 않을 수 있겠는가. 이 작가의 엄청난 독서의 축적이 그러한 신뢰를 얻어낼 수 있는 바탕이 됐다는 것을 생각해야 한다. 많은 독서를 했다고 해서 모두 이문열처럼 신뢰를 얻어내는 것은 아니다. 자신의 축적된 독서지식을 자신이 쓰는 소설에 적절히 이용할 줄 알아야 한다. 그것은 취재의 치열성과 이미 얻은 재료의 적절한 배분과 그 활용에 달렸다.

작가의 능청스러움·시치미 떼기·현학적이면서도 결코 얕보이지 않는가히 전문가다운 의연함—그런 것이 모두 그 작품을 쓰기 위해 작가가 취재에 기울인 노력과 그 결과로서의 재료의 양과 가치에 비례한다는 것을 알아야 한다.

작가들은 집필 중인 소설의 단 한 줄을 위해서 500페이지짜리 전문서적을 읽는다. 바로 그렇게 얻은 그 한 줄이 독자를 압도하여 사로잡는 힘이 된다는 것을 알기 때문이다.

취재의 열성, 당신의 그 정보와 지식에 의해 소설은 비로소 숨 쉰다

유재용은 그의 중편 〈달빛과 폐허〉를 쓰기 위해《철원 군지》와《한국 고고학개론》, 그리고 신영훈의《한국의 살림집》이란 책을 서점에서 직접 구해 읽었다.《철원 군지》는 작품의 배경이 되는 민통선 안쪽 철원 땅을 실감나게 그리기 위해서였고《한국고고학개론》은 사적 탐사반에 끼어

민통선 북방에 들어가는 작중 인물에게 철원 지방의 선사시대의 역사 지식을 불어넣어 주기 위해서였다.《한국의 살림집》은 작중 화자의 증조부가 옛날 유명한 대목을 들여 집을 짓던 장면을 재현하기 위해서도 한국 전통가옥의 발전사와 그 구조 등을 알아야 했던 것이다. 〈달빛과 폐허〉를 읽으면서 독자들은 작가가 철원 지방의 지형지세와 그 역사에 대해 해박함은 물론 도 목수가 '그랭이질' 하는 장면묘사의 그 전문적 식견에 놀라지 않을 수 없었을 것이다.

필자의 경우 졸작 〈아베의 가족〉이란 중편소설에서 미국에 이민 간 사람들의 생활을 그리기 위해(작품에는 불과 원고지 3~4매 정도)《미군과의 20년》,《코메리칸의 낮과 밤》,《미국에 산다》등 세 권의 책을 사서 읽었다. 미국에 가보지 않고도 가본 것처럼 능청을 떨자니 그 방법밖에는 없었던 것이다. "안다니 똥파리"가 되더라도 "알아야 면장"도 하지 않는가.

〈지빠귀 둥지 속의 뻐꾸기〉란 중편소설을 쓸 때도 '장수하늘소'니 '거품벌레'니 하는 곤충 얘기를 작품 속에 몇 줄 다루기 위해 곤충의 생태에 관한 여러 연구서를 뒤져보았음은 물론이고, 그 방면의 학자의 자문을 받기도 했다. 특히 탁란托卵하는 뻐꾸기의 생태를 알기 위해 생물도감·백과사전·조류사전 등을 모두 참고했으며 나중에는 조류학자인 윤무부 교수한테 전화로 자문을 받기도 했다.

뻐꾸기의 생태에 관해 취재할 때의 여담이다. 여러 책을 뒤져본 끝에 필자는 뻐꾸기가 우리 민족의 상징인 '흰배지빠귀' 둥지 속에 탁란하는 것으로 하는 것이 좋을 것 같아 실제로 그렇게 썼다. 그러나 나중에 윤무부 교수한테 자문을 받는 과정에서 우리나라에서는 계절적으로 흰배지빠귀는 탁란을 할 수 없다는 것을 알게 되었다. 그리고 뻐꾸기 소리는 그것이 울음이 아니라 남의 둥지에서 자라는 제 새끼를 내려다보며 "너는 내 새끼"라는 것을 가르치는 '뻐꾸기의 언어'라는 윤 교수의 말을 듣는 순간 필자는 흥분하지 않을 수 없었다. 쓰는 작품이 비로소 생명을 가질 것 같은 그런 기대의 흥분이었던 것이다.

취재는 열심히 그리고 넓고 깊이 할수록 좋다. 풍부하고 다양하게, 확실하고 정확하게, 심증이 아닌 실증할 수 있는 분명한 사실을 취재할 일이다. 별것 아닌 실수로 독자에게서 신뢰를 잃어서는 안 된다. 소설이 거짓말 이야기이되 사실 이상의 진실된 세계의 창조라는 것을 보여주기 위해서도 그 방면의 정보와 지식을 갖춰 전문가나 다름없는 식견으로 독자를 압도하지 않으면 안 될 것이다.

아주 오래전 필자는 어느 작가의 장편소설을 읽다가 가을 산야를 묘사하는 장면에 봄꽃 이름이 나오는 것을 보고 그 소설 읽기를 그만둔 적이 있었다. 소설을 쓰려는 당신은 들꽃 이름 하나라도 제대로 쓰기 위해서 생물도감이나 들꽃에 관한 책을 가까이 하지 않으면 안 될 것이다. '이름 모를 들꽃'이나 '이름 모를 산새' 등의 표현으로 독자를 우롱하던 시절은 이미 지나간 지가 오래이기 때문이다.

《내일은 비》의 작가 김병총은 "한 개의 작품을 이룩하기 위해서는 한 컷마다의 메모가 머릿속 혹은 메모지에 구체적으로 기록된다"면서 투견 鬪犬 심리를 통해 인간의 불타는 욕망을 그린 〈불칼〉이란 작품을 쓸 때의 취재 노트에 이렇게 쓰고 있다. "메모 시작. 현장에 가다. 투견가들과 만나 어울리다. 그들의 투견 취미에서 가혹한 보상심리가 밑바닥에 깔려 있다는 결과를 얻어냄. ……이런 식으로 구상되기 시작한 메모들은 내 수첩 가득히 박혀 있다. 내 발길이 닿는 데가 많을수록 이미지는 한없이 풍부해져서 한 개의 작품으로 포장되어 나오기를 기다리는 메모들이 아우성치고 있다." 실제로 그의 창작 노트에는 투견이 그려져 있고 각 부위 명칭은 물론이고 급소까지 표시되어 있었다.

창작 노트, 그것은 당신의 가능성이며
좋은 소설을 쓰기 위한 자신과의 약속이다

　그것은 당신의 귀중한 재산이다. 발상을 놓치지 않고 제때에 메모해 두는 것도, 그 발상이 어느 날 구상으로 발전되는 그 신명나는 작업도, 구상된 얼개를 아웃라인으로 작성하는 일도, 그 소설 형상화에 없어서는 안 될 재료들을 취재하는 것도 모두 당신의 창작 노트가 준비됐을 때의 얘기다. 필자는 원고지 뒷면 아니면 대학 노트를 창작 노트로 활용한다. 문방구에 가면 얼마든지 구할 수 있는 독서카드(스터디카드)를 이용하는 작가도 있다.

　그 어떤 것을 이용하든 당신의 창작 노트는 당신의 기억 창고이며 상상력에 불을 댕기는 가스라이터 같은 것이다. 독자로부터 쉬 잊히지 않고 영원히 사랑받고 신뢰를 잃지 않는 작가가 되기 위해서도 당신은 그 번거로운 작업을 습관화하지 않으면 안 된다.

　〈거인의 잠〉으로 등단해《빙벽》이란 소설을 쓴 작가 고원정은 메모광으로 알려져 있다. 그는 항상 몸에 독서카드를 여러 장 지니고 다닌다. 머릿속에 있는, 쓰고 싶은 몇 개의 이야기에 써먹을 수 있는 생각이 떠오르면 때와 장소를 가리지 않고 메모한다. 책을 읽다가도 그 이야기에 맞는 구절이나 내용이 있으면 빠짐없이 메모한다. 그렇게 메모된 카드를 어느 날 구상 중인 작품별로 분류·정리한다. 그 카드를 정리하는 단계가 바로 구상이 완료되는 단계이기도 한 것이다.

　그의 집필 속도가 비교적 빠른 것도 이미 정리된 카드 속 내용이 그대로 원고지에 옮겨지기 때문이다. 그는 단편 한 편을 쓰기 위해 보통 30~40장 정도, 중편의 경우에는 100장 정도의 메모된 카드가 필요하다고 한다.《빙벽》을 쓰기 위해서 그가 메모한 카드는 약 3,000장 정도였고 지금도 계속 취재 메모 중이라고 한다.

당신의 일기장, 그것 이상의 좋은 창작 노트는 없다

당신의 체험과 그 생각, 당신이 만났던 그 사람에 대한 인상, 그때는 유보했던 그 일에 대한 당신의 어떤 판단……. 그 일기장은 그대로 당신 자신의 소설화이며 더 나은 세계를 지향하는, 좋은 소설을 쓰기 위한 이 시대 증언의 비망록이다. 그것은 버릇이다. 독서가 버릇이듯 창작 노트를 신봉하는, 그 버릇 기르기를 작가수업의 신조로 다짐해 둘 일이다.

구성, 그 신비의 손

골수에 박힌 고정관념에서 벗어나라

재소在蘇 작가 아나톨리 김과 문학평론가 김윤식金允植 교수가 대담한 내용에 이런 구절이 있다.

김윤식: 김 선생 작품의 또 하나의 특징은 플롯이 없다는 것입니다. 한 개인의 운명을 마치 옛날이야기하듯 풀어 나가고 있더군요. 저는 김 선생의 작품을 읽고 있으면서 러시아 작가 체호프의 단편을 읽는 것 같은 느낌이 들었습니다.

아나톨리 김: 저도 평소에 그런 말을 많이 들었습니다. 저에게 처음 소설을 가르치셨던 선생님도 제 작품에 플롯이 없다는 지적을 하셨습니다. 그러나 그분은 이 점을 오히려 저의 특징으로 삼아 계속 유지해 나가라고 하셨습니다. 제 자신도 소설에 플롯이 반드시 필요하다고는 생각하지 않습니다. 오히려 한 개인의 운명이 소설보다 더 훌륭한 이야기가 될 때도 있지요. 또 플롯이 없으면 훨씬 자유롭게 소설을 쓸 수도 있습니다.

아나톨리 김은 그 말에 곁들여 골수에 박힌 고정관념에서 벗어나는 것이 예술성의 획득이라는 것을 강조하고 있다.

맞은 말이다. 플롯이 없는 소설, 그것은 그 소설의 특징이며 또 다른 플롯의 시도다(물론 플롯에 그다지 신경을 쓰지 않아도 되는 소설이 따로 있긴 하지만). 기존의 틀을 깨는 일, 그리하여 자기만의 새로운 방법의 모색과 그 힘 보여주기, 그것이 바로 소설문학이 추구하는 미학이 아니겠는가.

그러나 새집 설계는 자신이 살던 집에서 시작하는 법이다

독창적인 것의 시도는 기존의 틀을 완전히 이해하고 습득했을 때만 가능하다. 고정관념을 깨기 위해서는 그 관념 속으로 들어가지 않으면 안 된다. 집은 이미 낡았지만 그 집이 지니고 있는 기본 구조나 새집을 짓더라도 이것만은 그대로 살리고 싶은 그런 장점들을 알아두는 일은 반드시 필요하다고 본다. 허허벌판에서 빈손으로 집을 지을 수는 없기 때문이다.

중요한 것은 구성의 방법이 아니라 구성이 왜 필요한 것인가를 당신 스스로 터득하는 일이다. 그러한 터득 속에서 당신은 '플롯이 없는 소설'이 정말 가능한 것인가 하는 의문도 갖게 될 수 있을 것이다.

소설에 대한 교과서적 이해에서 빠뜨릴 수 없는 것은 소설을 유기체에 비유하는 일이다. 생물은 하나의 형태 혹은 어떤 생활 기능을 가진 완전한 조직체가 되기 위해서 여러 가지 요소들이 유기적으로 통일·조직되어 그 요소들의 각 부분과 전체가 필연적 관계를 갖게 된다. 말하자면 꼭 필요한 것만이 꼭 필요한 자리에 놓이되 그 여러 요소들이 매우 긴밀한 관계로 얽혀 있다는 사실이다.

소설을 유기체로 파악하는 일은 소설의 구성에 대한 이해에 큰 도움이 될 것이다. 한 편의 소설은 여러 가지 요소들의 유기적 결합에 의해 이루어진 것이다. 부분과 전체가 필연적 관계를 지니면서 은밀히 혹은 어떤 충격적 효과를 준비하여 독자를 사로잡는 살아 있는 구조이기 때문이다. 꼭 필요한 것들만의 필연적 결합, 어렵지만 소설은 그런 것이어야 한다.

소설의 미덕은 질서 찾기에 있다

좀 더 고전적 견해에 의하면 소설은 '구성', '인물', '주제', '시점', '문체' 등의 요소로 이루어진다. 이러한 요소들이 유기적으로 긴밀한 관계를 유지하면서 인간의 삶을 총체적·감동적으로 보여줄 수 있는 통일된 조직을 갖췄을 때 우리는 그것을 형상화에 성공한, 좋은 소설이라고 한다.

소설의 여러 가지 요소 중에서 이른바 '유기적 결합'과 '필연적 관계'를 가장 분명하고 절실하게 나타내는 것이 구성이다. 구성이란 말보다 그 의미가 크고 융통성이 있는 것으로 우리는 흔히 플롯이란 말을 사용한다.

그러나 우리는 그 의미가 다소 좁혀진 상태라고 하더라도 구성이란 말을 사용하는 것이 좋겠다. 플롯이라고 하면 어쩐지 소설을 이론적으로 해부하고 종합하는 과정에서 사용되는, 그 뜻이 다분히 모호하여 소설 자체를 어렵고 딱딱하게 만드는 듯한 느낌이 강하기 때문이다.

어떻든 필자는 이 글에서 구성의 뜻을 필요 이상 확대하거나 어렵게 할 생각은 추호도 없다. 소설은 결코 이론으로 이해되고 분석되는 성질의 것이 아니고 어디까지나 모든 예술작품이 갖는 자유분방한 창조적 에너지의 비예속적·반합리적인 속성이 창작 과정에서부터 그것의 감상에 이르기까지 유효하게 작용된다는 것을 알기 때문이다.

구성이 어떤 것인가 하는 것을 이야기하기 전에 구성이란 말이 실제로 어떻게 쓰이고 있는가부터 살펴볼 필요가 있다. 우선 1990년 신춘문예 소설작품을 심사한 심사평에 나타난 구성이란 말의 의미를 찾아보고자 한다.

"구성이랄까 응집력이 미흡했다."

"작품의 구성상 약간의 문제점이 발견되어 당선작에 미치지 못했다."

"치밀한 구성."

"구성이 허술하고 결말이……."

"단편소설로서의 압축된 구성의 효과가 참신했다."

"체험이 소설이 되자면 개인의 기록을 뛰어넘어 하나의 구심점을 향해 재구성되어야 한다."

"전체적 골격이 단순하여……."

"전체적인 통일이 미흡."

"단편소설에서 요구되는 응축된 짜임새의 결여로……."

"앞뒤 맞춤의 도식성이 안 좋게 여겨졌다."

이외에도 소설 창작에 있어 구성에 대한 주문은 갖가지다.

"구성의 상투성이 감동을 반감시켰다."

"이야기의 짜임이 작위적이다."

"구성에 있어 사건 나열의 비율이 적절치 못하다."

"구성이 산만하다."

"독자를 사로잡을 수 있도록 이야기를 긴박감 있게 짜야 한다."

"구성상의 필연성 부족이 이 작품의 결정적 흠이다."

아우트라인 작성이 앞으로 이러이러한 집을 짓겠다는 희망이 담긴 청사진이나 조감도 정도라면 구성은 집을 짓기 위한 실제적 구조를 전문가가 구체적으로 도면화한 설계도라고 할 수 있는 것이다. 작가의 주제의식도, 작가가 그리려고 하는 인물도, 작품의 분위기도, 그 이야기 서술에 맞는 시점도, 문체도 모두 구성이란 그 설계도 속에서 얻어지게 마련인 것이다.

모든 소설은 구성된 것이다

소설은 만든 이야기다. 작가가 소설 쓰기를 선택했다는 것은 널려 있는 이야기를 새로운 시간의 질서 속에 자기 나름의 방법으로 사건을 배열하고 싶은 충동이 작용했기 때문이라고 생각해도 크게 틀리지 않을 것이다. 이 세상에서 '일어나고 있는 일' 혹은 '일어난 일'들은 만들어진 것이 아니기 때문에 극히 우연적이며 돌발적일 수밖에 없다. 신문기사 하나를 예로 들자.

24일 오후 4시 15분쯤 경북 칠곡군 왜관읍 내곡동 경부고속도로 왜관 인터체인지 부근 상행선에서 대구에서 서울 쪽으로 가던 대구 5897호 로열 프린스(운전자 박재봉·36)가 중앙선을 넘어 맞은편에서 오던 경북 4643호 16인승 버스(운전자 정삼암·45)와 정면으로 충돌, 승용차에 타고 있던 운전자 박씨 일가족 5명이 그 자리에서 숨졌다. 숨진 사람은 운전자 박씨와 박씨의 부인 윤기복 씨(25)와 아들(2), 조카 윤경 양(9) 외에 박씨의 형수로 추정되는 30대 여자 등이다.

이 신문기사에는 '누가', '언제', '어디서', '무엇을' 했다는 것은 분명히 밝혀져 있지만 그 사고의 개연성은 물론, 희생자들과 연관된 어떠한 인간적 갈등이나 고통도 개입되어 있지 않다. 있는 그대로일 뿐이다.

작가들은 있는 그대로의 이야기를 재구성하고 싶은 충동을 느낀다. 그 교통사고의 끔찍함을, 혹은 인간의 불확실한 미래를 비극적으로 보여주고 싶은 충동일 것이다. 우선 그 교통사고가 우발적이지만 그럴 수 있는 가능성을 위해 그날 아침의 고속도로 상황을 불길하게 묘사할 수도 있다. 사고가 나기 전의 승용차에 탄 사람들이 '내일' 있을 얘기로 언쟁을 벌이는 내용을 삽입하는 것도 좋다. 그 차에 어떤 묘령의 여인이 타게 된 경위와 그 문제로 생길 수 있는 갈등을 고조시킴으로써 긴장된 이야기를 만들 수도 있을 것이다. 또는 사망자의 인적 상황도 그런 사고를 필요로 한 그 이야기의 의도에 맞춰 달라지게 함으로써 그 사고의 비극과 우여곡절을 강조할 수도 있는 것이 구성의 필요성이라고 생각한다.

쓰이는 모든 이야기는 취사선택된 것이다

소설뿐만 아니고 글로 쓰이는 모든 이야기는 구성된 것이다. 신문기사도 예외는 아니다. 이 말을 다른 방향으로 바꾸어 말하면 모든 이야기는 그 이야기를 만들려는 어떤 의도에 맞춰 모든 요소들이 '취사선택'된다는 사실이다. 필요한 것들만 뽑아서 쓴다는 것이 구성에서 유념해야 할 가장 중요한 일이다. 그런 면에서 수기手記나 현장 기록 같은 것도 모두 쓴 사람의 어떤 의도에 의해서 있었던 일들이 취사선택된 것이라고 할 수 있다. 수기다운 골격을 갖추는 일에서부터 할 말 쓸 말을 취사선택한 뒤 그것을 어떻게 배열했는가에 따라 감동의 정도가 다르게 나타나기 때문이다.

구성, 그 신비로운 힘을 믿어야 한다

당신의 장인다운 기질이 그것을 가능케 할 것이다. 당신이 만드는 이야기에 필요한 '갈등', '소설적 긴장', '인물', '소설적 분위기', '이야기 전개의 효과적인 단계'를 생각하지 않으면 안 된다. 독자들이 소설을 손에서 놓지 못하는 것은 그것이 구성된 이야기이기 때문이란 것을 명심해야 한다. "다음에는 어떤 일이 일어날 것인가" 하는 기대 갖기는 바로 당신의 손, 그 구성에 의해 좌우되는 것이다.

소설 구성의 요체는 인과관계에 있다

소설이 필요로 하는 모든 사건은 그 동기가 있고 그 동기에 의해서 유발된 무수한 사건들(인물의 생각, 행동, 어떤 판단·결정까지 포함)은 반드시 우여곡절을 거친 끝에 어떤 결과에 이르게 된다. 그 인과관계의 시작과 끝을 위해서 작가 나름으로 어떤 질서와 법칙을 부여하는 것이 소설의 구성인 것이다.

스토리를 '시간의 순서에 따라 정리된 사건의 서술'로, 플롯은 '인과관계에 중점을 둔 사건의 서술'로 구분한 포스터의 견해는 탁견이다. 입을 벌리고서 그저 "그 다음은?", "그래서?" 하며 잔뜩 호기심 가득한 눈으로 이야기하는 사람의 얼굴만 쳐다보고 있는 게 스토리라면, 플롯은 그러한 일들이 벌어지는 사태에 대해서 독자가 머리를 갸웃거리며 자신의 기억력과 지적인 논리를 모두 동원하여 그 일들이 "왜?" 그렇게 되지 않으면 안 되는가 하는 의문을 가지고 그 이야기 전개에 동참하는 것이 구성이란 얘기다. 그리하여 플롯은 보다 무게 있는 예술적 의도를 가진 짜임새를 갖추고 있기 때문에 때대로 그 진행이 지루하여 답답할 경우도 있다. 그러나 그 답답함 속에 작가가 노리는 소설미학이 감춰져 있다는 것을 알아야 한다.

인과관계에 중점을 둔 사건의 서술이 되기 위해서는 서로 맞물려 일어나는 사건들과 그 사건 속의 인물들이 개연성을 가져야 한다

다음은 몇 년 전 신문에 났던 1단 정도의 기사 내용이다.

> 어느 날 어느 곳의 고층아파트 14층 베란다에서 갓난아이가 떨어진다. 그러나 그 밑을 지나가던 그 어린아이의 어머니가 떨어지는 아이를 받아낸다. 그 어머니가 약간 다쳤을 뿐 어린아이는 말짱했다.

이것은 실제로 있었던 일이다(현실에서는 그 이상의 기적도 많이 일어난다). 있었던 일이기 때문에 사람들은 다소 놀라긴 하지만 별반 의문을 제기하지 않는다. 그 어린아이가 어떻게 떨어지게 되었는지, 그 엄마는 어떻게 그 밑에 있을 수 있었는지 또는 실제로 14층에서 가볍게 날아 떨어지는 갓난아이를 받아낸다는 것이 정말 가능한 것인지…… 등의 의문들이 제기될 수 있지만 사람들은 그런 것에 별로 신경을 쓰지 않아도 된다. 실제로 일어난, 엄연한 사실이기 때문이다.

그러나 어느 작가가 그 사건을 소설로 썼다고 하면 그야말로 거짓말쟁이란 비난을 면치 못할 것이 분명하다. 그 이야기는 '있을 수 없는 일'로, 소설에서는 있을 수 없는 일이 일어나서는 결코 안 되기 때문이다. 독자들은 소설 속에 우연성을 용서하지 않는다. 소설에서 구성이 필요한 이유가 바로 그것이다. 왜 그런 일이 일어났으며 어떻게 그 어머니가 그 밑에 있을 수 있었는가. 그것이 구성에서의 개연성의 문제인 것이다.

'4대 독자 아이를 키우는 어느 여자의 강박감 및 그 모성애의 초인적인 힘', 이런 정도의 주제를 살리기 위해서 그 이야기는 독자가 끌려들지 않을 수 없는 어떤 필연적 상황을 필요로 한다.

　그네는 딸만 다섯 있는 홀어머니 밑에서 자랐다. 3대 독자 집안에 시집을 와 몇 해만에 어렵게 아들을 낳았다. 아이를 품고 낮잠을 자다가 무서운 꿈을 꾼다. 그 아이가 자동차 사고로 죽는 모습을 보는 끔찍한 꿈이다. 그네는 꿈에서 소스라쳐 깨어났지만 가슴은 여전히 뛴다. 아이는 아직 자고 있다. 그네는 아이가 잠을 깨기 전에 저녁 찬거리를 사러 슈퍼로 간다. 엘리베이터 속에서도, 슈퍼에서 물건을 사는 동안에도 낮잠에서 꾼 꿈 생각이 떠나지 않는다. 가슴이 뛴다. 그때 문득 어린아이 울음소리가 들린다(실제로는 울음소리가 들릴 수 없지만 그런 경황의 엄마라면 들릴 수도 있다는 식으로 묘사돼야 한다). 그 순간 그네는 불현 듯 아파트의 베란다 쪽 문을 열어놓고 잤다는 생각을 해낸다. 그네는 물건을 사다 말고 허둥지둥 달려간다. 그 상황에서 그네가 달려갈 수 있는 곳은 현관 쪽이 아니라 베란다 쪽일 확률이 높다. 그네가 베란다 쪽으로 달려갔을 때 실제로 어린아이가 베란다 난간에 매달려 있다. 갓난아이가 떨어지고 그네가 달려가 그 아이를 받아낸다.

　이 정도의 이야기를 설득력 있게 만들기 위해서는 그네가 꿈을 꾸고 난 뒤의 공포라든가 슈퍼에 가서의 그 불안감을 잘 그려내지 않으면 안 될 것이다. 독자를 설득할 수 있는 이야기의 개연성 부여, 그것이 구성이다.

갈등의 연출, 소설 구성의 핵은 갈등에 있다

　이야기를 짠다는 것은 그 이야기 속의 모든 요소들이 유기적으로 얽힘을 뜻한다. 그러나 그 요소들은 나름으로 풀리지 않는 어떤 문제들을 내포하고 있어야 한다. 죽어야 한다. 죽을 수 없다. 나쁜 놈이다. 아니다, 그는 당신들보다 더 인간적이다. 사랑한다. 증오한다. 반드시 이겨야 한다. 아니다, 지는 것이 더 인간적이다. 이것이 옳다. 아니다, 불의다. 반동이다. 애국이다. 위법이다. 합법적이다. 나는 왜 이렇게 살아야 하는가. 이렇게 사는 것도 사는 것인가. 진보적. 보수적. 작다. 크다. 많다. 적다. 희다. 검다. …… 이러한 요소들의 갈등을 어떻게 적절히 나열하고 대비하여 진행시키느냐에 따라 소설의 맛은 크게 달라진다.

갈등의 고전적 정의는 선과 악, 도덕과 비도덕, 인간과 인간, 인간과 자연, 인간과 환경·제도, 인간 내면의 복잡한 심리 등의 크고 작은 대립과 혼란으로 설명된다. 갈등이 꼭 대립으로 이해되는 것은 옳지 않다. 생각하는 방법이나 개성이, 그리고 그 소설 속에 등장하는 인물들 나름의 철학이 다양한 모습으로 대비되고 조화되는 것도 갈등이라고 봐도 좋을 것이다. 그러므로 소설을 쓰려는 당신이 조심해야 할 일은 구성이 갈등을 가장 중요한 요소로 갖는다고 해서 모든 것을 대립시키는 도식적 방법을 써서는 안 된다는 점이다.

소설을 소설답게 하는 갈등은 이음새가 보이지 않는 땜질처럼 그 갈등 자체가 겉으로 드러나지 않게 하는 데 있다. 갈등은 구성의 핵일 뿐 이야기의 얼개 자체는 아니기 때문이다.

갈등은 절정을 향해 집중적으로 치달아야 한다

아무리 단순한 구성의 단편소설이라고 하더라도 그 속에는 여러 개의 갈등이 서로 밀고 당기는 관계를 가지면서 중심 갈등을 향해 모여들고 있음을 보게 된다. 갈등의 고조, 그것은 얽힌 것이 풀릴 기대를 동반한다. 그 사람은 결국 그런 생각에서 이런 일을 벌였구나 하는 해답이 얻어질 가능성이 전제된 갈등의 고조가 절정이다.

윤흥길의 중편 〈장마〉는 인민군의 아들과 국군의 아들을 둔 두 어머니가 난리 때 같은 집에 살면서 갈등하는 이야기를 그 손자의 눈으로 그린 작품이다. 사돈들끼리 반목하며 싸우는 과정이 매우 착잡하게 전개된다. 갈등은 행방불명이 된 '삼촌'에 대한 궁금증을 중심으로 해서 이야기가 꼬이다가 드디어 나타난 구렁이 한 마리로 절정이 만들어지고 동시에 화해까지 이르게 되는 구성으로 되어 있다. 필자의 졸작 〈우상의 눈물〉의 줄거리는 대체로 다음과 같다.

최기표는 학교의 골칫덩이로 모든 학생들의 공포의 대상이면서 동시에 우상으로 군림한다. 선생들이 보기에 그는 악마처럼 음흉하고 교활하다. 그런 최기표를 무력화하기 위한 작업이 담임과 반장에 의해 시도된다. 그들은 기표의 치부라고 할 수 있는 불우한 가정환경을 찾아내 폭로함으로써 학생들의 우상을 라면이나 허겁지겁 건져 먹는 배고픈 동물로 끌어내리는 데 성공한다. 순수한 악마를 한낱 부끄럼 타는 아이로 변신시켜 버리는 교활한 선善의 그 음모와 지혜야말로 이 시대를 지배하는 힘의 논리가 아니겠는가.

기표를 무력화하기 위한 작업이 갈등의 중심을 이루면서 기표가 한낱 부끄럼 타는 아이로 변신되는 그 마지막, "무섭다. 나는 무서워 살 수가 없다"는 글을 남기고 가출하는 것을 절정으로 소설은 끝난다.

소설 독자들의 절정에 대한 기대는 가슴 조이는 불안감과 긴장 속에 이루어져야 한다. "이 사람의 정체는 도대체 뭔가." "어떻게 이런 일이 일어날 수 있는가." "이래서는 안 되는데…… 도대체 작가는 왜 이런 상황으로까지 끌고 가야 한단 말인가."

별다른 줄거리를 갖고 있지 않은 오정희의 〈동경〉에서도 절정을 향해 치닫는 어떤 긴장감을 만끽할 수 있다. 무료한 어느 여름날 노부부가 보여주는 자잘한 일상 속에서도 독자가 책을 놓지 못하게 하는 그런 요소들이 중심 갈등을 향해 치닫고 있음을 볼 수 있는 것이다. 그 소설의 분위기도 그런 요소의 하나로 작용한다.

독자가 끌려들지 않을 수 없는 어떤 힘 중에서 가장 보편적인 것은 추리적 수법이다. 실제로 소설의 구성은 작가와 독자가 벌이는 알아맞히기 놀이라고 할 수 있다. 작가는 짐짓 시치미를 떼려 하고 독자는 작가가 감춰 놓은 것을 찾아내려고 집요하게 노력한다. 그 감추고 찾고 하는 놀이 자체에 집중하는 것이 추리소설이나 모험소설이라고 할 수 있다. 대중통속소설도 그 범주에 넣을 수 있다.

그러한 소설들은 독자의 상상력이 도저히 미치지 못하는 어떤 기발한 것, 전혀 뜻밖의 결말들을 필요로 한다. 그때 독자와 작가 사이에는 약간의 묵계가 이루어진다. 어차피 소설인 이상 심각하게 따지고 들지는 말자는 묵계다. 다소의 과장이 눈에 띄더라도, 이야기의 얽힘에 우연성이 있더라도, 사건의 전개가 부자연스럽고 필연성이 없더라도 재미만 있으면 되는 것 아니냐는 것이다. 기발하지 않아? 놀랐을 거다. 독자를 깔보고 그 의식을 마비시키는, 그런 즐거움의 구성을 필요로 하는 소설도 없지 않다.

그런 소설은 독자를 계속 긴장시키기 위해 놀라운 일들을 준비하는 구성법을 착안하지 않으면 안 된다. 안방극장에서 시청자를 사로잡는 TV 드라마의 흐름이 그렇다. 다음 날에는 분명 어떤 결판이 날 것 같은 기대로 끝나지만 그 기대는 또 다른 엉뚱한 일로 깨지면서 또 새로운 호기심을 유발한다.

작가가 되려는 당신은 추리소설이나 안방극장의 그런 드라마를 통해서도 구성의 기교를 배울 필요가 있다. 그 이야기의 연결이 어떻게 개연성을 잃고 있는가(일부러 무시하는 경우도 있다) 하는 것을 찾는 일이 바로 그 공부다. 드라마에서 보여주는 삼각관계는 차라리 고상하고 아름답다. 실제 현실에서는 추하고 비참할 수밖에 없는 그런 개연성을 모두 제거했기 때문이다.

똑똑한 독자들은 재미(긴장감)도 있으면서 그 소설의 끝까지 단 한 군데의 결점도 발견되어서는 안 된다는 것을 주문한다. 즉, 형상화되지 못한 소설을 써서는 안 된다는 것이다. 독자를 긴장시키는 것도 빈틈없는 구성이 이루어졌을 때에만 가능한 일이다. 우리는 보통 빈틈없는 구성에 의해 그 결점이 발견되지 않는 소설을 두고 형상화에 성공한 좋은 작품이라고 한다.

구성의 단계는 무시하는 것이 좋다

소설 구성이라면 대체로 그 단계를 일컬을 정도로 이야기를 전개하는 단계가 중요시되고 있다. 그러나 4단계·5단계·6단계 등 이야기의 흐름을 단계적으로 구분하여 서술하려는 창작 태도는 너무 고전적이다. 보통 발단發端·분규紛糾·절정絶頂·결말結末 등으로 나뉘어 설명되고 있는 구성의 단계가 실제로 창작에 도움이 된다고는 생각되지 않는다.

실제로 중·고등학교 교실에서는 소설을 가르칠 때 그 단계를 나누는 일부터 한다. 그것은 내용과 형식을 나눠 가르치는 것만큼 위험하다. 문학작품의 분석은 그것을 다시 종합할 수 있는 능력이 있을 때만 필요한 것이다. 문학교육의 큰 잘못은 분석·해체만 해놓고 그 마무리를 하지 못하는 데 있다.

소설을 쓸 때도 그 위험성은 마찬가지다.

어떻든 구성의 그 단계에 맞춰 소설을 쓰는 작가가 있다고는 생각되지 않는다. 그 단계를 충실히 맞춰 쓰다가 보면 도식적 구조가 되어 독자에게는 식상한 내용이 되어버리고 말 것이 분명하다.

구성의 유형을 알아보는 일은 소설 쓰는 일에 다소 도움이 될 수도 있을 것이다.

어떤 소설은 사건이나 상황을 중요시한다. 어떤 상황이나 사건이 인간을 혹은 그 운명을, 삶을 이렇게 변모시킬 수도 있다는 것을 말하고 싶은 것이다. 세태소설, 현장소설, 모험소설, 상황소설 등이 그런 유형으로서 주로 이야기 전개가 빠르고 긴박감이 있으며 흥미 위주로 구성되는 특징을 보인다.

상황 중심의 소설 중에는 이런 인간이 이런 생각으로 그 상황이나 사건을 어떻게 극복했는가를 관심으로 삼는 것도 많다. 인간의 의지나 신념이 어떻게 그 상황을 바꿔 나가는가를 살펴보는 구성이 필요하게 될 것이다. 이 경우에는 주로 사회적 여건이나 그 제도와의 싸움을 벌이는 구조가 구성의 중심을 이룰 것이다.

또 다른 소설들은 상황이나 사건보다 인간의 심리상태를 더 중요시하는 경향을 보인다. 등장인물의 성격이나 그 개성 혹은 심리의 흐름을 중심 구조로 하는 소설을 말한다. 심리소설, 성장소설 등이 그것인데 그 구성은 대체로 느슨하고 세밀하며 아주 작은 것이라도 그것을 바라보는 시각에 따라 견해의 차이가 크게 나타난다.

이런 소설은 주로 도덕적·윤리적 문제에 대한 깊은 성찰을 바탕에 깔고 구성되는 것이 보통이다.

위의 두 가지 유형과는 달리 추상적·관념적 세계를 구성의 중심 요소로 삼는 소설이 있다. 그것은 작가가 어떤 신념이나 철학 내지 사상을 소설이라는 장르를 통해서 구현하고자 하는 경우인데 그런 소설의 구성은 보다 단순하고 직접적이어서 무기교의 구성법으로 갈등의 진폭이 비교적 적은 편이다.

구성의 진행방법을 터득할 일이다

하나의 사건이(혹은 한 인물의 이야기가) 단일 단순한 궤도를 따라 진행되는 단선적單線的 구성이 있다. 하나의 사건, 하나의 일화를 곁가지 없이 집중적으로 전개해 나가는 방식이다.

단선적 구성은 주로 말하고자 하는 바를 분명히 밝히고자 하는 의도를 가지고 있을 때 사용되는 방식이다. 즉, 목적의식을 가진 소설일수록 이야기가 여러 갈래로 복잡하게 얽히는 것을 피하는 구성을 필요로 하게 된다. 말 그대로 이야기가 단선 위에서 전개되어 보다 단일한 인상, 확실한 결말을 지향한다.

이와는 달리 두 개 이상의 이야기를 평면적으로 혹은 입체적으로, 혹은 동시에 진행시키는 복선적伏線的 구성이 많이 쓰인다.

복선적 구성은 주로 장편소설에 많이 쓰여 왔으나 현대소설에서는 중·단편소설에서도 이 방법이 주로 쓰이고 있다.

이 구성법 중 어떤 경우는 중심이 되는 이야기와 그 중심 이야기와는 다른 차원의 작은 이야기들이 함께 진행되는 방식을 보인다. 또 어떤 것은 이야기 속에 또 하나의 이야기가 곁다리로 붙어 나와 가지를 치면서 그 중심 이야기를 도와주는 역할을 하는 그런 구성도 있을 수 있다. 아니면 아예 그 곁가지 이야기가 슬그머니 중심 이야기를 밀어내고 중심으로 들어앉는 경우도 있다.

어떻든 복선적 구성은 두 개 이상의 이야기가 각각 독자적인 구성에 의해 질서와 균형을 잡으면서 하나의 완벽한 이야기로 결합되는 묘미를 보여야 한다. 크고 작은 구슬이 한 끈에 꿰어서도 좋은 목걸이로 손색이 없어야 하듯 여러 이야기의 복합은 어떤 질서와 통일을 가지고 있지 않으면 부자연스럽거나 산만하다는 말을 듣기가 쉽다.

선택한 것 배열하기, 그리고 그 비율이 중요하다

복선적 구성에 있어 생각해야 할 일은 여러 이야기의 배열방식과 그 비율이다.

우선 여러 개의 이야기를 어떤 방법으로 배열하느냐 하는 것인데, 옛날이야기나 어떤 사람의 일생을 서술하는 식의, 시간의 순차적 진행에 따라 과거에서 현재로, 다시 다음 단계로 넘어가는 방법이 있을 것이다. 그런 순차적 진행과는 달리 현재와 과거를 마구 뒤섞어놓아 그것이 나름의 질서를 가지면서 절정으로 치닫는 그런 구성도 생각할 수 있다. 즉, 그러한 입체적·평면적 진행방법이 현대소설에서 널리 사용되는 구성법이다. 현재와 과거를 번갈아 이야기하되 과거는 과거 이야기대로의 연결이 있어야 하고 현재 이야기는 또 그 나름의 일관성을 가지고 있어야 과거·현재가 한 끈에 꿰어 통일된 이야기가 만들어질 수 있는 것이다.

복선적 구성은 모자이크화 기법으로 하라

한 작품에 '갑', '을', '병' 세 사람의 이야기를(혹은 세 가지 사건을) 전개하는 방법으로는 우선 두 가지 진행법을 생각할 수 있다.

먼저 '갑'의 이야기를 다 끝내고 나서 '을'의 이야기를, 다시 그것에 이어 '병'의 이야기를 차례로 하는 것인데, 이것은 너무 낡은 방법이고 단순한 것이어서 특별한 경우가 아니면 잘 쓰지 않는다.

다음은 '갑'의 이야기를 하다가 적당한 데서 끊고 '을'의 이야기를, 다시 '갑'의 이야기로, 그 다음은 '병'의 이야기를, 다시 '을' 혹은 '갑'의 이야기로 다시 '병'의 이야기로…… 이런 식의 구성법은 모자이크화를 생각하면 좋을 것이다. 그 색채와 모양이 다른 여러 개의 조각들(삼각형, 사각형

등)이 모여서 배색配色의 아름다움을 연출하는 모자이크화는 그 바탕 그림의 구성도 좋아야 하지만 그 작은 조각들이 어떻게 제자리를 찾아 들어앉느냐 하는 조립의 구성력이 뛰어나지 않으면 통일과 조화를 얻어내기가 어려운 법이다.

버릴 것을 버릴 줄 아는 용기, 그것이 구성의 비법이다

비율의 필요성이 거기서 생겨난다. 복선적 구성에서 특히 유념해야 할 일은 그 배열의 방법이 어떠하든 그 여러 개의 이야기를 어떤 비율로 배분하느냐 하는 점이다. 그것은 작가가 어느 이야기를 더 고려하고 있고 비중을 두는 부분이 어떤 것인가에 달렸을 것이다. 자칫하면 별로 중요하지 않은 이야기를 길게 늘어놓아 꼭 필요한 이야기를 대충 끝내야 하는 실수를 하게 되는 경우가 많은 것이다.

1990년의 신춘문예 당선작 〈단식〉(박정우)은 탄탄한 문장으로 여러 개의 일화들을 주제의식에 걸맞게 배열한 것까지는 좋았지만 그 비율이 맞지 않아 다소 산만한 데다 갈등의 고조가 제대로 이루어지지 않은 것이 아쉬웠다. '어머니의 단식'이 그 한 가지 예다. 몇 개의 불필요한 일화의 나열에 취해 정작 중요한 것을 잊어버림으로써 그 단식의 필요성과 절실함이 독자에게 전달되지 못했던 것이다. 이야기 중간에 그 단식 이야기를 두어 번 더 삽입했어야 그 비율이 맞았을 것이란 생각이다.

이야기의 뼈대에 붙는 여러 일화(삽화)들은 꼭 필요한 것만 선택해 쓰도록 해야 한다. 그 구성에 필요한 것도 아닌데 빼어버리기가 아까워 그냥 끼워 넣는 것은 그 작품의 형상화에 늘 결정적 흠이 되는 법이다. 버릴 것을 버릴 줄 아는 용기, 중요하지 않은 것을 간략히 처리할 줄 아는 절제력이 구성에 필요하다.

두 개의 이야기를 동시에 진행시키되 그 두 개의 구성이 각기 다른 주제를 내포하도록 복선 구조를 생각하는 것도 좋을 것이다. 필자의 경우, 아무리 짧은 단편이라고 하더라도 항상 두 개의 주제(겉에 드러나는 것과 감추고 있는 것)가 상호 보완적 병행을 하는 복선적 구성의 진행법을 즐겨 사용해 왔다. 독자가 어느 쪽 주제를 선택하느냐 하는 것은 작가가 관여할 바가 아닌 것이다. 중요한 것은 끝까지 읽도록 하는 데 있다.

흔히 액자소설이라고 말하는 구성법도 복선적 구성의 하나다. 이것은 좀 구식이긴 해도 하고 싶은 중심 이야기를 자연스럽게 끌어들이는 방법으로 많이 이용된다. 즉, 어떤 이야기 속에다가 다른 이야기 하나를 넌지시 끼워 넣는 방법으로써 대체로 나중에 들어간 이야기가 중심이 되고 그것이 다 끝나고 나면 다시 먼저의 이야기로 이야기를 마무리하는 여운까지 계산된 구성법이다. 때로는 액자의 테와 그 속의 이야기가 하나가 아니고 여러 개의 이야기가 동시에 진행되는 방법도 있을 수 있다.

단순하나 의미 있게, 분명하고 깊이 있게, 아름답고 균형 있게

아무리 복잡한 구성도 인생에서 일어나는 일에 비하면 단순하기 그지없다. 인생의 그 복잡다단한 것을 단순하나 의미 있게, 분명하고 깊이 있게, 아름답고 균형 있게 만들기 위한 것이 소설이다. 구성이야말로 그러한 소설을 쓰기 위한 하나의 필연적 방법인 것이다.

구성은 꼭 필요하고 중요한 것이지만 그것이 소설 만드는 잔재주가 되어서는 곤란하다. 구태의연한 생각과 그 방법을 잔재주를 부려 감출 생각이면 아예 구성이고 뭐고 생각하지 않는 게 좋다.

남들이 다 써먹은 낡은 방법을 벗어나야 한다. 새로운 것, 독창적 구성법을 찾기 위해 부단히 실험할 일이다. 당신이 어렵게 쓰는 그 습작 하나

하나가 모두 새로움을 찾아 떠나는 그 실험의 여행이 되어야 한다.

　구성법의 가장 좋은 공부는 남의 좋은 작품을 찾아 꼼꼼히 읽는 일이다. 특히 외국의 알려진 작품들은 그 습속과 사고의 다름으로 해서 우리에게는 그 하나하나가 모두 낯설고 새로울 수밖에 없다. 그 새로움이 바로 소설을 쓰려는 당신에게는 소설 구성의 새 방법을 경이롭게 터득하는 힘이 될 것이라고 확신한다.

작중 인물에 대하여

소설이 필요로 하는 요소들은 그것들 서로의 유기적 결합을 통해 작품의 형상화를 지향한다. 소설의 구성이 곧 작중 인물들을 적절히 배치하여 나름의 역할을 제대로 해내게 하기 위한 얼개 짜기인 만큼 그 속에 등장하는 인물은 작가의 의도에 따라 혹은 그 인물이 활동하는 사회적 배경에 맞게 설정되어야 한다. 소설을 이루는 요소들은 그렇게 서로 불가분리의 어떤 원리로 맞물려야 좋은 소설이 되는 법이다. 특히 소설의 구성과 작중 인물의 관계는 바늘과 실의 그것처럼 밀접한 것이다. '어떤 이야기'의 주체가 바로 '어떤 인물'로서, 좀 '특이한 성격'의 어떤 인물의 좀 '흥미로운 생각과 행위'들을 '긴장과 재미'를 잃지 않게 엮어 짜놓은 것이 소설이기 때문이다.

소설은 궁극적으로 인간성의 탐구에 그 목적을 두고 있다

실제로 기억에 남는 좋은 소설은 모두 그 소설 속에 창조된 어떤 인물에 대한 지워지지 않는 인물을 창조해 냈기 때문인 것으로, 그러한 자취를 남긴 성취감이야말로 작가가 작품을 쓰는 가장 큰 보람일 것이다. '춘향'과 '방자'란 인물이 보여주는 전형성만으로도《춘향전》은 가치를 갖는다.《심청전》의 '뺑덕어미'와 양반들의 위선을 풍자로 꼬집은《배비장전》의 '배비장'이 독자들의 기억 속에 사라지지 않는 한, 그 작품의 가치는 지속될 것이다.

이광수의《무정》이 구태舊態의 전대소설을 뛰어넘어 현대소설의 효시로 매김을 받는 것도 '이형식', '김선영', '박영채' 등 그 시대 그 사회에 걸맞은 인물을 어느 정도 실감나게 그려냈기 때문이다. 이광수 소설의 계몽성을 극복했다고 자부하는 김동인도 그의 단편〈감자〉에서 인물 창조의 가능성을 그 구성의 절묘함으로 입증해 보여주고 있다. '복녀'라는 가난하게 사는 한 여자의 성격 변화를 기존의 도덕관을 깨는 구조로 보여줌으로써 그 작품을 쉽게 잊을 수 없게 한 것이다.

30년대 자기 자신마저 구제하지 못하는 한 지식인의 무능과 자학을 보여주는 채만식의〈레디메이드 인생〉의 'P', 김유정 소설의 연민을 자아내는 바보들, 박제가 되어버린 이상의〈날개〉속의 남편(나), 염상섭의《만세전》의 주인공 '이인화'(나), 1953년에 발표된 황순원의 장편《카인의 후예》의 소박한 여인상 '오작녀', 시류에 철저하게 편승해서 현실적 영화를 좇는 카멜레온적 전형인 전광용의〈꺼삐딴 리〉, 주요섭의〈사랑손님과 어머니〉의 '어머니', 계용묵의〈백치 아다다〉, 인격의 이중성 내지는 위선의 문제를 희극적으로 보여준 현진건의〈B사감과 러브레터〉, 철저하게 자연에 순응하는, 토속신앙의 상징인 무당 '모화'를 그려낸 김동리의〈무녀도〉등은 소설 속에 등장시킨 인물이 그 작품의 다른 요소들과 적절히 융합됨으로써 작품의 형상화와 함께 그 나름의 인물창조에 성공한 작품이라고 생각할 수 있다.

이외에도 격동기의 한 테러리스트를 그린 선우휘의〈불꽃〉, 순박한 서민군상을 욕심 없이 보여준 오영수의 단편들, 이상인격異常人格의 병적 인간형을 리얼하게 보여준 손창섭의 작품들, 박경리의 〈불신시대〉에 나오는 전쟁 미망인, 한무숙의 〈감정이 있는 심연〉, 이범선의 〈오발탄〉, 하근찬의 〈흰 종이 수염〉, 김성한의 〈바비도〉, 강신재의 〈젊은 느티나무〉, 최인훈의 《광장》등은 전후 우리나라 사회상이 잘 반영되면서 그 속에서 갈등하는 사람들의 인간심리 내지는 인간성을 잘 그려낸 작품들이라고 생각한다.

인물(성격) 창조의 실패, 그것은 그 작품의 실패다

당신이 쓴 소설을 읽은 독자가 다음과 같은 칭찬을 할 수 있다.

"재미는 있더라구."
"문장이 괜찮던데."
"구성두 괜찮아. 무리가 없더라구."
"주제는 좋았어."
"그 얘기 정말 있었던 거 아냐? 실감나더라구."

그것이 그냥 예의로 하는 칭찬이라는 것을 알면서도 당신은 기분이 나쁠 리 없다. 그러한 칭찬들이 당신이 작품을 쓰면서 절망해 온 그 고통을 어느 정도 보상해 줄 수도 있을 것이다. 그러나 당신은 그렇게 칭찬을 하는 그 친구의 얼굴 어느 구석엔가 감추고 있는 불만을 놓치지 않는다. 그 칭찬이 다음과 같은 불만을 쏟아놓기 위한 연막이라는 걸 알기 때문이다.

"도대체 누구 얘길 하려고 이걸 쓴 거냐?"

"인물 선택이 좀 문제가 있는 거 같다. 필요하지도 않은 인물도 있고."

"독자가 이따위 인물을 만나기 위해서 이 소설을 읽을 필요가 있을 거 같으냐?"

"이렇게 시시껄렁한 인물을 뭣 때문에 그렸냐?"

"도대체 이 소설엔 관심을 둘 만한 인물이 없다구. 매력 있는 그런 인물이 없다는 거지."

"인물이 살아 있지 않아."

"등장한 인물이 모두 제 역할을 해내지 못한 거야."

"이 소설에 나오는 인물들은 현실에서 볼 수 있는 사람들과 다른 점이 하나도 없어. 창조된 인물이 아니라는 거지. 개성도 없고."

위에 늘어놓은 불만 중 단 한 가지라도 해당된다면 당신이 그처럼 애써 쓴 소설은 실패한 것이 분명하다.

독자의 기억 속에 생생하게 남을 만한 인물을 찾아야 한다

작가가 되어 가장 보람을 느끼는 것은 자신이 쓴 소설을 읽은 독자가 그 작품 속에 등장하는 인물을 기억해 내 화제에 올렸을 때다. 독자의 기억 속에 남는 인물이 있다는 것은 그 작품이 제대로 형상화됐을 때만 가능하기 때문이다. 실제로 좋은 소설은 그것을 읽고 나서 오랜 시간이 흐른 뒤에도 그 작품 속의 인물만은 잊히지 않는 법이다. 소설 속에 그려진 어떤 인물에 대한 강한 인상이 그 작품의 인상으로 남게 되는 것이다. 별 것 아니게 삽입한 삽화 속 단역端役이라도 잘 그려진 인물은 독자의 기억에 오래 남아 영원히 살아 있는 법이다.

실제의 인물과 소설의 인물은 달라야 한다

전대前代의 소설은 인간이 꿈꾸는 이상적인 인물을 그리려고 노력해 왔다. 가히 초인적인 능력과 지혜를 가진 인물이지만 비교적 인간적 갈 등이 적을 수밖에 없는 비개성의 인물들이었다. 영웅이나 도덕적으로 완 벽한 이상형의 인물이 나와 그런 위치에 있지 못한 독자들의 위에서 갈 증을 풀어주는 역할을 해왔던 것이다. 그러나 현대소설에서는 그런 인물 들이 환영을 받지 못한다. 오늘 우리 작가들이 그려내는 인물들은 우리 들 주변에서 얼마든지 볼 수 있는 평범한 사람들이다. 자기 자신마저 구 제하지 못하고 절망하고 회의하는 그런 인물일 뿐이다. 이렇게 살아야 한다고, 도덕적으로 참된 길을 가리키는 그런 인물이 아니라 그 도덕을 아예 일탈하거나 그것을 깨는 일에 한몫을 하지 못해 숫제 괴로워하는 악인까지도 인간 이해의 차원에서 그리려고 노력하는 것이다.

어떤 가해자로부터 피해자들을 구원해 주는 의협심 있는 그런 인물은 이미 우리가 쓰는 소설 속에서 자취를 감춘 지 오래다. 피해자의 아픔이 나 그 아픔 치유의 문제로 고민하는 인물이 아니면 아예 가해자를 선택 해 가해의 그 심리와 그 역할을 옹호하거나 설득시키려는 의도 속에서 인물들이 선택되어 묘사되고 있기 때문이다.

그런 면에서 오늘의 작가들이 선택해 그리는 인물들은 우리 주변의 인 물과 많이 닮았다. 바로 우리 자신의 모습을 어떻게 생생하게 보여주느 냐 하는 데 소설의 성패가 달렸다고 봐도 크게 틀리지 않을 것이다.

그러나 소설 속에 그려지는 인물은 실제의 인물과 달라야 한다. 작가 가 아무리 실제의 인물과 꼭 닮게 그려냈다고 하더라도 그것은 소설이라 는 차원이 다른 세계에서만 사는 인물이기 때문에 소설이라는 세계가 필 요로 하는 그런 인물이어야 한다는 것이다. 현실 속에 있는 실제의 인물보다 소설 속에 선택된 인물은 자유롭지 못하다. 소설이라는 제한된 이야기 속에서 소설을 이루는 모든 요소가 필요로 하는 그 정도의 생각과 행위밖에 보여줄 수 없다는 구속을 받아야 하기 때문이다. 한 폭의 한국화 화폭 위에 선택된 나그네가 그 화폭의 여백보다 수십 배로 작게 표현되었을 뿐인 것처럼 소설 속의 인물은 그 작품의 예술적 전체에 이바지하도록 선택된 것이기 때문에 지극히 제한적인 모습밖에는 보여주지 못하는 법이다.

실제로 있는 사람을 모델로 해서 쓴 소설이라고 하더라도 그것은 이미 재창조된 세계 속에서만 '살아 있는 인물'이기 때문에 실제의 그 인물과 전혀 다른 인물일 수밖에 없다는 얘기다.

작가의 상상력에 의해 창조된 인물은
독자의 상상력(환상)에 의해 비로소 생명력을 갖게 된다

소설 속에 등장하는 모든 인물은 그 소설이 필요로 하는 하나의 요소로 그 작품을 쓴 작가의 상상력에 의해 태어났다. 그만큼 독자가 그 작품 속에 깊숙이 들어와 작가가 바라는 어떤 환상을 가지고 그 인물과 만나야만 이해할 수 있다. 소설을 쓰는 재미도 독자가 그런 환상으로 등장인물과 만나 감동받는 것을 몰래 훔쳐보는 즐거움에 있는지도 모른다.

살아 움직이는, 생동감 있는 인물을 그려내야 한다

작가가 창조한 그 인물은 살아 있는 인물이어야 한다. 만들었다는 인상을 주는 인물, 개성이 별로 발견되지 않는 평범한 인물을 애써 그려내느라 시간을 죽일 필요가 어디 있는가. 실제의 인물들보다 더 생동감을 주는 그런 인물을 만드는 일이 작가의 의무이자 소설을 쓰는 진짜 재미일는지도 모른다.

실제 생활에 있어 사람들은 자신이 늘 만나고 있는 인물에 대해 그렇게 깊이 이해하지 못하고 있다. 이해할 필요를 느끼지 않기 때문이다. 출근길에 늘 마주치는 무뚝뚝한 뚱보 씨, 늘 타고 다니는 시내버스 운전사들의 신경질적인 뒷모습, 인상이 별로 안 좋은 회사의 수위, 얌체 같은 사무실의 미스 박, 노랑이 계장, 군위주의에 흠뻑 젖어 있는 과장 등에 대해서 자신이 알고 있는 것은 도덕적 기준에 의한 어떤 선입견이거나 전통적 관습에 의한 사람 보기의 기준일 뿐이다. 그것은 자신의 이해관계와 얽혀진 이해이기 때문에 자신에게 잘해 주는 사람이면 착하고 교양 있고 이해심 있는 사람으로 비칠 것이며 그렇지 못하면 나쁜 사람으로 보일 것이 당연하다. 그것은 그 사람이 처해 있는 가정환경이나 사회적 위치, 혹은 그 사람들의 지식수준이나 개성, 또는 그 사람의 과거 등을 종합적으로 알지 못하고 당장 눈에 보이는 이해관계에 의한 극히 단편적인 파악이기 때문에 피상적이며 독선적 이해일 수밖에 없는 것이다. 원래 이 세상의 모든 일이 한없이 넓고 난해한 것처럼 사람 하나하나도 모두 하나의 우주에 비견할 만큼 이해하기 어려운 존재인 것이다. 그리하여 꼭 필요하지 않으면 아예 무관심하거나 관심을 갖는다 하더라도 지극히 작은 일부분을 통해 그 인간을 다 아는 것으로 생각해 버리는 등 편견에 의한 인간 파악이 이루어질 뿐이다.

그러나 소설에서는 그것이 다르다. 소설이란 한 인간을 좀 더 깊이 이해할 수 있는 여러 가지 상황들이 필요에 의해 유기적·집약적으로 나열돼 있기 때문이다. 그 인물의 출생이나 성장 과정, 꼭 필요한 과거 어느 날의 일화逸話, 그의 이름, 그의 식성, 말버릇, 취미, 그의 가정과 그 식구들의 생각, 그 사람 자신의 무의식에 이르기까지 그를 이해할 수 있는 장치

들이 눈에 보이지 않게 얽혀져 있는 것이 소설인 것이다. 그것은 작가가
그 인물을 독자의 환상 속으로 집어넣기 위해 용의주도하게 취사선택한
장치들인 것이다. 그 장치들은 자신이 등장시킨 인물이 독자에게 어떤
모습으로 비쳐졌으면 하는 그런 바람을 감추고 상징하는 역할까지 해내
는 것이다.

등장인물은 작가의 필요에 의해 선택된다

작가는 그 작품이 필요로 하는 인물을 선택할 권한이 있다. 작가에 의
해 선택받은 인물은 그때부터 그 소설의 주제와 그것을 살리기 위한 이
야기의 얼개 속에 들어가 현실에서 흔히 보는 그런 인물과는 다른 얼굴,
다른 성격과 개성을 가지고 작품의 형상화에 이바지하는 것이다. 선택받
은 그 인물은 자신이 해야 할 역할을 부여받아 독자의 관심 속으로 들어
가지 않으면 안 된다. 아무리 별것 아닌 단역이라도 선택받은 이상 자신
이 부여받은 역할을 충실히 해내지 않으면 독자의 무관심 속에 던져져
버리고 만다. 등장인물들의 역할이란 독자의 관심 속에 들어가 그 심경
에 어떤 반응을 일으켜야 하는 것이다. 이기적이고 오만한 인물에 대한
분노, 속절없이 짓밟히기만 하는 그 여인에 대한 깊은 연민, 사치와 허영
의 덩어리지만 사랑받을 만한 어떤 매력을 지닌 그 여자에 대한 연정, 병
적으로 일그러진 그 괴상한 인간이 벌이는 해프닝을 통한 억압된 감정의
대리충족, 우울증 사내의 그 내면 응시를 통해 새로이 얻게 되는 현실 인
식과 존재론적 허무감 등등. 그러나 소설을 처음 써보는 사람들은 인물
의 선택에 실패하는 경우가 많다. 꼭 필요하지도 않은 인물을 등장시키
거나 등장한 인물이 제구실을 해내지 못해 이야기만 산만하게 만들어놓
는 경우가 많기 때문이다.

소설의 인물은 반드시 어떤 정형성을 가져야 한다

여기서의 정형성이란 보편성과 통하는 말이다. 아무리 괴이쩍은 성질을 가진 인물을 그렸다고 해도 그런 괴이쩍음이 바로 모든 괴이쩍음의 정형이 될 수 있어야 한다는 말이다. 이기심이 강하고 고집 센 인물은 또 그 나름의 정형성을 가지고 독자와 만날 수 있도록 해야 한다. 조세희의 《난장이가 쏘아올린 작은 공》의 꼽추는 분명 보기 흔치 않은 인물이지만 이 시대와 소외된 사람을 상징하는 그런 인물로 보편성을 갖고 있는 것이다. 작중 인물의 정형성은 소설이 아무리 허구의 세계라 해도 현실을 반영하거나 굴절시킨 세계라는 것을 확인하는 좋은 예가 된다. 현실의 실제 인물과 달라야 하는 것이 소설의 등장인물이지만 그 인물은 어디까지나 현실 속의 어느 인물을 빗대거나 확인하기 위해서 선택된 것이다. 그리하여 작중 인물의 정형성은 곧 소설문학이 리얼리티의 추구와 가장 밀접한 관계에 있음을 입증하는 것이기도 하다.

그럴듯한 인물의 묘사, 새로운 성격의 창조, 인간 내면의 오묘한 세계의 추적·탐구가 필요한 것도 그러한 리얼리티를 확보하기 위한 전략이라고 해도 틀리지 않을 것이다.

작중 인물은 대개 상징성을 가지고 설정된다

작가가 인물을 설정하여 묘사할 때는 그 인물이 반드시 어떤 상징성을 갖도록 하지 않으면 안 된다. 필요에 의해 선택됐다는 것부터가 상징적이다. 소설의 인물은 현실사회의 어떤 면을 암시적으로 보여줄 수 있는 그런 상징적 존재로써 선택된 것이다. 윤흥길의 〈아홉 켤레의 구두로 남은 사내〉의 '권씨'는 그 구두가 상징하듯 산업사회 속에서 소외된 군상들의 '손상당한 자존심'인 것이다.

필자의 졸작 〈아베의 가족〉에 나오는 '아베'는 적어도 수난의 우리 역사 내지는 민족을 염두에 두면서 설정된 상징적 인물이다. 선악의 상징으로서 사기꾼, 폭력, 물질적·속물적, 가진 자, 빼앗긴 자, 지배층, 피지배층 등을 대변하는 인물의 설정이 곧 상징성인 것이다. 그 인물의 상징성이 너무 드러나는 것도 그 소설의 형상화에 장애 요인이 된다. 상징은 그냥 상징으로서 그 상징의 동굴까지 애써 찾아와 보물 상자를 찾으려는 사람이 아닌 사람들에게까지 그것을 눈치 채게 해서는 좋은 소설이 될 수 없을 것이다.

작중 인물은 개성을 가져야 한다

실제의 인물과 소설의 인물이 달라야 한다는 말은 소설 속에 그려지는 인물에 대한 기대심리와도 상관이 있는 말이다. 현실 속에서 우리가 만나는 인물들은 그네들의 개성으로 이해되는 것이 아니라 일상의 관습과 이해관계에 의한 것이기 때문에 그 인물들 나름의 어떤 독특함에 대해서는 별로 관심이 없게 마련이다. 소설의 인물도 한 작가의 관습적 안목에 의해 선택되어 묘사되긴 하지만 그것은 독자의 어떤 기대심리를 충족시킬 의도로 그려지기 때문에 그 개성이 강조된다. 즉, 독자들은 자기 주변의 그 흔한 인물들보다 좀 더 새로운 구석이 있는 인물을 만나기를 원하고 있다는 것이다. 우리가 살고 있는 마을에 처음 보는 사람이 나타나면 마을 사람 모두가 긴장하게 되는 것처럼 소설 속의 인물은 독자를 긴장시킬 수 있도록 낯설어야 한다. 그 낯설음이 바로 개성이다.

물론 소설 속의 인물도 실제 생활 속의 인물처럼 그 성격 변화가 복잡하게 마련이다. 그러나 본래의 그 성격은 어떤 환경, 어떤 사건 속에 놓이든지 변하지 않아야 한다. 변하지 않는 그 성격을 개성이라고 해도 좋을 것이다.

여러 사람이 모인 자리에서도 개성이 분명한 사람에게 관심이 집중되는 것처럼 소설에 등장하는 인물이 독특한 개성에 의한 생동감을 보여줄 때 독자들은 강한 호기심과 기대로 그 인물을 따라다니게 될 것이다.

진지한 인물과 우스꽝스러운 인물 중 한쪽을 택하라

진지한 인물은 심각한 얼굴을 하고 있는 점잖은 모습으로 그려져야 한다. 우울한 얼굴, 어떤 문제를 매우 심각하게 생각하며 아무리 사소한 일이라도 몹시 사변적인 사고를 하며 결코 가볍게 행동하지 않는다. 그 반대로 우스꽝스러운 인물은 실제의 인물보다 많이 과장되어 있고 그 인물이 처한 환경이나 분위기가 비교적 풍자적이며 비판적인 경우가 흔하다. 구상 단계에서 인물을 설정할 때 그 이야기 구조에 맞는 인물을 진지한 인물로 할 것인가, 아니면 다소 우스꽝스럽게 그리는 것이 좋을 것인가 하는 것을 결정지어야 한다. 김유정 소설의 '바보'들이야말로 우스꽝스러운 인물들의 전형이며 이상의 〈날개〉에 나오는 '나'도 그런 인물에 해당한다. '변질자의 반성적인 삶'을 그린 김원일의 〈바람과 강〉은 '이인태'라는 '성적으로 타락한 구변 좋은' 늙은이를 다소 우스꽝스럽게 그리고 있다.

필자의 졸작 〈고려장〉에서는 미친 노모를 유기하지 않으면 안 될 절박한 상황의 말단 공무원 '현세'를 어차피 심각한 인물로 그리지 않으면 안 되었던 것이다.

진지한 인물이 그 소설의 내용을 독자보다 가까운 거리에서, 마치 자신의 이야기인 것처럼 심각하게 하는 역할을 한다면 우스꽝스러운 인물이 등장한 소설은 독자가 마음의 여유를 가지고 그것이 자신과는 무관한 얘기라는 안도감을 갖게 하는 이점이 있다. 그 안도감이야말로 그 작품이 이야기하려 하는 의도를 보다 우회적으로 전달할 수 있도록 작가가 던져놓은 덫인 것이다.

진지한 인물을 그리는 소설과 우스꽝스러운 인물을 그리는 소설은 그 작품을 지배하는 톤tone이나 문체부터가 달라야 할 것이다.

등장인물은 그 신분에 맞는 의식을 가져야 한다

이것은 그 인물을 만들어내는 작가의 의식이기도 하다. 소설 속에 의사를 주인공으로 등장시켰으면 의사의 신분에 맞는 지식은 물론 그 언행이 의사다워야 한다는 말이다. 아무리 그 의사를 파렴치한으로 그리려 한다고 하더라도 의사는 의사로서의 격이 있게 마련이다. 가정부를 등장시킨 소설에서는 철저하게 그 수준의 의식이 소설 전반을 지배하지 않으면 안 된다. 소설을 처음 쓰는 사람들 중에는 등장인물이 지녀야 하는 그런 합당한 의식을 찾지 못해 인물을 제대로 살리지 못하는 경우가 많은 것을 볼 수 있다.

예전에는 노동 문제나 운동권 인물의 의식을 다룬 소설을 많이 읽었다. 그러나 그 작가가 노동가 혹은 운동권 인물의 그 절실한 의식을 극히 피상적으로 그려냈기 때문에 작가가 노린 만큼의 감동이 오지 않을 뿐더러 본질을 오히려 훼손시키는 결과를 낳는 수도 많다고 본다. 작가는 자신이 창조해 내려는 인물의 그 신분, 그 철학에 맞는 의식을 갖지 않으면 안 된다. 바로 그 의식을 절실하게 갖지 못해 작품을 쓰지 못하는 작가가 많다는 것을 알 필요가 있다고 본다.

모델이 있는 소설은 작가의 상상력을 위축시킨다

소설을 읽는 독자들은 자신이 읽은 그 작품의 이야기가 실제 있었던 이야기가 아닐까 하는 궁금증을 갖는다. 꼭 그대로의 이야기는 아니라고 하더라도 혹시 어느 정도는 실제의 일과 연관이 돼 있을는지 모른다는 생각을 갖게 마련이다.

그것은 그 작품 속에 등장하는 인물이 혹시 실제의 인물 누구를 모델로 하지 않았을까 하는 궁금증이기도 하다. 어떤 독자는 자기 마음대로 이 인물은 누구를 모델로 한 것이 틀림이 없다고 단정을 해버리는 경우도 있을 것이다. 더구나 자기 자신이 바로 그 작품의 모델이라고 자랑하거나, 모델이 됨으로써 이러이러한 불이익을 보았다는 것을 내세우며 사생활 침해에 대한 불만을 노골적으로 나타내는 경우도 없지 않다.

어떤 신인 작가는 어느 인물을 꼭 모델로 하고 싶은데 그가 아직 살아 있음으로 해서 쓰기가 거북하다며 그 거북함을 해소할 수 있는 방법이 없느냐고 문의해 오기도 한다. 이것은 자기 자신을 모델로 해서 소설을 쓰고 싶은데 자기를 아는 사람들한테 쑥스러울 것 같아 용기를 내지 못하고 있다는 말과 다를 바 없다고 본다.

그 거북함, 쑥스러움의 정체를 아는 일이 중요하다고 본다. 그것은 소설의 모든 인물은 작가에 의해 창조된다는 생각을 잊어버렸기 때문에 생기는 거북함이요 쑥스러움일 것이 분명하다. 실제로 있는 인물을 모델로 하여 쓰이는 소설이라고 하더라도 그것은 작가에 의해 재창조된다는 확신을 갖게 되면 그런 고민은 문제도 되지 않을 것이다.

문제는 실제로 있는 인물의 그 모든 것을 넘어서기 어려울 것이라는 두려움이 그 작품을 쓰는 장애 요인으로 작용한다는 것이다. 그것은 작가의 상상력이 현실의 그것에 위축됐음을 의미한다. 그런 상상력의 위축

속에서 쓰인 소설은 쓰기도 어려울 뿐만 아니라 성공작이 되기 어렵다. 필자가 쓴 작품 중에 서너 편은 실제로 있는 인물(〈형벌의 집〉의 '돼지네', 〈여름의 껍질〉의 '백치', 〈지빠귀 둥지 속의 뻐꾸기〉의 '수지 엄마')을 모델로 쓴 소설이다. 그러나 실제의 인물이 겪은 일은 물론 그 인물묘사까지 실제와 전혀 다르게 재구성했음에도 불구하고 그 작품들은 유달리 쓰기도 어려웠을 뿐만 아니라 다 쓰고 나서도 불만이 많은 작품이 되고 말았다. 그것들을 쓸 때의, 이야기가 풀리지 않던 그 상상력의 위축을 필자는 지금도 생생히 기억하고 있다. 모델이 있는 소설을 쓴다는 것이 얼마나 어렵다는 것의 절실한 체득이었다.

〈누님의 초상〉의 작가 유재용은 자신의 실향민소설의 주인공들 가운데 형님이나 아버지를 모델로 한 것은 사실이지만 그것이 실재 인물의 복사複寫가 아니라는 걸 강조한다. "작중 인물은 비록 모델이 있고, 모델과 가장 근접하게 묘사되었을지라도 실재하고 있는, 또는 실재했었던 개인 그대로일 수는 없다. 실재 인물이 살아 내려온 내력을 그대로 옮겨놓는다면 소설이 아니라 실화가 될 것이다. ……아버지와 형님을 모델로 한 나의 의도는 같은 시대, 같은 계층에 속했으며, 비슷한 성격을 가진 인물들의 전형을 그려보고자 한 것이다. ……나의 실향민소설은 실향민인 나와 가족의 개별적이고도 구체적인 경험을 모든 실향민과 더 나아가 우리 민족 전체의 공동적인 경험으로 확대·전형화시키고, 다른 한편 우리 민족과 모든 실향민의 공통적인 경험을 나와 가족의 개별적인 경험으로 구체화시키는 성과를 기대했다고 할 수 있을 것이다."

모델이 있는 소설을 쓰기 위해서는 많이 조심하지 않으면 안 된다. 필자가 아는 어떤 사람은 자기 집에 초대받았던 어느 작가가 그 가든파티 장면을 소설의 배경으로 별로 안 좋게 써먹었다고 해서 그 작가를 매우 안 좋게 생각할 뿐만 아니라 소설 자체를 깔보고 혐오하고 있었다.

문제는 실재의 인물을 모델로 할 때 작가가 마음에 어떤 중심을 갖는 일이 중요하다고 본다. 실제 있는 그 이야기를 재구성해야 작품의 형상화가 된다는 믿음과 거기 등장하는 인물도 그 재구성되는 이야기 속에서만 살 수 있다는 인물창조의 정신이 바로 그 중심일 것이다. 그런 중심이 있을 때라야 그것을 쓰는 동안의 구속감이 쓰고 난 뒤의 짐짐함으로부터 해방될 수 있을 것이다.

묘사하려는 그 인물의 외양이나 성질 등을 전혀 다른 것으로 바꿀 수 있어야 한다. '키가 작고 독사눈에 옥니에 곱슬머리'를 한 사람을 모델로 할 경우, 그 사람의 잔인성을 그리려는 의도를 겉으로 드러내지 않은 채 그 외양을 우선 정반대로 그려주는 일로 모델이 있다는 부담감에서 벗어날 수도 있을 것이다.

그러나 아무리 감추려 해도 자신이 본래 그리려는 그 인물은 변함이 없는 법이다. 그 변함없는 부분 때문에 당신이 그를 모델로 썼기 때문이다. 문제는 당신이 그리려는 그 인물이 소설이라는 울타리 속에서만 살 수 있는 '만들어진' 인물로서 실재의 그 인물보다 생동감 있고 의미 있는 인물로 그려지지 못하면 오히려 역효과만 나타나게 될 확률이 크다는 것을 알아야 한다.

작중 인물은 모두 우리 자신을 모델로 한 것이다

사실은 모든 소설에 등장하는 인물들은 우리들 자신이거나 우리들 주변에서 얼마든지 볼 수 있는 그런 사람들이 소설이라는 새로운 세계의 기후와 토질에 맞게 이식·순화된 것이라고 보는 포스터의 견해는 음미할 만한 것이다. 좀 더 좁혀 말하면 작중 인물은 곧 작가가 자화상을 변형 혹은 객관화한 실체에 지나지 않는다고 보는 것이다. 모델이 있다고 하더라도 일단 작가의 생각에 의해 불필요한 부분들이 선택되고 변형되어 그려지는 것이기 때문에 그것은 작가의 분신이라고 해도 틀리지 않는다는 말이다. 문제는 작중 인물을 창조해 내는 그 작가의 인간 이해의 안목과 통찰력이 그 재능과 얼마나 조화 있게 어울려 나타났는가 하는 점이다.

소설에서 인물을 말할 때 그것은 보통 인물의 성격을 의미한다. 현대소설에 있어 인물의 성격창조는 그 작품의 성패를 가늠하는 열쇠가 된다는 것은 널리 알려진 사실이다. 그러나 막상 작품 구상 단계에 들어가면 인물의 성격을 창조하는 일을 가벼이 넘기는 경우가 흔하다. 물론 인물의 성격을 중요시하지 않는 소설도 없지 않다. 분위기를 중요시하는 소설이나 사회의 어떤 상황을 우화적으로 혹은 풍자적으로 보여주기 위한 소설에서는 인물의 성격창조에 그다지 신경을 쓰지 않아도 될 것이다. 일련의 실험소설도 인물의 성격창조에는 별로 관심이 없는 것처럼 보인다. 그러나 소설을 쓰려는 당신은 사람도 살지 않는 빈집부터 지을 생각은 아예 안 하는 게 좋을 것이다.

당신이 창조하려는 인물의 성격은 어떤 유형일 것인가

다음은 서구의 소설이론에서 말하는 인물의 유형론이다. 소설을 쓰려는 당신이 그런 것을 잘 안다고 해서 인물의 성격창조에 크게 도움이 되리란 기대는 별로 하지 않는다. 그러나 지금까지의 훌륭한 소설들을 통해서 도출된 인물 유형론에 대해서 알아보는 일은 작가가 될 당신의 기본 상식이라는 점에서 간략히 소개하기로 한다.

소설에 등장하는 인물을 유형별로 나눈다는 것은 우리들 주변에서 만나는 사람들을 그 혈액형에 따라 혹은 그 기질을 살펴 '능동적·피동적',

'내성적·외향적', '단세포적' 혹은 '행동형·사고형' 등등으로 분류하는 것이나 다름이 없을 것이다. 또는 그 인간의 생체적 구조와 현상이 그 심리를 결정할 수도 있다는 뜻에서의 '담즙질: 침착·냉정·인내·의지적이나 고집스럽고 거만함', '우울질: 사소한 일에 지나치게 신경을 쓰고 늘 마음이 우울함', '점액질: 무딘 감정, 매사 활기가 없으나 끈기가 있고 의지가 강함', '다혈질: 쾌활하고 활동적이나 인내력이 부족하고 성급함' 등 네 가지 기질로 인간을 유형화하는 방법도 생각할 수 있을 것이다. 또한 자신이 그리려는 인물의 성격을 '대인공포증', '편집광적', '자기도취적', '과대망상증' 등 인간의 병적 특성으로 강조할 수도 있으며 더 나아가 오이디푸스 콤플렉스니, 프로메테우스 콤플렉스니 하는 정신분석적 방법으로 등장인물의 성격을 규정지어 그 유형을 만들어낼 수도 있을 것이다. 이상은 그의 〈날개〉에서 '자의식의 과잉'으로 '박제가 되어버린 천재'를 만들어내 작품의 형상화에 성공한 바 있다.

자신이 소설 속에 창조하는 인간유형을 가해적 인물로 할 것인가, 아니면 피해 입장의 강박감에 시달리는 소시민이나 뿌리 뽑힌 소외계층으로 할 것인가. 혹은 어떤 억압과 폭력으로부터의 해방을 얻어내려는 적극적이고도 진보적인 인간형을 만들어낼 수도 있다. 그와는 달리 피해자의 입장이면서도 자신들만의 안위를 위해 타인의 삶과 그 고통을 철저하게 외면하는 자기 방어적 삶에 어떤 반성과 경고를 줄 수 있는 그런 악인을 필요악으로 그려낼 수도 있을 것이다. 필자의 중편 〈외딴 길〉의 '할아버지'와 중편 〈사이코 시대〉의 '땡삐' 같은 인물이 바로 그런 인물을 염두에 두고 설정했던 것이다.

포스터는 인물의 유형을 '평면적 인물'과 '입체적 인물'로 구분하고 있다. 이것은 '전형적 인물'과 '개성적 인물'의 구분과 거의 상통하는 것으로 인물 유형론의 고전이 돼버렸다. 정적靜的 인물 혹은 단순 인물로 불리는 '평면적 인물'은 독자가 그 인물에 대해 쉽게 이해할 수 있으며 단순한 생각이나 단세포적 성질만을 보여준다는 특징을 갖는다. 한번 기억되면 오래 잊히지 않는 대신, 성격의 어떤 변화를 기대할 수 없음으로 해서 독자의 상상력을 부추기거나 인간 이해의 차원에서 깊이 음미할 만한 인물은 되지 못해 쉽게 싫증이 날 수도 있다. 그리하여 평면적 인물은 진지한 이야기나 비극적 이야기에는 걸맞지 않고 풍자적이거나 희극적 분위기에 효과적이라는 한계를 갖는다. 상투적인 익살꾼, 무조건 순종하는 착한 인물, 사기꾼의 전형, 위선자, 독선적 관료 등은 전형적 인물이 될 만하다. 30년대 쓰인 채만식의 장편 《태평천하》에 나오는 '윤직원' 영감은 수전노이며 악덕한 역할을 맡은 평면적 인물의 전형이 될 것이다.

어느 소설에나 그 구성상 평면적 인물은 보조역할로서 필요할 뿐만 아니라 인물설정 의도나 그 성격구현의 상투성만 극복할 수 있다면 인물의 성격창조라는 측면에서도 주목할 만한 성과를 얻을 수 있을 것이다. 아무리 단역·조역이라고 하더라도 작가의 독창적인 상상력으로 그 인물을 만들어내야 한다. 평면적 인물이 대체로 가공적이고 과장된 것이라면 '입체적 인물'은 보다 현실적인 인물로 나타난다. 보통 복합적 인물이라고 불리는 입체적 인물은 한 작품 속에서 시간의 흐름에 따라 그 인물의 성격이 발전하고 변화하여 독자에게 놀라움을 계속 안겨주는 그런 의외성을 지닌 인물이다. 그 인물의 근본적 성격이야 변할 수 없는 것이지만 그가 처한 환경이나 사건(운명)에 반응하는 것이 민감하고 돌발적인 면이 있어 그 변화에 대한 기대가 큰 그런 인물인 것이다.

현대소설에 있어 이야기의 중심에 있는 인물은 거의 입체적 인물이라고 봐도 틀리지 않을 것이다. 인간심리와 그 의식의 자유분방한 흐름을 보여주는 모든 소설 속 인물은 어차피 입체적 인물이어야 하기 때문이다. 20년대 초에 쓰여진 염상섭의 중편 〈만세전〉의 화자이며 주인공인

'이인화'는 3·1운동 전후의 우리나라 현실을 묘지로 인식하는, 식민지 시대 지식인의 갈등과 그 한계를 보여주고 있어 다소 미흡한 대로 입체적 인물이라고 봐도 좋을 것이다. 최인훈의 《광장》의 주인공 '이명준'도 분단시대를 사는 한 지식인의 선택적 삶이 얼마나 어려운가를 비극적으로 보여준다는 의미에서 입체적 인물에 넣을 수 있을 것이다.

작품 속에서 그 인물이 맡는 역할에 따라 '주역인물'과 '반동인물'로 유형이 구분되기도 한다. 주역인물은 그 작품의 주인공이라 할 수 있는 중심인물이고, 보통 보조인물로 불리기도 하는 반동인물은 중심인물 주위에서 중심인물의 어떤 면을 강조하거나 이야기의 진행을 도와주는 역할을 맡기도 한다. 주역인물에 역점을 두는 척하면서 실상은 그와 대립하는 처지의 반동인물을 인상 깊게 그리려는 의도의 소설도 생각해 볼 수 있을 것이다. 대개 반동인물은 주역인물에 대해 대립·갈등하는 역할로 나타나는 게 보통이지만 현대소설에서는 겉으로 대놓고 대립하는 그런 인물은 오히려 작품의 작위성을 높이는 부정적 요소로 작용하기 때문에 조심하지 않으면 안 될 것이다. 《춘향전》의 '변학도' 같은 반동인물보다는 '이몽룡'의 내면에서 꿈틀거리고 있는 또 하나의 다른 '이몽룡'을 등장시켜 갈등하는 것이 현대소설에서는 한결 설득력이 있을 것이다.

인물 그려내기의 여러 방법

인물창조의 그 진통, 그 신명남

이쯤에서 당신은 많이 고민해야 한다.

내가 꾸며내는 이야기는 어떤 인물을 필요로 하는 구조인가. 어떤 인물을 위해서 나는 이런 거짓말 이야기를 꾸며내는 일에 이처럼 절망하고 그 절망 자체를 즐기는 신명에 빠져 있단 말인가.

독자에게 제시할 만한 가치가 있는 인물이란 어떤 인물일 것인가. 독자를 사로잡을 수 있는 그런 매력을 가진 인물은 도대체 어떤 형태의, 어떤 성격을 가져야만 할 것인가.

이른바 생동감 있는, 즉 살아 있는 인물, 그리고 실재의 인물과 꼭 닮았다는 그런 실감을 획득하기 위한 내 나름의 어떤 방법은 없을 것인가. 아무리 악역·단역이라고 하더라도 독자의 관심 속에 들어가 그 마음에 강한 인상을 남기며 뜻한 바의 반응을 가져다 줄 그런 인물을 그려내기 위해서는 어떤 방법을 쓰는 것이 좋을 것인가.

당신의 분신인 작중 인물,
그러나 이미 그네들은 당신의 영향권을 떠났다

그네들은 결코 '당신의 것'이 아니란 것을 알아야 한다.

그리하여 인물이 선택되어 그려지는 과정에도 당신의 고민은 계속될 것이다. 당신의 음모에 의해 태어난 그 인물을 당신 마음대로 다스릴 수 없다는 고민이다. 그네들은 이미 당신을 떠나 그 소설이 필요로 하는 사회의 온갖 규범과 질서의 지배 속에 들어갔기 때문이다.

당신은 그 인물의 사랑마저도 마음대로 간섭할 수 없다. 그 인물을 죽이고 살리는 일도 이미 당신의 권한 밖에 있음을 알 필요가 있다. 당신은 그냥 그 인물의 뒤를 따라다니며 그가 독자들의 관심 밖으로 벗어나거나 소설이 끝나기도 전에 아예 증발하지 않도록 감시하며 조언을 해주는 그런 역할에 만족해야 한다.

우리들이 늘 만나는 사람 중에는 별로 가치가 없어 보이고 그 성격마저도 단세포적이어서 쉽게 파악되는 그런 인물이 있다. 그러나 이러한 판단은 그 인물을 보는 관찰자의 주관에 의한 극히 일부분의 파악일 뿐 실재의 그 인물은 그 상황과 시간에 따라 끊임없이 그 모습을 달리하게 마련이다.

사람 하나하나가 모두 하나의 무궁무진한 신비로 가득한 우주라고 생각하는 것이 작가의 올바른 생각이라고 본다. 한마디로 사람은 모두 복잡하고 까다로운 구조로 되어 있다. 그러나 당신이 소설 속에 선택한 인물은 결코 복잡하거나 까다롭지 않다. 실재의 인물이 보여주는 그 복잡하고 까다로운 면을 분명하고 단순하게 보여주기 위해서 당신이 그 인물을 택했기 때문이다.

개체는 하나의 우주,
그러나 그것은 신비와 매력의 등대섬이어야 한다

　문제는 당신이 선택한 그 인물이 독자에게까지 단순하고 분명한 인물로 보여서는 안 된다는 것이다. 독자는 우선 당신이 제시한 그 인물에 매력을 느껴야 한다. 매력이 있는 인물이란 실재의 인물과 닮았으면서도 실재의 인물에게서 쉽게 찾지 못하는 어떤 특이함을 가지고 있는 인물을 말한다. 다시 말하면 독자들은 당신이 창조한 인물을 통해서 뭔가 암시받고 싶어 하며 인생의 새로운 면과 인간에 대한 어떤 깊이를 터득하고 싶어 하는 것이다. 또는 그 소설이 그려낸 환경이나 사회를 그 인물을 통해서 이해하고자 한다. 즉, 당신이 소설 속에 창조해 낸 인물을 통해서 독자들은 뭔가 배웠다는 기쁨을 얻고자 한다는 사실이다. 독자들은 작가가 만들어낸 인물의 생각이나 행동을 이해하여 그 생각과 행동에 동참하는 또 다른 자신의 모습을 보기를 원한다는 말이다. 작중 인물의 고뇌와 그 갈등에 동참하는 재미로 독자들은 소설을 읽는다고 볼 수 있다. 소설 속 인물들이 보여주는 사랑·증오·연민·분노·희망·절망·휴머니티·추악함·신비스러움 등등의 감정에 흠씬 젖어 정화되고 싶은 것이다.

　독자들의 그 기대를 채워줄 수 있는 인물을 만들어내지 않으면 안 된다. 그러기 위해서는 작가가 그 인물을 만들어냈다는 것을 눈치 채서는 안 된다. 그 소설을 읽는 동안만이라도 그것이 만든 인물이 아니라 실재의 인물과 만나고 있다는 착각을 갖게 해야 한다는 말이다. 독자는 그 착각(환상)을 즐기는 사람들이기 때문이다.

　솔직히 말해 인물의 성격묘사는 어떤 특정한 방법에 의해 조직적·합리적으로 이루어지는 것은 결코 아니다. 그것은 이야기를 만들 때의 선험적 체득과 작가로서의 재능이 연출해 내는 자연 발생적인 측면이 더 강하기 때문이다. 그러나 이미 완성된 작품들을 통해 추출·분석된 인물의 성격 묘사의 여러 방법을 살펴보는 과정에서 당신은 감춰져 있는 당신의 작가적 재능을 새삼스레 확인하고 그것을 발휘하고 싶은 몸속의 어떤 신명이 느껴지리라고 믿는다.

설명과 묘사, 그 두 방법의 절충이 필요하다

인물을 그리는 방법으로는 대체로 직접적 방법과 간접적 방법을 생각할 수 있겠다. 인물의 성격이나 그 심리를 직접 '설명'하는 방법과 그것을 간접적으로 '묘사'를 통해 보여주는 방법이 곧 그것이다.

준태가 극히 이지적이며 매사 냉정한 데 비해 인우는 지나칠 만큼 감상적이다. 그러나 겉보기와는 달리 준태는 우직하며 단순하다. 그런 면에서 인우는 매우 교활한 편이다.

이것은 화자話者가 직접 두 사람의 성격을 대조적으로 '설명'한 것이다. 이 두 사람의 성격을 보다 간접적으로 '묘사'해 보자.

말하다가 죽은 조상 귀신이라도 씌었는지 준태는 두 시간을 함께 있는 동안 묻는 말 외는 별로 입을 떼지 않았다. 그 대답이라는 것도 쌀쌀맞기 그지없고 전혀 감정이 실려 있지 않은 죽은 낱말들만 골라 쓴다는 느낌이었다. 이에 비해 인우는 눈물부터 쏟았다. 복받치는 감정을 주체하지 못해 혁혁 흐느끼기까지 했다. 잡고 있던 철호의 손을 자신의 볼에 가져다대며 그는 계속 떨리는 목소리로 말했다. 그러나 어느 순간 그는 남들이 눈치 채지 않게 철호가 내어놓은 봉투를 눈가림으로 재어보는 일도 잊지 않았다.

나중의 것이 한결 소설적이지만 너무 한꺼번에 그 인물을 다 보여주려고 서둘러서는 안 된다. 변죽만 울리면서 서서히 다른 장면으로 넘어감으로써 독자가 그 인물에 대해 생각할 수 있는 몫과 그 여유를 주는 것이 좋을 것이다. 실상 소설에 그려지는 인물의 성격은 이야기가 진행되는 가운데 서서히 독자의 기대와 상충되거나 일치되는 가운데 형성되게 마련이다.

인물을 직접적으로 설명을 통해 보여주는 소설은 대체로 상황을 중시하거나 주제에 치우친 그런 작품으로 이야기의 흐름이 빠르고 사건의 결과에 쉽게 접근할 수 있다. 그러나 인물의 묘사에 많은 시간을 할애하는 소설은 그 흐름이 늦을 뿐만 아니라 사건에 대한 기대보다는 그 인물의 심리적 깊이와 향방에 더 관심을 갖게 한다.

소설의 인물묘사는 언제나 이 두 개의 방법이 절충되면서 이루어지는 법이다.

하나의 에피소드나 사건을 통해 인물의 성격을 구현시키는 방법이 많이 쓰인다

이기만 선생은 자신의 얼굴에 난 그 끔찍한 손톱자국을 가리키며 온통 싱글벙글이었다. "술을 한잔 먹고 들어가 보니 그 방충이 같은 놈이 자고 있더군. 저놈이 저렇게 심약한 꼴로(그 아이가 다른 집 아이와 싸워 맞고 들어온 일) 이 험난한 세상을 어떻게 살아갈꼬 생각하니 암담하더라구. 제 에미도 꽤 독종인데 도대체 어떻게 그런 놈이 생겨났는지 모르겠단 말이다. 자는 놈을 깨워 가지고 이 두 손으로 그놈 양쪽 볼때기를 죽어라 움켜쥐고 주장질을 시켰지. 되게 아팠겠지. 막 울더군. 그럴수록 더욱 세차게 흔들었지. 그래두 그 빙충맞은 것이 제 에미만 쳐다보며 살려달라고 우는 거야. 이놈, 아주 돼져라 하구 볼때기를 더욱 힘껏 잡아당겼지. 한 십 분은 그랬을 거야. 드디어 눈을 허옇게 뒤집어쓰며 바로 기절 직전에 이르는가 싶더니 그놈이 내 얼굴을 확 긁어 내리더라구. 그제야 풀어줬지. 오늘 아침두 또 한바탕 그래봤더니 이번엔 금방 내리 긁는 거야. 대성공이라구, 성공!"

필자의 단편 〈술법의 손〉에서 인용한 것인데 자기 아이를 교육시키는 이 일화를 통해서 '이기만'이란 인물의 철저한 현실 적응적인 성격을 보여주려 한 것이다.

인물은 그 작품의 성격 또는 작가의 자세에 따라 그 문체를 달리하면서 각기 다른 모습으로 그려진다.

진지한 어투로 인물을 묘사한다

할머니는 방 귀퉁이에 허리를 반쯤 접고 손톱이 다 타들도록 담배를 태우고 있었다. 1미터 50이 채 못 되는 작은 키에 몸피가 장작개비같이 마른 할머니인지라 무릎을 세워 꼬부장하게 앉은 몰골이 마치 원숭이 같았다. 할머니는 정말 명만큼이나 인중이 길었다.

(김원일의 〈미망〉 중에서)

더 참을 수 없는 것은 그네가 도무지 밤잠을 자지 않는다는 것이다. 불을 끄지 못하게 했다. 불을 환하게 켜놓은 채 새벽 서너 시까지 식구들의 머리맡에 앉아 뒤숭숭을 떨었다. 아이들이 벗어놓은 옷을 꿍치꿍치 모아 요강 속에 집어넣은 다음 그 위에 올라앉아 소변을 보지 않으면 아이들 교과서를 발기발기 찢어발기며 염불을 외기도 했다. 아이들 엄마의 속옷을 모조리 꺼내 가위로 송당송당 썰어놓기도 했다. 견디다 못한 현세가 슬며시 나가 두

꺼비집을 열어놓고 들어오면 그네는 얼마 동안은 쥐죽은 듯 조용히 앉아 있었다. 그러나 그네는 어둠이 눈에 익게 되면서부터 다시 움직이기 시작했다. 집안 식구의 얼굴을 하나하나 더듬어 확인해 보는 일부터 한다. 주름지고 차가운 그네의 가느다란 손가락이 얼굴을 더듬을 때마다 현세는 소스라치게 놀라 일어나 앉았다.

(필자의 〈고려장〉 중에서)

진지한 어투의 묘사방법은 그 인물이 처한 상황이 좀 더 절박하거나 심각한 경우이기 때문에 보다 사실적으로 그려지게 마련이다. 이 경우는 인물의 심리나 행동이 매우 복잡하고 그 변화도 유동적이어서 독자를 항상 긴장시켜 독자까지도 진지한 자세를 갖게 하는 이점이 있다.

과장된 어투로 인물을 묘사한다

나는 무기질이다. (……) 아무리 따져보아도 나는 참 착하다. 물론 선량하다고 칭찬받아야 할 이유는 없다. 마찬가지로 해악을 끼치는 유기물질들이 칭찬받을 권리도 없다. 일시적이겠지만 그것은 사실이다. 이런 사실을 용납하고, 긍정할 줄 아는 게 무기질의 본성이다. 어떤 악과 선도 이해는 한다. 공존공용을 위해서, 나는 무기질이므로 존재가치가 있다.

(김원우의 〈무기질 청년〉 중에서)

여자의 이름은 그녀의 과거만큼이나 다양했다. 옥선이, 경아, 성미, 연주 따위의 이름에 그녀의 편력이 켜켜이 쌓여 있었다. 명륜동의 일심정에서 옥선이로 불릴 때, 그녀는 하룻저녁에도 세 번씩 버선을 바꿔 신어야 할 만큼 이 방 저 방으로 날아다녔다. 일심정 시절을 말하는 순간이 여자가 가장 행복한 때였다. 천만금을 줘도 몸을 팔지 않는다는 게 일심정의 권번 수칙이었다. (……) 호스티스로서 완벽한 경력을 쌓은 곳은 퇴계로의 맥주홀 역마차였다. 자립을 해보겠다고 명동의 흑성 스탠드 빠에서 성미코너를 맡기도 했다. 성미라는 이름을 가졌던 그 당시에는 주먹 좀 쓰는 사내하고 뜨거운 연애 끝에 동거를 한 적도 있었다.

(양귀자의 〈찻집 여자〉 중에서)

내가 어느 날 문득 이를테면 굴욕감 내지는 치욕감에 사로잡히게 되면 나는, 물론 항상 그런 건 아니지만, 종종 꽤 오랫동안 그런 감정에서 벗어나지 못하곤 하는 거야. 하루나 이틀은 다반사고 심지어 일주일이 넘을 때도 있지. 그럴 때면 세상의 모든 것들, 모든 일들이 굴욕스럽게 느껴지게 돼. 어느 정도냐 하면, 굴욕스러워야 할 것은 물론 굴욕스럽고, 굴욕스러운 것도 굴욕스럽고, 굴욕스러울 수 있는 것도 굴욕스럽고, 굴욕스러워하지 않아도 되는 것도 굴욕스러울 뿐만 아니라, 굴욕스럽지 않은 것도 굴욕스러워지는 거야……. 결국 나는 잎새에 부는 바람에도 굴욕스러워하는 셈이야. 그런 상태에서는, 예를 들어 나는 고개를 숙여 인사를 한다거나 존댓말을 쓰는 것이 여간 어렵지 않다 못해 거의 불가능해지는 것이고, 마지못해 그렇게 하는 경우에는 금방 그 자리에서 얼굴이 벌겋게 달아오르고 숨이 가빠와서 스스로 견딜 수 없게 돼버려.

(최수철의 〈어느 무정부주의자의 하루〉 중에서)

맨 먼저의 것은 스스로를 무기질이라고 하는 사람의 자기 진술이며 그 다음 것은 나이 30이 돼 한물간 술집여자의 오늘의 황폐한 생활을 보여주기 위해 다소 과장된 어투로 그네의 전력을 설명묘사한 것이다. 나중의 것은 자신을 스스로 신경증 환자라고 진단 내리는 주인공의 고백적 진술이다. 이런 방법의 인물묘사는 다소 냉소적인 이야기나 우화적인 소설에 적합할 것이다.

감각적으로 인물을 그려내는 방법

주로 젊은 층을 상대로 한 애정 이야기거나 어떤 인물을 인상적으로 독자의 가슴에 새겨두기 위해 눈에 보이듯 그려내는 방법인 것이다. 이것은 매우 감각적으로 세련된 문장이 요구된다.

성희는 밝아오는 아침의 결 하나하나를 생선의 가시를 발리듯 바라보았다. 그것은 정말로 아침이었다. 새날이라는 말은 이제 처음으로 쓰이는 것 같았다. 스물 몇 해, 그 길고 험했던 나날을 자기는 이 아침의 자신이 되기 위하여 살아왔던 것은 아니었을까. 바람은 왜 불며 왜 나뭇잎은 흔들리며 해는 또 떠오르는지 그것을 이제야 알게 되는 것은 아닐까. 지난밤의 오랜 입맞춤으로 해서 아직도 얼얼하게 감촉이 남아 있는 입술을 가만히 깨물면서 성희는 밝아오는 거리를 내려다보았다. 청소부가 길을 쓸고 있었다. 버스를 기다리며 서 있는 사람들도 보였다. 아이 하나가 울면서 길을 가로질러 걸어갔다. 왜 운담, 아침부터. 그 아이를 위해 대신 울어줄 수도 있을 것 같았다. 팔을 돌려 가만히 가슴을 감싸 안으며 성희는 창을 통해 들어오는 바람에 얼굴을 내맡겼다. 바람이 흔들며 지나간 머리칼이 목덜미를 간지럽혔다. 그것은 어떤 축복의 애무 같았다.

(한수산의 〈달이 뜨면 가리라〉 중에서)

"다시는 오지 마시요잉…… 그때는 이 섬에서 한 발도 못 걸어 나가고 죽을 것인께." ……몸을 일으키고 보니, 먹장같이 까만 머리칼을 은회색

통치마 허리께까지 미역가닥처럼 늘어뜨린 여자가 하얀 비늘로 덮인 듯
한 웃몸으로 햇살을 되쏘며 도리섬의 곰솔숲으로 들어서고 있었다. 길고
가는 허리와 엉덩이를 감싼 통치마 자락의 유연한 흔들거림은 물개의 아
랫도리처럼 굼실거렸다. 잿빛에 꽃자줏빛이 섞인 곰솔숲 그늘 속으로 여
자가 사라졌을 때, 내 흐릿한 눈 속에는 요염한 물귀신 같기도 하고, 수없
이 많은 뱃사공들을 홀려 죽게 했다는 어느 강 언덕의 인어 같기도 하고,
은빛의 신선한 낙지 같기도 한 여자(妖精)의 모습이 그려지고 있었다.

(한승원의 〈두족류〉 중에서)

지금까지 살펴본 인물의 성격이나 그 심리의 묘사는 작가가 직접 이런
방법으로 하겠다는 작정에 의해서라기보다 이야기를 전개해 나가는 중에
그 이야기의 필요에 따라서 적당히 선택된 것이라고 봐도 좋을 것이다.
　그러나 다음의 방법들은 작가가 작품을 쓰기 전에 자신이 그려내려는
인물에 대한 예비지식을 갖는 과정에서 결정되는 것들이다. 즉, 작품의
아웃라인을 작성하는 단계에서 심사숙고한 뒤에 선택되는 방법이다.
인물 창조의 재미도 바로 다음의 방법들을 생각하는 과정에서 생기는 것
이 아닌가 싶다.

당신의 이름 짓기에 의해서 그 인물은 비로소 성격을 갖는다

소설을 쓰려는 당신은 우선 작명가作名家가 되지 않으면 안 된다. 그것
은 그 이름 짓기를 통해서 당신 자신이 주술에 걸리려는 음모다. 즉, 당신
은 당신과의 어떤 약속이 필요한 것이다. 그 약속은 매우 은밀스럽게 암
시적으로 되지 않으면 안 된다. 당신이 만들어내는 그 인물의 이름에 걸
린 어떤 주술적인 효력이 독자에게까지 미치리란 기대는 안 하는 것이

좋다. 그것은 어디까지나 그 인물에게 생명과 개성을 부어 넣으려는 당신 자신의 노력에 충실한 것으로 그치는 것이 좋다. 그러나 아주 내놓고 이름의 상징성을 독자에게 공개함으로써 작품의 이해를 꾀하는 방법도 없지 않다.

전광용의 〈꺼삐딴 리〉에 나오는 '이인국'은 '異人國', 즉 좀 특이한 사람 혹은 여러 나라 사람이란 뜻을 작가 나름으로 암시하고 있었지 않나 싶다. 방영웅의 장편 《분례기》의 '똥례'나 김유정 소설에 등장하는 바보들이야말로 우매하고 순박한 한국인의 전형이 될 만한 것이다. 카프카의 《성》의 주인공 'K'는 작가 자신의 이름의 약자일 것으로 보이며 'K'의 애인인 '프리이다'는 주인공이 쟁취하고 싶은 '평화'의 뜻으로 작명되었을 것이다. 김용성의 《리빠똥 장군》의 '리빠똥'은 똥파리를 거꾸로 쓴 것으로 평판이 별로 안 좋은 인물의 별명을 그렇게 만들어냈을 것이다.

까뮈의 〈이방인〉의 주인공 '뫼르소'는 '뫼르: 살인'과 '소: 태양'의 합성어로 태양 때문에 살인을 하게 되는 주인공을 이미 암시했다고 봐도 좋을 것이다. 박태원은 〈소설가 구보 씨의 일일〉이란 작품에서 자신의 아호인 구보丘甫―혹은 구보仇甫―와 똑같은 이름의 인물을 만들어냄으로써 무기력한 한 인물을 전형화하는 데 성공했다(최인훈 등의 작가들이 그 소설의 제목을 그대로 차용한 바 있다). 장용학은 〈요한시집〉이란 작품에서 '누혜'란 특이한 이름의 전쟁포로를 등장시켜 독자의 기억에 오래 남게 했다.

작가는 자신이 만들어내는 그 인물의 성격을 그 이름과 부합시키기 위해 나름의 노력을 한다. 필자의 경우 작중 인물의 이름이 지어지는 그것이 그대로 인물의 성격은 물론 그 외양까지 결정되는 단계였다고 할 수 있다. 몇 개의 작품을 통해 그 이름들이 부여받는 성격을 살펴보기로 한다. 필자는 여러 작품에서 의도적으로 '현세'란 이름을 사용해 왔다(《고려장),〈투석〉등). 그것은 '이 세상', '현실' 등과 함께 검을 현玄의 그 뜻으로 이 시대를 사는 우리 모두의 어둡고 고통스런 삶을 상징하려고 했다. '최기표'와 '이형우', '민지웅'과 '이기만', '유만복'과 '강호기', '강대규'와 '조신해', '피요학(땡삐)'과 '만재' 등은 서로 성격이나 그 처세적 방법이 현저하게 다른 것을 대조적으로 보여준 것이다. 또한 그 이름에 내포된 뜻(강호기: 강한 호기심, 강대규: 깡다구, 이기만: 위선, 피요학: 필요악)을 살리는 이름 짓기를 염두에 두었던 것이다. 이름의 어감이나 음색에서 풍기는 인상으로 인물의 성격은 물론이고 그 작품의 분위기나 주제까지도 마음속에 암시하려고 했던 것이다.

강신재는 그의 〈젊은 느티나무〉의 주인공 이름을 '숙희'라고 붙인 것은 "민감한 감각을 지닌 사춘기 소녀를 그렇게 평범한 이름으로 작명함으로써 소녀의 반짝이는 감성을 가라앉혀 소설 속에서 안정된 실존감을 가지게 하기 위해서"라고 했다.

김동리 소설에서는 향토의 지맥이나 출생지 또는 토속적인 의미를 지니고 지어진 이름이 많다. 〈무녀도〉의 '모화', '낭이', 〈황토기〉의 '억쇠', '득보'는 토속적인 이름으로 초인적인 힘을 갖고 있는 두 장사의 성격이나 외모를 연상할 수 있다. 김병총이 그 인물에 잘 쓰는 별명은 그 인물의 특징, 외모, 태도, 그 능력이나 성격 등을 단적으로 잘 나타내주고 있다. 〈불칼〉의 '오작두', 〈달빛 자르기〉의 '비천', '백수', '범포', '몽당손' 등이 그것들이다. 이병주는 그의 장편《행복어 사전》에서 실재의 인물 '서재필'과 같은 이름을 주인공으로 하되 실재의 서재필과는 정반대의 인물을 만들어냈다. 어떻든 인물의 이름을 짓는 과정에서 당신은 당신이 그 작품에서 말하고자 하는 주제까지도 깊이 생각해 보게 될 것이다.

'시작이 반'이란 말이 있듯이 소설은 작중 인물의 이름만 잘 지어도 이미 반은 완성된 것이나 다름없다고 봐도 좋을 것이다. 그러나 이름이나 별명을 통해 그 인물의 성격을 설정할 경우 자칫하면 그 인물의 성격이 굳어져버려 전형화될 우려성이 있기 때문에 조심하지 않으면 안 되는 것이다. 발전하는 인물, 독자를 계속 긴장시킬 수 있는 그런 인물은 결코 이름 따위에 묶여 고정돼서는 곤란하기 때문이다.

작중 인물도 나이를 먹는다

소설 속에 나오는 모든 인물은 실재의 인물이나 다름이 없이 세월의 흐름에 따라 나이를 먹고 성장하게 마련이다. 설정된 그 나이에 맞는 의식과 행동을 해야 할 것이며 6·25 때 열 살이었던 아이는 4·19혁명 때 스무 살이 돼 있어야 한다. 작품을 읽다가 보면 그 나이가 실제의 상황과 맞지 않는 경우가 흔하다. 작품 속에 꼭 나이를 밝힐 필요는 없다고 하더라도 여러 정황으로 미뤄 그 인물의 나이가 몇 살쯤이라는 것이 독자에게 밝혀질 수 있어야 한다.

작가 지망생인 20대가 쓴, 중년 남자의 이야기를 하는 소설을 읽은 적이 있었다. 그런데 그 작품에는 중년의 것이 아닌 20대의 의식과 행동이 그려지고 있었다. 작가의 능청스러움이 바로 그런 데서 드러나야 한다. 나이가 많은 작가가 20대 여성의 그 발랄한 심리와 움직임을 그릴 수 있기 위해서는 20대의 의식을 갖지 않으면 안 된다.

공책 주인의 이름은 이만집李萬集이었다. 그는 꽤나 꼼꼼하게도 자신의 주민등록증 번호를 공책 겉장에 적어두는 걸 잊지 않고 있었다. 530411-1030225. 나는 그의 나이를 곧장 어림짐작할 수 있었다. 좋은 시절의 나이로서, 돌을 삼켜도 삭일 수 있는 위장과 호르몬 분비가 왕성할 터이므로 비듬이 많은 머리칼을 가졌고, 여자와 책과 친구를, 그리고 그의 기호를 알 수 없지만 음악이나 등산, 또 담배와 술을 좋아할 것이었다. 그리고 무엇보다 자신의 젊음을 사랑하는 연령이었다.

(김원우의 〈무기질 청년〉 중에서)

위에 인용한 글은 주인공의 나이를 밝히면서 그 나이의 청년이 보여줄 수 있는 보편적인 기질까지 보여주려 하고 있다.

주인공의 나이를 정할 때는 지금 당신이 만드는 이야기가 어떤 나이의 인물을 등장시켜야 효과적일 것인가를 심사숙고하지 않으면 안 된다. 오정희의 〈순례자의 노래〉는 어느 무더운 여름날 작업장에서 일을 하던 주인공이 정당방위로 어떤 사내를 죽이게 되면서 그 사건 이후의 정신병원 생활과 남편과의 이혼 등 엄청난 변화를 수용하는 한 여성의 이야기다. 이 여성의 외로운 순례의 길을 위해서는 '혜자'라는 그 이름이 말해 주듯 30대 중반 이후의 여성을 등장시킴으로써 설득력을 가질 수 있었던 것이다.

1989년 이상문학상을 수상한 김채원의 〈겨울의 환〉은 그야말로 '나이 들어가는 여자의 떨림'을 중년 그 나이에 걸맞게 형상화시킨 좋은 소설이었다.

출생지와 현주소, 그리고 그 신분과 직업을 밝혀라

물론 작품 속에 그것이 반드시 밝혀져야 한다는 것은 아니다. 그러나 독자는 그 사람의 말씨나 외모 등을 통해서 혹은 지명이나 지리적 묘사를 통해 그 인물의 근원을 알고자 한다. 또한 현재 그의 신분이나 직업이 무엇인지를 매우 궁금해한다. 소설에 나오는 모든 인물은 실재의 인물이나 다름없이 그 신분이 분명해야 독자의 관심 속으로 들어갈

162

수 있다.

최사장은 본디 농사꾼이었다. 이리 근처에 전답 마지기깨나 가지고 있었
는데, 그 일대에 공업단지가 들어서는 바람에 땅을 처분해서 한몫에 상당한
돈을 쥐게 되었다. 밑천이 잡히자 그의 잠자던 이재理財 수완이 비로소 빛을
발하기 시작해서 그는 때마침 이리 시에 몰아닥친 부동산 경기에 편승하여
집 장사에 뛰어들었다. 거기서 한동안 재미를 톡톡히 본 다음 그는 여세를
몰아 트럭을 사들이기 시작했다. 현재 그는 어엿한 운수회사의 사장으로 그
를 아는 많은 사람으로부터 평생을 농부로만 지내다 죽었더라면 굉장히 억
울한 인생이 될 뻔했다는 평판을 듣고 있었다.

(윤흥길의《완장》중에서)

최수철은 〈배경과 윤곽〉이란 중편에서 우리 자신이기도 한 소설가 한
사람을 가해자로 성토하고 나선다.

김동욱, 우리는 그를 도저히 용서할 수가 없다. ……그는 소설가다. 그의
직업이 소설가이고, 그가 우리의 친구라는 것에 의해서, 우리 모두가 소설
가라는 부류의 인간들에 대해 지니고 있는 선입관은, 그의 눈·코·귀·입—
자신의 이야기를 자신의 입으로 떠들다가 재료가 떨어지고 지쳐버리고 난
후, 남들의 사생활에 대한 비상한 관심과 평범하고 지극히 현실적이어서 진
부하기까지 한 이야기를 감상과 역설, 혹은 독설로까지 끌고 나가는 데에
온통 바쳐진 그의 오관에서 느껴지는 인상, 바로 그것이었다. 따라서 우리
모두는 피해자이고, 가해자는 물론 김동욱이다.

소설을 쓸 때 거기 등장하는 인물의 외양이나 신체적인 특징과 말버

릇·표정 등으로 그 인물의 성격을 드러내는 것은 지극히 상식적인 것이다. 김동인의 〈붉은 산〉에 나오는 '익호'의 인물묘사는 그 대표적이다.

익호라는 인물의 고향이 어디인지는 XX촌의 아무도 아는 사람이 없었다. 사투리로 보아 경기 사투리인 듯하지만 빠른 말로 죄죄거리는 때에는 영남 사투리가 보일 때도 있고 싸움이라도 할 때에는 서북 사투리가 보일 때도 있었다. ……그는 여기 XX촌에 가기 1년 전쯤 빈손으로 이웃이라도 오듯 후덕덕 XX촌에 나타났다 한다. 생김생김으로 보아서 얼굴이 쥐와 같고 날카로운 이빨이 있으며 눈에는 교활함과 독한 기운이 늘 나타나 있으며 바룩한 코에는 코털이 밖으로까지 보이도록 길게 났고 몸집은 작으나 민첩하게 되었고 나이는 스물다섯에서 사십까지 임의로 볼 수가 있으며 그 몸이나 얼굴 생김이 어디로 보든 남에게 미움을 사고 근접치 못할 놈이라는 느낌을 갖게 한다.

윤흥길은 〈아홉 켤레의 구두로 남은 사내〉에서 '구두닦이 실력이 보통이 아닌', '권씨'를 실감나게 묘사하고 있다.

권씨의 손이 방추紡錘처럼 기민하게 좌우로 쉴 새 없이 움직이고 있었다. 마침내 도금을 올린 금속제인 양 구두가 번쩍번쩍 빛이 나게 되자 권씨의 시선이 내 발을 거쳐 얼굴로 올라왔다. 그는 활짝 웃고 있었다. 그의 눈이 자기 구두코만큼이나 요란하게 빛을 뿜었다. 사실 그의 이목구비 가운데 가장 높이 사줄 만한 데가 바로 그 눈이었다. 그는 조로한 편이었다. 피부는 거칠고 수염은 듬성듬성하고 주름이 많았다. 이마가 나오고 광대뼈가 솟은 편이며 짙은 눈썹에 유난히 미간이 좁은 데다가 기형적으로 덜렁한 코가 신통찮은 권투선수의 그것처럼 중동이 휘었고, 입은 내가 근무하는 학교의 '썰면'

선생과 맞먹을 만했다(입술이 하도 두툼해 썰면 한 접시가 되겠대서 학생들이 붙인 별명이었다). 오직 눈 하나로 그는 구제받고 있었다. 보기 좋게 큰 눈이 사악하거나 난폭한 구석은 전혀 찾아볼 수 없게 맑고 섬세했다.

(윤흥길의 〈아홉 켤레의 구두로 남은 사내〉 중에서)

행동이나 그 심리의 묘사로써 그 인물의 성격이나 사건의 흐름을 예견할 수 있다.

몇 번의 배신 끝에 나는 큰형을 보다 인간적인 면에서 이해하려고 노력했다. 그것은 큰형이 가끔 내뱉는 회한조의 말에서 비롯됐다. "난 사람두 아니다. 사람 껍질을 쓰구서야 어찌……." 그때 나는 큰형의 눈물을 보았던 것이다. 그때부터 나는 언젠가는 큰형이 사람 껍질을 쓴 그 값을 해내고 말 것이란 확신을 갖기 시작했던 것이다. 오항리로 큰형의 죽음을 확인하러 가는 지금도 나는 큰형에 대한 그 기대를 버릴 수가 없었다.

(필자의 〈썩지 아니할 씨〉 중에서)

'큰형'이 그 기대를 다시 배신할는지 모른다는 기대는 곧 그 인물의 교활함이 이미 앞에서 여러 번 그려졌기 때문에 더욱 가증될 것이다.

크악, 가래침을 뱉아내고, 나는 거실로 들어간다. 그리고 소파에 등을 묻고 앉는다. 그러다가 문득 창유리에 비치는 내 모습을 찾아낸다. 나이보다도 훨씬 늙고 추한 얼굴, 그리고 주름진 이마 아래 박혀 있는 음울한 눈빛 속에서, 나는 오랜 세월 고통과 증오와 분노로 찌들려온 내 자신의 모습을 본다. 죽여버리고 싶어. 난 네가 싫다. 널 죽이고 싶다. 갈기갈기 찢어 죽여버리고 싶단 말이다. 나는 유리창 저쪽에서 나를 쏘아보고 있는 그 흉측스러운 얼굴의 사내를 향해 까닭도 없이 그렇게 마구 고함을 치고 싶은 충동을 간신히 억누른다. 나는 일어나서 지하실로 통한 계단을 내려간다.

(임철우의 〈붉은 방〉 중에서)

고문자인 '나'는 자신의 그 비참함을 잊는 방법으로써 붉은 벽, 붉은 천장이 있는 고문실로 내려가 '방의 아늑하고 친숙한 분위기'에 싸여 '성스러운 은총과 기쁨으로' 기도를 하는 것이다.

인물의 행동이나 그 심리를 그리는 것은 한 장면의 묘사로써는 안 된다. 여러 개의 부분을 단계적·유기적으로 배치하여 총체적인 파악이 가능하도록 꼼꼼히 준비해야 할 것이다.

인물의 성격을 묘사하기 위해서는 남다른 관찰력이 필요하다

자기 자신의 내면 성찰은 물론 만나는 사람에 대한 예리한 관찰을 해야 한다. 그 어떤 사람도 예사로이 지나쳐서는 안 된다. 그것은 이해하려는 마음이다. 모든 사람에 대한 관심을 가져야 한다. 그렇다고 모든 것의 처음부터 끝까지를 통째로 이해하려고 덤빌 일은 아니다. 언제나 그렇듯 소설을 쓰려는 사람은 사물의 핵심을 꿰뚫어 그것의 지배적인 인상을 찾아내 기억해 두어야 한다.

대화야말로 인물의 성격창조에 결정적 역할을 한다

"에려…… 암만허면 이 바닥에 핵교 읎어 자석들 공부 못 시킬깨미 두고 보.즈 아버지가 맹근 학교론 절대 안 보낼 테니께."

"조상 산소를 면봉해 가메꺼장 만드는 핵콘디 내 자석덜이 안 가 배우면

누집 자석들이 가 배운다나."

"우습지두 않다닌께…… 뱃놈의 자석이면 뱃놈 자석이구 갯것들 새끼면 갯것들 새끼지 그런 것덜헌티 핵교는 뭣이며 글이 다 믜 말라틀어진 것이랴댜."

(이문구의 〈해벽〉 중에서)

"너 어디 아프니?"

"아니."

"그럼 왜 그래?"

"우리 집 밥은 먹기가 싫어."

"왜?"

"질렸어."

"그럼 넌 죽어."

"죽고 싶어."

"명희야, 난 저 따위 공장엔 안 나갈 거야. 공부를 해서 큰 회사에 나갈 테야. 약속해."

작은 명희가 웃으며 대답했다.

"배가 고파."

(조세희의 《난장이가 쏘아올린 작은 공》 중에서)

"가가와는 뭡니까? 오페테스는요?"

"쉽게 말해 급진파 이단이라고 할 수 있을까…… 아무튼 그 비슷한 거요."

"제가 좀 알아듣기 쉽게 설명해 주셨으면 좋겠습니다만……."

"가가와 도요히꼬는 일본의 실천 신학자이자 사회개혁가, 노동운동가, 복음 전도사에 작가이기도 한 사람이오. 귀족 가문에서 태어나 (……)

"김 선생님 빨리 한강병원으로 오라고 하던데요."

"무슨 일이래요?"

"어떤 아줌마가 아까 막 달려와서 학생들이 뒷산에서 사람을 죽인다고 해 학생주임 선생님이 가봤더니요, 2학년 13반 반장이 혼자 뒹굴고 있더 래요."

지수 어머니, 대관절 쟤 누구 애유?

어머니와 흉허물 없이 가까이 지내는 이웃 아낙네가 태수를 놓고 그렇게 귀엣말로 물었다.

내 밑으루 내질렀으께 내 애지 그럼 누 꺼여.

애 아버이가 누구냐니까 딴청은.

낳구 싶어 낳은 새끼가 아닌데 뭔 애비가 있어.

얼씨구, 내, 씨 웂는 수박 나왔단 얘긴 들었어두 씨 웂는 애 낳았단 얘긴 또 첨 듣겠네.

말의 절제, 함축, 상징, 비유가 대화를 통해 드러나야 한다

소설에서의 대화는 사건의 전개는 물론 말하는 사람들의 성격을 그대 로 드러낼 수 있도록 세심한 배려 속에 만들어지지 않으면 안 된다. 그것 은 일상생활 속에서의 대화와 달라야 한다. 꼭 필요한 말만 선택됐기 때 문이다. 말의 절제와 압축, 그리고 어떤 상징과 비유를 최대한으로 활용할 수 있는 것도 대화를 통해서이다. 백 줄 정도가 필요한 지문(설명)을 한마디 말로 보여줄 수 있는 것이 대화다.

대화를 통해 갈등이 드러나야 한다

갈등의 고조를 보이는 것도 대화며 그 갈등의 해결도 대체로 대화를 통해 이루어진다.

대화는 사건의 진행에 속도를 주기도 하며 전혀 다른 상황으로 독자를 유도하기도 한다. 불필요한 대화를 남발하여 소설의 밀도를 옅게 함으로써 문학성을 잃는 경우도 있다.

이미 지나간 일을 얘기할 때는 따옴표를 사용하지 않고 지문과 섞어 쓸 수도 있다. 대화를 별항으로 잡지 않고 지문 속에 그대로 쓰는 것은 의식의 흐름을 보여주는 하나의 방법이기도 하다.

문답법을 사용해 어떤 지식이나 상황을 설명하여 설득하려는 의도의 대화를 만들 수도 있다.

적절한 방언의 사용은 작품 형상화에 윤활유 역할을 한다

인물의 성격을 단적으로 드러내는 데는 방언의 구사가 절대적이다. 자기가 태어나 성장한 지방의 말을 자신 있게 구사할 수 있는 사람은 이미 작가로서 유리한 고지를 점령한 것이나 다름없다.

서울에서 태어나 서울에서 자란 사람은 서울말을 자신 있게 쓸 수 있는 방언으로 생각하면 된다. 염상섭은 서울 방언을 잘 구사한 작가로 알려져 있다.

호남 지방의 방언을 구사하고 싶으면 우선 그쪽 출신 작가가 쓴 소설을 통해 기가 죽을 필요가 있다. 문순태·황순원·윤흥길 그리고 조정래 의《태백산맥》은 방언 구사에 자신이 없는 당신을 기죽일 것이 분명하다. 김원일·김주영의 소설들이 이룩한 문학적 성과도 그들이 자신 있게 구 사한 경상도 방언에 힘입은 바 크다는 것을 알 필요가 있다. 그들이 구사 한 방언에 의해서 당신은 그야말로 그 인간의 체취가 푹푹 풍기는 진정 한 우리의 백성을 만날 수 있기 때문이다.

시점, 그것은 작법의 핵이다
—몰입 그리고 신빙성의 볼록렌즈

    소설은 이야기다. 작가가 독자를 위해 쓴 거짓말 이야기다. 그러나 작가는 결코 이야기꾼이 아니다. 작가가 아닌 누군가 그 이야기를 독자에게 들려주어야 한다. 작가는 이야기 밖에 숨어 있어 그 모습을 보이지 않는다. 자신이 나타나는 것보다 제2의 자아를 내보내는 것이 더 효과적이란 것을 믿기 때문이다. 독자를 감동시키는 데 필요하다면 작가는 아예 자신의 이름마저도 잊어버릴 수 있는 그런 사람들이다.

독자가 관심을 두는 것은 오직 그 이야기일 뿐이다

    작가는 자신이 만든 거짓말 이야기에 독자가 아무런 의문도 없이 몰입하길 바란다. 그리고 자신이 만든 이야기가 신빙성이 있다는 것을 확인하고 싶어 한다. 그것을 이루기 위한 장치들을 하느라 그 긴 절망과의 싸움을 감수해 온 것이 아니겠는가.

    그러나 독자는 소설을 쓴 사람이나 그것을 이야기하기 위한 장치 같은 것에 대해서는 별로 관심이 없다. 독자가 관심을 두는 것은 오직 그 이야기일 뿐이다. 독자는 오직 자신이 몰입할 수 있는 이야기를 원하고 있다. 자기 자신이 그 이야기의 주인공으로, 혹은 어떤 대상을 관찰하며 때로는 단죄하는 그런 입장에 있다는 착각 속에 놓이고 싶은 것이다. 독자는 그 이야기 속에 나오는 어떤 인물의 비극적 운명에 대해 깊이 동정하며 그 고통을 나눠 갖기도 한다. 매력 있는 인물을 만나게 되는 순간부터 항시도 눈을 떼지 않고 그 인물의 생각과 행동에 신경을 곤두세우게 마련이다. 착한 인물의 운명을 좌지우지하는 악인에 대해서는 자신의 증오로써 그 인물의 최후를 앞당기고 싶어 안달하기도 한다. 그런 착각의 몰입이야말로 작가가 바라는 바다.

화자, 숨어 있는 작가의 분신

독자에게 이야기를 들려주는 입장, 그리하여 그 이야기가 신빙성이 있음을 은근히 강조하는 장치 중의 하나가 바로 화자의 선택 문제다. 그렇다. 소설 속의 인물과 그 사건의 흐름을 조절하며 독자의 반응까지를 살피는 작가의 숨겨진 분신 만들기가 바로 화자의 선택인 것이다.

화자는 반드시 이야기하는 위치를 분명히 해야 한다

그것은 곧 관찰 대상을 어느 각도에서 바라보느냐 하는 문제다. 바라보는 각도에 못지않게 그 대상과의 거리를 얼마나 두어야 할 것인가 하는 것도 중요하다. 이야기하는 사람의 태도나 심경에 따라 그 이야기의 톤tone이나 분위기도 달라진다. 사물을 바라보고 이야기하는 위치에 따라 각도와 거리, 그리고 말하는 태도까지가 결정되는 것이다.

시점, 그것은 이야기의 출발점이다

바라보는 위치와 거리, 그리고 그 작품을 지배하는 톤tone까지를 합쳐 우리는 보통 시점이란 말을 쓰고 있다. 시점은 작가가 쓰려는 이야기의 서술방법과 통하는 말이다. 흥미 없는 이야기, 가치 있는 이야기가 되고 안 되고는 바로 시점의 선택과 그 서술방법에 달렸다. 시점이 잡혀져야 비로소 이야기를 시작할 수 있는 것이다.

시점, 그것은 독자가 누구의 눈을 통해 이야기 속의 인물이나 사건과 만나는가, 혹은 어느 인물의 입장이 되어 인생을 바라보게 되는가 하는 문제인 것이다. 소설이 독자에게 먹혀 들어가는 정도도 이 시점에 달렸다고 해도 크게 틀리지 않는다고 본다. 아울러 시점이 서술방법을 결정한다.

그러나 다시 말하지만 독자는 작가가 어떤 위치에서 어떤 방법으로 이야기를 하는가 하는, 그 기법에 대해서는 관심이 없다. 오직 그 소설이 재미가 있다 없다, 좋다 나쁘다에 관심이 있을 뿐, 왜 재미가 없는가, 왜 좋은 소설이 못 되었는가 하는 방법 문제엔 신경을 쓰지 않는다는 얘기다.

소설을 쓰려는 당신의 경우는 다르다. 독자의 그런 반응에 속아서는 안 된다. 이미 독자의 입장이 아닌 당신은 이야기를 전개하는 그 방법에 대해 깊이 생각하고 그것을 실천에 옮기는 일을 즐기는 그런 일에 몰입해 있기 때문이다. 당신은 '무엇'을 이야기하기 위해 작가가 되려는 것이 아니라 그 '무엇'을 '어떤 방법'으로 이야기하는 것이 독자에게 더 감동을 줄 것인가를 즐기는 쪽을 선택하고 있다는 그런 얘기다.

시점, 그것은 처음과 끝이 일관성을 가져야 한다

그 '어떤 방법' 중에서 가장 가시적이고 인공적인 것이 시점의 선택인 것이다. 물론 아우트라인 과정에서 이미 시점이 정해져야 하는 것이지만 시점의 문제는 작품을 처음 시작하는 과정에서부터 그 작품이 다 끝날 때까지 계속 주의를 기울이지 않으면 안 되는 것이다. 이야기를 들려주던 사람이 자리를 뜨거나 먼저 이야기하던 방법이 아닌 이상한 방법으로 이야기를 하게 되면 이야기를 듣는 쪽에서는 김이 새거나 주의가 산만해져 그 이야기로부터 일탈되는 법이기 때문이다. 이야기를 들려주는 사람은 이야기하는 상황이 아무리 달라진다 하더라도 이야기꾼으로서의 직무와 그 태도를 달리해서는 안 된다. 화자는 다양하면서도 일관성 있는 화법을 구사해야 한다.

소설의 서술방법을 이야기할 때 흔히 '시점'과 '화자'는 구별되어 설명되기도 하고 때로는 같은 것으로 뭉뚱그려져 설명되고 이해되기도 한다. 필자는 그것을 굳이 구별하여 이해시키는 것이 소설을 쓰려는 사람에게 크게 도움이 된다고는 생각지 않기 때문에 이 글 앞에서도 그것을 애써 달리 이해시킬 필요를 느끼지 않았던 것이다. 다만 그것에 대한 개념은 그것을 말하는 사람의 의도에 따라 다소 달리 설명될 수도 있다는 것만은 밝혀두는 것이 좋을 것 같다.

작가와 화자는 다르다

'화자'는 그 이야기를 '누가' 이끌어가는가 하는 그 서술자에 대한 관심으로 소설을 잘 모르는 사람들이 흔히 '작가'와 '화자'를 같게 보거나 혼란을 일으키는 점을 바로잡아 분명히 하려는 의도에서 생긴 말이라고 여겨진다. 작가는 그 이야기를 만든 사람이지 '이야기를 하는' 사람이 아니라는 것을 분명히 할 필요가 있다는 뜻이다. 즉, 화자는 작가가 소설을 쓸 때 만들어내는 제3의 등장인물이기 때문이다. 필자가 다음과 같이 시작하는 소설을 썼다고 하자.

　내가 그 사람을 만난 것은 순전히 작가로서의 욕심 때문이었다. 그는 내가 구상 중인 소설에 더할 수 없이 적절한 모델이었다. 굳이 모델이란 말을 쓸 필요도 없었다. 그 사람 그대로의 이야기가 그대로 소설이었다. 나는 흥분을 감추지 못한 채 그를 만나기 위해 커피숍으로 들어갔다. 실내는 그다지 밝지 못했고 나는 그를 찾기 위해 주위를 두리번거렸다. 그때 등 뒤에서 내 이름을 부르는 소리가 들렸다.
　"변준호 씨!"

이런 대목에서 독자들은 잠시 당혹스러울 것이다. '나'가 작가 자신인 '전상국'이 아닌 데 대한 실망일 수도 있다. 그러나 그 당혹감이 가시는 것은 긴 시간이 필요하지 않다. 독자들은 오히려 작가가 만든 또 하나의 작가와 더 친숙한 만남을 갖게 되기 때문이다. 그것은 신뢰의 문제이기도 하다. 실제의 작가가 이야기하는 것보다 만들어진 인물이 이야기하는 것이 덜 부담스러울 뿐더러 신뢰가 더 갈 수 있다는 작가로서의 계산이 돼 있기 때문이다. 작가가 소설의 이야기나 등장인물에 대해서 이러쿵저러쿵 아는 척 참견하고 나서게 되면 독자의 자존심을 손상시킬 우려가 있을 뿐더러 그만큼 이야기의 실감이 삭감될 수 있다는 것을 생각하지 않으면 안 된다.

독자가 신뢰할 수 있는 화자를 찾아야 한다

작가가 화자 선택에 고민하게 되는 것도 보다 실감나는 서술방법을 찾아 독자의 신뢰를 획득하기 위한 것이라고 할 수 있다. 물론 작가가 화자를 등장인물화하지 않고 그대로 자기 자신과 일치시킬 수도 있지만 그 경우도 그 소설 구조에는 그런 방법이 더 효과적이라고 판단한 작가 나름의 계산이 있었기 때문이라고 보는 것이 좋을 것이다.

군이 시점을 '화자'라는 말과 구별하려는 데는 화자가 '어떤 위치'에서 이야기하고 있고 독자 또한 어느 '위치'에서 그 사건과 만나며 그 등장인물의 어느 면에 더 관심을 가지고 만날 수 있느냐 하는 문제라고 본다. 시점은 화자가 누구이기보다는 그 화자가 어떤 각도에서 말하고 있는가를 중시하는 구별방법이다. 어떤 시점을 선택했는가에 따라 그 소설의 분위기와 구조가 크게 달라질 수 있다는 것을 알아야 한다.

프리드만은 이야기가 서술되는 각도(위치)를 다음과 같이 분류한 바 있다.

시점……
위에서, 주변적인 위치에서,
중심부에서, 정면에서, 유동적인 면에서

'위에서' 이야기를 이끌어가면 대체로 관념소설의 형태가 되고 '주변적' 위치에 서면 행동소설의 형태, 화자가 이야기의 '중심부'에 선다는 것은 심리소설의 양상을 염두에 둔 것이란 견해도 거기서 비롯된 것이다.

'시점을 달리한다'는 것을 직접 소설문장으로 예를 들어보자.

엄마는 교육에 관심이 많았다. 학교에서 일어나는 모든 걸 알고 싶어 안달했다. 일주일에 두 번씩 담임선생님한테 전화를 걸곤 했다. 그러나 엄마는 가장 가까운 데 있는 내 허벅지의 담뱃불 자국을 알지 못하고 있다. 최기표의 이름을 알고 있으면서도 최기표가 어떤 아이인지를 진정 모르는 어른들에 대해서 내 상처를 내보이는 것은 무의미한 일이었다.

이것은 '나'가 주관적인 위치에서 이야기를 서술하는 시점이라고 할 수 있다. 여기서는 독자가 '나'의 생각 속으로 들어가 사건과 인물을 만나게 된다. 그러나 이것을 보다 객관적 위치의 서술로 바꿔보자.

그네는 교육에 관심이 많다는 것을 자랑했다. 학교에서 일어나는 일을 모두 알고 싶어 했다. 그러나 그네는 아들의 허벅지에 있는 담뱃불 자국을 아느냐는 질문에 고개를 저었다. 아들은 최기표가 저지른 그 린치 사건을 왜 어머니에게 말하지 않았느냐는 질문에, 그까짓 걸 얘기해서 뭣 해요—하고, 시큰둥한 반응을 보였다.

이 경우는 등장인물들의 생각과 행동을 제3의 눈으로 관찰하는 객관적 서술로써 그 인물들의 성격과 생각을 독자들이 상상할 수 있도록 하는 방법인 것이다. 위의 두 가지 시점과는 또 다른 위치에서 이야기를 서술하는 방법도 생각할 수 있다.

그네의 교육에 대한 관심은 참으로 한심한 것이었다. 학교에서 일어나는 일을 사사건건 참견하려드는 극성스럽고 말 많은 경박한 여자였다. 그네는 아들의 담임이 자기 말 한마디에 절절 매는 걸 원했다. 그 아들은 자신의 허벅지에 난 상처를 어머니한테 말할 필요가 없다고 생각하는, 뭔가 배배 꼬인 아이였다. 그는 자기 어머니를 경멸하고 있었다.

이것은 독자가 상상할 수 있는 여유가 전혀 주어지지 않은 서술이다. 등장인물 중 어느 한 사람 속으로 몰입하는 그런 착각도 기대할 수 없다.

다만 화자가 모든 것을 위에서 내려다보고 다 아는 것 같은 그런 투로 독자를 제압하려 하고 있기 때문이다. 사건이나 인물을 그려내기보다는 직접 설명한 것에 가까운 것이다. 소설의 시점은 설명보다는 그려내 보여주는 데 편리한 방향으로 설정되도록 하는 것이 좋을 것이다.

공인된 시점과 서술방법을 모두 무시하라. 그러나……

이미 널리 알려진 시점과 서술방법에 얽매여서는 좋은 소설을 쓸 수 없다는 말이다. 그러나 그것을 무시하기 위한 조건이 있다. 지금까지 알려진 시점과 서술방법에 대해 철저히 알아야 함은 물론 지금까지의 그 방법에 의한 소설을 스무 편 이상 써본 뒤가 아니면 안 된다는 그런 조건이다.

'나'아니면 '그'가 이야기를 서술하는 것이 전통적 방법이다

가장 보편적인 시점의 분류는 인칭에 의한 것이다. '나'나 '그'는 서술자를 인칭화한 것으로 흔히 1인칭 시점과 3인칭 시점으로 구분하여 설명된다. 2인칭 시점이 시도된 작품들도 꽤 여럿 있는 것으로 알고 있다. '너' 혹은 '당신'이란 인칭을 이용한 방법이다.

당신은 웃음을 참을 수가 없었다. 그러나 웃지 않기로 결심한다. 당신은 그 웃음이 몰고 올 파문을 이미 예감하고 있었던 것이다. 죽일 놈. 당신의 신음 소리는 함께 있는 사람들의 가슴속으로 이물질처럼 박혀 들었다.

2인칭의 시점은 대체로 이렇게 쓰일 것이다. 어떤 면에서 이것은 인칭만 2인칭으로 했을 뿐 그 서술자의 위치는 3인칭이나 1인칭과 다를 게 하나도 없다. '당신'이란 인칭이 주는 거리 없음의 친근감 이외는 별다른 효과가 없다고 본다. 사실 위에 인용된 '당신'은 소설 속에 있는 인물에 불과하며 진짜 화자는 '당신'을 소설 밖에서 내려다보며 당신을 관찰하고 있다고 보는 것이 좋을 것이다. 엄밀한 의미에서 서술의 색다름은 있을 수 있겠지만 원래 2인칭 시점은 별반 설득력이 없는 시도로 그 서술 방법이 성공하기는 어렵다고 본다. 1인칭 시점 혹은 1인칭 화자의 서술 방법은 다시 둘로 나눠 설명되기도 한다. 그 하나는 '1인칭 주인공 시점'이고 다른 하나는 '1인칭 관찰자 시점' 혹은 '1인칭 조역 시점'이다.

1인칭 주인공 시점은
소설을 처음 써보는 당신이 선택할 만한 시점이다

우선 1인칭 시점인 소설의 한 부분부터 옮겨보자. 다음에 예로 든 것은 조그만 소도시로 이주해 온 지 얼마 안 된 '나'가 대학교수인 남편이 학생들을 데리고 보름째 도서 지방으로 채집여행을 떠난 어느 날 저녁 아직 낯선 거리로 아이와 함께 산책을 나갔다가 길을 잃고 헤매는 과정에서 원초적인 불안에 싸여 자신의 삶에 대해 존재론적 질문과 만난다는 내용의 〈꿈꾸는 새〉(오정희)의 한 부분이다.

나는 줄곧 내게 힘은 사라지고 헛된 정열만이 남아 있는 것이 아닌가, 또한 내가 진실로 원하는 것은 사랑인가, 성인가, 소멸인가를 자문하곤 했다. 대답은 모두일 수도, 전혀 아무것도 아닐 수도 있다는 것이 나를 초조하게 만들었다. 부인은 얼마나 행복할 거냐고 사람들이 퍽 부러워해요. 나는 이웃집 여자의 말투를 흉내 내어 중얼거렸다. 나는 기실 행복이나 불행에 대해서는 어떠한 형태로, 방법으로 이야기되어도 과장일 수밖에 없다고 생각하는 축이었다.

1인칭 주인공 시점

1인칭 주인공 시점은 화자가 자기 자신의 이야기를 하기 위해서 자기(작가가 아니다) 목소리로 말하고 자기 나름의 방법으로 사물을 바라보며 자신의 인생관에 의해 판단하며 좀 더 새로운 가치와 의미를 부여함으로써 독자를 사로잡을 수 있다고 믿을 때 흔히 쓰는 방법이다.

1인칭 주인공 시점이 갖는 가장 큰 장점은 그 깊이에 있다. 이것은 화자의 시점이 소설 밖에 있는 것이 아니라 등장인물의 내부(혹은 중심부)에 있어 독자들은 그 화자만이 지니고 있던 감춰진 부분들과 만나는 즐거움을 누릴 수 있다. 인간의 가장 섬세한 정서와 사물을 대하는 민감한 반응까지를 놓치지 않고 포착할 수 있는 것이 이 시점의 장점인 것이다. 더 큰 장점은 독자들이 화자의 확신에 찬 말이나 그와는 반대로 깊이 고뇌하고 반성하는 주인공(화자)의 태도를 별 거부감 없이 받아들인다는 점이다. 그것은 화자와 주인공 사이에 일체의 거리가 없기 때문에 얻어낼 수 있는 솔직함에 기인한 것이다. 독자가 작가와 화자를 굳이 구별하지 않게 함으로써 작가가 자신의 어떤 의지나 확신을 비교적 부담 없이 소설 속에 집어넣을 수 있는 이점도 가지고 있다.

더구나 독자의 입장에서는 화자가 자신 있게 "나는 그곳에 있었다", "나는 그런 생각을 하는 사람이다", "그 일을 한 것은 바로 나다", "그 일은 나만이 아는 사실이다", "밧줄에 목이 걸리는 순간 나는 묘하게도 그 여자와의 첫 정사를 생각했다"라고 말하는 그 진술의 신빙성을 믿지 않을 수 없을 것이다. 직접 체험했다고 하는데 어느 독자가 그것을 믿지 않을 수 있겠는가 말이다.

그러나 1인칭 주인공 시점은 그 장점에 못지않게 단점도 가지고 있다.

작가의 전지적 권한과 그 시야가 제한을 받는다

화자인 '나'가 갈 수 있는 장소의 제한과 등장하는 다른 인물들과의 만남이 극히 제한적일 수밖에 없다는 것이다. 더구나 사건의 진행이 화자 중심으로 이루어지기 때문에 구성이 단조롭고 이야기의 폭이 좁을 수밖에 없다. 즉, 여러 이야기가 동시에 진행될 수 없기 때문에 화자는 항상 '현재'와 '과거' 사이를 계기적 질서에 의해 오르내릴 뿐이다. 보다 입체 감 있는 사건의 전개는 기대하기 어렵다는 얘기다.

더 큰 단점은 화자인 주인공 자신의 외양이나 성격 등에 대한 객관적 묘사를 할 수 없다는 것이다. 위에 예로 든 〈꿈꾸는 새〉의 주인공은 자기 진술에 의해 자신의 내면은 보이고 있으나 그 복잡한 내면심리가 그대로 그네의 성격은 아니라고 본다. 이웃 사람들이 부러워한다는 그 말만 가 지고는 그네의 행복한 모습이나 그 외양이 어떠한가는 독자들에게 생동 감 있게 전해지기 어려운 것이다.

3인칭 주인공 시점

다음은 3인칭 주인공 시점에 대해 생각해 보자. 먼저 앞에서 예로 든 오정희의 〈꿈꾸는 새〉를 3인칭 주인공 시점으로 바꿔보기로 한다.

그네는 줄곧 자신에게서 모든 힘이 빠져나간다는 느낌을 지워버리기 어 려웠다. 헛된 정열만이 자신에게 남아 있다는 생각이었다. 또한 자신이 갈구하는 것은 사랑인가 아니면 섹스인가 소멸인가—하는 문제를 자문하곤 했다. **그네는 까칠하게 메마른 자신의 얼굴을 감싸고 고개를 무겁게 저었다.** 대답은 모두일 수도 있고 아닐 수도 있었다. 그것이 그네를 불안하게 만들었다. 부인은 행복해 보여요. 낯을 익히기 시작한 이웃 사람들이 자신을 향해 하던 말을 중얼거려보았다. 그네는 행복이나 불행은 어떠한 방법, 어떠한 형태로 이야기된다 해도 그것은 과장될 수밖에 없다는 것을 알고 있었다. 나는 행복하다. **그네는 입술에 잔뜩 비웃음을 물고 그렇게 중얼거렸다.**

'나'가 '그네'로 바뀌었을 뿐 1인칭 주인공 시점과 다른 점은 별로 발견되지 않을 것이다. 그러나 인용한 글 중에 굵은 글씨로 되어 있는 부분은 1인칭 시점보다 다소 시점의 폭이 넓어졌다고 보아도 좋을 것이다. 3인칭 주인공 시점은 1인칭 주인공 시점보다 대체로 객관화됐다는 말이다. 화자가 주인공이면서도 '그'라고 객관화함으로써 어떤 거리를 가지고 보이게 된다는 것이 이 시점 선택의 이유일 수도 있을 것이다. 이것은 작가가 어느 정도 운신의 폭을 넓혀 이야기 속에 들어갈 수 있음을 뜻한다. 즉, 1인칭 시점에서 제한받던 전지적 권한이 많이 풀렸다는 말이다.

전지적 권한

전지적 권한이 어느 정도 주어짐으로써 작가(화자)는 주인공을 좀 더 실감나게 묘사할 수도 있고 주인공이 갈 수 없는 곳, 알지 못하는 사실도 넌지시 이야기할 수 있는 기회가 주어진 셈이다.

1인칭 주인공 시점의 단점이 그대로 3인칭 주인공 시점의 단점이 될 수 있다. 게다가 '나'라는 1인칭이 주는 친밀감과 그 거리 없음을 보여주기 어렵다는 사실이다. 어느 정도의 거리(객관화)를 얻기 위해 선택한 이 시점은 거리 대신 친밀감을 잃어버림으로써 상황이나 등장인물들에 대해 진실성 있는 관찰이 부족하게 나타날 수도 있다고 본다. 특히 소설을 처음 쓰는 당신으로서 자칫하면 시점의 혼란을 가져오거나 전지적 권한이 조금 주어진 것을 제대로 활용하지 못하고 오히려 남용함으로써 독자로부터 신뢰를 잃을 수도 있다는 것을 명심하지 않으면 안 된다.

다음은 최인호의 〈타인의 방〉의 일부분이다. 당신은 다음 장면을 유심히 읽으면서 3인칭이 1인칭보다 더 전지적 권한을 갖는 시점이란 것을 확인할 필요가 있다고 본다. '그'를 '나'로 바꿔 읽어볼 필요도 있다. '나'가 쓰일 수 없는 부분을 통해 3인칭 주인공 시점의 장점을 찾아보는 것도 좋으리라. 아울러 오류가 범해진 부분이 없는가도 살펴보는 것이 좋을 것이다. 특히 대명사 '그'를 남용한 것을 찾아 지워보는 것도 좋은 공부가 될 것이다.

그는 웃으며 스푼을 젓는다. 그때였다. 그는 무슨 소리를 들었다. 공기를 휘젓고 가볍게 이동하는 발자국 소리였다. 그는 욕실 쪽에서 무슨 소리가 들려오고 있는 것을 눈치 챘다. 그는 난폭하게 일어나서 욕실 쪽으로 걸었다. 그는 분명히 잠근 샤워에서 물이 쏟아져 내리고 있는 것을 보았다. 제길헐. 그는 투덜거리면서 물을 잠근다. 그리고 다시 소파로 되돌아온다. 그러자 이번엔 부엌 쪽에서 소리가 들려오기 시작한다. 그는 될 수 있는 한 불평을 하지 않으려고 이를 악물고 부엌 쪽으로 간다. 부엌 석유곤로가 불붙고 있다. 그는 투덜거리면서 그것을 끈다. 그리고 천천히 소파 쪽으로 왔을 때, 그는 재떨이에 생담배가 불이 붙여진 채 타고 있음을 발견한다. 그는 반사적으로 주위를 둘러본다. 그는 엄청난 고독감을 느낀다.

"누구요."

그는 조심스럽게 소리를 지른다. 그의 목소리는 진폭이 짧게 차단된다.

그는 갇혀 있음을 의식한다. 벽 사이의 눈을 의식한다.

1인칭 관찰자 시점

1인칭 관찰자 시점은 1인칭 주인공 시점처럼 화자와 주인공이 같은 인물이 아니라는 점이다. 즉, 이야기의 주인공 아닌 사람이 그 주인공의 사람됨이나 그가 벌이는 사건을 따라다니며 관찰하여 독자들에게 보여주는 서술방법인 것이다.

1인칭 관찰자 시점은 다시 몇 가지로 나누어 생각할 수 있다. 첫째는 화자 '나'가 그냥 화자일 뿐 중심 이야기 속에 참여하지 않아 사건의 변화와는 무관한 경우이다. 이것은 중심 이야기를 하기 위한 전제로서 '나'가 나와 이제부터 하려는 이야기의 중요성이나 그 방향을 넌지시 암시하여 독자를 끌어들이는 역할을 한다. 그 구성법에 있어 한물간 이른바 액자소설의 서술방법이 바로 그것으로 이야기의 도입부에 나왔다가 사라질 수도 있고 때로는 이야기 중간에 다시 나와 사건을 요약하거나 그 이야기에 필요한 해설을 할 수도 있는 그런 화자인 것이다. 이 경우에 독자들은 화자인 '나'가 작가 자신이라고 편리한 대로 생각하게 된다.

김동인은 그의 유머주의적인 소설 〈배따라기〉, 〈광염소나타〉, 〈광화사〉 또는 〈붉은 산〉에서 이 서술방법을 사용했다. 물론 이런 작품의 중심 이야기는 모두 다분히 작가의 전지적 시점의 지배를 받는 '그'가 화자로 바뀌고 있거나 필요에 따라서는 다시 1인칭 주인공 시점으로 서술되기도 한다. 이 서술방법은 결국 하나의 작품 속에 서술자가 최소한 둘이 된다고 보면 좋을 것이다. 〈광염소나타〉는 이렇게 시작된다.

독자는 이제 내가 쓰려는 이야기를, 유럽의 어떤 곳에 생긴 일이라고 생각하여도 좋다. 혹은 사오십 년 뒤에 조선을 무대로 생겨날 이야기라고 생각하여도 좋다. 다만, 지구상의 어떠한 곳에 이러한 일이 있었는지 모르겠다. (……) 이러한 전제로서 그러면 자 내 이야기를 시작하자.

1인칭 관찰자 시점의 또 다른 방법은 화자가 중심 이야기 속에 참가하되 조역 정도의 역할을 하는 서술방법이다. 이 경우는 화자가 주인공을 좀 더 가까운 거리에서 관찰하되 보다 과장하거나 희화시킬 수 있는 여유를 가질 수 있는 이점이 있다. 주요섭의 〈사랑손님과 어머니〉가 그런 서술방법을 쓰고 있다.

나는 어쩨 이상한 기분이 들어서 아저씨 방에 들어가 있지도 못하고 그냥 뒤돌아서 안방으로 도로 왔지요. 어머니는 풍금 앞에 앉아서 무엇을 그리 생각하는지 가만히 있더군요. 나는 풍금 옆으로 가서 그 옆에 가만히 앉아 있었습니다. 이윽고 어머니는 조용조용히 풍금을 타십니다. 무슨 곡조인지는 몰라도 어쩨 구슬프고 고즈넉한 곡조야요.

1인칭 관찰자 시점 중에는 '나' 대신 '우리'란 복수를 써서 '우리'가 어떤 관심사나 인물에 대해 공동으로 대처해 나가는 서술방법을 쓸 수도 있다. 이 경우는 대개 '우리'의 이야기를 하는 척하면서 실상은 '우리'가 맞서고 있는 어떤 문제 혹은 인물에 대한 보다 포괄적인 관찰을 통한 가치판단을 시도하려는 저의를 갖고 있게 마련이다. 필자의 〈돼지새끼들의 울음〉은 권위주의의 화신인 '최달호' 선생과 맞서는 '우리'의 이야기다. 사실은 '우리'의 이야기를 통해 '최달호' 선생을 보여주려 했던 것이다.

처음 우리는 우리들이 생각해 낸 그 방법의 기발하고 당돌함에 매혹되지 않을 수 없었다. 그러나 우리는 차츰 우리들 음모의 비인도적인 면이라든가 비윤리적 냉혹함에 대하여 생각하는 시간이 많아졌는데, 어떤 놈은 아예 겁을 집어 먹고 거사 포기를 종용하려 들 지경이었다.

3인칭 관찰자 시점

3인칭 관찰자 시점도 있을 수 있다. 즉, '그'가 또 다른 '그'에 대해 이야기하는 경우이다.

> 그는 사무실을 나오면서 '그'의 책상에 놓여 있는 책을 보았다. '그'는 책벌레였다.

이런 식의 서술은 독자들을 혼란시킬 우려가 크기 때문에 부득이한 경우 아니면 사용하지 않는 것이 좋다. 사용한다 하더라도 '그'를 고유명사로 바꾸든지 하여 이야기의 흐름과 그 초점을 흐리게 해서는 안 될 것이다.

1인칭이든 3인칭이든 그것이 선택된 화자에 의해 이야기가 서술될 때 그 시점은 어떤 한계 속에서만 가능하다. 즉, 화자가 주인공 입장이거나 관찰자의 입장이라고 하더라도 그 화자는 소설에서 있는 장소와 시간의 제한을 전제로 이야기를 하지 않으면 안 된다는 사실이다. 자신의 이야기를 하거나 남에 대해서 관찰한 것을 이야기하거나 모두 그 화자가 본 것, 느낀 것, 생각하고 판단한 것만을 이야기할 수밖에 없다는 것이다.

전지적 시점

1인칭 시점의 제한과 그 서술의 한계를 벗어난 서술방법이 바로 전지적 시점인 것이다. 보통 3인칭 객관자 시점이라고 부를 수 있는 이 방법은 전대의 장편소설 등에서 즐겨 써온 것이다. 이것은 사건의 전면, 관계된 모든 인물에 대해서 서술하게 되는 방법으로 그 화자가 그야말로 모든 것을 다 아는 입장에서 이야기하는 것으로 등장인물 하나하나가 가지고 있는 극히 내밀한 생각이라도 놓치지 않고 독자에게 보여줄 수 있는 이점이 있다. 즉, 화자는 시간과 공간을 초월한 입장에서 자유자재로 이야기를 풀어갈 수 있다는 것이다. 그러나 화자는 그 비밀스러운 일을 어떻게 알았느냐는 의문에 대해 설명을 하지 않는다. 전지적 시점의 소설을 읽는 독자와 작가는 그런 것을 따지지 않는 것으로 이미 묵계가 이루어져 있기 때문이다.

전지적 시점의 경우 화자는 그 이야기 속 어디에도 없어야 한다. 즉, 화자는 소설 밖에 있는 존재인 것이다. 소설 밖에 있지만 그 소설의 분위기나 사건의 얽힘들에 대해 모두 간섭하고 때로는 설명하며 등장인물의 외부적 행동이나 태도는 물론 그네들의 정서와 의지까지도 다 알고 있는 그런 위치에 있는 것이다.

밤이 되자 무섭던 비바람도 멎었다. 다행이었다. 그러나 마을 사람 누구의 얼굴에도 안도의 빛은 보이지 않았다. 그네들은 모두 자신의 불안한 마음을 감추기라도 하려는 듯 자기가 맡은 일에서 눈을 떼지 않았다.

전지적 시점은 그 날씨나 마을 사람들의 동향에 대해 이런 식으로 시작하는 게 보통이다. 전지적 시점은 작가의 시점이라고 해도 좋을 것이다. 이런 시점은 대개 필요에 따라 등장인물 하나하나를 돌아가며 선택하여 그 한 사람의 위치에서 사건을 이야기하도록 한다.

동수는 마을 사람들의 그 긴장된 얼굴에서 어떤 기대 같은 것이 깔려 있음을 놓치지 않았다.

그날 장터 **김씨**도 사람들의 얼굴 표정에서 이상한 것을 느꼈다.

한 작품 속에서 시점을 자주 이동시키는 것은 이야기의 초점을 잃어 산만한 흐름이 되기 쉽다. 그러나 그 초점이 하나를 향해 제대로 모아질 수만 있다면 하나의 사건을 여러 사람의 눈으로 보게 하여 서술하게 하는 방법도 좋을 것이다. 통과하는 빛이 한 점으로 모이게 하는 볼록렌즈의 그 원리로.

자, 이 단계에서 당신은 구상 중인 소설이 1인칭을 필요로 하는 구조인가, 아니면 3인칭을 필요로 하는 이야기인가를 판단한 다음, 그중 한 가지를 선택하지 않으면 안 된다. 구상 중인 그 이야기에 적합한 서술방법을 찾아야 한다는 얘기다.

시점의 혼란, 그것은 작품의 실패를 의미한다

이야기에 맞는 시점을 선택하기도 어렵지만 일단 선택된 시점이 일관성을 잃지 않게 이야기를 서술한다는 것은 더 어려운 일이다. 소설을 처음 써보는 사람들에게 흔히 볼 수 있는 것이 바로 시점의 혼란인 것이다. 같은 단락 속에서도 시점이 혼란된 경우는 얼마든지 있다. 기성인이 쓴 소설에도 시점의 혼란은 많이 나타난다. 다음 단락에서 시점이 잘못된 부분은 바로잡아 보는 것도 시점에 대한 좋은 공부가 되리라고 본다.

나는 덕만을 그렇게 만난 것이 기뻤다. 덕만 역시 나를 만난 것이 **기뻤던 것이다**. 그는 헤어지고 싶지 **않았다**.

그때 **할머니는** 울면서 조그만 보따리 하나를 꾸리던 모습을 **보았으므로** 저는 이즈음 어머니에게 곧잘 그 일을 들추며 달려듭니다.

(소년은) 그릇을 찾아오는 길에 그녀를 보았다고 했다. (소년은) **가슴이 철렁했다.** 그녀는 비에 흠뻑 젖어 있었으나 아프지는 **않은 것 같았다.** (그녀는) 얼굴에 마구 번진 눈물을 닦으며 아파트로 들어가더란 것이었다. (소녀는) 덜컥 겁이 **났다.** 그건 분명 녀석(소년)의 과장이리라. 내가 알기로 그녀는 설불리 남에게 눈물 따위를 내비칠 여자가 아니었다.

작가가 선택한 시점에 독자가 친숙해지도록 해야 한다

작가가 선택한 시점에 독자가 친숙해지는 방법을 생각해야 한다. 누가 이야기를 하며 그 이야기를 얼마만큼 아는 입장에서 말하는가 하는 것이 독자에게 자연스럽게 먹혀들지 않으면 안 된다. 그것이 작가의 능청스러움인 것이다.

특히 같은 작품 속에서 시점을 바꿀 때는 단락이 바뀌는 그 앞에서 넌지시 새로운 화자를 등장시키되 독자가 되도록 빨리 바뀐 그 화자에 익숙해지도록 각별한 배려가 따라야 할 것이다.

화자의 입장과 그 태도를 분명히 하라

당신은 화자를 선택할 때 그 화자가 어느 편에 서서 이야기하는가를 당신 마음속에 분명히 하고 들어가지 않으면 안 된다. 즉, 이야기의 흐름이나 주인공에 대해서 화자가 긍정적인 생각을 가지고 있는가, 아니면 부정적 입장을, 혹은 이쪽도 저쪽도 아닌 중간자적 입장을 가지고 있는가를 독자가 눈치 채지 않도록 설정하지 않으면 안 된다는 말이다. 화자의 입장이 독자에게 섣불리 누설되면 소설 읽기의 재미가 반감될 우려가 크기 때문이다.

화자가 주인공의 위치에 있든가, 관찰자의 위치에 있든가, 그 소설 속에 등장하는 인물에 대해서는 미워하는 마음이나 좋아하는 감정을 독자 스스로가 느끼도록 해야 한다. 독자가 등장인물 중의 하나를 미워하게 된다면 그것은 전적으로 작가가 그 인물을 마음속에서 미워하고 있기 때문일 것이다. 그 미워하는 작가의 마음을 눈치 채지 않게 하는 것이 중요하다는 것을 알아야 한다.

전대의 소설들은 대부분 착하고 정의롭고 의지 굳건한 인물을 화자로 했기 때문에 그 화자는 마치 검사의 논고처럼 합리적이고 빈틈없는 논지를 가지고 사물을 바라볼 수밖에 없었던 것이다. 그 화자가 보는 것은 다 의미가 있고 옳을 수밖에 없었다. 그러나 현대소설에서는 그런 후자와는 전혀 다른 위치에 있는 인물이 세상을 바라보는 이야기가 많다. 바보가 이야기하는 똑똑한 사람들의 이야기는 얼마나 재미있을 것인가.

실험되지 않은 방법은 없다. 그러나……

그러나 새로운 방법을 시작하라. 서술방법에 대한, 혹은 시점 선택에 대한 작가들의 실험은 소설의 역사와 함께 시작되어 지금도 계속되고 있다. 실험되지 않은 방법은 없다. 정확히 말해 실험되지 않은 소설은 단 한 편도 없다고 보는 것이 맞는 얘기일 것이다. 모든 사람들의 목소리와 그 말하는 방법이 모두 다르듯 형상화에 성공한 100편의 소설은 100가지의 다른 방법으로 이야기된 것이다.

새로운 방법이란 없다

　실험되고 시도된 지금까지의 방법이 다른 작가에 의해 다른 의도, 다른 인식에 의해 조금 다른 각도로 쓰일 뿐이다. 소설 쓰기의 재미가 바로 그 작은 새로움의 발견에 있는지도 모른다. 그런 의미에서 작가들은 자신이 쓰는 모든 작품을 그 나름의 새로운 방법으로 쓰고 있다고 자부하고 있는 것이다. 그 자부가 새로움을 낳는다.

　새로운 방법으로 이야기하려고 조금만 노력해도 당신이 쓰려는 그 이야기는 보다 새로운 내용으로 나타나게 될 것이다. 특히 독자들은 지금까지 작가들이 실험한 그 숱한 서술방법에 대해 별로 아는 바가 없다. 오직 당신이 새롭게 이야기하려고 노력한 그 점만은 알아주는 데 인색하지 않다는 것을 알아야 한다. 그리하여 당신의 독특한 화법으로 독자를 길들일 수 있을 때 그것이 가능하다.

　독자들은 임철우의 중편 〈붉은 방〉을 읽고 그것이 새로운 서술방법으로 쓰였다고 흥분한 바 있다. '하나'부터 '여덟'까지로 장이 나눠져 쓰인 이 소설은 고문을 받는 자와 고문을 하는 자를 각각 '나'란 1인칭 시점으로 하여 화자를 바꿔가며 서술하는 방법을 썼다. 이것은 작가가 시대의 문제를 다루되 편향된 시각을 갖지 않겠다는 의도(그렇다고 고문자의 입장까지를 합리화시키려는 의도가 담겼다는 뜻은 전혀 아니다) 속에서 사물을 보는 균형감을 독자에게 요구하는 문제작인 것은 분명했다. 그러나 피해자와 가해자를 혹은 쫓는 쪽과 쫓기는 쪽을 똑같은 위치에서 볼 수 있게 하려는 이러한 시점의 대위법 서술방법은 차라리 진부할 정도로 이미 많이 쓰인 방법이다.

　〈붉은 방〉에서 보여준 고문자와 피고문자의 시점 위에 제3의 시점으로 두 사람을 관찰하는 서술방법도 생각할 수 있을 것이다.

유재용의 장편《성역》은 쫓기는 죄인과 그 죄인을 쫓는 형사를 각각 화자로 하고 있다.

나는 가다가 불쑥 도망치고 싶은 충동을 느낀다.(죄인인 '나')

곽예도 형사는 연락을 받는 즉시 변두리인 은학로에서 고물 수집상을 하고 있는 김판용에게로 달려갔다.(형사를 1인칭이 아닌 3인칭으로 한 것이 특이하다)

편지투나 일기 형식을 빌어 사건(혹은 등장인물)과 화자의 거리를 좁힘으로써 독자에게 친근감을 유도하는 그런 서술방법도 많이 쓰인다. '나이 들어가는 여자의 떨림'을 이야기하는 김채원의 〈겨울의 환〉은 '당신'에게 고백하는 내용에 걸맞은 편지투를 사용함으로써 서술방법이 새롭게 느껴지게 만들었다. 낡은 것도 그것을 다루는 방법에 따라 다시 새로워지게 마련이다.

소설의 그 시점이나 화법을 다양하게 실험함으로써 상당한 성과를 얻어낸 최수철은 '현실 구조의 복잡함과도 대응되는' 무궁무진한 형식 실험의 가능성을 말하는 가운데 자신이 집착하고 있는 것 중의 하나가 '화자와 인물(혹은 사건)과 글 쓰는 사람 사이의 의식적 구별 내지는 분리'라고 했다. "그렇게 삼자를 구별하려는 의식을 무의식중에 지니고 있는 경우에 얻을 수 있는 이득은 현실을 좀 더 입체적으로 볼 수 있다는 것과 그렇게 현실을 볼 때 새로운 진실을 발견할 수 있다"는 것이 그 젊은 작가의 말이다. 그는 "입체적인 현실은 평면적인 것보다 훨씬 진실에 가깝다"는 생각을 부연하고 있다. 그의 중편 〈어느 무정부주의자의 하루〉는 모두 〈23〉개의 분절된 에피소드로 나눠져 있다. 그 〈23〉개의 에피소드들은 모두 사물을 관찰하는 각도와 그 이야기하는 방법이 다르다. 새롭다. 1인칭과 3인칭, 또 주인공의 끊임없는 의식의 반성과 자기 탐구는 물론이고 사물을 관찰하는 눈도 가지가지다. 서술방법도 편지투·독백체·대화체·기행체 등 다양하다.

좋은 소설 만들기는 이야기 방법의 새로움에 달렸다

명심할 일이다. 그것은 좋은 이야깃거리는 그것을 말하는 좋은 방법이 저절로 생겨난다는 말과 같다고 믿어진다. 귀중품일수록 그것을 남에게 어떻게 보여야 할 것인가를 신경 쓰게 되는 것과 같은 이치일 것이다. 시점으로부터 시작하라. 당신은 그렇게 하는 것을 즐길 줄 아는 사람이다. 당신의 재능이 그것을 가능하게 해줄 것이다. 기발한 서술방법이 떠오른 순간 당신의 얼굴에 번지는 회심의 미소가 보인다.

그래, 바로 이거다!

서술 · 묘사 · 대화
—소설의 기술양식

소설은 소설문장으로 써야 한다

소설은 언어(문장)에 의해 그 이야기가 진술된다. 사건도, 그 사건이 벌어지는 배경이나 상황도, 그 사건을 일으키는 인물도, 그 인물들의 행동과 심리의 변화도 모두 언어에 의해서만 가능한 것이다. 소설이 되기 위한 그 진술의 언어를 우리는 '소설문장'이라고 한다. 그렇다. 소설은 소설문장에 의해 쓰여야 한다. 소설문학이 필요로 하는 그런 서술방법을 체득하는 것이 무엇보다 중요하다. 더 중요한 것은 당신 체질에 맞는 당신나름의 소설문장을 만들어내는 일이다. 소설이 필요로 하는 진술방법의 터득이 곧 소설문장 공부의 첫걸음이다.

어떻게 이야기할 것인가

어쩌면 그것은 시점의 연장에서 설명될 수 있는 문제이기도 하며 이야

194

기하는 방법, 혹은 그 말투인 문체의 문제이기도 할 것이다. 어떠한 방법으로 이야기할 것인가. 그것은 작가의 선천적 재능과 직결된다고 할 수 있다. 이야기를 잘하고 못하고는 이야기하는 사람의 타고난 재능과 무관하지 않기 때문이다. 그러나 아무리 선천적 재능을 가졌다고 하더라도 그 재능이 제대로 발휘되기 위해서는 이야기 구조가 필요로 하는 진술의 어떤 원리와 방법을 터득하지 않으면 안 될 것이다.

글은 대체로 네 가지 기술양식記述樣式에 의해 쓰인다. 소설이 필요로 하는 문장도 그 네 가지 기술양식 중 어느 하나에 의존하고 있다. 글의 네 가지 기술양식이란 설명·논증·묘사·서사를 말한다. 이 네 가지 양식은 그 글을 쓰는 동기 혹은 의도에 의해 결정된다.

독자에게 무엇을 알리고자 하여 설명하고 주석하고 분석·정의하는 글이 '설명'이다. 이런 글은 사물의 이해를 그 목적으로 한다. 설명은 어떤 물음에 대한 대답이라고 생각하면 좋을 것이다. 어떤 사물을 분명히 이해시키기 위해 우리는 비교와 대조도 하고 예를 들기도 하며 분류·구분을 하기도 한다. 혹은 '노예=법적으로 나에게 소유된 인간'이란, 정의항과 피정의항이 등식으로 이루어지는 정의를 설명의 방법으로 쓰기도 한다.

'논증'의 글은 어떤 명제를 구현시키기 위한 적극성을 필요로 한다. 아직 분명하지 않은 사실이나 신념을 믿게 하여 그대로 따르게 하려는 글이기 때문에 독자로 하여금 그 마음이나 생각·태도·관점을 달리 가지게 하는 데 그 목적이 있다. 그것은 독자를 설득시키기 위해 모든 논리를 다 동원하고 필요한 경우 그 정서에 호소하기도 한다. 논증은 일종의 주장의 피력이기 때문에 합리적인 사고에 근거한 증명을 필요로 한다.

'묘사'는 사물의 어떠함을 독자에게 그려 보이는 글이다. 독자로 하여금 글쓴이의 감각적 경험 내지는 그 대상을 생생하고 박진감 있게 체험하게 하고자 하는 의도의 글인 것이다.

'서사narration'는 "무슨 일이 일어났는가"에 대한 서술이라고 할 수 있다. 가령 어떤 사건을 그 사건적 계기에 따라 서술하고 아울러 그 인과관계를 밝히고자 하는 경우, 이렇게 함으로써 사건의 직접적 인상과 목격자로서의 감각을 획득하고자 하는 글이다. 서사는 움직이는 생명에 관련된 사건을 기술하는 것이기 때문에 '움직임·시간·의미' 등 세 가지 요소를 갖춰야 한다.

위의 네 가지 기술양식 중 '설명'과 '논증'이 객관적·외적·공적인 과학적 의도의 드러냄이라면 '묘사'와 '서사'는 보다 주관적이며 내적인 것으로 예술적 의도의 글이라고 말할 수 있다. 과학적 의도의 글은 대체로 추상적이기 쉽고 객관성 및 보편성을 띤 글이 될 것이며 예술적 의도의 글은 보다 개별적이고 구체적이며 감각적이어서 예언적이며 암시적인 글이 될 것이다. 그러나 위의 네 가지 기술양식은 실제의 문장에 있어 따로따로 구분되어 쓰일 수는 결코 없다. 소설이 주로 묘사와 서사의 기술양식을 취하는 것은 사실이지만 때에 따라서는 설명과 논증의 기술도 필요로 한다. 문제는 어느 의도가 주 의도인가에 따라 그 네 가지 기술양식 중 하나를 중심으로 나머지는 그 주 양식을 보조하는 역할을 하게 될 것이다.

서사·묘사의 기술양식 속에서 소설문장이 비롯된다

말할 것도 없이 소설은 서사의 글이며 사물의 지배적인 인상을 독자의 머릿속에 생생히 재생시키기 위해 묘사를, 때로는 설명과 논증의 기술양식을 필요로 하게 될 것이다. 그러나 소설 속의 설명과 논증은 어디까지 소설문장으로 구사되지 않으면 안 될 것이다.

소설문장은 대체로 화자가 서술하는 지문地文과 작중 인물들이 주고받는 대화로 이루어진다. 그러나 대화를 생명으로 하는 희곡이 그 지문을 그다지 중요시하지 않는 데 비해 소설에서는 주로 그 서술방법이 소설의 성패를 판가름한다고 봐도 크게 틀리지 않을 것이다. 즉, 작가로서의 재능이 유감없이 발휘될 수 있는 부분도 바로 그 서술방법이기 때문이다.

작가 지망생 한 사람이 필자에게 소설 한 편을 우편으로 부쳐오면서 이런 주문을 했다.

"저는 소설에서 언어에 의한 스토리의 진술이 주로 서술narration과 묘사description와 대화dialogue의 요소에 의한다는 것을 배운 바 있습니다. 그러나 서술과 묘사가 어떤 것인지 분명히 구별되지 않습니다. 또는 소설에도 설명이 필요하다고 하는데 설명과 해설은 어떻게 다른 것인지요?"

작가 지망생인 그 사람은 그런 질문 끝에 자신의 작품을 읽으면서 어느 부분이 서술(설명 혹은 해설)에 해당하는 것이고 어떤 부분이 묘사문장인지 색연필로 구분해 주면 고맙겠다는 주문을 덧붙였다.

필자는 그 사람의 주문대로 색연필로 서술과 묘사를 구분하지 않았다. 솔직히 그것은 구분되는 성질의 것도 또 구분할 수 있는 것도 아니었다. 필자가 말해 줄 수 있는 것은 소설 창작에는 그런 명료한 구분법이 필요하지 않다는 것뿐이다. 설사 그것을 분명히 구분해 낸다고 하더라도 그것은 창작에 전혀 도움이 되지 않는다는 사실을 알아야 한다.

그러나 많은 작가 지망생이 서술과 묘사를 분명히 구분하여 이해하고 싶어 한다. 그것은 보다 효율적인 서술방법을 터득하고 싶다는 욕구일 것이다. 특히 자신의 작품을 읽은 다른 사람들로부터 다음과 같은 지적을 많이 받았기 때문이라고 생각된다.

"이 작품은 너무 **설명적**이다."

"이야기 **서술**만 있을 뿐 어떤 **장면**이 인상 깊게 보이지 않는다. 즉, **묘사**가 부족하다."

"이 소설은 스토리 전개에 박진감은 있으나 어떤 **분위기**나 인물을 **그리는** 데는 많이 부족했다. **밀도**가 부족한 것도 흠으로 지적할 수 있겠다."

"이 작품은 소재도 좋고 작가의 의도도 좋은 편이다. 이야기의 짜임도 그런대로 괜찮은 편이다. 그러나 그런 것들이 전체적으로 **통일된 흐름**을 이루지 못했다는 생각이다. 즉, 작품을 형상화할 수 있는 작가의 **이야기 솜씨**가 부족하다는 느낌이다."

할머니의 옛날이야기 솜씨

이쯤에서 우리는 옛날이야기를 하는 할머니의 이야기 솜씨를 한번 생각해 볼 필요가 있다. "옛날 옛날 어느 깊은 산골 마을에 마음씨 착한 홀어머니가 오누이를 데리고 살고 있었다. 어느 날 홀어머니는 오누이를 집에 둔 채 고개 너머 마을에 베를 짜주러 갔다가 호랑이를 만나 떡을 다 빼앗기고 드디어는 잡아먹히고 만다. 오누이는 어머니로 변신한 그 호랑이로부터 지혜를 짜서 살아난 다음 해와 달이 된다." 이 이야기를 하는 할머니는 이야기를 듣는 손자의 표정을 살펴가며 이야기의 속도를 조절할 것이며 필요하다고 생각되면 즉흥적으로 당신의 생각을 은근히 집어넣기도 할 것이다. 오누이가 집 안에 떨고 앉아 있는 그 산골 마을의 으스스한 밤 분위기를 그려내어 무서움을 유도하기도 하며, 그 홀어머니가 일을 늦게 끝내지 않으면 안 되었던 상황을 설명하기도 하고, 때로는 베틀에 대해서 자세한 설명을 덧붙이기도 할 것이다. 또는 고개에서 호랑이를 만나기 전의 허둥지둥 내닫는 홀어머니의 그 급한 발걸음을 이야기함으로써 이야기의 긴박감을 더할 수 있을 것이며 급기야는 "떡 하나 주면 안 잡아먹지!" 하는 호랑이의 그 야비한 목소리를 흉내 낼 수도 있고 변신하여 집에 찾아온 호랑이와 오누이들의 주고받는 말을 실감나게 재현해 보일 수도 있다. 마지막으로 해와 달이 된다는 오누이의 이야기를 정리함으로써 그 손자들이 새삼스레 해와 달을 바라보게 하자는 할머니의 이야기 의도가 분명하게 드러나게 될 것이다.

할머니의 이야기를 하나하나 분석해 보면 그 속에 소설에 필요한 서술과 묘사와 대화가 적절히 배분되어 들어 있음을 알게 된다.

서술과 묘사와 대화는 이야기를 이야기답게 이끌어가는 솜씨라고 할 수 있다. 소설의 경우는 시간적 순서에 의해서 줄거리가 전해지기만 하는 옛날이야기와는 달리 그 솜씨가 더욱 필요하게 되는 것이다. 이야기의 짜임이 복잡하고 등장하는 인물들의 성격과 행동이 예사롭지 않기 때문에 그 복잡함, 그 예사롭지 않음에 걸맞은, 보다 조직적이며 통일된 기술방법이 있어야 하기 때문이다.

이야기의 실감, 박진감, 진실성은 그 이야기의 방법에 달렸다

자신이 쓰는 이야기가 재미있지 않으면 안 된다는 생각이 서술의 솜씨를 필요로 한다. 또한 그 이야기를 실감나게, 박진감 있게 하는 것도, 그리고 그 이야기에 진실성을 주는 일도 이야기하는 방법에 달렸다는 것을 알아야 한다.

지금까지 소설을 분석하는 일을 전문으로 해오는 사람들에 의해서 밝혀진 서술의 일반적인 방법은 다음과 같이 도식화할 수 있을 것이다.

설명하기|telling: 극적으로 말하기. 화자(작가)가 직접 나서서 사건과 인물에 대해 설명하는 방법. 파노라마식 방법. 요약. 해설.
보여주기|showing: 장면. 장면 제시. 화자가 사건과 인물을 있는 그대로 그려내는 방법.

여기서 '설명하기'는 서술로, '보여주기'는 묘사로 이해하면 좋을 것이다. 그러나 실제로 작품을 쓸 때 서술과 묘사를 구별하여 기술하는 경우는 생각하기 어렵다. 처음부터 끝까지 서술(설명 혹은 해설)로 일관된 소설이 있을 수 없으며 모두 묘사로 이루어진 소설도 있을 수 없다. 다만 어떤 소설은 너무 설명적이라든지 스토리 위주라는 말을 듣게 되는데, 그것은 그 작품이 주로 이야기 줄거리에 치중했거나 작가(화자)가 지나치게 어떤 상황이나 사실에 대해 장황한 설명을 하고 있음을 지적하는 말이다. 또한 어떤 소설은 이야기의 속도가 느리고 그 밀도가 짙어 지루한 느낌을 주는 것이 있다. 그것은 어느 장면을 집중적으로 제시하여 그 장면 속에서 어떤 의미를 포착하기를 바라는 그런 보여주기의 한 방법에 치중했기 때문일 것이다.

어떻든 서술과 묘사는 상호보완적 관계로서 그 소설이 필요로 하는 가장 적절한 표현방법을 찾는 과정에서 거의 무의식적으로 기술되는 것이다. 같은 단락 속에 설명과 묘사가 함께 쓰일 수도 있고 때로는 한 문장 속에 설명적인 것과 묘사적인 것이 같이 나타날 수도 있다는 사실이다.

서술과 묘사 혹은 '설명하기'와 '보여주기'를 굳이 구분해서 이해하고자 하면 서술은 주로 작가(화자)가 그 이야기 속에 들어가 참견을 하고 있는 경우고, 묘사는 작가가 되도록 대상과의 거리를 두고 있거나 아예 빠져버린 상태의 기술이라고 생각할 수도 있을 것이다.

소설의 집은 100만 개의 창문을 가졌다

어떻든 소설은 정해진 어느 방법에 의해서 공식적으로 진술되지 않는다. 헨리 제임스의 다음과 같은 견해는 깊이 새겨들을 만한 것이다.

소설의 집the house of fiction은 '한 개의 창문이 아니라 100만 개의 창문'

을 가지고 있다는 것이다. 즉, 이야기 하나를 하는 데는 실로 '500만 가지'의 방법이 있을 수 있으며 다만 그 하나하나가 그 작품에 대한 '중심점'을 한 가지씩만 갖는다면 그 정당성을 인정받을 수가 있다는 얘기다. 이것은 소설의 진술이 어느 유형에 묶이거나 제한을 받아서는 안 된다는 것으로 이해해도 좋을 것이다.

이제 좀 더 구체적으로 서술과 묘사 그리고 대화에 대해 살펴보기로 하자.

서술(말하기)의 몇 가지 방법

해설 혹은 설명·요약

이것은 작가가 독자에게 어떤 정보를 주는 방법이다.

그 자신이 생각하는 임종술과 마을 사람들이 보는 임종술 사이에는 엄청난 차이가 있었다. 그는 자기가 마치 때까치 종류에서 하루아침에 보라매 같은 당당한 모습으로 탈바꿈한 양 굳게 믿었다. 반면에 사람들은 때까치이던 그가 물까마귀쯤으로 바뀌었다고 생각하는 편이었다. 그들은 때까치 시절의 종술이가 그대로 사람 꼴에 가까웠었다고 회고하곤 했다. / 임종술이 이곡리와 양죽리, 그리고 법계리에 옴팍 둘러싸인 판금저수지의 감시원으로 활약하게 된 경위는 대략 다음과 같다.

(윤흥길의 《완장》 중에서)

이것은 작가가 모든 것을 다 아는 처지에서 독자들이 주인공에게 관심을 갖도록 사전에 그의 사람됨이 변하게 된 경위를 이해시키고자 다소 풍자적인 서술을 하고 있다. 위의 설명은 단순한 설명으로 끝나지 않고 임종술이 '판금저수지의 감시원으로 활약하게 된 경위'를 하나의 장면(묘사)으로 보여주기 위해 또 다른 설명과 묘사, 그리고 여러 대목의 대화를 적절히 사용하고 있음을 작품을 통해 확인할 수 있다.

김원일의 장편《바람과 강》은 3인칭 시점에서 주인공 이인태의 면모를 다음과 같이 서술하고 있다.

> 월포댁의 서방은 이인태 씨로 나이 쉰 중반에 접어든 사내였다. 멀쑥한 허우대에 기골은 장대하나 누르께한 얼굴은 사철 부기가 빠지지 않아 바람든 쓸개주머니 같았다. 그는 어깨까지 내려올 정도로 머리칼을 길게 길렀고 옆머리칼은 귀를 가렸는데, 정수리까지 벗겨진 이마만 아니라면 예수의 풍모를 흉내 낸 꼴로 보이거나 깊은 산 암자에 칩거하여 수도하는 도사로 여기기가 십상이었다. 길쯤한 얼굴에 머리칼은 뭉텅하게 솟은 코와 몽롱한 눈동자와 어울려 어찌 보면 괴짜스러운 위엄을 풍겼지만, 한편 우스꽝스럽게 보이기도 하였다. **사실 그는 입암 장터바닥의 토박이가 아니었고 해방이 되던 해 이 삼거리 목을 거쳐 가다 어물쩍 주저앉아버린, 말하자면 떠돌이 허렁뱅이였다.**

또한《바람과 강》에서 작가는 이인태 씨와 함께 살게 되는 소년 명구의 신세를 이렇게 요약하고 있다.

> 명구의 아버지는 6·25 때 두 달 반 동안 인공치하의 고향 땅 딱밭골에서, 소작농 출신에 싱뚱께나 떤다는 부추김을 받아 경중 없이 내무서원 완장을

찼다가 국군이 잃은 땅을 되찾자 마을 사람들의 타작매에 비명횡사를 당하였다. 그러자 명구 어머니는 시가댁 마을 사람들의 따가운 눈총을 견디다 못해 세 자식을 갈라리 찢어 그때 열다섯 살이던 명구는 딱밭골에서 13킬로 떨어진 이 장바닥에, 열네 살이던 딸애는 포항의 어느 술도가집 아이업개로, 코흘리개 막내아들은 저 동해안 갯가의 친정 쪽 일가붙이 집에 맡기고, 입동 무렵에 입살이나 하겠다며 딱밭골을 등졌던 것이다. 명구를 입암에 떨어뜨리게 된 기틀은 이인태 씨가 바로 딱밭골 사람이기 때문이었다.

〈천마총 가는 길〉(양귀자)에서 작가는 화자인 주인공의 눈을 통해 주인공 아버지의 인생을 이렇게 요약하고 있다.

아버지는 1912년 경기도 장단에서 빈농의 둘째 아들로 태어났다. 이제 와서 더듬어 보면 아버지의 일대기도 우여곡절이 많았다. 비탈밭을 일구어 호구지책을 삼은 터에 황국신민으로서 응당 헌납해야 될 세목들은 끊이지 않고 덤벼들어 아주 피폐한 유년을 보내고 난 뒤 아버지는 스물다섯의 나이로 일본에 건너갔다. 그 전해에 아버지는 어머니와 결혼하여 따로이 살림을 났으나 젊은 의욕이 가만있지 못하게 했다. 농촌의 땅 없는 농군들이나 도시의 일꾼들이 일본으로, 간도로 떠나던 시기였다. 아버지와 어머니는 오사카에서 배를 내려 육로를 통해 나고야에 정착했다.

이렇게 독자에게 이해시켜야 할 부분을 요약할 때는 되도록 간결하게 시간적 흐름에 따라 작품 속 다른 이야기와 연계될 수 있는 꼭 필요한 부분만 서술해야 한다.

극적으로 말하기

이것은 사건이나 인물의 행동을 좀 더 박진감 있게 표현하기 위해 작가(화자)가 그 현장에서 보고 느낀 인상을 좀 더 극적으로 기술하는 방법이 될 것이다.

학교 강당 뒤편 으슥한 곳에 끌려가 머리에 털 나고 처음인 그런 무서운 린치를 당했다. 끽 소리 한번 못한 채 고스란히 당해야만 했다. 설사 소리를 내질렀다고 하더라도 누구 한 사람 쫓아와 그 공포로부터 나를 건져 올리지 못했을 것이다. 토요일 늦은 오후였고 도서실에서 강당까지 끌려가는 동안 나는 교정에 단 한 사람도 얼씬거리는 걸 보지 못했다. 더욱이 강당은 본관에서 운동장을 가로질러 아주 까마득히 멀리 떨어져 있었다. 재수파들은 모두 일곱 명이었다. 그들은 무언극을 하듯 말을 아꼈다. 그러나 민첩하고 분명하게 움직였다. 기표가 웃옷을 벗어 던진 다음 바른손에 거머쥐고 있던 사이다 병을 담벼에 부딪혀 깼다. 깨어져 나간 사이다 병의 날카로운 유리 조각이 그의 걷어 올린 팔뚝에 사악사악 금을 그어갔다. 금 간 살갗에서 검붉은 피가 꽃망울처럼 터져 올랐다. 기표가 팔뚝을 내 눈앞에 들이댔다. 핥아! 기표 아닌 다른 애가 말했다. 내가 고개를 옆으로 비키자 곁에 둘러선 서너 명의 구두 끝이 정강이에 쪼인트를 먹였다. 진뜩한 액체가 혀끝에 닿자 구역질이 났다. 오장이 뒤집히듯 역한 것이 치밀었다. 나는 비로소 온몸을 와들와들 떨기 시작했다.

(필자의 〈우상의 눈물〉 중에서)

그날은 18일, 피의 일요일이었다. 순분이가 다니는 야학은 일요일엔 예배를 보았다. 예배를 마치고 친구들과 어울려 중국집에서 점심을 먹었다. 좀 노

닥거리다가 버스를 탔다. 네 시쯤이나 되었을까, 버스가 공용터미널 부근에서
멈추어 섰다. 시위 군중들이 모여들어 빠져나갈 수가 없었다. 버스에 탔던 사
람들이 내리는 바람에 순분이도 따라 내렸다. 전경들이 쏘아대는 최루탄에 이
미 부근은 매캐한 연기로 가득 찼다. 금남로와 소방서 쪽에서 군중들이 계속
몰려오고 있었다. 순분은 군중들과 섞이어 꼼짝할 수가 없었다. 갑자기 여기
저기서 비명 소리가 터져 나왔다. 쓰라린 눈을 가까스로 떴다. 어디서 나타났
는지 얼룩무늬의 군복을 입은 군인들이 날뛰고 있었다.

(홍희담의 〈깃발〉 중에서)

전환서술

이것은 어느 장면에서 다른 장면으로 넘어갈 때, 혹은 현재에서 과거
회상으로, 다시 과거에서 현재로, 또는 사건에서 또 다른 사건으로 이어
질 때 작가들이 항상 고심하게 되는 서술방법인 것이다. 그 연결이 매끄
러워야 할 것이며 독자들을 혼란시키지 않고 자연스럽게 다른 상황으로
끌어들임으로써 긴장의 완급을 조절할 수 있어야 하기 때문이다.

윤흥길은 그의 중편 〈장마〉에서 소년의 눈을 통해 '할머니'와 '외할머
니'의 갈등과 화해를 지루한 장마 동안의 그 구질구질한 날씨를 배경으
로 서술해 나간다. 장이 바뀔 때라든가 같은 장 속에서도 장면이 바뀔 때
는 그 궂은 날씨를 반복리듬으로 되풀이해 그려냄으로써 독자들을 그 암
울한 상황 속에 묶어놓는 데 성공하고 있다. 장마의 그 장면들은 묘사에
가까운 문장으로 사건의 흐름을 암시적으로 설명하고 있다.

밭에서 완두를 거두어들이고 난 바로 그 이튿날부터 시작된 비가 며칠이
고 계속해서 내렸다. 비는 분말처럼 몽근 알갱이가 되고, 때로는 금방 보꾹

이라도 뚫고 쏟아져 내릴 듯한 두려움의 결정체들이 되어 수시로 변덕을 부리면서 칠흑의 밤을 온통 물걸레질처럼 질펀히 적시고 있었다.

그런데 아침에 일어나보니 그 윗부분이 검은 구름으로 친친 감겨 있었다. 비는 그쳐 있었으나 건지산이 있는 동쪽 하늘자락을 완전히 덮고 있는 시커먼 구름을 보면 그것이 여태 것보다 더 많은 양의 비를 새롭게 장만하고 있음을 얼른 알 수 있었다.

6월 뙤약볕 속을 걸어 30리 밖 산골에 사는 고모가 우리 집에 왔다. 시국이 어수선한 동안에도 예고 없이 찾아와서 하루나 이틀쯤 묵어간 적이 종종 있었으므로 고모의 갑작스런 출현이 그날따라 부자연스럽게 보일 특별한 이유라곤 없었다. 그런데 고모를 모시고 안방으로 들어갔던 어머니가 별안간 얼굴색이 노래져 뛰어나오면서부터 사정은 눈에 보이게 달라졌다.

계속해서 비는 내렸다. 어쩌다 한나절씩 빗발을 긋는 것으로 하늘은 잠시 선심을 쓰는 척했고, 그러면서도 찌무룩한 상태는 여전하여 낮게 뜬 그 철회색 구름으로 억누르는 손의 무게를 더한층 잡도리하는 것이었고, 그러다가도 하마터면 잊을 뻔했다는 듯이 악의에 찬 빗줄기를 주룩주룩 흘리곤 했다.

소경 점쟁이가 예언했다는 그날이 뿌작뿌작 다가오고 있었다. 날은 여전히 궂었고, 사람들은 모두 지쳤다. 할머니 혼자만은 예외로 하고 인제는 모두가 정말 지쳐버렸다. 아주 지칠 대로 지쳐버렸다. 기다리는 것에도, 계속되는 장마비에도.

정말 지루한 장마였다.

　현재의 상황에서 과거를 회상하는 서술은 대체로 앞부분의 어느 대목을 통해 과거가 연상되도록 하는 기법을 많이 사용한다.

　깊숙이 들어앉아 괸 물처럼 잔잔해 뵈는 그의 **눈빛**은 가끔 뭔가를 열망하는 듯한 **눈초리**로 사물을 핥듯 뜯어보곤 했다. / 할아버지의 눈이 그랬다. 중풍으로 10여 년을 꼼짝없이 누워 지내며 오늘내일 하는 할아버지의 눈은 늘 그렇게 맑고 잔잔했다.

(필자의 〈하늘 아래 그 자리〉 중에서)

　(……) 그것은 그 끈적끈적한 사랑의 출처와 목적지가 바로 그 두 개의 **죽음**이라고 생각한 때문이다.
　현세의 기억으로는 부친이 서울에서 내려온 사람들한테 몰매를 맞아 봇도랑에 처박혀 죽은 것은 해방이 되던 그해 가을이었다. 부친이 읍내 일본 순사 끄나풀 노릇을 했다는 것이다. 일본 사람이 마을에서 강제로 공출해 간 곡식이나 놋쇠그릇을 나르는 것은 언제나 현세 부친이었던 것이다. 먹고 살기 위해 소달구지를 끌고 일본 사람들이 시키는 대로 일을 한 죄였다.

(필자의 〈고려장〉 중에서)

　거듭 강조하고 싶은 것은 그것이 어떤 형태의 서술이든 그 이야기를 감동적으로 재생시키기 위해서는 독자로부터 신뢰를 얻어내지 않으면 안 된다는 사실이다. 그 신뢰를 얻기 위해서 **보다 실감나게, 보다 절실하게, 보다 박진감 있게, 보다 진실되게** 서술하는 기술방법을 터득해야만 할 것이다.

어떤 사실을 독자에게 알릴 때 그 사실을 화자가 어떻게 알게 되었는가 하는 것에 유념하지 않으면 독자의 신뢰를 잃기 쉽다. 이를테면 화자인 '나'가 관찰 대상인 '그'의 과거 일에 대해서 설명해야 될 겨우 자칫하면 잘못을 범할 수 있다.

나는 그가 여섯 살 때 물에 빠졌다가 천신만고 살아난 사실을 알고 있다. 그가 직접 나한테 그 얘기를 들려줬다.

이 서술에 이어지는 다음 서술은 잘못된 것이다.

그는 여섯 살 때 물에 빠진 기억을 잊지 못했다. 몇 번인가 물을 먹으면서 그는 허위허위 위로 솟구칠 때마다 하늘을 보았고 이것이 죽는 것이구나 생각했다. 여러 사람의 얼굴이 떠올랐다. 그것은 그대로 아득한 절망이었다.

이 경우는 '그'가 자신의 경험을 이야기하게 한다든가 아니면 '나'가 미루어 짐작하는 정도로 서술하는 것이 좋을 것이다. 1인칭 시점의 한계가 바로 이런 것이다. 다음과 같이 서술하면 무리가 없을 것이다.

그는 물에 빠져 죽을 뻔했던 여섯 살 때의 기억을 결코 잊을 수 없다고 했다. 물을 들이킬 때마다 허위허위 솟구쳐 올랐지요. 파란 하늘이 보이데요. 여러 사람 얼굴이 한꺼번에 떠오르고요. 그건 아득한 절망이었지요.

독자의 상상력을 부추기는 생동감 있는 서술을 하라

설명하기의 서술에서 주의해야 할 일은 작가가 독자의 상상력을 빼앗아서는 안 된다는 것이다. 정보를 주고 사건과 인물에 대한 이해를 깊게 하고자 하는 의도가 자칫 독자에게 싫증을 주거나 상상하고 싶은 여백을 빼앗아서는 곤란하다는 얘기다. 고대소설처럼 작가가 독단적으로 단정을 내리거나 비약해서는 독자를 사로잡기가 어려울 것이다. **설명하기**는 되도록 간결하게 압축하는 방법을 길들여놓는 것이 좋다. 작가로서의 재능이 발휘되는 것도 바로 이 대목이 아닌가 싶다.

🖌 묘사에 대하여

아무리 묘사가 잘된 작품이라도 실제로 작품에 사용된 묘사문은 그리 많지 않음을 알 수 있다. 그러나 얼마 되지 않은 묘사 부분이 그 소설에 생동감과 실감을 주게 되어 비로소 소설다운 재미와 긴장을 느끼게 할 수 있다는 것을 잊어서는 안 된다.

독자의 오감에 호소하라

묘사는 어떤 대상의 '어떠함'을 '그리는 것'이다. 즉, 그 대상의 모양이나 빛깔, 감촉, 냄새, 소리, 맛 등을 그림을 그리듯이 구체적으로 기술하는 양식인 것이다. 즉, 묘사는 독자들이 그 대상을 직접 눈으로 보는 것처럼, 귀에 들리듯, 그 감촉은 물론 냄새와 맛까지 직접 느낄 수 있도록 재생시키는 방법인 것이다.

달은 지금 긴 산허리에 걸려 있다. 밤중을 지난 무렵인지 죽은 듯이 고요한 속에서 짐승 같은 달의 숨소리가 손에 잡힐 듯이 들리며, 콩포기와 옥수수 잎새가 한층 달에 푸르게 젖었다. 산허리는 온통 메밀밭이어서 피기 시작한 꽃이 소금을 뿌린 듯이 흐뭇한 달빛에 숨이 막힐 지경이다.

(이효석의 〈메밀꽃 필 무렵〉 중에서)

시각, 청각, 감각 등 오감을 적절히 자극할 수 있는 어휘들을 통해 달밤의 정취를 그야말로 생생히 그려내고 있다.

앞에서 설명한 '말하기·설명·해설·요약' 등도 그것이 소설문장으로 쓰인 이상 그것은 **서사적 묘사**라고 할 수 있다. 그러나 그것은 정보와 지식을 주어 이해시키는 일에 적절한 방법이며 여기서 말하고자 하는, 인간의 감각기관에 지각되는 사물의 전체적인 인상 혹은 지배적인 인상을 그려내는 암시적·함축적 기술과는 구별되기 때문에 보통 **문학적 묘사**란 말을 쓰기도 한다.

문학적 묘사는 인간의 오감이 모두 묘사의 바탕이 된다. 독자는 이런 문학적 묘사에 의해 비로소 왕성한 상상력을 발휘하여 소설 읽기의 즐거움에 매료될 수 있는 것이다. 독자가 상상력으로 참가할 때 비로소 소설의 가치도 매겨지게 마련인 것이다.

묘사라면 인물의 행동묘사, 외양묘사, 심리묘사, 성격묘사, 그리고 사건의 상황묘사, 분위기묘사, 배경(장면, 계절, 기후 등)묘사 등 다양하다.

작가의 개성·태도·관점에 따라 묘사의 양상은 달라진다

묘사는 화자의 개성이나 태도에 따라, 또는 대상을 관찰하는 시점과 위치 그리고 그 거리에 따라 여러 가지 갈래로 나누어 생각할 수 있다. 즉, 화자가 객관적 입장을 갖느냐 주관적 입장을 갖느냐, 혹은 주객관 혼합적 입장이냐에 따라 묘사의 양상이 달라질 수 있을 것이다. 그리고 관찰하는 위치에 따라 고정 관점, 동적 관점, 원근적 관점으로, 기분이나 태도에 의한 관점도 있을 것이고 대상에 대한 관심의 방향에 따라 묘사의 양상이 달라질 수도 있을 것이다. 그러나 묘사는 갈래를 굳이 구별해서 알 필요는 없다. 묘사는 순간적으로 포착되는 대상에 대한 지배적인 인상을 독자에게 실감나게 전할 수만 있다면 더 바랄 것이 없기 때문이다.

남들과 달리 보는 눈, 참신한 시각이 좋은 묘사문을 낳는다

작가가 소설을 쓸 때 이것은 설명이고 이것은 묘사라고 선별하여 기술하는 경우는 생각하기 어렵다. 작가는 그저 자신이 관찰할 대상을 어떻게 하면 실감나게 표현할 수 있을까 하는 일에 신경을 집중시키고 있으면 좋은 묘사문을 찾아낼 수 있을 것이다. 중요한 것은 "교회 건물은 몹시 낡았다"든가 "그 여자에게서는 향내가 난다", "그 자동차는 매우 빠르게 달린다" 등의 뻔한 묘사, 너무 일반적이고 진부한 표현은 독자에게 실감을 주기 어렵다. 대상에 대해 남들과 다른 관찰, 다른 시각, 독특한 표현법을 갖지 못하면 좋은 묘사문장을 만들기 어렵다는 사실이다. 이럴 때 절실히 요구되는 것이 바로 어휘의 활용 능력인 것이다. 아무리 실감나는 표현법을 찾았다고 하더라도 그것을 표현할 적절한 어휘를 찾아 구사하지 못하면 실감을 얻기 어렵기 때문이다.

묘사는 실감나게, 그러나 반드시 의미를 가져야 한다

묘사는 어떤 세부적인 것을 다룰 때 나름의 기본적인 톤tone을 지니고 있어야 한다. 즉, 어떤 대상을 묘사하고자 하는 의도에 걸맞은 어조를 지니고 있어야 화자가 느낀 만큼의 인상이 효과적으로 표현되어 그것이 독자의 머릿속에 생생히 재생되면서 그 실감의 의미가 짚힐 수 있는 것이다. 이것은 어떤 '의미'를 효과적으로 살리기 위해 '실감'이 있는 묘사가 필요하다는 뜻이다. 화자가 어떤 세부적인 사항을 선택해서 실감나게 묘사를 하고 있는 것은 반드시 어떤 의미를 인상 깊게 전하기 위함이란 것이다.

소설 앞부분에 심한 바람이 부는 어느 도시의 밤 풍경을 음산한 분위기로 묘사하고 있다면 그것은 그 소설의 내용이 심상치 않은 사건을 내포하고 있음을 암시하고 있다고 보면 좋을 것이다.

여름날 오후의 텅 빈 운동장을 정밀한 고요나 한가함으로 묘사할 수도 있고 그와는 달리 형언하기 어려운 어떤 공허나 비애 혹은 불안감을 나타내기 위한 묘사를 할 수도 있는데, 그것은 모두 작가의 의도에 따라 그 묘사의 의미가 주어지게 됨을 뜻한다.

다음에 예로 드는 것은 그 관점이나 갈래를 가리지 않고 무작위로 선택한 묘사문들이다. 다음 묘사문들을 읽으면서 작가가 생각한 만큼의 인상이 그것을 읽는 당신에게 재생되는가를 확인해 볼 필요가 있다. 실감이 난다면 그 실감은 작가가 어떤 의미를 위해서 그렇게 그려냈는가를 생각해 보는 것도 좋을 것이다. 특히 대상을 관찰한 작가의 예리한 감각에 기가 죽는 것도 좋은 소설공부가 되리라고 믿는다.

산속의 아침나절은 조을고 있는 짐승같이 막막은 하나 숨결이 은근하다. 휘엿한 산등은 누워 있는 황소의 등어리요, 바람결도 없는데 쉴 새 없이 파르르 나부끼는 사시나무 잎새는 산의 숨소리다. 첫눈에 띄는 하얗게 분장한 자작나무는 산속의 일색. 아무리 단장한대야 사람의 살결이 그렇게 흴 수가 있을까.

(이효석의 〈산〉 중에서)

　얀들얀들 나부끼는 초목의 양지는 부드럽게 솟는 음악. 줄기는 굵고 잎은 연한 멜로디의 마디마디이다. 부피 있는 대궁은 나팔 소리요 가는 가지는 거문고의 음률이라고나 할까. 알레그로가 지나고 안단테에 들어갔을 때의 감동—그것이 봄의 걸음이다. 풀 위에 누워 있으면 은은한 음악의 율동에 끌려 마음이 너벗너벗 나부낀다.

(이효석의 〈들〉 중에서)

　이건 마치 두꺼운 유리 속을 뚫고 간신히 걸음을 옮기는 것 같은 느낌이로군. 문득 동호는 생각했다. 산 밑이 가까워지자 낮 기운 여름 햇볕이 빈틈 없이 내리부어지고 있었다. 시야는 어디까지나 투명했다. 그 속에 초가집 일여덟 채가 무거운 지붕을 감당하기 힘든 것처럼 납작하게 엎드려 있었다. 전혀 전화를 안 입어 보이는데 사람은 고사하고 생물이라곤 무엇 하나 살고 있지 않는 성싶게 주위가 너무 고요했다. 이 고요하고 거침새 없이 투명한 공간이 왜 이다지도 숨 막히게 앞을 막아서는 것일까. 정말 이건 두껍디두꺼운 유리 속을 뚫고 간신히 걸음을 옮기고 있는 느낌인데, 다시 한 번 동호는 생각했다. 부리를 앞으로 향한 총을 꽉 옆구리에 끼고 한 발자국씩 조심조심 걸음을 내어 디딜 때마다 그 거창한 유리는 꼭 동호 자신의 순간순간 짓는 몸 자세만큼씩만 겨우 지리를 내어줄 뿐, 한결같이 몸에 밀착된 위치에서 앞을 막아서는 것이었다.

(황순원의 《나무들 비탈에 서다》 중에서)

　바깥은 어둡고 뜰 변두리의 늙은 나무는 바람에 불려 서늘한 소리를 내었다. 처마 끝 저편에 퍼진 하늘에는 별이 총총하게 박혀 있으나, 아스무레한 초여름 기운에 잠겨 있었다. 집은 전체로 조용하고 썰렁했다.

꽝 당 꽝 당.

먼 어느 곳에서는 이따금 여운이 긴 쇠붙이 뚜드리는 소리가 들려왔다. 밑 거리의 철공장이나 대장간에서 벌겋게 단 쇠를 쇠망치로 뚜드리는 소리 같았다. ……그러나 그 쇠붙이 소리는 같은 30초가량의 간격으로 이어지고 있었다. 뾰족뾰족한 30초다. 영희 목소리의 밑층 넓은 터전으로 잠겨 그 소리는 더욱 윤기를 내고 있었다.

(이호철의 〈닳아지는 살들〉 중에서)

버스 안. 창 쪽으로 앉은 사나이는 얼굴빛이 창백하다. 실팍한 검정 외투 속에 고개를 웅크리고 있다. 긴 머리칼은 귀 뒤로 고개 위에 덩굴 줄기처럼 달라붙었는데 가마 부근에서는 몇 날이 하늘을 향해 꼿꼿이 섰다. ……그의 머리칼 위에 얹힌 큼직큼직한 비듬들을 바라보고 있던 옆엣 사람이 역시 창 밖으로 시선을 던진다.

(서정인의 〈강〉 중에서)

뒤꼍 장독대를 보살피고 있는데 안쪽에서 뭔가 심상찮은 기척이 났다. 난생 처음 보는 외국병정들이 대여섯 마당 한가운데 서 있었다. 시어머님이 그들에게 잡혀 시커먼 손아귀에 입을 막힌 채 대청으로 끌려 올려지고 있었다. 어느 한순간 시어머니의 눈길이 내 눈길과 부딪쳤다. 애원과 절망과 공포와…… 그런 모든 것을 한꺼번에 내쏘는 눈빛이었다.

나는 그 자리에 얼어붙은 채 온몸의 힘이 싸악 빠져 내리는 느낌이었다. 시커먼 짐승 셋이 다가오는 것을 멀거니 바라보며 그 자리에 주저앉았다.

안방으로 끌려 들어가며 나는 내가 할 수 있는 온갖 힘을 뻗쳐 발버둥쳤다. 나는 무심결에 내 배를 그러쥐며 애원하는 손짓도 해보았다. 있는 힘을 다해 소리를 질렀다. 넓적한 손아귀가 내 입을 막았다. 나는 그 짐승들의 냄새를 맡았다. 그것은 노린내였다. 짐승들의 흰 이빨이 보였다.

나는 의식이 있는 동안 하느님을 찾았다. 하느님의 이름을 빌어 그 짐승들을 저주했다. 나는 드디어 무서운 고통 속에서 하느님 그분을 저주하며 의식을 잃었다.

(필자의 〈아베의 가족〉 중에서)

마침 비둘기 한 마리가 지붕 끝쯤에 사뿐 내려앉고 있었다. 몸통에 비해 꽤나 커 보이는 두 짝의 날개를 일단 접었다가 다시 펴서 끝자락을 맞추듯이 단정히 거두어들인 다음, 녀석은 경사진 골을 타고 아기작거리며 위쪽으로 올라갔다.

……녀석들은 잠시 구구거리며 기왓골을 타 넘어 다니더니 금세 조용해졌다. 살찐 목을 들어 좌우를 두릿거리는 놈, 부리로 날갯죽지를 긁적거리는 놈, 기왓장에 떨어져 내리는 햇살을 가만히 쪼아보는 놈 등 각양각색이었다.

……까치 한 마리가 지붕 위에 가설한 텔레비전 공용 안테나에 난짝 올라앉은 채 그 특유의 청량한 울음소리를 퍼뜨리고 있는 중이었다.

(이동하의 〈과천에는 새가 많다〉 중에서)

곧장 대웅전을 향한 할머니는 문 앞에 서서 메다꽂듯 합장을 한번 올리고 휑하니 명부전으로 향했다. 할머니의 발걸음은 신이 오른 듯 가벼웠고, 흥겨운 어깻짓조차 보였다.

명부전 앞에서 정중히 합장을 하고는 이내 빨려들 듯 안으로 들어가셨다. 기둥과 추녀, 살문에 발린 울긋불긋한 단청의 중앙에 꺼멓게 입 벌린 입구

로 들어가는 모습이, 마치 입에 피 칠한 괴물이 할머니를 삼키는 것처럼 섬
찟했다. 목을 늘여 안쪽을 보니 흐릿한 촛불 몇 개가 눅눅하고 찐득한 어둠
을 밀어내고, 빙 둘러앉은 부처들의 가슴팍과 턱을 공중으로 떠올리고 있었
다. 만수향이 가늘게 타오르며 죽음의 냄새 비슷한 장례용 백합에서 풍기는
향내가 코로 스며들었다. 너무 무겁고 고즈넉해서 내 귀에는 이상한 바람
소리 같은 환청까지 일었다.

(정건영의 〈골패〉 중에서)

모든 강은 바다로 이어졌다. 그래서 강의 하구에는 크든 작든 삼각주를
이루었다. 54킬로미터의 동진강도 동해 남단의 바다와 닿아 있었다. 강 하
구는 물살이 완만했다. 민물과 짠물이 서로 섞였다. 그곳에 물고기들이 서
식했다. 수심 얕은 수초 사이가 산란에 적당하기 때문이었다. 새우무리와
조개무리의 민둥뼈동물도 모여들었다. 철새는 물론 나그네 새도 그 삼각주
에서 주린 배를 채웠다. 그리고 날개를 손질하며 쉬다 떠났다.

나는 강 하구의 얕은 언덕에 앉아 있었다. 삼각주와 넓은 바다가 잘 내려
다 보였다. 이제 날이 밝아오고 있는 참이었다. 강 하구에서부터 갈매기들
이 날아올랐다. 스무 마리쯤 되어 보였다. 갈매기들이 요란하게 우짖으며
날갯짓을 쳐댔다. 마치 깊은 동굴 속에 갇혔다 풀려 나온 듯했다. 그 수다로
조용하던 개펄이 일시에 소란해졌다. 갈매기들은 주황빛으로 타오르는 공
간을 한 바퀴 선회했다. 바다 위로 거꾸로 꽂힐 듯 곤두박질했다.

(김원일의 〈도요새에 관한 명상〉 중에서)

더 영글 눈발이 소나기지면서 잠 썻은 밤이 이우는 섣달이라 기댈 건 화
로하고 다시 없으련만, 또 무슨 추위든가 횃대 밑에서는 벌써 닝닝한 화로
냄새가 돈다. 그루터기 등걸불이 청솔가지 쪄다 땐 재보다 쉬 사위는 건 알

지만 여태껏 부손이 닳창나게 쑤석거려 댄 탓일 터였다. 공식이 녀석은 그토록 숟갈 놓고부터 고구마를 구워 먹고도 여직 양에 덜 갔는지 남은 불씨마저 화로 귓전에다 몬다.

(이문구의 〈암소〉 중에서)

부엌에서 고깃국 끓는 냄새가 났다. 고기 굽는 냄새도 났다. 어머니가 상을 내려 행주질을 했다. 동사무소 앞에 사람들이 서 있었다. 쇠망치를 든 사람들이었다. 그들이 헐어버린 집들 공터를 가로질러 우리 집을 향해 오고 있었다. 내가 대문을 잠갔다. 어머니가 밥상을 차렸다. 형이 상을 들어다 마루에 놓았다. 형이 나를 걱정했다. 괜한 걱정이었다. 그들이 쇠망치로 머리를 내려친다 해도 나는 가만히 있었을 것이다. 아버지가 먼저 수저를 들었다. 그 옆자리에서 지섭이 수저를 들었다. 어머니는 마루 끝에 앉아 국을 마셨다. 형과 나는 밥을 국에 말았다. 대문 두드리는 소리가 들렸다. 우리는 꼼짝도 하지 않고 식사를 했다.

(조세희의 《난장이가 쏘아올린 작은 공》 중에서)

다음은 오정희의 단편 〈동경〉에서 묘사 부분만 몇 개 의도적으로 뽑아본 것이다. 이처럼 어느 작가의 작품 한 편을 집중적으로 살펴 그 묘사 부분을 찾아보는 것도 묘사문장 공부에 도움이 크리라고 생각된다.

브레이크 장치를 움켜쥐고 가속도에 몸을 맡겨 비탈길을 내려오는 아이의 얼굴은 긴장으로 조그맣고 단단하게 오므라들어 있었다. 짧고 꼭 끼는 면바지 아래 종아리도 팽팽히 알이 서 있었다.

이상하게 조용한 한낮이었다. 간혹 열린 대문으로 빈 뜨락이 보이고 안이

들여다보이지 않도록 무겁게 드리워진 불투명한 발이 보일 뿐이었다.

　이미 두 사람 몫으로는 지나치게 많은 반죽은 입이 넓은 함지의 전으로 넘칠 듯 부풀어 오르고 있었다. 마루에는 국수를 썰기 쉽게 발린 도마며 밀대, 국수 위에 얹을 색색의 고명이 담긴 채반 따위가 널려 있었다.

　아내의 눈길이 지나고 머물던 곳을 역시 아내의 눈이 되어 열심히 바라보았다. 뜰은 장미, 수국, 다알리아 따위 여름 꽃이 한창이었다. 정오의 햇살에 꽃잎은 한껏 벌어져 보다 짙은 빛의 속살을 엿보이고 벌과 나비는 미친 듯한 갈망으로 꽃술 속 깊이 대롱을 박아 꿀을 찾고 있다. 꽃들이 피고자, 더욱 피어나고자 하는 열망으로 빛은 짙고 어두워지며 천천히 눈에 보이지 않게 몸을 떨고 있었다.

　청년은 쉴 짬 없이 단숨에 그릇을 비웠다. 아내의 눈길이 청년의 완강한 목의 뼈와, 함부로 단추를 연 샤쓰 깃 사이로 엿보이는, 붉게 익은 가슴팍을 탐욕스럽게 더듬으며 허둥거리는 것을 그는 놓치지 않았다.

　틀니를 빼내자 거울 속으로 꺼멓고 문드러진 잇몸이 드러났다. 연한 잇몸은 틀니의 완강함을 감당하지 못해 이지러지고 뭉개지고 좁아들었다. 때문에 틀니를 빼어내었을 때의 입은 공허하고 냄새나는 무의미한 뚫린 구멍에 지나지 않았다.

　아이는 마당에서 공처럼 뛰어다니며 거울을 비쳤다. 아내는 겁에 질려 마루에 올라왔다. 거울빛은 마룻바닥에 늘어서 하얗고 단단하게 말라가는 짐승들을 지나 재빠르게 아내의 얼굴에 달라붙었다. 구겼다 편 은박지처럼 빈틈없이 주름살 진 얼굴이 환히 드러났다.

거울빛의 반사가 잠시, 천장으로 벽으로 재빠르게 움직이다가 마침내 유리컵에 머물고 밖의 빛으로 어둑신하게 가라앉은 정적 속에서, 물속에 담긴 틀니만이 홀로 무언가 말하려는 듯 밝고 명석하게 반짝거렸다.

 대화

짧고 명료하게, 박진감 있게, 함축적으로

소설에서의 대화는 사건의 전개와 그 속에 등장하는 인물들의 성격묘사를 위해서 그 역할을 다할 수 있도록 각별한 관심을 기울이지 않으면 안 된다. 그것은 이야기 줄거리와 유기적으로 결합되어 있어야 하며, 말하는 사람의 성격과 일치해야 하고, 때로는 사건을 요약·설명하여 이야기의 흐름에 속도를 주기도 한다. 평소 서로 나누는 말도 간결하고 분명해야 하지만 소설에 사용하는 대화는 보다 참신하고 실감을 줄 수 있는 극적인 효과를 살려야 한다. 되도록 짧게, 명료하게, 함축적으로 구사된 대화만이 소설의 형상화에 이바지할 수 있다.

대화는 따옴표(" ", ' ')를 사용하는 것이 보통이지만 현재의 이야기 속에 과거가 나오는 경우는 따옴표를 사용하지 않는 것이 혼란을 막는 방법이 될 수도 있다. 아예 처음부터 따옴표를 사용하지 않는 소설도 많이 있다. 독백도 대화의 한 형태로 볼 수 있다.

대화를 너무 빈번하게 남발하면 밀도를 잃어 허술한 작품이 될 우려가 크다. 지문으로는 그 효과를 얻기 힘든, 그런 절실한 필요성에 의해 대화를 적절히 써야 한다.

대화는 갈등의 점층적 고조를 보여야 효과적이다. 또한 긴장감 조성에 기여하는 그런 대화를 구사해야만 한다.

"아니오, 오마니, 난 불도가 아닙네다."

"불도가 아니고 그럼 무슨 도가 있어?"

"오마니, 난 절간에서 불도가 보기 싫어 달아났쇠다."

"불도가 보기 싫다니, 불도가 큰 도지…… 그럼 넌 신선도가?"

"아니오, 오마니 난 예수도올시다."

"예수도?"

"북선 지방에선 예수교라고 합네다. 새로 난 교지요."

"그럼 넌 동학당이로구나!"

"아니오, 오마니 나는 동학당이 아닙네다. 나는 예수교올시다."

(김동리의 〈무녀도〉 중에서)

좋은 문장, 좋은 소설
—작가, 문법의 파괴자

인식의 힘

> 도마뱀의 짧은 다리가 날개 돋친 도마뱀을 태어나게 한다.
>
> (최승호의 시 〈인식의 힘〉 전문)

언어가 문학의 일차적 재료라는 것을 시큰둥하게 생각하는 사람이 많다. 문학에 대한 깔봄 의식이라고 생각한다. 그러나 그림이나 음악의 재료에 대한 사람들의 생각은 다르다. 문학과는 비교가 안 되게 엄숙하고 진지하다. 그것은 그림과 음악의 재료가 자신들이 쉽게 접근하기 어려운 선과 색채, 그리고 소리에 대한 거리 내지는 두려움을 가지고 있기 때문일 것이다. 그리하여 그림이나 음악을 하기 위해서는 그것의 재료에 대한 남다른 각고의 연마가 있은 뒤에야 가능하다는 전제가 일반화되었다. 피아노 교습을 받는 어린이의 소리에 대한, 또는 미술학원에 다니는 어린이의 선과 색채에 대한 놀라운 숙련 과정을 생각하면 쉽게 이해가 될 것이다. 그림과 음악도 긍정적으로는 전달하고자 하는 사상과 감정이 있게 마련이지만 그것은 그 예술이 이루어지는 재료에 대한 이해와 습득에 비하면 훨씬 나중의 문제로 인식되고 있는 것이다.

문제는 바로 거기에 있다. 메시지에 대한 집착. 다른 예술과 달리 문학은 그것이 전달하고자 하는 사상과 감정을 중시하는 일부터 시작된다는 얘기다. 대체로 사람들의 문학에 대한 접근은 그것의 일차적 재료에 대한 이해와 숙련에 앞서 문학이 보여줄 수 있는 사상과 정서를 우선으로 삼는다는 사실이다. 소설이 더욱 그렇다. 필요한 것은 메시지요, 소설은 그 메시지를 담는 최소한의 이야기 그릇일 뿐이다. 실상 그러한 접근방식은 틀리지 않는다. 소설은 인생의 잡다한 삶에서 유추되는 어떤 의미들을 독자에게 감동적으로 전하고자 하는 의도에서 시작된 것이기 때문이다.

그러나 작가가 되려는 당신은 소설에 대한 접근을 남들과는 다른 각도에서 시작하지 않으면 안 된다.

당신의 장인의식, 소설은 그것에서 비롯된다

"나는 어떤 사람인가." 그런 물음으로부터 시작할 일이다. "나는 사상가인가, 철학자인가, 정치가인가." "내가 소설을 쓰려는 것은 내 사상, 철학, 아니면 어떤 이념을 구현시키기 위한 의도에서인가." 다소 불만스럽겠지만 당신의 대답은 '아니다'가 돼야 마땅하다. 그리고 되도록 분명히 단안을 내려야 할 것이다. "나는 이야기꾼이다. 이야기를 누구보다 잘하고 싶을 뿐이다. 가능하면 좋은 이야기를 통해 독자에게 감동을 주고 싶다." 당신에게 필요한 것은 무엇보다 이러한 장인의식이다. 좋은 작가가 되기 위한 이러한 장인의식은 다음과 같은 자문을 갖게 할 것이다.

"나는 우리말을 얼마나 사랑하고 그것을 얼마나 잘 알고 있는가. 이야기꾼으로서 남들보다 뛰어난 어휘 구사력이 나한테 정말 있단 말인가." 이러한 자문을 통해 당신은 자신에 대해 실망하는 것이 좋다. 그 절망이 깊으면 깊을수록 좋다. 언어 혹은 문장에 대한 그러한 절망이 당신의 열등 콤플렉스가 되어 당신을 괴롭혀야 한다. 그러한 열등 콤플렉스가 당신의 몸속에 있는 문학적 재능을 꼬드겨 자극시킬 가능성이 높기 때문이다. "우리말이 이렇게 어렵구나, 그러나 재미있는 구석도 많다." 우리말의 어휘 구사, 좋은 문장 만들기의 그 재미에 흠뻑 빠져들 수 있을 때 비로소 당신의 문학적 재능이 발휘된다는 뜻이다. 장인기질이란 바로 그러한 재료에 대한 남다른 집착과 신명남에서 드러나는 법이다.

당신의 그러한 장인기질 혹은 작가로서의 재능은 어떻게 하면 '좋은 글'을 쓸 수 있을 것인가 하는 욕심으로 번져가게 마련이다. 물론 **좋은 글**은 **좋은 생각**에서 나온다. 할 말 쓸 말이 있어야 좋은 글이 되기 때문이다. 그러나 지금 단계에서 필요한 것은 그것이 아니다. 우선 당신은 할 말 쓸 말을 담을 수 있는 그릇부터 생각하지 않으면 안 된다. 할 말 쓸 말은 이미 당신이 작가가 될 것을 꿈꿀 때부터 당신의 몸속에 잠재해 있다고 믿는 게 좋다. 그리하여 당신은 다시 반문하게 될 것이다. **어떻게 하면 하고 싶은 이야기를 곡진하게, 더욱 실감나게 할 수 있을 것인가.** 대답은 분명하다. **문제는 문장이다. 문장이 모든 것을 해결해 준다. 어떻게 하면 좋은 문장을 쓸 수 있을 것인가.**

좋은 문장을 만들려는 당신의 욕심과 그 노력이야말로 당신 몸속에 잠재한 좋은 생각, 할 말 쓸 말을 찾아내기 위한 작가로서 거쳐야 할 힘든 과정이라고 생각한다. 좋은 글을 쓰려고 힘을 기울이는 사이에 당신의 단편적이고도 산만한 의식이 하나의 틀 잡힌 사고로 정립되고 통일성과 일관성을 획득하게 되는 것이다. 즉, 좋은 문장, 좋은 글을 쓰려고 노력하

는 사이에 당신이 쓰려고 했던 이야기가 보다 발전적인 모습을 갖추게
되며 수정되고 보완된다는 사실을 알아야 한다.

어휘 구사력, 그것이 당신의 문학적 재능이다

좋은 글을 쓰기 위해서는 어휘에 대한 남다른 공부가 있지 않으면 안
된다. 소설 한 편에 쓰이는 그 낱말들을 생각해 보라. 필자는 지금도 다른
작가들의 소설을 읽을 때마다 절망한다. 그 작가들이 구사한 어휘의 풍
부함, 그 구사력에 압도되기 때문이다. 어떻게 이런 낱말들을 이런 식으
로 구사할 수 있단 말인가. 필자를 긴장시키는 낱말들을 만날 때 그 작품
을 쓴 작가를 신뢰하게 되며 그 낱말들이 작품의 형상화에 적절히 이바
지하고 있음을 경탄하게 되는 것이다. 이런 낱말을 쓸 수 있는 이 사람이
야말로 작가적 재능을 지닌 사람이라는 것을 절감하게 되는 것이다. **진
부한 낱말, 상투적인 문투, 생경한 낱말**의 남용 등은 독자로부터 작품에
대한 신뢰를 잃는 결정적 원인이 된다고 믿기 때문이다.

어휘력이란 자신이 아는 낱말을 적절히 써먹는 능력을 말한다. 플로베
르의 일물일어설은 영원히 유효한 명언이다. 하나의 사물을 표현하는 데
꼭 필요한 낱말이 따로 있다. 우리가 어떤 사람의 '죽음'에 대해 말하고자
할 때 쓰일 수 있는 낱말들을 생각해 보자. 그 대상이 누구냐에 따라 혹은
말하는 사람의 의도에 따라 그 낱말은 달리 선택되지 않으면 안 된다.

─죽었다. 뺐었다. 뒈졌다. 갔다. 꺼꾸러졌다. 돌아가셨다. 밥숟갈 놓았다.

─사망했다. 운명했다. 작고했다. 영별했다. 붕어하셨다. 승하하였다. 소
천했다. 열반했다. 입적했다. 적멸했다. 멸도했다. *溺死, 轢死, 壓死, 非
命橫死.*

당신은 '청색'을 나타내기 위한 우리말 형용사를 당신이 쓰는 소설의 어느 장면묘사에 적절히 써먹기 위해 고심하지 않으면 안 될 것이다.

푸르다. 푸르께하다. 파르께하다. 푸르데데하다. 푸르뎅뎅하다. 푸르디푸르다. 푸르므레하다. 푸르스레하다. 푸르스름하다. 푸르죽죽하다. 푸르퉁퉁하다. 짙푸르다. 검푸르다. 파랗다. 퍼렇다. 새파랗다. 시퍼렇다. 파르께하다. 파르대대하다. 파르댕댕하다. 파르무레하다. 파르스레하다. 파르스름하다. 파르족족하다. 파릇하다. 파릇파릇하다.

'웃음'을 나타내는 다음 유사어들이 어느 경우에 알맞은 것인가를 생각해 보는 일도 좋은 문장공부가 되리라고 생각한다.

　　―눈웃음. 코웃음. 비웃음. 쓴웃음. 깔깔웃음. 껄껄웃음. 너털웃음. 겉웃음. 억지웃음. 찬웃음. 헛웃음.
　　―미소. 폭소. 가가대소. 파안대소. 박장대소. 조소. 고소. 냉소. 홍소. 실소.

웃음소리나 그 웃는 모습을 나타내는 낱말도 그 상황과 인물의 성격에 따라 적절히 선택돼야 할 것이다.

까르륵거리다. 깔깔거리다. 낄낄거리다. 킬킬거리다. 키득거리다. 방글거리다. 싱글거리다. 방긋거리다. 방긋하다. 발씬하다. 방시레하다. 방싯방싯하다. 뱅글거리다. 뱅시레하다. 빙긋거리다. 빙싯빙싯하다. 빵시레하다. 상글거리다. 싱글벙글하다. 상긋방긋하다. 새물거리다. 생긋방긋하다. 시물거리다. 쌍그레하다. 앙글방글. 하하. 허허. 쿡쿡. 해해. 히히. 히익. 피익. 헤헤. 흐흐. 후후. 호호. 히죽히죽. 키들키들.

우리말의 특징을 당신의 개성으로 수용하라

우리말은 그 음운 체계가 다른 나라 말에 비해 독특하다. 특히 자음의 쓰임이나 모음의 쓰임에 의한 그 음색과 음상音相이 매우 미묘하여 사물의 어떠함을 묘사하는 데 알맞게 되어 있다. 그러한 음색과 음상을 당신의 문장 속에 적절히 활용할 줄 알아야 한다.

—몽글몽글: 뭉글뭉글. 아장아장: 어정어정. 졸랑졸랑: 줄렁줄렁. 앙큼하다: 엉큼하다. 가짓말: 거짓말. 하얘지다: 허예지다. 박상옥: 허정윤(사람 이름).

—감감하다: 깜깜하다: 캄캄하다. 박박: 벅벅. 빡빡: 뻑뻑. 파팍: 퍽퍽.

특히 우리말은 부사어와 형용사어가 매우 풍부하다. 그중에서도 의성어, 의태어, 첩어 등이 유난히 발달되어 그 어감의 뉘앙스가 뜻의 곡진한 전달에 큰 역할을 하고 있다.

의성어, 의태어 등은 소설을 쓰는 사람의 의도에 의해 얼마든지 새로운 모습으로 구사할 수 있다. 오래전부터 쓰여 오고 있어 굳어져버린 의성어나 의태어 대신 좀 더 참신한 발상에 의해 새로운 말을 만들어 쓰는 일이야말로 소설 쓰기의 재미가 될 수도 있을 것이다. 개가 짖는 소리를 '멍멍' 하지 않고 '꺼웅, 꺼웅'이라고 쓸 수도 있어야 한다. 필자는 데뷔 작품인 〈동행〉을 쓸 때 다소 음울하고 조소적인 웃음소리를 'ㅎㅎ, ㅎㅎㅎ……'로, 모음이 없이는 음절을 만들 수 없다는 우리말의 관행을 깬 이래 그 웃음소리를 지금까지 즐겨 써오고 있다. 또한 뻐꾸기 소리를 '뻐꾹, 뻐꾹' 하지 않고, '워꾹, 워꾹'이라고 쓰고 있는 것도 필자 나름의 발상이었다. 실상 듣기에 따라 모든 소리는 달리 적을 수 있다는 것을 알아야 한다.

국어사전, 그것은 문장의 바이블이다

어휘력을 기르기 위해서는 남들이 쓴 좋은 글을 많이 읽어야 한다. 그 것을 읽으면서 참신하게 느껴지는 낱말이나 문장들을 메모해 두는 것도 좋은 문장공부가 될 것이다. 어휘력을 기르기 위한, 그리고 적절한 어휘를 구사하는 가장 정확하고 효과적인 방법은 《국어사전》을 항상 옆에 두고 펴보면서 쓰는 일이다. 자신이 표현하고 싶은 어느 구절에 적절한 어휘가 떠오르지 않을 때는 그와 유사한 단어를 국어사전에서 찾아보라. 그러면 당신이 찾고자 하는 말이 불쑥 얼굴을 내밀어 당신을 반길 것이다. 적절한 어휘를 찾기 위해서는 《우리말 분류사전》이나 《우리말 역순 사전》을 찾아보는 것도 좋을 것이다. 《속담사전》도 당신의 어휘력 기르기와 좋은 문장 만들기에 효과적일 것이다. 소설 쓰는 작업에 《백과사전》은 필수라는 것도 잊어서는 안 된다.

올바른 문장, 정확한 문장, 문법에 맞는 문장

올바른 문장을 쓰도록 노력해야 한다. 사람이 직접 나서서 손짓, 발짓, 표정까지 보이며 자신의 생각을 전달하는 말하기와는 달리 글은 오직 문장을 통해서만 그것이 가능한 것이다. 올바른 문장, 정확한 문장, 문법에 맞는 문장을 써야 하는 이유도 글 쓰는 이의 생각과 정서를 보다 잘 전달하기 위해서인 것이다.

올바른 문장이란 문법에 맞는 문장을 말한다. 문장 구성 법칙을 지켜 쓴 글을 문법에 맞는 문장이라고 한다. 문장은 여러 개의 어휘들로 구성된다. 그 어휘들이 놓여야 할 자리에 놓이도록 해야 한다. 즉, 문장을 이루는 성분(주어, 서술어, 목적어 등)들이 제자리에 쓰여 그 구실을 제대로 해낼 수 있을 때 그것을 읽는 사람들은 글쓴이의 생각을 그 속에서 정확히 찾아낼 수 있는 것이다. 그렇다고 문법을 정통하게 익힌 사람만이 올바른 문장을 쓴다는 말은 결코 아니다. 문법이란 이미 관례화한 말의 여러 현상을 체계적으로 정리한 것일 뿐 우리가 쓰는 말이 모두 그 문법에 맞춰 쓰여야 한다는 법은 있을 수 없다. 오히려 **작가는 기존의 문법을 깨는 사람들**이라고 해도 틀리지 않는다.

작가, 문법의 파괴자

기존의 문법 깨기, 그리하여 보다 효과적인 문장 구사를 통한 창조의 기쁨이 바로 글쓰기이며 그것이 작가로서의 보람일 것이다.

그러나 아무나 문법을 깨는 것은 아니다. 소설을 쓰려는 당신은 우선 기존 문법에서 가장 중시하는 다음 사항을 숙지하지 않으면 안 된다.

뜻이 잘 통하지 않는 애매모호한 문장을 만들지 말아야 한다. 주어·서술어가 호응되지 않는 문장은 그 뜻이 분명할 수 없다. 글 쓰는 자신이 할 말을 분명히 하지 못했을 때 주어·서술어가 호응하지 못하는 문장이 만들어지기 쉽다. 특히 주어를 생략할 때 그 호응이 잘 안 되는 경우가 많다.

조사나 어미를 잘못 사용하면 뜻이 잘 통하지 않는 문장이 되기 쉽다.

미승우米昇右 씨는 "지금까지 국어교육에서 소홀히 다루었던 문제에 대한 보충교재로서의 성격을 띤, 문장작법의 가장 기초적인 문제들을 해결하는 길잡이 구실"을 할 수 있는 《맞춤법과 문장작법》이란 책을 썼다. 그는 〈문장에 대한 기초 지식〉에서, 문장을 만들 때에 주의할 점을 다음과 같이 열거하며 잘못된 보기를 일일이 들고 있다. 거기 열거된 '문장을 만들 때에 주의할 점'을 소개하기로 한다. 그 책에는 교과서는 물론 문인들의 문장에 나타난 오류도 많이 지적되어 있다.

어미와 조사를 정확하게 가려 써라. / 조사를 함부로 생략하지 말라.

적절한 낱말을 골라 써라. / 뜻이 모호한 문장을 만들지 말라.

설명이 부족해서는 안 된다. / 어색한 문장을 만들지 말라.

시제가 맞아야 문맥이 호응된다. / 사실과 다르면 안 된다(이것은 글에 쓰인 지식이 엉터리가 많음을 지적한 것이다).

비과학적 문장은 피하라. / 긴 문장을 만들지 말라.

맞춤법에 맞는 글을 써라. / 외국어를 함부로 쓰지 말라.

띄어쓰기도 지켜야 한다. / 말의 질서를 파괴하는 '겹말'을 피하라(기간 동안, 피해를 입다, 역전 앞, 라인 선 줄 너머로 나가시오 등).

문장부호에도 주의하라.

지나친 미문의식은 좋은 문장을 방해한다

좋은 문장을 만드는 일에 방해가 되는 또 하나는 지나친 미문의식이다. 좋은 글은 물론 문장이 아름답다. 그러나 그 아름다움은 전달하고자 하는 생각을 효과적으로 담았을 때만 가치를 갖는다. 더구나 **소설문장은 아름다운 문장을 필요로 하지 않는다.** 소설에는 아름다운 문장보다 개성이 있고 뜻 전달이 곡진하며 참신한 느낌을 주는 그런 문장이 필요한 것이다. 아, 이렇게도 표현할 수 있구나, 나도 언젠가 이런 비슷한 느낌을 가졌었는데……. 그 새로움이 읽는 이를 긴장시키는 동시에 공감대를 이루는 그런 문장을 써야 한다.

그녀가 하는 말은 질박한 그릇 속에 숨어 있는 귀한 약재 같은 신비로움이 배어 있었다.

새하얀 아침 햇살이 현관문을 뚫고 들어와서는 마루 끝에 조용히 머문 채 그림자처럼 길게 드러누웠다.

그녀는 내 오른쪽 어깨 너머로 순두부를 붕대에 싼 듯이 물컹한 젖가슴으로 살아 숨 쉬고 있었다.

위에 예를 든 문장은 어떤 상태를 실감나게 하기 위해 비유까지 써가며 문장을 아름답게 하려고 노력했지만 글쓴이가 노린 만큼의 효과는 얻지 못하고 있다. 지나친 미문의식은 전달하고자 하는 생각을 흐려놓는 결과를 가져온다. 아름답게 꾸민 말과 글귀는 하고자 하는 이야기의 핵심을 흐려놓거나 그것의 진실됨 혹은 절실함을 잃어버리게 한다. 진실됨 혹은 절실함이 없기 때문에 그렇게 아름다운 말과 글귀로 위장을 하려고 애쓰는지도 모른다.

수식어(형용사어·부사어)를 많이 쓰는 문장은 그 문장 속에 담고자 하는 내용이 빈약하거나 그 내용에 자신이 없음을 보여줄 뿐이다

—**그렇게 아름답고 화려한** 그 **예쁜** 신부의 **고운** 얼굴이 어느 순간에 비애와 **크나큰** 절망으로 **비참하게** 일그러졌다.
—비는 **좔좔 억세게** 내리고 유리창을 **마구** 흔들며 **줄줄** 흘러내리고…….
—교장이 **벌떡** 궁둥이까지 **번쩍** 들면서 **화들짝** 일어나 내 손을 **덥석** 잡았다.
—그래서 **덜 기쁘고 덜 행복하고 덜 착했지만** 또 같은 이유로 **덜 아프고 덜 불행하고 덜 못됐는지도** 몰랐다.

—순간 긴 생머리의 다발 속에서 **가늘고 여린** 선의 얼굴이 **잠시** 그 윤곽을 흐렸다.

—**예의 그렇듯** 수진의 회상은 **그 까마득히** 지나온 **시간의 거스름으로부터** 인식되어지기 **일쑤였다.**

—고통과 인내가 응축되어 **짙은 그늘을 이룬** 얼굴, 그리고 **그 위에서 희끗거리는 반백의** 머리털이 **아프게** 그녀의 눈을 찔러왔다.

—**지그시** 입술을 깨물며 **팽팽히** 맞서는 승연의 **앞으로** 두 팔을 **활짝** 편 **자세로** 장화백이 다가왔다.

지나친 미문의식을 가진 문장은 대체로
복문 형태로 나타나 문맥이 잘 잡히지 않는 경우가 많다

—붉은 바탕색 위에 군데군데 검정과 흰색이 십자로 이어진 인조 가죽 커버를 씌운 핸들을 잡고 있는 현우의 손은 흡사 골수종증을 앓고 있는 환자의 것처럼 마디마디가 퉁그러져 있었다.

—어디서 날아온 것인지 알 수 없는 대궁의 긴 맨드라미, 무리져 있는 달개비, 밑둥이 썩기 시작한 후박나무의 큰 이파리들 사이에서 거대한 침묵의 바다에 던져진 위험천만의 돛대처럼.

—40이 가까워 늦장가를 든 그에게 아들은 태어남으로써 부모에게 안겨주었던 환희와 대견함보다도 훨씬 더 큰 아픔으로 스물하나, 빛의 그 나이에 그에게서 떨어져 나갔다.

—게다가 약간의 반항기마저 엿보이는, 남자의 툭툭 내뱉는 듯한 음색이, 여자치고는 좀 굵은 편에 속하는 음성이라든가, 말끝마다 내던지는 듯한 그의 말투와 어찌 그리도 닮았는지 우연치고는 좀 지나치지 않나 싶을 정도였다.

복문 형태의 문장은 한 문장 속에 묶을
성질이 아닌 상황을 한꺼번에 집어넣음으로써 그 문장의
중심 의도가 무엇인지 모르게 만드는 경우가 많다

두 문장 내지는 세 문장 만들어야 할 것을 한꺼번에 썼기 때문에 그 문장의 중심 의도가 무엇인지 모르게 되는 경우도 있다.

─짧은 신음과 **함께** 소스라치게 **놀라며** 그녀가 움직임을 **멈추었다.**

─성희는 수업 중에 쓰러진 은숙이를 **보러** 의무실에 **들렀다가** 곧이어 교무실을 **나와** 귀로에 **올랐다.**

─그는 왼손으로 책을 **접으면서** 긴 하품을 **하고** 그녀의 가는 허리에 눈을 **준 채** 구두를 **찾아** 신은 뒤 회사로 **가기 위해** 집을 **나왔다.**

─어머니는 보던 신문을 **덮고** 마룻바닥에서 일어나 소파로 **옮겨 앉으며** 언니의 옷차림을 **보고** 어디 가는 길이냐고 **물었다.**

─"아, 저기 빈 차가 **오는군**, 자, 빨리 **타.**"

─놀라서 바라보는 승연의 시선을 슬쩍 **피해 버리며** 태익이 피식 **웃음을 흘렸다.**

─그가 이렇게 **소리친 것**과 의부의 커다란 손이 그의 얼굴을 **후려친 것**과 마당에 나뒹굴던 그가 벌떡 **일어나** 대문을 **박차고 나간 것**은 불과 몇 초 사이에 일어난 일이었다.

같은 문장 속에 동의어를 중복해 쓰는 일도
지나친 미문의식에서 비롯된다고 본다

─나는 희죽희죽 싱거운 **웃음을** 실적게 **흘리며** 수화기를 내려놓았다.

—차 안에서부터 계속된 눈의 통증이 가시에라도 찔린 듯 **따갑고 예리했다.**

—아찔한 **현기증**을 동반한 **메슥한 멀미기**에 그녀는 **실신**한 듯 **몸을 축 늘어뜨렸다.**

—그 소리가 얼마나 컸던지, **희번한** 새벽의 **푸른** 햇살이 타 들어오고 있던 내 방문이 바르르 떨릴 정도였다.

—그 **비애**와 **슬픔**과 **아픔**을 하소연할 길이 없음을 알게 된 순간 그녀는 **미친 사람처럼 광적으로** 날뛰기 시작했다.

—**날카로운 빛이 스러지지 않는** 오빠의 **주의 깊은 눈**이 성희의 얼굴을 **찬찬히 살피며** 물었다.

—친구들이 생긴다는 것만으로도 나는 너무너무 **기쁘고 만족했다.**

—**전쟁에 나가 죽고, 인민군에 끌려가 죽고, 정치보위부에 불려가 행방불명이 되고, 또 동란이 나서 죽고**⋯⋯.

상투적이고 진부한 어휘는 글의 사실성과 실감을 반감시킨다. 추상적이고 관념적 어휘의 남용도 글 내용을 생경하게 만들기 쉽다

　회색빛 우울. 의식의 협곡. 상심의 우물. 청자기색 여명이 돋아나고 있었다. 상념의 늪. 눈은 인광을 품은 듯이 형형했다. 암암히 빛나던 그의 눈빛. 궁핍한 표정. 고독의 심연. 사무치는 연민에 몸서리를 쳤다. 뼈저린 슬픔. 신선함과 풋풋함. 각질의 표피 속에 자신을 무장해야 했다. 강파른 모성. 기적과도 같은 한 가닥 은밀한 소망. 기쁨의 은빛 도취.

접속어를 남용하지 않는 것도 좋은 문장을 만드는 비결이 될 것이다.

다음은 어느 기성 작가의 단편 속에 쓰인 접속어를 열거한 것이다.

그러나, 그러므로, 그런데, 그리하여, 왜냐하면, 즉, 그리고, 또한, 그러다가, 그때서야, 하지만, 그러는데, 그러자, 그렇다면, 그러니깐, 그런 속에서도, 어떻게 하다 보니, 그러면서, 그리고서는, 아니, 그랬는데, 말하자면, 게다가, 더욱…….

밀도 있는 문장

문장은 어느 정도의 밀도가 있어야 그 문장이 담고 있는 내용이 충실한 것으로 여겨지게 된다. 소설문장에서 말하는 밀도란 어느 부분을 집중적으로 깊이 있게 서술해 내는 것을 의미한다. 대체로 여러 개의 문장이 모여 하나의 단락을 이룬다. 권도옥의 〈한 우주를 그리기 위한 밑그림〉이란 단편소설은 처음 시작이 "이제서야 늘 마음의 부채로 남아 있는 그녀의 이야기를 할 수 있을 것 같다"로 시작되어 "……나는 그녀, 한 우주의 이야기를 계속하고 싶다"로 작품이 끝날 때까지 단 한 번도 단락을 바꾸는 일이 없이 하나의 단락으로 한 편의 소설을 만드는 밀도를 보였다.

그렇다고 모든 소설이 다 밀도를 필요로 한다거나 작품의 시작부터 끝까지 밀도가 있어야 된다는 말은 결코 아니다. 밀도가 별로 보이지 않는 소설이 성공한 예는 얼마든지 있다. 사건이나 상황 전개를 위주로 하는 소설은 그 줄거리 전달과 이야기의 속도에 필요한 최소한의 서술이 필요할 뿐 집중적으로 파고들어 세밀하게 그려내지 않아도 되기 때문이다.

그러나 모든 소설의 문장은 밀도가 있는 것이 없는 것보다 백 번 낫다. 밀도 있는 문장으로 쓰인 소설이 성공한 예가 더 많다. 밀도가 없이 듬성

듬성 써 나간 소설보다는 아무래도 힘과 공을 더 들였다는 증거다. 그렇게 밀도를 주어 힘들일 만한 가치가 있는 이야기를 만들었다는 뜻이기도 하다.

필자는 중·고등학교 시절 소설(특히 외국소설)을 읽을 때 밀도가 있는 부분은 대충 뛰어넘어 사건의 진행이나 좇는 그런 독서를 했다. 지금도 그 습관은 쉽게 고쳐지지 않고 있어 작품을 읽는 데 많은 방해 요인으로 작용한다.

작가가 되어 소설을 쓰면서 깨닫게 된 것이지만 필자가 지루하다고 그냥 지나친, 밀도가 있는 그 부분이야말로 그 작가가 하고 싶은 이야기를 힘들여 집어넣었거나 사건의 배경으로써 어떤 암시와 상징을 보여준 중요한 부분이었던 것이다. 등장인물의 심리나 사건의 중요성이 강조되는 것도 바로 그 부분이다. 우리가 보통 대중 통속소설과 본격 순수소설이라고 굳이 구별하여 이해하는 데도 그 소설의 밀도가 상당히 작용한다는 사실도 잊어서는 안 된다.

소설문장의 밀도야말로 소설문학이 예술로서의 미적 가치를 획득하는 중요한 단서가 된다

전대前代의 소설보다는 현대의 소설이 그 문장에 밀도가 강조되고 있음은 인간 삶의 다양함과 함께 그 생각의 깊이를 헤아리게 한다. **의식의 흐름**을 구사한 대개의 소설문장이 밀도를 미덕으로 삼고 있음도 생각해 볼 만한 일이다.

특히 소설을 처음 써보는 사람들은 자신의 개성에 따른 문체가 만들어지기까지는 되도록 밀도가 있는 문장을 많이 써보는 것이 좋다. 처음부터 듬성듬성 성긴 문장을 써버릇하는 일은 자신이 만들고 있는 이야기 자체의 밀도를 잃을 우려가 많기 때문에 조심하지 않으면 안 된다.

문장의 밀도 주기는 작품의 이야기를 끌고 가는 그 작가의 이야기 솜씨로서 높고 낮음, 길고 짧음은 빠르고 늦추기의 호흡 조절과도 같은 것이다.

별 의미가 없는데도 단락을 바꾸지 않고 계속 연결한 것은 밀도 있는 문장이라고 하지 않는다. 밀도가 있는 문장은 그 밀도를 필요로 하는 중요한 의미가 응집되어 그 단락 속에 들어가 있지 않으면 안 된다.

조세희는 절제된 언어 구사로 간결한 문장을 속도감 있게 쓰면서도 필요한 경우에는 밀도 있는 문장을 효과적으로 활용했다.

은강에는 장님이 많았다. 은강에 살면서 놀란 것 중의 하나가 바로 이것이다. 공업지역에서는 물론 볼 수가 없었다. 시가와 주거지역을 거닐다 나는 알았다. 어느 날 나는 10분 동안에 다섯 사람의 장님을 보았다. 다음 10분 동안에는 세 명을 보았고, 그 다음 10분에는 나의 발 옆을 두드리며 지나는 돌밖에는 보지 못했다. 그러나 이것은 놀라운 일이었다. 한 시간 이상을 헤매고도 단 한 명의 장님을 볼 수 없는 도시가 세계에는 있을 것이다. 은강에 유독 장님이 많은 까닭을 나는 알 수 없었다. 다른 사람들은 장님이 많다는 사실도 전혀 모르고 있었다. 그들과 같은 시대에 자란 사람들 중에 장님이 많다는 사실을 은강 사람들은 몰랐다. 그래서 은강 사람들 모두가 장님으로 보일 때가 있었다. 나는 장님들이 세상을 볼 수 있는 방법은 한 가지밖에 없다고 생각한다. 그것은 눈을 갖는 일이었다. 어머니는 다른 생각을 갖고 있었다. 세상을 보는 눈은 따로 있다는 것이었다. 어머니는 한쪽 눈만으로 잘 보는 한 노인을 알고 있었다. 어머니는 날마다 은강 지방 항만 관리청의 점용 허가를 받은 목재공장의 저목장에 나갔다. 저목장에는 인도네시아에서 들여온 원목들이 쌓여 있었다. 저목장에 바닷물이 들어오면 원목들이 떠올랐다. 코끼리지게차가 그 원목들을 건져 올렸다. 해방동 주민들은 인도네시아에 내린 햇빛을 받아 크게 자란 인도네시아산 원목의 껍질을 벗겼다. 사람들은 그 껍질을 벗겨다 땔감으로 썼다. 남은 것은 팔았다. 어머니는 애꾸눈 노인과 함께 껍질을 벗겼다. 노인은 주물공장에서 일하다 한쪽 눈을 잃었다. 그는 30년 동안 한쪽 눈으로만 세상을 보아왔다. 그는 장님나라의 애꾸눈 왕과는 다르다. 장님나라의 애꾸눈 왕은 제가 언제나 제일 잘 본다는 확신을 갖는다. 그러나 애꾸눈 왕이 볼 수 있는 세계의 반쪽 세계에 지나지 않는다. 그가 자신의 눈만 믿고 방향을 바꾸어 보지 않는다면 다른 반쪽 세계에 대해서는 끝내 알 수 없다. 어머니는 인도네시아산 원목의 껍질을 벗겨 지고 해방봉 비탈길을 올라왔다. 애꾸눈 노인이 어머니의 뒤를 따랐다. 그가 먼저 집으로 들어갔다. 애꾸눈 노인의 작은 집은 원목 껍질에 감겨 있었다. 그날 주거지역 교회의 학생들이 노인을 찾아왔다. 한 아이가 "앞으로의 할아버지의 생활은 어때질 거라고 믿으세요?"라고 물었다. 다른 아이 하나가 하나만 짚으라면서 여섯 개의 문장을 읽어 내려갔다.

(조세희의 〈클라인 씨의 병〉 중에서)

서른여덟 개의 문장으로 한 단락을 이룬 이 글 뒤에는 지문과 대화로 이루어진 매우 짧은 단락들이 속도감 있게 전개되고 있다.

억지로 만든 문장은 좋은 문장이 될 수 없다

문장을 억지로 만들지 말아야 한다. 문장을 만들지 말라는 말은 다소 어폐가 있는 말이지만 작가 지망생인 당신은 이 말을 명심해야 한다. 누구나 좋은 문장, 좋은 글을 쓰고 싶은 욕심을 가지고 있다. 그러나 그 욕심이 그대로 좋은 문장으로 나타나는 것이 아니라는 데 문제가 있다.

숙련공만이 좋은 물건을 만들어낸다. 데생 공부를 제대로 한 사람이 좋은 그림을 그리는 것과 같은 이치다. 좋은 문장을 쓰는 훈련에 의해 좋은 문장이 쓰인다. 좋은 문장을 위한 단련은 당신의 문학적 재능에 의하여 가능한 것이다.

그러나 문장에 재능이 있다고 하는 사람이 종종 범하는 일은 문장에 기교를 부리려고 하는, 그 잔재주에 빠지는 일이다. **문장의 잔재주, 그것도 문장을 억지로 만드는 일에 해당한다.** 문장에 힘을 쏟는 것은 좋은 문장을 쓰기 위해 생각을 보다 깊이 정리하고 그것을 담을 적절한 그릇 찾기가 될 것이고, 문장을 억지로 만들기는 그릇부터 만들어 그 그릇의 겉모양으로 내용의 빈약함을 가릴 속셈인 것이다.

좋은 문장은 보다 효과적인 내용 전달의 방법을 생각하는 과정에서 생겨난다. 같은 값이면 다홍치마, 이왕이면 더 좋은 말로 말하고 싶은 것이다. 좋은 말, 좋은 표현 방법은 다음과 같은 기본자세를 전제로 했을 때만 가능한 것이다.

자신 있는 이야기, 자기만이 잘 아는 이야기일 때 좋은 문장이 써진다

자기만이 알고 있는 이야기는 그것을 어떤 방법으로 이야기하든 흥이 나는 법이다. 그 흥이, 좋은 문장을 만들어내는 힘이 된다. 그러나 자신이 없는 이야기는 그 이야기에 대한 흥이 나지 않기 때문에 절실함이 없고 따라서 문장이 억지로 만들어질 수밖에 없는 것이다.

뻔한 이야기, 흔한 이야기여서 누구나 다 알고 있는 그런 이야기를 쓸 때도 맥 빠지는 문장이 될 수밖에 없다. 문장을 만드는 일에 신명이 나야 한다. 신명이 나면 누에가 고치실을 뽑아내듯이 좋은 문장이 저절로 써진다. 글쓰기에 신명이 날 수 있는 그런 이야기를 찾는 일이 무엇보다 중요한 것도 그 때문이다.

솔직한 마음으로 써야 좋은 문장이 만들어진다

마음에 감추는 것이 있고 자기 신념이 아닌 것을 자기 신념인 것처럼 말할 경우에는 문장이 필요 이상 수다스러워지거나 과장되게 마련이다. 솔직한 마음이 아닐 때 그 문장에 성실성을 보이기도 어려운 법이다. 독자는 솔직하지 않은 문장, 성실하지 못한 문장을 금방 알아차린다.

자연스러운 문장이 좋은 문장이다. 문장에는 그 흐름이 있게 마련인데 그 흐름을 따라 순탄하게 걸림이 없이 써지는 문장이 좋은 문장이다. 앞에서도 말한 것처럼 지나친 미문의식을 갖게 되면 그 순탄한 흐름을 껄끄럽게 하는 생경한 어휘가 쓰이게 되고 뜻이 명료하지 않은 문장이 만들어지는 것이다.

현학적인 문장, 또는 멋으로 배배 꼰 문장도 좋은 문장이 될 수 없다. 아는 체 뽐내기 위해서 자기 자신도 잘 이해하지 못하는 어려운 말로 꾸민 문장이나 이리저리 뒤틀어 쓴 문장이야말로 글 내용의 진실성을 잃게 할 수가 있으므로 유의하지 않으면 안 된다.

일관성, 처음부터 끝까지 한결같은 흐름으로

좋은 문장, 좋은 소설은 그 글의 시작부터 끝까지 어떤 일관성에 의해 쓰인 것이다. 그 글의 톤이나 문체, 시점은 물론, 그 내용이 처음부터 끝까지 일관돼야 하는 것은 지극히 상식적인 이야기다. 소설을 처음 쓰는 사람들이 가장 많이 범하는 실수가 이러한 일관성을 잃는 일이다(이것은 아우트라인이 제대로 안 됐을 때 생기기 쉬운 현상이다).

소설문장이 일관성을 갖는 데 있어 지엽적인 것이면서도 좀 더 실질적인 것은 시제와 대명사의 인칭 사용 문제라고 본다.

시제, 대체로 과거형을 쓴다

소설에 쓰이는 시제는 특별한 경우가 아니고는 대개 '갔다', '먹었다' 등으로 쓰이는 과거형이다. 특별한 경우란 이야기 속의 어느 장면을 좀 더 현실감 있게 그리기 위해서 현재형으로 쓰는 경우이다.

> 이제 아버지의 그 요술도 끝이 나고 말았다. ……나는 지금 그보다 더 큰 괴로움에 떨고 **있다.** 굶주림이다. 배가 **고프다.** 지독히 **고프다.** 그러나 아직 어머니는 안 **온다.**
>
> (김원일의 〈어둠의 혼〉 중에서)

작품을 처음 써보는 사람들은 대체로 이러한 현재법을 많이 시도한다. 과거에 있었던 일을 마치 현재 일어나고 있는 것처럼 표현하여 생동감 있는 효과를 얻기 위함이다. 엄밀히 말해 소설에서 현재형은 쓰일 수 없다. 소설이란 지나간 일을 다시 재현시키는 그런 양식의 이야기이기 때문에 어차피 과거형일 수밖에 없다. 물론 현재형으로 묘사하여 효과를 얻을 수 있다면 한번 써 봐도 좋을 것이다. 그러나 과거형과 현재형이 어떤 일관된 흐름을 통해 나타나야만 뜻한 바의 효과를 얻을 뿐만 아니라 독자에게 혼란을 일으키지 않을 것이다.

나 조금 있다가 **먹는다.** / 개는 **뛴다.** / 봄이면 아름다운 꽃이 많이 **핀다.**

/ 잘도 **간다.**

위의 예문에서 '먹는다'는 미래형이고, '뛴다', '핀다', '간다'는 부정시제로서 현재형과는 상관이 없는 것이다.

어떤 작가는 "나는 열아홉 살 때의 일을 떠올렸다. 그때 나는 **문제아였었다**"라고, 과거완료형을 쓰고 있는데 그것은 우리말에서는 불필요하다고 본다. '문제아였다'로 써야 할 것이다.

그, 그녀, 그네, 그미, 그니

대명사의 사용도 어떤 일관된 법칙이 지켜져야 한다고 본다. 소설에서 문제가 되는 대명사는 3인칭의 경우이다. '그'와 '그녀'가 일반적으로 쓰이고 있다. '그', '그녀'가 쓰이기 전에는 '궐자', '궐녀'로 쓰인 것이 더러 있었으나 우리말은 대개 앞에 나오는 명사를 대명사로 받는 이른바 대명사화 현상이 3인칭의 경우 그다지 중요시되지 않았기 때문에 별 문제가 되지 않았던 것이다.

그러나 외국어가 들어오면서 'he, she'를 대신할 우리말 3인칭 대명사의 필요성이 절실히 요구되기에 이르렀던 것이다. 'he, she'를 '그'로 처음 쓴 사람은 작가 김동인이었다고 전해진다. 여성을 따로 떼어 '그녀'라고 지칭하기 시작한 것은 훨씬 뒤의 일이었다.

그러나 작가 황순원은 "그라는 말은 남성 3인칭 대명사로 두고 거기 해당할 만한 여성 3인칭 대명사를 하나 찾아본 것"으로 '그네'를 해방 전부터 지금까지 일관되게 사용하고 있는 것이다. '그네'는 "우리나라 말에 가령 '철수네' 하면 경우에 따라 '네'가 철수의 어머니를 가리키기도 하고, 경우에 따라서는 철수의 아내를 가리키기도 하여 여성을 말하기" 때문에 적절하다는 것이다. 필자도 모든 작품에 '그녀' 대신 '그네'를 쓰고 있다. 남녀를 함께 말할 때나 두 사람 이상일 때는 '그네들'로 쓰고 있다.

어떤 작가는 '그녀'를 '그미'로, 또 다른 작가는 '그니'로 쓰고 있는 등 나름대로의 창의로 3인칭 대명사를 만들어 쓰고 있다.

그러나 문장에서 앞에 나오는 명사를 너무 흔하게 3인칭 대명사로 바꿔 쓰는 것은 바람직하지 않다는 생각이다. 꼭 필요한 경우가 아니면 생략하거나 명사를 그대로 쓰는 것도 괜찮다고 본다. 황순원은 가능하면 '그'를 사용하지 않는다.

> 준태는 눈알이 쏟아지는 것 같았다. 눕고만 싶었다. (·)차츰 더 전신이 까부라지고 머리가 내둘려 주모더러 물을 달래 가지고 병원에서 지어온 약을 먹었다. 입맛이 없어 점심을 거른 빈속에 약을 먹어서 그런지 속이 메슥거려 견딜 수가 없었다. (·)술도 안 하며 앉아 있기가 뭣하기도 했지만 **준태**는 억지로라도 낟알기를 좀 해야 기운이 차려질 것 같아 주모더러 흰죽을 좀 쒀달라고 했다.
>
> (황순원의 《움직이는 성》 중에서)

소설을 처음 쓰는 사람들은 대체로 윗글 중 (·) 속이나 굵은 글씨로 되어 있는 부분에 '그'를 넣었을 것이 틀림없다.

> 그토록 오래 참고 기다린 보람이 있어 마침내 **당숙모**가 모습을 드러내었다. 거의 벌거벗은 거나 다름없는 해괴한 차림으로 **당숙모**는 품에 안긴 갓난애한테 젖꼭지를 물린 채 거적문을 들치고 나와서는 아무 데나 함부로 낫을 휘둘러대기 시작했다. (·)눈동자가 휘까닥 돌아버린 상태였다. 어느 누구도 **당숙모**에게 접근을 못하고 엉거주춤 뒤로 물러서기만 했다. 눈자위를 허

엎게 뒤집어쓴 채 이를 악물고 낫자루를 휘두르면서 **당숙모**는 뒷걸음질로 달아나기 시작했다.

(윤흥길의 〈무지개는 언제 뜨는가〉 중에서)

이 글을 통해서도 당신은 3인칭 대명사가 남용되지 않았음을 확인할 수 있을 것이다.

3인칭 대명사뿐 아니라 모든 대명사의 사용은 꼭 필요한 경우가 아니면 삼가는 것이 좋다. 다음 문장은 대명사 남용의 대표적인 예다.

나는 정호와 연주를 만난 것이 꿈만 같았다. **나**는 **그**에게 손을 내밀었다. 정호는 **나**의 속마음을 알 리가 없었겠지만 **내**가 내민 **내** 손을 꼭 잡았다. **그**가 **그녀**에게 말했다. "용태도 많이 변했지?" 연주는 **내** 얼굴을 빤히 쳐다보면서 **그**에게 **그녀** 나름의 계산된 목소리로 대답했다. "용태, **쟤**는 원래 그런 애 아니니."

글을 많이 써보지 않은 사람들이 흔히 범하는 일이다. 유의하지 않으면 뜻 전달에 방해가 되는 문장을 만들 우려가 크다는 것을 명심해야 한다.

띄어쓰기

문장의 각 단어는 띄어 씀을 원칙으로 한다. 띄어쓰기가 제대로 안 된 문장이 좋은 글이 될 수가 없다. 원고지에 쓰거나 타자기 등의 기계에 의해 쓰인 글이라 하더라도 띄어쓰기는 정확해야 한다. 특히 잡지사나 신문사 등에 작품을 보내 그것이 심사 대상이 돼야 하는 당신의 처지에서는 맞춤법과 함께 띄어쓰기에 대한 부담을 갖지 않을 수 없을 것이다. 띄어쓰기도 제대로 안 된 소설을 처음부터 끝까지 읽을 그런 심사위원들이 많지 않을 것이기 때문이다.

'학생이십명에선생이십명', '아버지가방에들어가신다' 등의 예를 통해서도 띄어쓰기의 필요성은 강조된다.

한글 맞춤법 총칙 제2장에는 띄어쓰기의 원칙을 다음과 같이 규정하고 있다. "문장의 각 단어는 띄어 씀을 원칙으로 한다."

띄어쓰기의 세부 사항을 밝히는 제5장에서는 다음과 같이 규정하고 있다.

◆ 조사는 그 앞말에 붙여 쓴다.(꽃이. 꽃마저. 꽃밖에. 꽃에서부터)

◆ 의존명사는 띄어 쓴다.(아는 것이 힘이다. 나도 할 수 있다)

◆ 단위를 나타내는 명사는 띄어 쓴다.(한 개. 차 한 대. 금 서 돈)

◆ 다만, 순서를 나타내는 경우나 숫자와 어울리어 쓰이는 경우에는 붙여 쓸 수 있다.(두시 삼십분 오초. 삼학년. 육층. 1940년 10월. 16동 502호. 10개)

◆ 수를 적을 때는 만 단위로 띄어 쓴다.(십이억 삼천사백오십육만 칠천팔백구십팔. 12억 3456만 7898)

◆ 두 말을 이어주거나 열거할 적에 쓰이는 말들은 띄어 쓴다.(국장 겸 과장. 열 내지 스물. 부산, 광주 등지)

◆ 단음절로 된 단어가 연이어 나타날 적에 붙여 쓸 수 있다.(그때 그곳. 이 말 저말. 한잎 두잎)

◆ 보조용언은 띄어 씀을 원칙으로 하되, 경우에 따라 붙여 씀도 허용한다.(불이 꺼져**간다**. 내 힘으로 막아**낸다**)

◆ 성과 이름, 성과 호 등은 붙여 쓰고, 이에 덧붙는 호칭어, 관직명 등은

띄어 쓴다.(전상국. 이기호 씨. 최치원 선생. 조영만 박사. 소설 본문 속에 성과 이름을 구별하여 띄어 쓰는 것은 잘못이다)

◆ 전문용어는 단어별로 띄어 씀을 원칙으로 하되 붙여 쓸 수 있다.(만성골수성백혈병. 중거리탄도유도탄)

◆ 이밖에 의성어 · 의태어 등의 첩어는 붙여 쓴다.(아장아장. 쿵덕쿵덕. 어기적어기적)

띄어쓰기에 대한 이러한 원칙은 있지만 작가는 그 나름의 어떤 기준에 의해 띄어쓰기를 하는 것도 좋을 것이다. 작가는 적어도 그러한 고집을 가지고 있어야 자기 나름의 목소리를 가질 수 있다고 본다. 그것은 창조자로서의 권위이며 개성의 발전적 드러냄일 것이다. 황순원은 그 나름의 맞춤법 기준과 띄어쓰기 원칙을 가지고 작품을 써온 작가로 후배 작가들에게는 큰 귀감이 되고 있다.

지금까지 좋은 문장을 쓰기 위한 작가로서의 기본적인 자세 및 문장상식에 대해 대충 살펴보았다. 그러나 좋은 문장이 어떻게 쓰이는가를 안다고 해서 좋은 문장이 써지는 것은 결코 아니다. 문학어에 대한 인식과 그것을 제대로 쓰기 위한 피나는 단련이 따르지 않으면 좋은 문장은 얻어지기 어려운 법이라는 것을 이 기회에 다시 한 번 생각해 봄이 좋을 것이다.

필자의 아는 젊은 작가 몇 사람은 소설 습작을 할 때 다른 작가의 작품 10여 편 이상을 원고지에 베껴 쓰는 과정에서 문장의 구조나 어휘에 대한 깨달음을 얻었다고 술회하고 있었다. 문장공부에 가장 좋은 방법이라고 생각한다. 그렇게 베껴 쓰는 과정에 주어 · 술어의 호응은 물론, 형식 단락과 내용 단락도 구별할 수 있게 됨으로써 글의 전체적인 흐름을 파악하는 데 큰 도움이 됐다는 얘기다. 대부분의 작가가 그 정도의 문장공부는 다 거쳤다는 것을 명심해야 한다.

소설 습작은 문장공부로 시작한다. 작가가 된 뒤에도 당신의 문장공부는 더욱 치열해질 것이다. 좋은 문장이 좋은 소설을 만든다는 것을 알게 되기 때문이다.

문체에 대하여
—자기 목소리, 자기 말버릇

자기 목소리만이 자기 세계를 만든다

사람들은 모두 자기 나름의 독특한 목소리를 가지고 있다. 같은 말을 하더라도 그 목소리만 듣고도 그것이 누구의 목소리인지 금방 알아낸다. 말의 억양이나 음색 등 그 말씨가 각기 다른 데다 말하는 사람 나름의 독특한 말버릇이 있기 때문이다.

소설도 마찬가지다. 소설 독서를 많이 한 독자들은 그 작품이 어느 작가의 것인지 그 문장만 보고도 금방 알아낸다. 그 작가의 독특한 목소리를 익혀왔기 때문이다. 그렇게 이미 자기 목소리를 가진 작가야말로 작가로서의 위치를 굳힌, 좋은 작품을 남긴 작가일 것이다. 작가가 자기 목소리를 갖지 못했다는 것은 소설을 통한 자기 세계를 이룩하지 못했다는 것과 다르지 않다고 본다. 자기 목소리만이 자기의 독특한 세계를 만들 수 있다는 것을 명심해야 한다.

소설에서의 자기 목소리란 문체를 의미한다. 문체는 보통 style(스타일)

로 영역된다.《문학용어사전》에서는 스타일을 '산문이나 시에 나타나는 표현의 투'로 풀이하고 있다. 이 말은 소설이나 시에서 화자 혹은 작가가 말하고자 하는 바를 드러내는 방법이라고 이해하면 좋을 것이다.

오바마 스타일, 푸틴 스타일. 원래 그 친구 그런 스타일이지—이런 말에서 우리가 확인할 수 있는 것은 스타일이란 그 사람의 외형적인 모양보다는 생각하는 방법이나 개성을 먼저 생각하게 된다는 일이다.

창조되는 모든 것은 그 나름의 스타일을 갖는다

표현하는 투, 말하는 방법—그것은 그 작가의 개성에서 비롯된다. 즉, 소설을 쓰는 사람의 개성에 의해 스타일이 만들어지기 때문이다. 창조되는 모든 것은 그 나름의 스타일을 갖게 마련이다. 그 스타일이 기존의 다른 창조물과 구별되는 기준 역할을 하는 것이다. 물론 그 사람의 생각이나 철학이 그 스타일로 나타나는 것이지만 그것 자체가 스타일은 아닌 것이다. 스타일이 스타일로 보여지는 것은 그 문장에 의해서다.

"문체는 곧 그 사람이다." 뷔퐁의 이 말은 글 쓰는 사람의 개성 혹은 인격(품성)이 곧 문체를 결정짓는다는 것을 가리켜 보이는 좋은 말이다.

문장이 소설의 옷이라면 문체는 옷의 색깔이며 모양새다

문장은 소설의 옷 같은 것이다. 그 옷을 입어야만 비로소 소설이란 이름을 부여받을 수 있다는 말이다. 문장이 소설의 옷이라면 문체는 그 옷의 색깔이나 모양새라고 할 수 있다. 같은 옷이라도 그 색깔이나 모양새에 의해 그 옷을 입는 사람의 성격이나 개성이 드러나는 법이다. 사람들이 아무 옷이나 입지 않듯 사람들은 자신이 쓰는 이야기를 아무렇게나

하지 않는다. 자기 나름의 이야기하는 방법을 통해 그 소설의 색깔과 모양새를 만들려고 한다.

물론 그 작가가 얘기하려는 의도에 따라 혹은 그 이야깃거리에 따라 문체가 달라질 수 있다. 사랑 이야기는 되도록 부드럽고 달콤한 목소리가 될 것이며, 어떤 문제에 대한 불만, 혹은 은폐된 비리를 폭로하는 이야기는 보다 냉소적인 어휘 구사에 의한 강직함을 필요로 할 것이다. 그러나 사랑 이야기를 잘 쓰는 작가가 사회 고발적인 이야기까지도 잘 쓰란 법은 없는 법이다. 결국 작가는 자기 목소리에 맞는 이야기를 찾게 마련이다. 즉, 이야기를 하는 데 가장 적절한 방법을 생각하지 않으면 안 된다는 말이다.

솔직한 말, 자신 있는 이야기일 때만 자기 목소리가 나온다

자신이 잘 아는 이야기, 직접 체험한 이야기, 자신에게 가장 절실한 문제, 결코 감춤이 없다는 허심탄회한 심정일 때에만 그 이야기에 알맞은 옷이 자연스럽게 선택되는 법이다. 또한 잘 풀리는 이야기는 그 이야기에 걸맞은 문체가 저절로 생겨나게 마련이다. 어떤 문체를 가질 것인가를 놓고 고민할 것이 아니라 어떤 이야기를 하는 것이 자신에게 가장 어울리는가를 먼저 생각할 일이다.

이태준은 그의 《문장강화》에서 문체의 종류를 여섯 가지로 구분하고 있다. 간결체, 만연체, 강건체, 우유체, 건조체, 화려체 등의 구분으로 이것은 우리나라 국어교육에서 문체론의 정석이 돼버렸다. 그러나 문장 꾸밈이나 그 길이 혹은 수식의 정도에 따른 이 구분법을 소설의 문체 이해에 너무 깊이 대입시키지 않는 것이 좋다고 본다. 그 6분법이 문체 구분의 전부가 될 수 없기 때문이다. 그것은 문장이 보여주는 외형적 모양새만 가지고 문체를 구분 짓는 방법이기 때문에 문체 인식을 편협하게 할 우려가 크다.

자기 말버릇에 옷 입히기, 그것이 문체다

문체는 작가의 말투, 즉 말버릇에 의해 결정된다. 어떤 사람은 매우 상냥한 말투를, 어떤 사람은 몹시 무뚝뚝한 말투를 가지고 있다. 목소리를 착 낮게 깔아 조용조용 말하는 사람이 있는가 하면, 처음부터 목소리를 높여 좌충우돌 듣는 사람의 혼을 빼는 그런 말투도 있는 것이다. 물론 작가의 그 말투는 다루는 주제나 제재에 따라 달라질 수도 있고 그 작품을 읽을 대상(독자)에 따라 달라질 수도 있다. 어둡고 무거운 이야기는 그것에 걸맞은 말투가 있을 것이며 희극적인 요소가 있는 이야기는 다소 가볍고 경쾌한 흐름의 말투를 구사하게 될 것이다.

문체를 결정짓는 요소, 그 첫째는 언어 선택이다

여기서 생각할 일은 바로 그 말투가 당신이 선택하는 언어에 의해 만들어진다는 것이다.

—**귀하**께서 그 문제에 대한 지대한 **관심**을 **표명하심**은 가히 **경이로운 일**
  이로다.
—그 **어른**이 그 일에 그처럼 **신경**을 **쓰시다니** 정말 **놀라운** 일이구먼.
—**믿어지지 않는** 얘기였다. **그 사람**이 그 일에 그처럼 **마음**을 쓰고 있었다니.
—뭐야, **그 작자**가 정말 그 일을 **궁금**해 한다구?

—**썩어 빠질 놈**, 등 돌릴 땐 언제구 지금 와서 거 뭐 하는 **수작**이야?

이처럼 작가는 선택한 어휘에 의해 자기 목소리를 만들어내는 것이다. 때로는 고상하고 우아한 말투를, 때로는 야비하고 천박한 말투를 구사하는 것도 모두 작가가 선택한 어휘에 의해 결정되는 것이다.

—**인간**은 그 **생명의 유한함**을 **망각**할 때가 허다하다.
—**사람**은 자신이 **죽는다는 것**을 늘 **잊고** 지낸다.
—니두 내두 다 **뒈진다는 거 몰랐냐?**

어떤 작가는 한자어를 많이 구사하는 일이 문장 만들기에 한결 편하다고 말한다. 다른 작가는 순 우리말을 쓰는 것이 자기 말투에 어울린다고 생각하고 있었다. 물론 '곤충'이라고 써야 어울릴 때가 있고 '벌레'라고 써야 어울릴 때가 있는 법이다. '벌레'를 '버러지'라고 쓸 때는 또 그 느낌이 상당히 다르게 될 것이다. 자기 부인을 일컫는 말도 선택하기에 따라 그 말투가 크게 달라지게 마련이다. 마누라, 부인, 아내, 집사람, 안사람, 부엌데기, 내무장관, 애들 엄마, 여편네, 와이프 등등 그 장소나 때, 혹은 그 상대에 따라 그 낱말의 선택은 달라지지 않으면 안 된다.

문장의 구조, 그것도 문체를 결정짓는 요소의 하나다

문체 혹은 말투를 결정짓는 요소로서 어휘의 선택 못지않게 중요한 것은 문장의 구조인 것이다. 즉, 선택된 어휘를 어떤 질서에 의해 나열하는가, 어떤 구문이 효과적인 것인가를 알아서 익히게 되면 그것이 곧바로 자기 말투를 이루는 중요한 계기가 될 것이다.

—진호는 그 사람을 다시는 만나지 않겠다고 속마음에 깊이 다졌다.

—마음속으로 굳게 다짐했다. 그를 다시는 만나지 않겠다고.

—진호는 다짐했다. 다시는 그 사람을 만나서는 안 된다고.

—다시는 안 만날 거다. 진호는 자신에게 그렇게 다짐 두었다.

문장의 길이나 단문과 복문의 비율도 문장의 구조에 속한다. 복문의 긴 문장을 구사하는 작가의 호흡과 짧은 문장을 구사하는 작가의 호흡은 다르다.

나는 입술을 악문 채 참았다. 라면 끓이는 냄비에 덴 손가락이 벌겋게 부풀어 올랐다. 안집 텔레비전이 오 아 아우성을 쳤다. 케이오 펀치가 터진 모양이었다. 우리 방에는 그 흔한 라디오 하나 없었다.

(필자의 〈우리들의 날개〉 중에서)

차도 간신히 넘어 다니는 길이라 인적이 그친 것을 다행으로 여기며 피로 물들였던 이어닛재 골짜기를 확인하려고 옥마산 마루터기부터 톺아보자니, 비껴든 우산에 빗발치는 소리만 그날의 총소리인 양 부질없이 요란할 뿐, 잡목과 칡덤불이 사납게 깃은 위에 비구름마저 어리어 어디가 어디인지 통 알아볼 도리가 없었다.

(이문구의 〈명천유사〉 중에서)

수사, 그것은 문장의 패션이다

문체를 결정짓는 또 한 가지 요소는 비유의 쓰임과 그 쓰임의 빈도라고 할 수 있다. 문학적 문장은 대체로 표현하고자 하는 대상을 비유적 언어로 처리하고 있다. 직유와 은유로 대상을 좀 더 실감나게 표현하는 것이 비유적 언어의 사용이며 속담이나 격언 같은 것을 구사하는 것도 그것에 해당하며 넓은 의미에서 상징적인 말을 쓰는 것도 비유적 언어의 범주에 넣을 수 있을 것이다.

풍유나 대유·의성·의태 등도 사물을 빗대어 말함으로써 표현효과를 얻어내는 비유의 방법이다. 작가로서의 재능도 이러한 비유를 통한 소설 문장의 묘미를 보여줌으로써 확인된다고 할 수 있겠다. 그러나 흔히 들어서 귀에 익은, 죽은 비유는 문장을 진부한 것으로 만드는 경우가 많기 때문에 되도록 참신한 비유를 써야 자기 문체의 효과를 얻을 수 있을 것이다.

비는 분말처럼 뭉근 알갱이가 되고, 때로는 금방 **보꾹이라도 뚫고 쏟아져 내릴 듯한 두려움의 결정체**들이 되어 수시로 변덕을 부리면서 칠흑의 밤을 온통 **물걸레처럼 질펀히 적시고** 있었다.

(윤흥길의 〈장마〉 중에서)

큰 **동물의 가슴에 꽂힌 화살처럼** 찌가 심하게 움직였다. 마치 내 **가슴이 관통된 듯** 나는 격렬한 심장의 고동을 느꼈다.

(김성욱의 〈은빛 깃발〉 중에서)

아침에 잠자리에서 일어나서 밖으로 나오면, **밤 사이에 진주해온 적군들처럼** 안개가 무진을 빙 둘러싸고 있는 것이었다.

(김승옥의 〈무진기행〉 중에서)

구름은/보랏빛 색지 위에/마구 칠한 **한 다발 장미/목장도 깃발도 능금나**

무도/부울면 꺼질 듯이 **외로운 들길**

(김광균의 시 〈뎃상〉 중에서)

끝없는 산 향기에/**흠뻑 취하는 뻐꾸기**가 된다.

(이해인의 〈6월엔 내가〉 중에서)

담장 밑에 백두룸은 함부로 다니다가 개한테 다리를 물렸는지 깃도 빠지고, 다리는 **징검, 쩔룩 뚜루룩** 울음 운다. 저의 아써 야단 소리에 가슴이 **두근두근**, 정신이 **월렁월렁**, 정처 없이 가만히 살펴보니…….

(〈춘향가〉 중에서)

문체는 선택하는 것이 아니라, 쓰는 신명에 의해 저절로 우러나오는 것이어야 한다

어떤 문체를 선택해야 할 것인가. 대답은 간단하다. 자기 개성에 맞는 문체, 억지로 만드는 문장에 의한 것이 아닌, 그 이야기를 할 때 가장 신명이 나는 그런 문체를 찾아내야 한다. 그러나 문체는 이미 어느 작가에 의해 이루어진 것을 선택해서 쓰거나 흉내 내는 것이 아니다. 그리하여 자기 개성에 맞는 문체, 쓰려는 이야기에 걸맞은 말투, 그것을 읽을 독자의 수준이 가늠되어 독자가 매료되는 그런 말투를 찾는다는 것은 결코 쉬운 일이 아닐 것이다.

그 작품을 쓰는 태도, 당신의 어조를 결정하라

어조tone도 문체를 결정짓는 중요한 요인이다. 어조란 작가의 제재에 대한 혹은 독자에 대한 태도를 의미한다. 쓰려는 이야기에 대한 작가의 기분이며 그 작품 전체를 지배하는 배경음 같은 것, 혹은 바탕색 같은 것이다. 그것은 작가와 독자가 서로 묵시적으로 통하는 기분이며 공감대라고 할 수 있다.

되도록 음침하고 암울한 분위기를 연출하자는 작가의 의도가 있으면 그 작품은 무겁고 어두운 어조를 가져야 할 것이며 그와는 달리 보다 밝은 어조에 의해서 쓰여지는 작품도 생각할 수 있다. 아이러니와 풍자를 보이는 태도, 냉소적 혹은 매우 이지적인 안목을 보이는 그런 어조도 있을 것이다. 또 어떤 작가는 유연하고 우아한 분위기에 지배되는 감상적 어조를 택할 수도 있다.

처음부터 끝까지 좀 더 겸허한 태도로 이야기할 것인가, 아니면 자신에 찬 의지적 문장으로 강인함을 보일 것인가 등등의 태도도 그 문체를 결정짓는 요인이 될 것이다. 혹은 그 이야기에 임하는 자신의 태도를 주관적으로 할 것인가, 보다 객관적 위치에 설 것인가의 결정도 문체 결정에 큰 구실을 한다고 본다.

작품 발상 때의 그 기분, 그 의도를 문체로 연결시켜라

이쯤에서 효율적인 문체 이루기의 구체적인 방법을 생각할 필요가 있다.

문체는 그 작품이 발상될 때의 그 기분, 그 흥분 상태에서 결정된다고 봐도 틀리지 않을 것이다. 발상 때의 그 기분이 하나의 흐름이 되어 초고 문장을 만들기 때문이다. **초고 때 떠오르는 어휘, 비유적 언어, 그 분위기를 되도록 살려야 한다.** 그 흐름을 놓쳐서는 그 작품에 걸맞은 문체, 자기 호흡이 담긴 자신의 문체를 갖기 어렵다. 발상 때의 그 흐름을 놓치지 말라는 것은 그 작품을 쓰려는 의도(주제)가 그대로 문체를 결정짓는다는 것을 강조하기 위함이다. **문체는 창작 행위 바로 그 자체**라고 말한, 어느 이론가의 말도 그런 뜻에서 생각할 수 있다.

자연스럽게 써라. 다시 말하지만 문체는 억지로 만들어지는 것이 아니다. 지나친 미문의식이 좋지 않다는 것도 자연스런 표현의 문체를 가져야 한다는 뜻으로 생각할 수 있다. 작품을 쓸 때의 신명이 문체를 만든다는 것도 자연스럽게 쓰라는 말과 통하는 말이라고 생각한다.

당신의 이야기를 쓸 때 당신의 문체가 생겨날 것이다

작가가 되려는 당신은 당신의 문체를 얻기 위해 되도록 당신의 개인적 체험, 당신이 절실하게 생각한 바로 그 문제부터 쓰는 것이 좋다. 자기가 잘 아는 이야기, 자신이 겪은 이야기는 자기의 목소리가 그대로 나올 수 있기 때문이다.

간결한 문체

소설을 처음 쓰는 사람은 되도록 간결한 문체를 쓰는 것이 좋다. 긴 문장은 자신이 하려는 이야기를 모호하게 만들거나 산만하게 할 우려가 크기 때문이다. 우선은 단문單文을 쓰는 것이 좋다. 단문單文과 단문短文은 구별되어야 한다. 다시 말하면 간결한 문장과 간단한 문장은 구별되어야 한다는 뜻이다. 문장은 되도록 짧게 끊어 쓰는 것이 좋다고 해서 생각을 토막 내서 단순화시켜서는 안 된다. 간결한 문장은 뜻이 최대한으로 함축된 것이요, 단순한 문장은 생각을 토막 내서 그냥 늘어놓은 것에 불과한 것이다.

나는 시계를 보았다. 새벽 다섯 시였다. 그때 잠이 깬 것이다. 바깥은 아직도 캄캄했다. 옷을 찾아 입었다. 양말도 신었다. 세수를 했다. 양치질도 했다. 차표를 확인했다. 며칠 전 예매해 둔 것이다.

이것은 상황을 필요 이상으로 토막 내 단순화한 문장이다. 이 문장을 간결한 문장으로 고쳐보자.

잠이 깬 것은 새벽 다섯 시, 밖은 아직도 칠흑의 어둠이었다. 옷부터 챙겨 입고 세수를 했다. 며칠 전 예매한 차표를 확인하는 일도 잊지 않았다.

문체는 독자에게 되도록 낯설어야 한다

같은 값이면 다홍치마라고, 이왕이면 표현효과가 큰 문체를 찾아야 한다. 작가가 생각한 그 이상의 효과를 얻어낼 수 있는 어휘의 선택, 문장의 구조, 수사적 장치들을 통해 전하고자 하는 바를 보다 곡진하고 실감나게 드러낼 수 있다면 그것은 좋은 문체가 분명하다.

그러나 남들이 항상 쓰는 그런 진부한 표현으로서는 그 효과를 얻기 어렵다. 슬픈 것을 슬프다고 직설하는 것은 독자를 식상케 한다. 독특하고 참신한 말투로 독자를 긴장시켜야 한다. 그것은 작가의 개체 체험이 독자의 긴장에 의한 보편적인 체험으로 확대될 수 있는 방법이기도 하다. 그러나 이미 일반화한 뻔한 체험을 뻔한 말, 상식적인 말로 표현해서는 작가의 개성을 찾을 수 없는 별것 아닌 글이 되고 말 것이다.

그네는 사람들이 별로 보이지 않는 여름의 그 공원을 거닐며 슬픔에 잠겼다. 이제 이 세상에서 그를 다시는 볼 수 없다는 생각을 하니 가슴이 메어지듯 아팠다. 단 한 번만이라도 그의 얼굴을 다시 보고 싶었다. 그러나 그것이 이미 불가능한 일이라는 것에 생각이 미치자 그네는 형언하기 어려운 절망으로 그 자리에 털썩 주저앉았다.

사랑하는 사람과의 영별을 서러워하는 어느 공원에서의 여자 심리를 그리고 있지만 극히 상투적이다. 다소 문학적인 효과를 살릴 수 있는 문체로 바꿔보기로 한다.

여름 대낮의 그 정적과 따가운 햇빛, 그리고 그의 부재가 그네의 발걸음을 허청거리게 했다. 어쩌면 좋을 것인가. 그는 이미 이 세상 사람이 아니다. 텅 빈 공원, 한여름의 그 짙푸른 녹음이 감당하기 어려운 비애로 일렁이기 시작했다. 보고 싶어요. 그러나 아득한 절망, 그네는 무너져 내리고 있었다.

문체의 여러 유형

습작기에 많은 작가들의 좋은 문체를 본떠 자기 목소리를 찾는 작업은 꼭 필요하다. 그러나 그것이 남의 문체를 모방하는 일이 되어서는 곤란하다. 모방할 것이 아니라 그 작가가 보여주는 문체의 힘을 인식하는 일이 무엇보다도 중요하다. 그 인식에 의해서 자신의 목소리를 찾도록 힘써야 할 것이다.

문학사에 남는 좋은 소설을 쓴 작가들은 모두 자기 나름의 문체를 통해 작품의 형상화에 성공했다고 봐도 틀리지 않을 것이다. 각각 그 특징을 통해서 본 우리 작가들의 외형적인 문체 유형은 대체로 다음과 같을 것이다.

―강건하면서도 그 흐름이 유연한 문체.

―평이하면서도 담백한 설명조 문체.

―작가 주장의 피력과 설득에 역점을 둔 논설적 문체.

―절제된 어휘 구사로 남성적 박력을 드러내는 문체.

―미적 감각의 시적, 서정적 문체.

―간결하면서도 탄력 있는 문체.

―관념적·추상적 어휘 구사의 현학적 문체.

―지적 포즈의 모던한 문체.

―소박·진솔하여 질깃질깃 구수한 문체.

―어둡고 음산한 문체.

―우아하면서도 화사·현란한 문체.

―단문短文 중심의 호흡이 급박한 문체.

―사물 관찰의 깊이와 밀도를 중시하는 묘사체 문체.

―건조하고 딱딱하나 이미지 전달이 인상적인 문체.

―풍자적인 요설과 유머·위트의 감칠맛 나는 문체.

―속어의 거침없는 구사에 의한 생동감 있는 문체.

―의지적인 어투의 다소 장황한 문체.

―난삽하나 지적 욕구 충족을 주는 난해·알쏭달쏭한 문체.

―미문의식에 의한 화려한 문체.

―감각적·관능적 문체.

―의식의 흐름, 혹은 내적 독백의 주관적 문체.

―전통적인 운율을 가진 운문체, 혹은 만담조의 컬컬한 문체.

―대화 중심의 구어체 문체.

―접속어·조사 절제의 간결·명쾌한 문체.

―띄어쓰기 등을 무시한 격식 깨기의 부정否定과 실험의 문체.

―주어 생략이 많은, 서술부 중심의 문체.

―방언方言과 조어造語 혹은 의성어·의태어 등 개인어 활용의 탐구적 문체.

―아이러니에 의한 감춤과 드러냄이 배배 꼬여 뒤틀린 문체.

소설을 쓰려는 당신은 당신의 개성과 체질에 맞는 문체를 개발하지 않으면 안 된다. 위에 열거된 문체의 유형 중에 어떤 것이 자신의 취향에 맞는 것인가를 생각해 보는 일도 문체 공부의 좋은 방법이라고 생각한다.

다음은 우리나라 작가들의 소설 중에서 그 작가의 문체적 특징을 알아보기 위해 무작위로 뽑아본 문장들이다. 물론 뽑는 것이 극히 일부분인데다 그것이 그 작가 문체의 특징과 일치하지 않을 경우도 있다는 것을 밝혀 둔다.

예시한 다음 문장을 앞에 열거한 문체 유형에 대충 맞춰보면서 그것이 어느 작가의 작품인지 알아보는 일도 좋을 것이다.

(1) 한 선생도 순례 아버지의 꾸밈없는, 순 조선식인 성격에 많이 호감을 가졌다. 조선식 겸손, 조선식 위엄, 조선식 대범, 조선식 자존심, 조선식 점잖음(태연하기 산 같은 것)―이런 것은 근래에 바깥바람 쐰 젊은 사람에게서는 찾아보기 어려운 것이라고 한 선생은 생각하였다. 그리고 오늘날 청년 남녀들의 일본 도금, 서양 도금의 경망하고 조급하고, 감정의 움직임이 양철냄비식이요, 저만 알고, 잔소리 많고, 위신 없는 양을 불쾌하게 생각하였다. 순례 아버지의 이 간단한 말 속에는, 순례가 학교에 있는 동안 잘 감독하고 훈육할 것과, 또 부모에게 특히―옛날 조선식 부모에게는 가장 큰 관심사가 되는 혼인까지도 맡아서 해달라는 뜻이 품겨 있었다.

(2) "보고 싶어요. 전 보구 시……."

"뭐이?" 그는 입을 움직였다. 그러나 말이 안 나왔다. 기운이 부족한 모양이었다. 잠시 뒤에 그는 또다시 입을 움직였다. 무슨 소리가 그의 입에서 나왔다.

"무얼?"

"보고 싶어요. 붉은 산이…… 그리고 흰 옷이!" 아아, 죽음에 임하여 그의 고국과 동포가 생각난 것이었다. 여는 힘 있게 감았던 눈을 고즈너기 떴다. 그때에 〈삵〉의 눈도 번쩍 뜨이었다. 그는 손을 들려고 하였다. 그러나 이미 부러진 그의 손은 들리지 않았다. 그는 머리를 돌이키려 하였다. 그러나 그런 힘이 없었다.

(3) 출옥하기 일 삭 전까지는 일이 있어도 하루가 멀다고 매일 면회하러 오던 아내가 근 1개월 동안이나 발을 끊은 고로 의심이 없지 않았으나 가끔 백부가 올 때마다 영희가 앓아서 몸을 빼쳐 나지 못한다기로 염려와 의혹 속에서도 다소 안심하고 있었다. 그러나 출옥하던 전날 면회하러 오던 인편에 갑갑증이 나서 내일은 꼭 맞으러 와달라고 한 것이라서 뜻밖에 보이지 않는 고로 더욱 의심이 날 뿐 아니라 거의 낙심이 되었다. 백부에게 물어볼까 하다가 이것이 자기의 신경과민이 아닌가 하는 생각도 나서 갑갑한 마음을 참고 집으로 발길을 재촉하였다. 도중에서 일부러 길을 돌아 백부의 집으로 가자는 데에도 의심이 나지 않는 것은 아니나 잠자코 따라갔다.

대문에 발을 들여놓자,

"아, 아바지!"

하고 영희가 뛰어나오는 것을 보고 깜짝 놀랐다.

(4) 일찍이 구보는 벗의 누이에게 짝사랑을 느낀 일이 있었다. 어느 여름

날 저녁, 그가 벗을 찾았을 때, 문간으로 그를 대응하러 나온 누이는, 혹은 정말 나어린 구보가 동경의 마음을 갖기에 알맞도록 아름다웁고, 깨끗하였는지도 모른다. 열다섯 살짜리 문학 소년은 그를 사랑하고 싶다 생각하고, 뒷날 그와 결혼할 수 있다 하면, 응당 자기는 행복이라 생각하고, 자주 벗을 찾아가 그와 만날 기회를 엿보고, 혹 만나면 저 혼자 얼굴을 붉히고, 그리고 돌아와 밤늦게 여러 편의 연애시戀愛詩를 초초草하였다.

(5) 물은 기둥처럼 굵어졌다.

어디서 또 총소리가 물방울 친다. 물은 철룩철룩 소리를 쳐 둔덕진 데를 따리며 휩쓸며 나려 쏠린다. 종아리께가 대뜸 지나친다. 삽과 괭이를 둔덕으로 끌어올렸다.

동이 튼다. 두간통 대각선이 허옇게 부풀어 오른다. 물은 사뭇 홍수로 내려 쏠린다. 괭잇자루가 떠나려온다. 삽자루가 껍신껍신 떠내려온다.

"저런."

사람이다! 허끗허끗, 붉은 거품 속에 잠겼다 떴다 하며 나려오는 것이 사람이다. 창권은 쩔룩거리며 뛰어들었다. 노인이다.

(6) "일없네, 난 오늘버틈 도루 나라 없는 백성이네. 제에길 36년두 나라 없이 살아왔을러더냐. 아아니, 글쎄, 나라가 있으면 백성한테 무얼 좀 고마운 노릇을 해주어야 백성도 나라를 믿구 나라에다 마음을 붙이구 살지. 독립이 됐다면서 고작 그래, 백성이 차지할 땅 뺏어서 팔아먹는 게 나라 명색야?"

그러고는 털고 일어나면서 혼잣말로, "독립했다고 했을 제, 내, 만세 안 부르기 잘했지."

(7) 길은 지금 긴 산허리에 걸려 있다. 밤중을 지난 무렵인지 죽은 듯이 고요한 속에서 짐승 같은 달의 숨소리가 손에 잡힐 듯이 들리며, 콩포기와 옥수수 잎새가 한층 달을 푸르게 젖었다. 산허리는 온통 메밀밭이어서 피기 시작한 꽃이 소금을 뿌린 듯이 흐뭇한 달빛에 숨이 막힐 지경이다. 붉은 대궁이 향기같이 애잔하고 나귀들의 걸음도 시원하다. 길이 좁은 까닭에 세 사람은 나귀를 타고 외줄로 늘어섰다. 방울쇠가 시원스럽게 딸랑딸랑 메밀밭께로 흘러간다.

(8) 하루 나는 제목 없이 금홍이에게 몹시 얻어맞았다. 나는 아파서 울고 나가서 사흘을 들어오지 못했다. 너무도 금홍이가 무서웠다.

사흘 만에 와보니까 금홍이는 때 묻은 버선을 윗목에다 벗어놓고 나가버린 뒤였다.

이렇게 못나게 홀아비가 된 내게 몇 사람의 친구가 금홍이에 관한 불미한 까십을 가지고 와서 나를 위로하는 것이었으나 종시 나는 그런 취미를 이해할 도리가 없었다.

버스를 타고 금홍이와 남자는 멀리 과천 관악산으로 가는 것을 보았다는데 정말 그렇다면 그 사람은 쫓아가서 야단이나 칠까봐 무서워서 그런 모양이니까 퍽 겁쟁이다.

(9) 그는 몸을 솟구치며 생긋하였다. 그런 모욕과 수치는 난생 처음 당하는 봉변으로, 지랄 중에도 몹쓸 지랄이었으나 성공은 성공이었다. 복을 받으려면 반드시 고생이 따르는 법이니 이까짓 거야 골백번 당한대도 남편에게 매만 안 맞고 의좋게 살 수만 있으면 그는 사양치 않을 것이다. 이 주사를 하늘같이, 은인같이 여겼다. 남편에게 부쳐먹을 농토를 줄 테니 자기의 첩이 되라는 그 말도 죄송하였으나, 더욱이 돈 2원을 줄 테니 내일 이맘때 쇠

돌네 집으로 넌지시 만나자는 그 말은 무엇보다도 고마웠고 벅찬 짐이나 푼 듯 마음이 홀가분하였다. 다만 애 켜이는 것은 자신의 행실이 만약 남편에 게 발각되는 나절에는 대매에 맞아 죽을 것이다. 그는 일변 기뻐하며 일변 애를 태우며 집을 향하여 세차게 쏟아지는 빗속을 가분가분 내려 달렸다.

(10) 다리에 총탄을 맞고 쓰러졌던 몸을 일으키는데 대검이 와 쩔렀다. 의식을 잃은 순간 일병의 눈동자에 상대방 얼굴이 타듯이 찍혔다. 일병의 가슴에서 흐른 피가 황토땅에 스며들었다. 고향을 멀리한, 그러면서 자기 동네 근처 비슷한 어느 산야 야산 기슭이었다.

피는 잦아들어 흙이 되었다. 처음에는 주위의 다른 흙보다 진했으나 차츰 한 빛깔이 되어갔다. 흙은 곧 목숨이라고 여기며 살아온 농군 출신의 일병 이었다. 한 억새 뿌리가 슬금슬금 일병의 목숨의 진을 빨아올려 갔다. 일병 은 억새가 되었다.

(11) 시간이 갔다. 두 시가 지났다. 삼 분. 사 분. 오 분……. 희아는 여전히 잠을 자고 있었다. 그리고 밖의 사람들은 엄숙하게 침묵을 지키며 기다리고 있었다. 동우 부부 역시 마찬가지였다. 오히려 가장 초조한 기다림을 하고 있는 것은 그들 둘인지도 몰랐다.

희아의 눈은 뜨여지지 않았다. 평화로운 무표정은 계속되고 있었다. 아주 석화되어 버린 거나 아닌가 싶을 정도로 꼼짝도 안 했다.

(12) 마치 먼 시집살이를 하던 딸년들이 모처럼 친정에 돌아와서 시아버 지 시어머니 욕이며 물렁팅팅한 남편에 대한 푸념이며 고초당초보다 더 매 운 시집살이의 서러움을 늘어놓듯, 우리도 모이기만 하면 서로의 마음을 핥 아주듯이 털어놓고 까발리고 으박지르고 하였다. 꼭 우리네 세 사람만이 선

인이고 나머지 세상 사람들은 모조리 악인이고 도둑놈이거나 한 것처럼 나분대었다. 내 말 좀 들어보소 식으로 한 놈이 좍좍 읊으면, 나머지 두 놈은 응 그래 네 말이 맞다 맞고 말고 하는 투로 흥흥거리다가 서로 제가 말할 차례를 다투었다. 하이고 그건 약과다. 하이고 나는 말도 말아라 하는 모양으로 앞엣녀석이 말한 것보다 더 요상하고 억울한 얘기를 늘어놓았다.

(13) 망망창해에 탕탕한 물결이라
백번주 갈매기는 홍요안에 날아들고······.
여자가 마침내 소리를 시작하고 있었다. 한데 사내는 그 여자의 오장이 끓어오르는 듯한 목소리 속에서 자신도 문득 그것을 본 것이다. 사립에 기대어 눈을 감고 가만히 여자의 소리를 듣고 있자니 사내의 머릿속에서 오랫동안 잊혀져온 옛날의 그 비상학이 서서히 날개를 펴고 날아오르기 시작한 것이었다. 그리고 여자의 소리가 길게 이어져 나갈수록 선학동은 다시 옛날의 포구로 바닷물이 차 오르고 한 마리 선학이 그곳을 끝없이 노닐기 시작했다.

(14) 폭포수처럼 쏟아지는 장쾌한 폭력을 태운 채로 부월이는 끙끙 앓는 소리를 토하기 시작했다. 기우는 배처럼 그니는 급격히 균형을 잃어가고 있었다. 그니의 고물이 물에 잠겼다. 그니의 갑판이 물에 잠기고, 이물도 물에 잠겼다. 마지막으로 돛대 끝이 물에 잠기면서 그니는 완전한 침몰의 순간을 맞았다.
침몰하는 고단한 현재를 거슬러, 침몰하는 욕된 과거를 허위단심 거슬러 다니는 천지가 온통 설원처럼 새하얗게 표백되는 기분을 맛보았다. 새하얗게 변한 과거 속을 흔들리는 해초처럼 사뭇 부대끼며 떠밀리다가 그니는 마침내 절정의 순간을 맞게 되었다.

(15) 오늘도 들어오며 일변 등목부터 서둘렀지만 질어 터진 밥에 잡을 게 없이 싱겁게 볼가심한 탓인지 뒷맛이 특특하니 개운치 않았고, 끓는 열무 숲음국에 말아 겁비겁비 떠넣은 바람에 땀만 배어, 옆구리로 오금탱이로 쩐덕거리지 않은 데가 없었다.

그래도 김봉모는 밑이 질겨 줄담배를 태려문 채 툇마루 끝에 쭈그리고 앉아 속을 끓이고 있었다. 해 있어서 다북쑥이나 한 전 베어 뉘었더라면 밭마당귀에 모깃불이라도 놓고 나앉아 보련만, 매양 마음만 이미륵저미륵하다 으레 손이 안 가 저녁마다 뒷동을 못 보니 뉘더러 지청구도 할 수 없는 노릇이었다.

"복생아 다 먹었걸랑 붙어 앉아 저기허지 말구, 저기네 오양 옆댕이 가서 보릿꼬생이나 한 삼태 퍼오너라. 예 앉어 보니께 모기가 상여 메는 소리 헌다. 얼름……."

(16) 잠바를 입은 이씨는 나일론 천의 윤이 나는 검은빛 바지를 입은 여차장이 엉덩이가 크다고 생각한다. 차장은 아직 화가 나 있다. 이씨는 잠바 호주머니에서 껌을 한 통 꺼낸다. 김씨는 창밖을 내다보고 있다. 달리는 버스는 유쾌하다. 속이 훅 트이는 것이 만사가 술술 풀릴 것 같다.

(17) 나는 일어날 수가 없었다. 눈을 감은 채 가만히 누워 있었다. 다친 벌레처럼 모로 누워 있었다. 숨을 쉴 수 없었다. 나는 두 손으로 가슴을 쳤다. 헐린 집 앞에 아버지가 서 있었다. 어머니는 다친 아버지를 업고 골목을 돌아 들어왔다. 아버지의 몸에서 피가 뚝뚝 흘렀다. 내가 큰 소리로 오빠들을 불렀다. 오빠들이 뛰어나왔다. 우리들은 마당에 서서 하늘을 쳐다보았다. 까만 쇠공이 머리 위 하늘을 일직선으로 가르며 날아갔다. 아버지가 벽돌공장 굴뚝 위에 서서 손을 들어 보였다. 어머니가 쪽마루 끝에 밥상을 올려놓았

다. 의사가 대문을 들어서는 소리가 들렸다. 아주머니가 나의 손을 잡았다.

(18) 인자는 마당으로 나왔다. 회복기의 환자처럼 방심하고 멍한 상태로, 팔짱을 끼고 하늘을 올려다보았다. 동리는 어둡고 강변 쪽으로부터 은은한 폭죽 소리와 함께 조그만 빛의 점 하나 쏜살같이 솟구쳐 올랐다. 이어 그것은 이해할 수 없는 함성으로 하늘을 뒤덮었다.

그가 누구였던가. 남편이 오래 집을 비웠던 어느 봄날. 혼곤한 낮잠 속에서 꿈결처럼 받아들였던 사내. 남편은 옛 무덤에서 녹슨 칼을 찾아 돌아왔고, 달을 채운 아이는 그녀의 자궁을 찢고 가슴을 찢고 세상으로 나왔다.

강 쪽에서 또다시 불꽃이 오르고 외침이, 탄식이, 흐느낌이 정욕과 혼란으로 가득 찬 어둠을 찢으며 빛의 다발로 흩어졌다.

(19) 지금, 그녀는 두 손으로 가득 얼굴을 파묻고 있다. 얼굴을 파묻음으로써, 그녀의 고요함은 저 스스로 허물어져 내린다. 그러나 그 허물어짐의 진행은 아직 더 오랜 시간을 두고 계속될 것이다. 누가 이 고요함의 남은 찌꺼기들을 마구 찢어버리지만 않는다면. 엷어지는 고요함의 껍질 안으로, 먼 소리들이 메아리처럼 울려온다. 이제는 그녀가 제 힘으로 저 물빛의 끝에 도달하도록 내버려두어야 한다. 그래야 내일이면 그녀가 편안한 마음으로 모든 것을 제자리로 돌이킬 수 있을 테니까. 제발, 지금은 아무도 그녀를 간섭해서는 안 된다……. 그런데 순간, 불길한 예감을 완성시키듯, 가까운 기척이 그녀의 등 뒤로 다가선다.

(20) 날으는 산새도 그곳을 꺼리고, 불어오는 바람조차 피해 가는 것 같았다. 오직 저 영원한 우주음宇宙音과 완전한 정지 속을 나는 숨소리조차 제대로 내지 못하며 걸었다. (……) 고개를 다 내려왔을 때 나는 하마터면 울 뻔

하였다. 환희. 이 환희는 아무도 이해할 수 없으리라. 나는 아름다움의 실체를 보았다. 미학자들이 무어라고 말하든 나는 그것을 감지한 것이 아니라 인식하였다./아름다움은 모든 가치의 출발이며, 끝이었고, 모든 개념의 집체인 동시에 절대적 공허였다. 아름다워서 진실할 수 있고 진실하여 아름다울 수 있다./아름다워서 선할 수 있고, 선해서 아름다울 수 있다. 아름다워서 성스러울 수 있고, 성스러워서 아름다울 수 있다……. 그러나 아름다움은 스스로는 아무것도 갖고 있지 않다. 그러면서도 모든 가치를 향해 열려 있고, 모든 개념을 부여하고 수용할 수 있는 것, 거기에 아름다움의 위대성이 있다.

〈예시문의 작가와 작품〉

(1) 이광수, 《흙》

(2) 김동인, 〈붉은 산〉

(3) 염상섭, 〈표본실의 청개구리〉

(4) 박태원, 〈소설가 구보 씨의 일일〉

(5) 이태준, 〈농군〉

(6) 채만식, 〈논 이야기〉

(7) 이효석, 〈메밀꽃 필 무렵〉

(8) 이상, 〈봉별기〉

(9) 김유정, 〈소낙비〉

(10) 황순원, 〈탈〉

(11) 최상규, 〈한밤의 목소리〉

(12) 최일남, 〈철호 선배〉

(13) 이청준, 〈선학동 나그네〉

(14) 윤흥길,《완장》

(15) 이문구, 〈우리 동네 황씨〉

(16) 서정인, 〈강〉

(17) 조세희,《난장이가 쏘아올린 작은 공》

(18) 오정희, 〈불놀이〉

(19) 이인성, 〈유리창을 떠도는 벌 한 마리〉

(20) 이문열,《젊은 날의 초상》

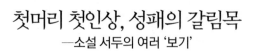

첫머리 첫인상, 성패의 갈림목
―소설 서두의 여러 '보기'

첫머리의 실패는 소설 실패의 첫걸음이다―E. A. 포

　독자의 처지에서 보면 소설의 첫머리[序頭]는 그 작품 여행에서의 첫 만남이며 첫인상이다.

　낯선 여행지에서의 그 첫 만남, 그 첫 경험은 나그네의 여정에 결정적인 작용을 하게 될 것이다. 그 첫 만남의 첫인상에 따라 그곳에 더 머물러 만리장성을 쌓을 수도 있고, 아예 외면하며 그냥 지나쳐 갈 수도 있기 때문이다. 그리하여 그곳 관광 관계자들은 사람들이 그곳을 그냥 지나쳐갈 수 없게끔 기발한 방법의 관광 안내를 한다든가 그곳의 인상을 좋게 하기 위해 머리를 쓰지 않으면 안 될 것이다.

　그 갖가지 방법의 동원이 바로 작가가 작품의 첫머리를 놓고 고심하게 되는 과정이라고 할 수 있다. 성공한 소설은 대체로 그 첫머리가 잘 풀렸다고 작가들은 말한다. 첫 매듭이 잘 풀려야 일이 제대로 풀리는 이치 그대로이다.

더 높이 날기 위해 상상의 날개 매만지기

첫머리가 잘 풀린다는 말은 그 작품을 쓰기 위한 모든 준비가 완벽하게 되어 있었다는 것을 의미한다. 그러므로 소설의 첫머리는 좋은 작품을 만들기 위해 작가의 잠재된 상상력을 응집시키는 그런 시간이라고 생각해도 좋을 것이다. 첫머리를 쓰기 위해 응집되는 상상력은 작가 자신도 모르는 사이에 소설의 다음을 준비하게 되는 것이다. 작가가 그 작품의 첫머리에 오래 집착할수록 작가의 잠재된 상상력은 날개를 펴고 작품의 그 다음 장면으로 비약해 나갈 수 있기 때문이다.

필자의 경험에 비추어볼 때 소설의 첫머리는 그 작품 구상의 마지막 단계라고 할 수 있다. 첫머리를 쓰는 데 많은 시간을 할애하는 것도 그 때문이다. 실제로 필자는 첫머리 10여 줄을 쓰기 위해 수십 장의 파지를 낸다. 그렇게 많은 파지를 내면서 첫머리를 만드는 그 긴 시간이야말로 내 상상력이 최대한으로 발휘되는 작가로서의 잠재된 의식이 비로소 재능의 줄을 타고 곡예를 시작하는, 신명의 시간이라는 것을 알기 때문이다.

첫머리 만들기,
그 과정에서 작품의 모든 것이 손에 잡혀야 한다

첫 문장, 첫 장면이 거의 완벽하게 만들어지는 그 단계가 곧 구상의 마무리이며 집필의 시작인 것이다. 첫머리를 여러 번 고쳐 쓰는 과정에서 그때까지 막연했던 것들이 분명한 모양을 잡기도 하며 이야기의 흐름이 골을 이뤄 흘러갈 자리를 비로소 찾게 된다. 그 작품의 전체적인 분위기도, 배경도, 등장하는 인물의 성격이나 그 외양까지도, 더 나아가서는 그 작품의 결말을 어떻게 낼 것인가 하는 것도 첫머리를 어떻게 쓸 것인가를 놓고 고심하는 사이에 자연스럽게 해결된다고 보면 좋을 것이다.

소설의 첫머리를 보다 계획성 있게 설계하고 세심하게 배려하는 과정에서 그 작품에 필요한 어조tone와 문체까지도 결정될 것이다. 사건 전개에 필연적인 복선도 첫머리에 은밀히 장치되어야 할 것이다. 그 작품이 필요로 하는 갈등의 빌미도, 준비 중인 분규紛糾의 실마리도 첫머리에서 배려되어야 한다.

모든 것은 습관이다. 소설을 처음 쓰려는 당신은 소설 첫머리를 놓고 많이 고심하는 습관을 갖도록 하라. 그리하여 당신은 소설 첫머리를 쓰기 위해 할애한 그 시간에 다음과 같은 문제를 놓고 고심하지 않으면 안 될 것이다.

독자 긴장시키기

대부분의 독자들은 즐기기 위해서 소설을 손에 든다. 즐거움을 찾아 나선 그네들의 그 소설 여행이 긴장으로 시작된다는 것은 매우 바람직한 일이라고 생각된다. 긴장은 그 여행의 재미를 배로 늘이는 역할을 하기 때문이다.

"아부지, 빨랑 도망가래!"

박 상사가 돌아왔다는 것이다.

형기 3년을 마치기까지 내내 이를 갈고 지냈다는 그 박 상사가 지금 마을 완호네 가게에서 소주를 마시고 있다는 소식을 가지고 올라온 큰놈이 숨이 턱에 차 헉헉거렸다.

"모두 그러는데 아부질 죽일 거래."

(필자, 〈사형〉의 첫머리)

272

아침 9시에 출항하는 은하호를 타려고 선착장까지 나갔다가 구인석具仁
錫은 기어코 공안원에게 체포되었다.

(손영목, 〈신의 나라 사람〉의 첫머리)

어떤 극적인 사건만이 긴장을 불러일으키는 것은 아니다. 평범한 일상
의 묘사도 독자를 긴장으로 사로잡을 수 있다.

30여 명의 인부들은 거의가 낮잠을 자고 있었다. 간혹은 꼰으로 장난질
인 축들도 있었고, 허공으로 눈길 주며 옛날에 잘 처먹던 한때를 더듬더듬
회상하는 축들도 있긴 했다. 그러나 거의가 오리나무 숲에 늘어져 어금니를
갈아가며 낮잠들을 즐기고 있었다.

날은 더웠다. 달궈놓은 놋쟁반같이 식을 줄 모르는 해가 영남산 중턱에
걸려 꼼짝도 하지 않았다. 간혹은 낙동강을 타고 넘어오는 바람도 있었다.
그러나 바람이 강변을 지나 여기 역두驛頭에까지 다다르면 벌써 니끼하게
더워지고 말아서 불어주나마나였다. 차라리 바람이 없어주는 편이 낮잠 자
는 패거리들에겐 속 편한 일이었다. 바람이 불어올 적마다 나무에서 송충이
란 놈이 떨어져서 징글징글 낮잠을 방해하는 것이었다.

(김주영, 〈달밤〉의 첫머리)

무덥고 조용한 분위기가 무슨 사건이 벌어질 것 같은 긴장을 자아낸
다. 그것은 궁금증의 유발이기도 하다.

독자는 이제 내가 쓰려는 이야기를 유럽의 어느 곳에 생긴 일이라고 생각
하여도 좋다. 혹은 사오십 년 뒤에 조선을 무대로 생겨날 이야기라고 생각
하여도 좋다. 다만 이 지구상의 어떠한 곳에 이러한 일이 있었는지도 모르

겠다. 있는지도 모르겠다. 혹은 있을지도 모르겠다. 가능만은 있다. 이만치 알아두면 그만이다.

(김동인, 〈광염소나타〉의 첫머리)

소설의 첫머리, 독자로부터 신뢰 얻어내기

독자들은 작가가 되도록 전지전능한 위치에 있기를 바란다. 낯선 신비의 세계로 자신을 안내하는 작가를 믿고 싶은 것이다. 독자에게 얕잡아 보여서는 그 여행을 즐겁게 안내할 자격이 없다. 어떤 문제를 풀어 나가는 작가의 전문적 식견에 의해서 작가는 독자로부터 신뢰를 받을 수 있는 것이다. 이것은 첫머리로 처음부터 독자를 압도하라는 얘기와 다르지 않다.

작가 이병주는 대체로 작품의 첫머리를 이국적인 정취까지 곁들여 거창하게 시작한다. 그것은 독자들이 모르는 세계를 작가만은 잘 알고 있다는 과시로써 독자들의 신뢰를 얻어내는 확실한 방법 중의 하나일 것이다.

예낭! 나는 이 항구 도시를 한없이 사랑한다. 태평양을 남쪽으로 하고 동서로 뻗은 해안선을 기다랗게 점거하고 북쪽에 산맥을 등진 그림처럼 아름다운 예낭. 누구나 모두 행정구역이나 법률, 또는 지도에 구애되지 않는 스스로의 도시 속에 제 나름의 감정과 꿈을 가지고 살아가듯이 나도 '예낭'이란 의식으로써 이곳에 살고 있는 것이다.

그러나 나의 예낭을 타인의 지도에서 찾아낼 수 없다. 마르셀 푸르스트가 살고 있던 그 의식 속의 파리를 지도 위에서 찾아낼 수 있을까. (……) 200만 인구의 예낭이라 하지만 나의 예낭은 200만과 공유하고 있는 예낭이 아니다. 장님의 예낭은 촉과 각의 예낭이고, 권력자의 예낭은 군림하기 위한 예낭이지만 나의 예낭은 식물처럼 그 속에 살면서 꽃처럼 꿈꾸기 위한 예낭이다.

(이병주, 〈예낭 풍물지〉의 첫머리)

이문열의 경우도 처음부터 독자를 압도하고 들어간다.

아케나톤의 아들 티라나투스의 몰락은 흔히 그의 굽 높은 샌들에서 비롯되었다고 말하여지고 있다. 코린트 지협에 있던 폴리스(都市國家) 아테르타의 집정관이었던 티라나투스가 기원전 441년 폭군 또는 참주(僭主)란 이름 아래 방벌放伐된 사건을 단순화시킨 말로, 또한 그것은 정치적 변혁의 무상성이나 허망함을 비유하는 데 쓰이기도 한다.

페르시아 전쟁 전, 그러니까 희랍세계가 비교적 조화를 이루고 있던 시절의 아테르타는 천千에 가까운 도시국가 중에서 여러 가지로 조건이 좋은 편에 속했다.

(이문열, 《칼레파 타 칼라》의 첫머리)

김원일은 소련 여행의 체험을 소설 첫머리에 십분 활용하고 있다.

금년으로 일곱 번째 맞은 '모스크바 국제 도서박람회'에 한국이 처음으로 570여 종의 도서를 출품하게 되었다. 그 사무를 주관한 대한출판협회는 도서박람회의 참관과 소련 시찰을 목적으로 모스크바 파견 대표단을 모집한 결과, 스물두 개의 회원 출판사 대표가 참가신청서를 내었다. 나도 그 일원으로 지원하였다. 모스크바에서의 도서박람회 개최 기간은 일주일이었으나 한국 대표단의 일정에 따라 나 역시 레닌그라드와 키예프를 도는 열이틀

동안의 소련 여행을 마치고 돌아왔다.

　김포공항으로 마중을 나온 아내가 안부말 끝에 현구의 소식을 알려주었
다.

(김원일, 〈마음의 감옥〉의 첫머리)

그 작품에서 말하고자 하는 작가의 의도를 첫머리로 삼을 수도 있다.
이상의 〈종생기〉나 〈날개〉 등에서는 현학적인 어투로 주제를 모두 드러
낸다.

　'박제가 되어버린 천재'를 아시오? 나는 유쾌하오. 이런 때 연애까지가 유
쾌하오.

　육신이 흐느적흐느적하도록 피로했을 때만 정신이 은하처럼 맑소. 니코
틴이 회인배 앓는 뱃속으로 스미면 머릿속에 으레히 백지가 준비되는 법이
오. 그 위에다 나는 위트와 파라독스를 바둑포석처럼 늘어놓소. 가증할 상
식의 병이오. (……)

　나는 내 비범한 발육을 회고하여 세상을 보는 안목을 규정하였소.

　여왕봉과 미망인— 세상의 하고많은 여인이 본질적으로 이미 미망인 아
닌 이가 있으리까? 아니! 여인의 전부가 그 일상에 있어서 개개 '미망인'이
라는 내 논리가 뜻밖에도 여성에 대한 모독이 되오? 끋 빠이.

(이상, 〈날개〉의 첫머리)

인물 혹은 사건에 대해 어떻게 운을 뗄 것인가

　첫머리를 대화로 시작함으로써 그 대화 내용을 통해 독자들이 어떤 인
물 혹은 사건에 흥미와 기대를 갖게 하는 방법도 많이 쓰인다.

"참 혼자된 마나님이 안 보이네. 슬픔에 겨워서 기함이라도 했나?"

"기함은, 그 마나님이 그래 봬도 보통내기가 아니라던데 제 살 궁리하기에 바쁘겠지 뭐."

"쯧쯧 삼우제나 치르고 제 살 꿍꿍이속 차려도 늦지는 않으련만 누가 당장 내칠 것도 아니고……."

"뉘. 아니래, 삼우까지도 안 바래고 내일 장례 때까지만이라도 의젓하게 마나님 노릇 해주면 이 집 체면이 서련만……."

"아 보통 사람 수준은 돼야 그런 사람 노릇을 바라지. 내 보기엔 처음부터 그럴 위인이 못되더구먼. 진태 엄마가 암만 약은 척해도 헛약았다니까. 깐눈에 뭐가 씌었던지. 그 거렁뱅이 할멈을 어쩌자고 집에다 끌어들여 가지고……."

"거렁뱅이는 아니었대요. 성남 모란시장 근방서 광주리장수를 했다던데……."

(박완서, 〈지 알고 내 알고 하늘이 알건만〉의 첫머리)

작품의 주인공을 소개하는 형식으로 첫머리를 풀어가는 경우도 있다.

남유자南劉子의 본명은 문자文字, 1942년 밀양 생生, 여섯 살 때 부산으로 이사해서 거기서 S여중고를 다녔다. 부친은 남신주南信周 화백이다. 남 화백은 일찍 상처하고 그때까지 초야에 묻혀 있던 정물화가로 화력 같은 것도 분명치 않고 유작들의 행방은 더구나 묘연해서, 이 나라에 이식된 양화사洋畵史의 피상적인 계보조차 제대로 정리되고 기록되어 있지 않은 현금의 황폐한 문화권을 탓할 수밖에, 지금의 내 형편과 처지로서는 알아볼 도리가 막막하다. 좀 괴팍한 성격이었던 모양으로 4학년의 나이가 될 때까지 유자를 소학교도 보내지 않고, 집에서 생선 굽는 법 같은 것만 가르쳤다고 한다.

(이제하, 〈유자약전〉의 첫머리)

수술실에서 나온 이인국 박사는 응접실 소파에 파묻히듯이 깊숙이 기대어 앉았다.

그는 백금 무테 안경을 벗어 들고 이마의 땀을 닦았다. 등골에 축축히 베인 땀이 잦아들어감에 따라 피로가 스며왔다. (……) 그의 병원 부근은 거의 한 집 건너 병원이랄 수 있을 정도로 밀접한 지대다. 이름 없는 신설병원 같은 것은 숫제 비장날 시골 점방처럼 한산한 속에 찾아오는 손님을 기다리고 있는 형편이다.

그러나 이인국 박사는 일류대학 병원에서까지 손을 쓰지 못하여 밀려오는 급환자들 틈에 끼여 환자의 감별에는 각별한 신경을 쓰고 있다.

그것은 마치 여관 뽀이가 현관으로 들어서는 손님의 옷차림을 훑어보고 그 등급에 맞는 방을 순간적으로 결정하거나 즉석에서 서슴지 않고 거절하는 경우와 흡사한 것이라고나 할까. 이인국 박사의 병원은 두 가지의 전통적인 특징을 가지고 있다. 병원 안이 먼지 하나도 없이 정결하다는 것과 치료비가 어느 병원의 갑절이나 되게 비싸다는 점이다.

그는 새로 온 환자의 초진에서는 병에 앞서 우선 그 부담 능력을 감정하는 데서부터 시작한다. 신통치 않다고 느껴지는 경우에는 무슨 핑계를 대든 그것도 자기가 직접 나서는 것이 아니라 간호원더러 따돌리게 하는 것이다.

(전광용, 〈꺼삐딴 리〉의 첫머리)

이 소설의 첫머리에서는 주인공 '이인국'이 의사라는 신분과 그의 약삭빠른 처세지향적 인간성을 보여줌으로써 앞으로 펼쳐질 이야기의 양상을 암시하고 있는 것이다. 다음 작품은 둑방동네 사람들의 삶이 '아버지'의 인물묘사로 어느 정도 드러난다.

> 언제부터인가 아버지는 우리 둑방동네에서 개서방이라는 별명으로 불리웠다. 개를 훔치고, 훔친 개를 잡아서 보신탕집에 넘기는 일로 우리 세 식구(아버지와 나, 그리고 열여덟 살짜리 누나, 이렇게 세 식구다)의 생계를 삼아온 아버지니까, 그런 별명이 전혀 연고가 없는 것은 아니었다. 그런 데다가 아버지에게는 개하고 그렇고 그런 일까지 있었다는 알쏭달쏭한 소문도 나돌고 있으니, 만약 그게 사실이면 개서방이라는 이름은 꼭 맞아떨어지는 별명이 아닐 수가 없었다.
>
> 우리 아버지가 개하고 진짜로 그 따위 엉터리 없는 장난을 저질렀는지 어쨌는지, 그건 내가 알 바 아니다. 그러나 이미 그런 소문은 우리 둑방동네에 파다하게 퍼져버려서 심지어는 나까지도 싸잡아, 저 녀석도 혹시 개의 니노지에서 생겨난 자식이 아닐지 몰라, 하고 도매금으로 몰아 때리는 사람까지도 있을 정도다.
>
> (조선작, 〈성벽〉의 첫머리)

넌지시 드러내기

소설의 첫머리는 작품 내용을 암시적으로 보여줄 수 있는 기능도 가지고 있다. 즉, 그 첫머리를 통해 이야기의 어떤 실마리를 잡을 수 있도록 세심한 장치가 필요하다는 뜻이다. 그러한 암시는 대체로 그 이야기가 시작되는 첫 장면의 분위기 묘사로 나타난다.

> 1964년 겨울을 서울에서 지냈던 사람이라면 누구나 알고 있겠지만, 밤이 되면 거리에 나타나는 선술집—오뎅과 군참새와 세 가지 종류의 술 등을 팔

고 있고, 얼어붙은 거리를 휩쓸며 부는 차가운 바람이 펄럭거리게 하는 포장을 들추고 안으로 들어서게 되어 있고, 그 안에 들어서면 카바이트불의 길쭉한 불꽃이 바람에 흔들리고 있고, 염색한 군용잠바를 입고 있는 중년 사내가 술을 따르고 안주를 구워 주고 있는 그러한 선술집에서, 그날 밤, 우리 세 사람은 우연히 만났다. 우리 세 사람이란 나와 도수 높은 안경을 쓴 안安이라는 대학원 학생과 정체를 알 수 없지만 요컨대 가난뱅이라는 것만은 분명하여 그의 정체를 꼭 알고 싶다는 생각이 조금도 나지 않는 서른 대여섯 살짜리 사내를 말한다.

(김승옥, 〈서울, 1964년 겨울〉의 첫머리)

작품의 시간적 배경은 물론이고 그 시대를 사는 세 사람의 인물을 제시해 음산한 분위기를 연출하여 독자가 그 분위기에 젖어들게 하고 있다.

큰형의 죽음을 확인하러 가는 고향길에는 짙은 안개가 우욱우욱 덮치고 있었다. 정말 대단한 안개였다. 오항리행 시외버스 속 30여 명 승객들은 버스가 샘밭에서 고장을 일으켜 꽤 오래 지체하는 동안도 서로 약속이나 한 듯 누구하나 툴툴거리지 않았다. 오히려 그 짙은 안개 속을 난폭하게 밀고 들어가는 운전기사의 기분이라도 다칠세라 겁먹고 있는 얼굴들이었다. 그처럼 지독한 오늘의 안개 상황을 지방방송국의 아나운서가 음악방송 틈틈이 마치 계엄지구에 포고령을 발표하듯 열심히 주워대고 있었다. 시계 1킬로미터 이상인 방무가 12월 들어 벌써 세 번째로, 이러한 안개의 극성은 이 지방의 낮기온이 전국에서 가장 낮은 이상 기온을 만들어내고 있다는 얘기였다. 햇빛이 안개에 의해 완전히 유보된 상태라 몇 번씩 확인한 낮 두 시가 도무지 실감나지 않을 정도로 사위는 어두웠다.

(필자, 〈썩지 아니할 씨〉의 첫머리)

앞으로 일어날 사건이 안개의 상황처럼 불투명하다는 것을 암시하고 있다.

> "개니?"
>
> 그가 물었다. "아뇨, 낙타예요."
>
> 아이가 말했다. "그럼 왜 혹이 없니?" "으응, 그건…… 무거우니까 내려놨지. 아빤 그것도 몰라?" 아이의 눈이 반짝 위쪽으로 떠올랐다. "뭐야 무거워서?" "그렇다니까." 별처럼 맑은 눈이었다.
>
> (이순원, 〈낙타는 무릎이 약하다〉의 첫머리)

'그'와 '아이'가 주고받는 말을 통해 그 작품의 내용을 암시적으로 제시, 독자가 어떤 정보를 얻도록 한다.

화자 혹은 시점을 알리는 방법

작품의 첫머리에서 지금 그 이야기를 누가 어떤 위치에서 하고 있는가를 밝힘으로써 독자의 작품 여행에 도움을 줄 수 있어야 한다. 여성 작가가 남성 화자를 쓰는 경우 일찌감치 그 사실을 밝히는 것이 좋다. 독자들은 대부분 화자가 곧 그 작가라고 생각하고 있기 때문에 불필요한 혼란을 줄 필요가 없기 때문이다.

> 아내가 잠옷과 세면도구를 싼 타월을 들고 욕실로 사라지자 나는 양복 윗도리만을 벗어 의자 위에 던져놓고 침대에 벌렁 누워버렸다. 반듯이 눕자 이내 천장의 단조로운 무늬들이 출렁대며 달려드는 바람에 자세를 고쳐 새우잠을 자듯 옆으로 꼬부리고 누웠다.

　여성 작가인 오정희는 남편 '나'를 화자로 등장시켜 결혼 5년 만에 떠난 '아내'와의 여행에서 삶에 대한 회의 혹은 대상 없는 증오로 하여 드디어는 살인까지 하게 되는 이야기를 만들어낸다.

　싸움, 간통, 살인, 도적, 구걸, 징역, 이 세상의 모든 비극과 활극의 근원지인 칠성문 밖 빈민굴로 오기 전까지는, 복녀는 부처(사농공상의 제2위에 드는) 농민이었었다.

　복녀는, 원래 가난은 하나마 정직한 농가에서 규칙 있게 자라난 처녀였었다. 이전 선비의 엄한 규율은 농민으로 떨어지자부터 없어졌다 하나, 그러나 어딘지는 모르지만 딴 농민보다는 좀 똑똑하고 엄한 기율이 그의 집에 그냥 남아 있었다. 그 가운데서 자라난 복녀는 물론 다른 집 처녀들같이 여름에는 벌거벗고 개울에서 멱 감고, 바짓바람으로 동네를 돌아다니는 것을 예사로 알긴 알았지만, 그러나 그의 마음속에는 막연하나마 도덕이라는 것에 대한 저품을 가지고 있었다.

　그는 열다섯 살 나는 해에 동네 홀아비에게 80원에 팔려서 시집이라는 것을 갔다.

　이 작품은 3인칭 전지적 서술로 이야기가 전개되고 있음을 첫머리를 통해 금방 알 수 있다.

　남들이 나를 일곱 살짜리로서 부족함이 없는 그저 그만한 계집아이 정도로 여기고 있는 게 틀림없지만, 나는 결코 그저 그만한 어린아이는 아니다.

세상 돌아가는 이치는 다 알고 있다, 라고 말하는 게 건방지다면 하다못해 집안 돌아가는 사정이나 동네 사람들의 속마음까지도 두루 알아맞힐 수 있는 눈치만큼은 환하니까. 그도 그럴 것이 사실을 말하자면 내 나이는 여덟 살이나 아홉 살, 둘 중의 하나이다.

(양귀자,《원미동 시인》의 첫머리)

화자를 어린 소녀로 설정한 것이 첫머리에 드러나 있다.

작은 것, 그러나 상징적인 것으로

어떤 구체적인 물체를 묘사하는 첫머리로 작품의 상징성을 마련할 수도 있다.

애당초 그것은 그저 단순한 우산일 따름이었다. 접어놓고 봐도 펴 들고 봐도 그랬고, 맨눈으로 봐도 안경을 끼고 봐도 역시 매한가지였다. 우산이란 물건이 본디 그런 속성을 타고났듯이 김달재 씨가 최근에 입수한 그것 또한 거기서 예외일 수는 없는 노릇이었다. 아무리 그것에다 뭔가 특별한 의미를 덧입혀주려 해봤자 깔축없이 그것은 필요할 때 하늘을 가려 옷이 젖지 않게시리 쏟아지는 비를 막기 위한 일종의 생활용구에 지나지 않았다.

그러던 것이, 어느 때부터인가 갑자기 그것은 주인인 김달재 씨의 흉중에 단순한 우산 이상의 중요한 의미를 띤 채 그들먹히 육박해 오기 시작했다.

(윤흥길, 〈매우 잘생긴 우산 하나〉의 첫머리)

그 우산으로 해서 일어나는 해프닝을 통해 이 사회의 잘못된 생각들을 신랄하게 지적하고 있는 소설의 첫머리다.

내 고향 덕도의 갯벌 밭에는 낙지가 많이 잡혔는데, 낙지일수록 어린 것을 먹어야 한다고 사람들은 말했다.

죽기살기 무릅쓰고 몸부림치고 발버둥치듯 손등을 감고 돌면서 혹 같은 빨판으로 살갗을 문짓문짓 빨아대는 구슬꾸러미 같은 발들을 훑어내며 알토란같은 머리통부터 입에 넣고 씹노라면 짭짤한 듯 비리고, 비린 듯 달고, 단 듯 올깃졸깃한 맛이 그만이라는 것이었다. 그것도 배 위에서 주낙으로 잡은 것보다는 아낙네들이 갯벌에서 구멍을 쑤셔 잡아온 것을 갯바구니에서 꺼내가지고 바닷물에 헹구어 소금기 밴 마파람 맞으며 연안의 돌자갈밭에 앉아 먹어야 제맛이 난다고 했다.

(한승원, 〈낙지 같은 여자〉의 첫머리)

제목 그대로 낙지 같은 여자를 그리기 위해 낙지에 대한 얘기를 첫머리로 하고 있다.

사건의 시작을 어떤 방법으로 알릴 것인가

소설은 대체로 뜻하지 않은 어떤 사건이 돌발적으로 일어나는 것으로 시작된다. 그럴 때 전화는 빼놓을 수 없는 소도구다.

먹이를 찾아 눈 덮인 산기슭을 더듬어 인가로 숨어든 살쾡이의 흔적을 보듯 나는 할아버지의 느닷없는 출현에 가슴이 섬뜩했다.

유별나게 추운 겨울이었다. (……) 식탁에 앉은 채 내심 툴툴거리고 있을 때였다.

"아빠, 전화 받아보세요."

4학년짜리 둘째가 수화기를 건네온다.

"파출소래."

(필자, 〈외딴 길〉의 첫머리)

늦은 밤에 울리는 전화벨 소리는 아침 잠자리에서 듣게 되는 까마귀 울음
만큼이나 불길한 조짐을 불러일으킨다. 가르시아는 이튿날 오전 신문사에
넘겨 줄 칼럼 원고 위에 얹혀 있는 안경부터 집어 끼면서 수화기를 들었다.
지명수배를 받고 도피 중인 도이미나한테서 걸려온 전화일는지도 모른다
는 기대에 찬물을 끼얹는 낯선 목소리가 수화기에서 흘러나왔다.

(정종명, 〈숨은 사랑〉의 첫머리)

비나 눈이 내리는 기상상황으로 시작되는 첫머리도 많다.

눈이 내리고 있었다. 아침부터 내리는 눈이었다. 혜자는 창문을 열어놓
고 창틀에 올라앉아 천지를 어지럽게 흔들며 편편이 쏟아져 내리는 눈을 바
라보았다. 눈이 내리기 때문인가, 들려옴직한 작은 소음까지가 묻혀버린 듯
동네가 조용했다.

(오정희, 〈순례자의 노래〉의 첫머리)

**김채원은 중년 여자의 떨림을 쓴 〈겨울의 환〉의 첫머리를 편지투로 시
작하고 있다.**

언젠가 당신은 제게 나이 들어가는 여자의 떨림을 한번 써보라고 말하셨
습니다. 저는 그 얘기를 지나쳐 들었습니다, 라기보다 글이라고는 편지와
일기 정도밖에 써보지 못한 제가 어떻게 그런 것을 쓸 수 있을까 두려운 마
음이 앞섰습니다. 저는 감정의 훈련도, 또한 그 감정을 끌어내어 표현하는

능력도 갖고 있지 못하기 때문입니다.

찾아서 떠나는 구조, 소설의 첫머리는 대개 그렇게 시작된다

길 위에서 시작되는 이야기가 많다. 화자가 어떤 사건 혹은 어느 인물, 또는 어떤 장소를 찾아서 떠나는 첫머리는 독자의 소설 여행 중 가장 흥미롭고 긴장이 기대되는 구조인 것이다. 독자가 그 여행에 기꺼이 동참하고 싶은 첫머리가 되지 않으면 안 된다.

발목까지 빠져드는 눈길을 두 사내가 터벅터벅 걷고 있었다. 우중충 흐린 하늘은 곧 눈발이라도 세울 듯, 이제 한창 밝을 정월 보름달이 시세를 잃고 있는 밤이었다.

앞서서 걷고 있는 사내는 작은 키에 다부져 보이는 체구였지만 그 걸음걸이가 어딘지 모르게 허전허전한 느낌을 주는 것이었다. 그 사내로부터 두서너 걸음 뒤져 걷고 있는 사내는 멀쑥한 키에 언뜻 보아 맺힌 데 없다는 인상을 주면서도 앞선 쪽에 비해 그 걸음걸이는 한결 정확했다.

(필자, 〈동행〉의 첫머리)

버스가 산모퉁이를 돌아갈 때 나는 '무진Mujin 10Km'라는 이정비를 보았다. 그것은 옛날과 똑같은 모습으로 길가의 잡초 속에서 튀어나와 있었다. 내 뒷자석에 앉아 있는 사람들 사이에서 다시 시작된 대화를 나는 들었다.

(김승옥, 〈무진기행〉의 첫머리)

영달은 어디로 갈 것인가 궁리해 보면서 잠깐 서 있었다. 새벽의 겨울바람이 매섭게 불어왔다. 밝아오는 아침 햇볕 아래 헐벗은 들판이 드러났고

곳곳에 얼어붙은 시냇물이나 웅덩이가 반사되어 빛을 냈다. 바람 소리가 먼 데서부터 몰아쳐서 그가 섰는 창공을 베이면서 지나갔다. 가지만 남은 나무들이 수십여 그루씩 들판 가에서 바람에 흔들렸다.

(황석영, 〈삼포 가는 길〉의 첫머리)

일요일인데도, 그는 죽으러 나가려고 구두끈을 매고 있었다. 그의 손가락들은 조금씩 떨리고 있었다.

(조해일, 〈매일 죽는 사람〉의 첫머리)

내가 그 영감태기를 처음 만난 것은 도리산 시민공원 중턱에 있는 정자에서였다. 나는 그해 여름에 매일 그 정자에서 딴 노인들 서넛과 함께 더위를 식혔다.

(서정인, 〈정자 그늘〉의 첫머리)

사건이 벌어지는 어떤 빌미를 첫머리 장면으로 잡기도 한다

"야 흑부리, 이리 나와, 야 흑부리, 너 말야 새꺄."

바우는 젊은 장교를 멀뚱히 바라보다가 옆의 사람들을 둘러보았다. 자기 말고 흑부리라고 불릴 만한 사람은 없었다. 왼쪽 위아래 어린애 주먹만 한 살 덩어리를 달고 있는 것은 바우뿐이었다. 그러나 번쩍거리는 높은 계급장을 단 장교가 수많은 사람 중에서 하필이면 자기를 지목했을까 싶어 설마하면서도 대답은 하려고 하였다.

"이 새꺄 귀까지 처먹었냐? 앞으로 나오란 말이다. 얼른."

(노순자, 〈분노의 메아리〉의 첫머리)

꿈 또는 잠은 소설 첫머리의 단골이다

소설의 첫머리를 꿈 얘기나 등장인물(혹은 화자)이 잠에서 깨어나는 순간으로 시작하는 경우는 진부할 정도로 흔하다.

(······) 그것은 마치 두 개의 바람 소리가 초원 한가운데서 만나 화음을 이루는 것 같았다. 그것은 훌륭한 교미였다. 그 바람 소리의 교미로 하여, 쏟아지는 음수로 하여 시들어 누렇던 풀잎들이 푸들푸들 일어서고 있었다.

그 골목에 내 집을 마련해 놓고 이사 가기 전날 밤 꾼 꿈이었다.

(필자, 〈늪에서는 바람이〉의 첫머리)

눈을 뜨자 그는 벌떡 자리에서 일어났다. 아무것도 보이지 않았다. 그는 벽을 더듬거려 겨우 옆에 붙은 스위치를 찾아냈다.

희미한 백열등이 켜졌다. 그것은 장식이 없는 작고 낯선 방이었다.

(이균영, 〈어두운 기억의 저편〉의 첫머리)

깜박 잠이 들었나 보다. 눈이 뜨인 것은 어떤 소리 때문이었다. 어느새 창문에서 프르스름하게 새벽빛이 묻어나고 있다. 전등이 여태 켜져 있나? 어마 이를 어쩨. 나는 무릎걸음으로 덮치는 갓전등 불을 끈다.

(서영은, 〈산행〉의 첫머리)

그는 쇠사슬로 목을 졸리는 듯한 갈증에 퍼뜩 눈을 떴다. 혓바닥이 가랑잎처럼 버석거렸다.

비틀거리며 침대에서 기어 내려온 그는 벽을 따라 비칠비칠 식당으로 갔다. 수돗물을 두어 번 벌컥벌컥 받아먹고 나니 갈증은 한결 덜해졌으나 골속이 찌르르 갈라지는 듯했다.

(서영은, 〈침식〉의 첫머리)

어느새 잠이 들었던 것일까. 온몸이 부웅 옆으로 쏠리는 부드러운 중압감
에 눈을 떴다. 어깨의 무지룩한 느낌은 자고 있는 동안에도 내내 나를 괴롭
혔는데, 옆자리의 여자가 아직도 고개를 내 어깨에 얹은 채 곤한 숨소리를
내며 잠들어 있었다. 차 안은 충분한 난방 탓인지 나른한 졸음기로 가득 차
있었다.

(이선, 〈기억의 장례〉의 첫머리)

죽음, 그것은 소설 첫머리의 가장 강렬한 모티프다

어떤 인물의 죽음으로 시작되는 이야기는 독자들을 긴장시킬 수 있는
가장 흔한 방법이다.

녀석의 죽음을 안 것은 퇴근시간이 임박해서였다. 지겨운 일과에서 풀려
나 한바탕 기지개라도 켜대려는 판에 하필이면 낡은 제복의 사내가 내 앞에
불쑥 나타났던 것이다.

(이동하, 〈새〉의 첫머리)

죽음이란 어차피 그런 것이라고는 해도 숙부의 경우는 너무나 갑작스러
웠다. 부음에 접한 것은 저녁상을 막 물리고 난 직후였다.

(이동하, 〈파편〉의 첫머리)

할아버지가 돌아가셨다. 처음부터 학鶴과는 거리가 먼 인생이지만, 소처

럼 산다고 해도 천만 년을 살 것 같던 할아버지가 아홉 고개를 바로 앞에 두고 그만 눈을 감으신 것이다.

"내 죽더라도 소 한 마리는 꼭 찾아라. 암 찾아야 하구말구. 진즉에 찾았어야 옳은 일인데……."

(이순원, 〈소〉의 첫머리)

작품의 배경이 되는 어느 장소를
묘사하는 첫머리도 많이 쓰인다

우리 안드기 마을은 갈마봉 남쪽 산자락에 터를 잡고 있었다. 30여 호 남짓한 초가집들은 마치 거대한 삼태기에 담긴 대합 꼬락서니였다. 마을 앞은 질펀한 들판이 있고 그 들을 가로지른 끝에 야산 하나가 지친 짐승처럼 길게 누워 있었다. 그 산을 갈마봉 꼭대기서 내려다보면 허리가 잘록한 왕개미처럼 보인다고 어른들은 말했다. 그러나 우리들 중 어느 누구도 갈마봉에 올라 왕개미 같다는 마을 앞산을 내려다본 동무는 없었다. 갈마봉이 그만큼 높고 험했던 때문이었다.

(김문수, 〈노리개〉의 첫머리)

어떤 소문을 빌미로 해서 이야기를 풀어가는
소설의 첫머리도 있다

다리 건너 상암리 마을에서 봄바람을 타고 이상한 소문이 번져오기 시작했다. 그것은 황폐한 들녘을 한차례 핥고 지나온 바람처럼 불쾌한 공포의 흙먼지를 사방에 지분지분 떨구고 있었다.

신철信哲이가 그 얘기를 처음 들은 곳은 숯거리 끝에 있는 쭈그렁 할머니

네 주막에서였다.

(박양호, 〈늑대를 찾아서〉의 첫머리)

소설의 첫머리 첫 문장, 첫 단어가 그 작품의 첫인상이라는 것을 다시 한 번 강조하는 의미에서 두 작가의 작품집 한 권씩을 택해 각 작품의 첫 문장을 뽑아보기로 한다. 그 첫 문장, 첫 단어가 어떤 계산에서 선택된 것일까 생각해서 보는 것도 좋을 것이다.

※참고
(ㅊ) : 최수철, 《화두, 기록, 화석》(문학과지성사)

(ㅇ) : 이순원, 《그 여름의 꽃게》(세계사)

—김동욱, 우리는 그를 도저히 용서할 수 없다. ((ㅊ) 〈배경과 윤곽〉)

—누군가가 내게 나의 직업을 밝히라고 한다면, 나는 나의 직업이, 아니 더 정확한 표현을 빌어 말하자면 본업은 시인이라고 말하지 않을 수 없다. ((ㅊ) 〈시선고〉)

—길을 가면서 혹은 그저 가볍게 몸을 움직이면서, 그리고 때로는 단순히 움직인다는 생각만으로도 나의 몸 여기저기에서, 전기 혹은 정전기 같은 것이 번쩍번쩍거리며 일어나는 것을 느낄 때가 있다. ((ㅊ) 〈몸짓 언어〉)

—삼십대 초반의 평범한 회사원인 최배중은 그러나 어딘가 다분히 평범하지 않은 면을 지닌 사내였다. ((ㅊ) 〈말처럼 뛰는 말〉)

—앞으로 장황하게 이어져 나갈 이 글은 박창도라는 사내에 대한 이야기다. ((ㅊ) 〈화두, 기록, 화석〉)

—에엥— 민방공 훈련의 종료를 알리는 사이렌 소리가 화사한 봄날의 오

후를 가르자 빌딩에서 내려다보이는 거리는 막 건져 올린 그물처럼 파득거렸다. ((○)〈라〉)

—없다

작업대 서랍이며 캐비닛, 하다못해 암실의 휴지통까지 뒤져보았지만 사수가 계집애를 안고 찍은 사진은 나오지 않았다. ((○)〈낮달〉)

—맵다.

그러나 꼭 매운내 때문만은 아니다. ((○)〈낮달·2〉)

—춥다.

아무래도 그걸 입고 나올 걸 그랬는가 보다. ((○)〈끄브미와 깨라리〉)

—사랑하는 아우에게.

그게 언제였었지. ((○)〈다시는 빵을 핥지 않기 위하여〉)

—"이 병장님, 말년일수록 몸조심하셔야지요. 군대 격언이 아닙니까?"

((○)〈절망, 그 연습에서 연습으로〉)

—형님한테서 다시 전화가 왔다. ((○)〈아버지의 수레〉)

지금까지 '보기'로 뽑은 작품의 첫머리를 읽는 동안 당신은 소설을 쓴다는 일이 그렇게 괴롭지만은 않을지도 모른다는 생각을 할 수도 있을 것이다.

그것은 그 작품들의 첫머리가 잡혔을 때 그 작가가 가졌던 신명이 당신의 몸속으로 옮겨왔을지도 모른다는 기대 때문이다. 그 기대대로라면 지금쯤 당신은 소설을 쓰고 싶은 충동으로 마음이 몹시 설레고 있을 것이라고 믿어진다.

소설의 첫머리는 우선 흥미가 있어야 한다. 독자가 작품을 읽는 동안도 그 흥미를 유지할 수 있는 것도 그 첫머리의 인상, 그 매력 때문이다. 독자들은 작품을 읽는 동안 계속 그 첫머리의 장면을 잊지 않고 기억해 넘으로써 이야기 속의 비밀을 풀 수 있다고 믿고 있는 것이다.

첫 문장, 첫 단어—첫머리가 그 작품 구상의 마지막 단계이듯 일단 잡힌 첫머리는 그 작품의 완성이나 다름없다고 할 수 있다. 그 첫머리를 잡기 위해 작가가 할애한 시간과 그 노력을 생각할 때, 그 작품은 성공한 것이나 다름이 없기 때문이다.

"그 첫 장만 읽어도 안다."

당신은 신춘문예에 응모된 그 수많은 작품이 예심 과정에서 그 첫머리에 의해 탈락될 수 있다는 사실을 잊어서는 안 된다. 그와는 달리 당신이 그처럼 힘을 기울인 첫머리가 당신의 작가적 재능과 잠재된 상상력을 확인시키는 결정적 역할을 할 수 있다는 것도 잊어서는 안 될 것이다.

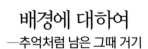

배경에 대하여
─추억처럼 남은 그때 거기

작품의 모든 배경은 어떤 의도에 의해 설정된다

작품이 구상되는 단계에서 당신은 다음과 같은 질문을 하게 될 것이다. 어떤 시대, 어느 시간, 어떤 상황, 어느 장소에서 그 일이 일어난 것으로 할 것인가. 그 사건은 왜 그런 시간, 그런 장소에서 일어나야만 했는가. 즉, 그런 시간, 그런 장소, 그런 분위기가 필요로 하는 사건은 어떤 것이어야 할 것인가. 그 이야기에 걸맞은 시대, 그 인물의 활동이 자연스러운 그런 환경은 어떤 것이어야 할 것인가. 어떤 배경이어야 그 작품을 읽는 독자를 사로잡을 수 있을 것인가. 어떤 의도, 어떤 목적으로 그 배경을 선택했는가를 분명히 말할 수 있어야 한다.

잊을 수 없는 사람, 지워지지 않는 그 배경

좋은 소설은 독자의 기억에 오래 남을 수 있는 뭔가를 가지고 있다. 대체로 그 소설 속에 등장한 어떤 인물에 대한 인상이 쉽게 잊혀지지 않는다. 독자를 사로잡을 만한 매력을 지닌 그런 인물(혹은 성격)을 작가가 창조해 냈기 때문이다. 그 매력이란 아직 만나보지 못했던 낯선 사람에 대한 깊은 관심에서부터 시작되는 법이다.

소설의 인물이 기억에 오래 남듯 그 인물의 활동 무대인 배경 또한 독자의 기억에서 쉽게 지워지지 않는 법이다. 작가가 그 배경을 설정할 때 독자의 기억에 새겨질 인상적인 것을 선택했기 때문이다. 어떤 장소 혹은 신비감을 일으켜주는 어떤 분위기, 또는 어떤 현장에서의 사건의 얽힘과 풀림을 통한 그 극적인 장면이 독자를 긴장시켜 기억에 오래 남게 될 것인가를 심사숙고했던 것이다.

그 장소, 그 분위기, 사건이 일어난 그 시간이, 우리가 아직 체험해 보지 못한 낯선 것일수록 긴장과 흥분이 따르는 법이다. 비록 우리가 늘 생활하는 집 안을 무대로 사건이 벌어진다고 해도 작가가 그것을 색다른 각도에서 포착하여 그려내게 되면 그것은 전혀 낯선 세계로 보일 수 있다. 그 낯선 장소 혹은 선택된 어떤 시간, 우리가 아직 체험할 수 없었던, 작가만이 그 비밀을 알고 있는 어느 현장의 장면 하나하나가 모두 치밀한 의도에 의해 선택된 배경인 것이다.

명작의 배경, 왜 잊혀지지 않는가

소설을 쓰려는 당신은 지금까지 읽은 외국의 소설 중에서 아직도 기억에 남아 있는(물론 그 장면이 분명하게 기억되는 것은 아니라고 해도) 작품을 머리에 떠올려볼 필요가 있다. 헤밍웨이의 조용한 아침의 해상 풍경이 인상적으로 그려진 〈노인과 바다〉, 산정에 표범의 시체가 누워 있는 그 상징성의 〈킬리만자로의 눈〉, 안내 노인을 따라 철교 폭파 지점을 답사하고 있는 조던의 눈에 비친《누구를 위하여 좋은 울리나》의 그 계곡, 그리고 멜빌의 고래 생태 및 그 포획 기술을 백과사전식으로 나열한《백경》, 절대적인 율법으로 '성'에 복종하고 있는 그 마을의 여관 묘사를 끈질기게 보여준 카프카의《성》, 접경의 긴 터널을 통과하면서 나타나는 눈이 많이 내리는 고장의 자연을 아름답게 그린 가와바타 야스나리의 〈설국〉, '비둘기도 나무도 공원도 없는' 그런 살벌한 공간 보여주기로 시작하는 까뮈의《페스트》, 포로수용소의 절박한 극한 상황을 그린 게오르규의《25시》 등등.

위에 열거한 몇 편의 작품을 머리에 떠올리는 동안 당신은 소설에서 그 배경이 갖는 비중이 얼마나 큰 것인가를 확인할 수 있을 것이다.

배경_{setting}은 소설을 이루는 요소의 하나다

환경, 무대 혹은 공간이라고 말하는 이 배경은 이야기가 짜이고 펼쳐지는 동안의 '특정한 시간과 공간'을 의미한다. 즉, 작품의 시대적·역사적 환경을 말하는 것이다. 그 이야기의 사실성, 등장하는 인물의 생동감, 그 이야기를 지배하는 전체 혹은 장면마다의 적절한 분위기가 바로 배경에 의해 구현되는 것이다. 소설은 그 변하는 상황에 따라 인물이 나타나고 그 인물의 생각이 바뀌며, 따라서 그 상황에 사태가 달라지는 것이다.

배경에 대한 많은 소설이론가들의 견해 중 가장 보편적인 것은 케니w. Kenny의《소설 분석법》에 나타난 분류다. 케니는 배경이 다음 네 가지 요소로 이루어지고 있다고 말한다.

(1) 자연적 배경 : 지리학적 장소 또는 실내의 세부적 묘사 장면.
(2) 사회적 배경 : 인물이 생활해 나가는 직업 및 그 양태.

(3) 시간적 배경 : 사건이 발생하는 시간, 즉 역사적 시대나 계절.

(4) 정신적 배경 : 인물들의 종교적, 도덕적, 지적, 사회적, 정서적 배경.

작품의 무대를 어디로 할 것인가

자연적 배경은 주로 사건이 일어나는 지정학적 공간을 의미하는 것으로 향토색이 짙다든가 도시 빈민촌을 그렸다는 등 특정한 장소를 구체화시키고 있는 것이 특징이다. 김유정, 이효석 소설의 강원도 시골 풍경은 지정학적 배경이 그녀들 작품 세계의 구축에 결정적인 역할을 했다고 본다. 이문구의《관촌수필》의 무대인 충청도 어느 촌락, 조정래《태백산맥》의 벌교 땅, 이청준《당신들의 천국》의 소록도, 현기영《변방에 우짖는 새》의 제주도, 양귀자《원미동 사람들》의 원미동 등은 모두 그 지역의 특수한 환경 등을 본격적으로 배경삼아 성공한 작품들이라고 할 수 있다.

이문구는《관촌수필》의 연작인 〈일락서산〉에서 형편없이 변한 고향 마을 갈머리(관촌부락)를 주인공의(화자) 머릿속에 복원시키고 있다.

갈머리는 일테면 한내읍 교외로서 읍내 복판에서 보통 걸음으로 10분이면 닿던 가까운 거리에 있었다.

마을 동구 입구 앞에는 조갑지 같은 초가 세 채가 신작로를 가운데로 하여 따로 떨어져 있었다. 한 채는 눈깔사탕이며 엿과 성냥을 팔던 송방松房으로 불리운 구멍가게였고, 주인은 술장수 퇴물인 채씨 부부였다. 그 맞은편 집은 사철 풀무질이 바쁘던 원 애꾸네 대장간이었으며, 그 옆으로 저만치 물러나 있던, 대낮에도 볕살이 추녀 끝에서만 맴돌다가 어둡던 옴팡집은 장중철이가 차린 주막이었다. 부엌은 도가술에 물 타서 느루 팔던 술청이었고, 손바닥만 하던 명색 귀퉁이는 이발기계와 면도 하나로 깎고 도스리던,

장에 가는 장꾼들만 바라보던 무허가 노천 이발소였다. 주막과 대장간 어중간에는 사철 시커멓게 끄슬린 드럼통 솥이 걸리어 있어, 장날마다 싸잡아 나무를 때어 끓이면서 장으로 들어가는 옷가지나 바랜 이불잇 따위를 염색하던, 검정 염색터가 전봇대 밑에 웅크리고 있게 마련이다.

다시 이문구는 그의 중편 〈해벽〉에서 농촌도 못 되고 어촌도 못 되는 사포곶 마을이 정치적 배경과 결합한 이른바 국토개발 작업과 외세에 전염된 생활풍습을 통해 황폐해지는 과정을 그리고 있다. 한국적 환경인 사포곶이 변모해 가는 과정을 그리기 위해 작품의 도처에 그 마을의 변화하는 모습을 구체적으로 보여주고 있다.

사포곶은 앞자락에 자잘한 섬을 여러 덩이나 안고 있었다. 그러나 그 섬들은 건들마만 불어도 통신이 두절될 정도로 아무런 교통수단도 가지고 있질 못했던 것이다. 교통수단의 원시성은 다른 말로 하자면 주기적인 기후의 변화에도 막대한 타격을 받았으며, 이윽고 식생활마저 직접적인 위협을 받아왔다는 말과 마찬가지로 될 터였다. 어획물 유통이 원활치 못할 경우의 섬사람들은 자연 생명유지에 발버둥을 치지 않으면 안 됐으니까. 그 발동선 황해호가 6·25 동란으로 징발당해 가기까지, 사포곶과 이웃한 무챙이, 거문개, 옹천항에 남긴 공로는 정말 막대한 것이었다. 삽시도, 원산도, 학도와 그 언저리의 밤톨 같은 섬사람들이 시방껏 조등만이라도 덮어놓고 어렵게 알며 이르는 것도 그와 같은 행적을 잊지 못해 하는 까닭이었다. 사포곶 장터에 닷새장이 서고, 그 거래품이 상품다운 상품 노릇을 하게 된 것도 그 동력선이 아니었더라면 불가능했을 것이었다.

이렇게 사포곶이 변하는 과정을 작가는 화자인 '조'의 눈을 통해 집요하게 그려내고 있다. 사회적 변화의 양상도 작품의 배경이라고 볼 수 있다.

사포곶의 제 태깔이 점차 바래어가기 시작한 것은, 쇠게 마을을 품어온 숭산崇山이 마루를 깎이면서 대신 미군부대가 올라앉고부터였다. 그 한 가지만으로도 면민들에겐 크나큰 사변이 아닐 수 없었다. 미사일 기지라고도 하고 유도탄 부대란 말도 있었지만, 그야 무슨 부대건 사포곶의 산과 바다 장터와 들판에겐 비상한 충격이 될 수밖에 없는 일이었다.

낯선 세계에 대한 관심 혹은 동경

낯선 이국을 배경으로 한 소설은 독자를 긴장시킨다. 특히 그 이국의 정취가 이야기의 흐름이나 인물의 행동에 직접·간접으로 연결되도록 배려되었을 때 그 효과는 클 것이다.

선뜻 눈에 들어오는 것은 우미한 커브를 그리면서, 정연한 전등불이 화려한 점선을 치고 해안선을 달리고 있는 대등대大燈臺다. 짙은 잉크 빛깔의 마레오티스 호湖는 언저리를 금실로 수놓은 빌로드의 감촉으로 밤을 고였다.
시심市心으로 눈을 옮기면 한결 휘황하게 빛나고 있는 세실 호텔의 네온 사인. 이에 질세라 15층 건물의 높이와 넓이에 꽉 차게 이중의 명멸장치를 갖춘 '카바레 안드로메타'의 전기간판이 가로세로 뚜렷하게 글자 하나하나를 밤하늘에 부각시키고 있다.

(이병주의 〈소설, 알렉산드리아〉 중에서)

알렉산드리아의 세실 호텔에서 바라보이는 시가지 풍경을 보여줌으로써 그곳에서 인연 맺은 사람들의 이야기를 실감나게 하기 위한 밑그림으로 삼고 있는 것이다.

유재용은 인도 여행의 체험을 〈성하〉라는 작품 속에 배경으로 보여주
고 있다.

나는 바라나 시의 갠지스 강가에 앉아 있었다. 권성칠 씨의 임종을 위해
서였다. 내가 뉴델리 국제공항에 내린 것은 지난 밤 열한 시, 그러니까 인도
땅을 밟은 지 열일곱 시간이 되었다. 결코 짧은 시간이랄 수는 없었지만, 경
황없이 지나 보낸 시간이었다.

월남전을 다룬 작가들의 작품은 그 배경이 월남전선과 고국에서 보낸
과거가 배경으로 번갈아 나타난다. 이원규의 장편《훈장과 굴레》는 월남
의 민사평정의 일을 보고 있는 현장의 사회적·역사적 배경을 설명하고
있다.

9월 하순에 접어들면서 전황을 더욱 호전시킬 수 있는 고무적인 일들이
일어났다. 1956년에 법으로 제정되었으나 그동안 실시가 유보되었던 프랑
스 식민지시대 적산敵産 토지의 무상분배가 시작된 것이 그 첫째였다. 또 하
나는 투이호아 연대의 연대급 대단위작전이 누이 혼바를 겨냥해서 펼쳐지
기 시작한 것이었다. 1986년 베트콩의 구정공세 이후 그런대로 안정되어
가던 민심을 완전히 이쪽으로 돌리고, 반도의 중남부 지역적 활동의 중심인
누이 혼바를 타격하여 그 세력을 약화시킬 수 있는 호기가 한꺼번에 찾아온
것이었다. 이런 것들은 다이풍의 민사평정에도 유리한 조건으로 작용할 것
이 분명했다.

해양소설은 바다와 그 바다의 거센 풍랑을 헤치며 나가는 배 혹은 그 선실을 배경으로 한다.

퀸 글로리아 호는 이미 지난밤부터 태풍을 피해 침도를 바꾸고 있었다. 그럼에도 불구하고 바다는 아직 겉으로는 아무런 변화를 읽을 수가 없었다. 조금 전 통신사가 전문을 갖고 조타실 계단을 올라왔을 때 한번 파도를 맞고 선체가 껑충 뛰어오르고 난 다음부터 지금까지 줄곧 바다는 아무런 변화를 나타내 보이지 않았다. 흡사 아무런 일도 일어나지 않으리라는 듯, 그렇게 능청을 떨고 있었다.

(천금성의《표류도》중에서)

지형지세로 작품 내용 암시하기

그 지형의 특수한 모양을 배경으로 그려냄으로써 그 소설에서 일어날 일을 미리 암시하기도 한다. 즉, 지리적 배경은 그 작품의 주제와 그 전개를 다잡아 상징할 수도 있는 것이다.

응달 개포는 입 험한 뱃사람들이 오짓개라고 이름해 부르는 자그마한 연안이었다. 검푸른 해송숲이 빽빽하게 들어선 두 개의 산굽이가 자줏빛 바위를 디딘 채 바다 깊숙이 묻히면서 연안을 만들고 있었다. 두 산굽이 사이에는 흰 모래밭이 있으며, 모래밭 너머로는 솔숲 짙은 계곡이 새텃몰로 넘어가는 잔등의 메밀씨 같은 바위 밑으로 음험하게 패어 들어가 있었다.
음험하게 패어 들어간 거기서 검푸른 전나무숲이 이루어진 조그마한 산모퉁이 하나를 돌아 안골로 접어들면 더욱 깊은 계곡이 열리는데, 그 계곡은 진초록의 잡나무숲으로 덮여 있었다. 거기에는 여기저기 웅달샘이 많고,

질척한 습지가 많았다.

응달 숲에는 야릇한 금기의 말이 전해져 오고 있었다. 남자들이 그 숲 속
엘 들어서면 자기도 모른 사이에 음심이 동하고 여자들은 그 숲에 들어서서
남자를 만나면 마음이 물러져 버린다고 했다. 때문에 여자들은 혼잣몸으로
그 숲길을 다녀선 안 된다고 했다.

(한승원의 〈그 바다 끓며, 넘치며〉 중에서)

바다는 크레파스보다 진한 푸르고 육중한 비늘을 무겁게 뒤채면서 숨 쉬
고 있었다. 중립국으로 가는 석방포로를 실은 타고르 호는 흰 페인트로 말
쑥하게 단장한 3천 톤의 선체를 진동시키면서 물체처럼 빼곡히 들어찬 동
지나해東支那海의 대기를 헤치며 미끄러져가고 있었다.

(최인훈의 《광장》 중에서)

《광장》의 첫머리에 해당하는 이 글에서 독자들은 주인공이 타고 있는
그 배가 가고 있는 지리적 위치와 함께 그것이 석방포로를 실은 배라는
사회적·시간적 배경을 알리고 있다. 독자들은 석방포로 이명준이 택한
제3국으로의 길이 동지나해의 출렁이는 물결로 상징·예언되고 있음을
깊게 받아들일 수 있을 것이다.

오탁번의 〈달맞이꽃〉은 소년의 눈을 통해서 본 전후의 한국 농촌 풍경
을 서정적으로 보여주는 동시에 외세의 침략과 황폐해 가는 인심을 상징
적으로 보여주면서 그것의 소생을 기원하고 있다.

뒷개울로 멱 감으러 가려면 마을 뒷편에 있는 밤나무숲을 지나서 긴 방죽
을 한참 따라 올라가야 했다. ……마당 한구석에 피워놓은 모깃불에서 생쑥
타는 냄새가 독했다. ……어두운 밤나무숲을 벗어나면 긴 방죽이었다. 방죽

위에는 달맞이꽃이 무더기 무더기 피어 있어서 달이 없는 밤인데도 희뿌옇게 방죽이 드러나 보였다. 이제 초저녁인데도 벌써 밤이슬이 내려 달맞이꽃 대궁이에 종아리가 부딪칠 때마다 하얀 달맞이꽃에서 이슬이 흩어져 내렸다.

현기영의 장편소설《변방에 우짖는 새》는 조선 말기의 제주도 민란을 비교적 역사적 사실에 근거하여 다룬 것인데, 그 첫머리 상당 부분을 민란이 있지 않으면 안 될 지형적·역사적 원인들을 배경으로 깔고 있다.

"왜구가 자주 출몰하는 변방인 이 섬은 국초부터 관북 지방과 더불어 군역이 고되고 신역이 혹독하기로 정평인 난 곳"인 제주도는 "철종 말년까지만 해도 유삼천리流三千里의 형을 받은 중죄인이 유적 일번지인 제주목에 가 닿으려면 거의 스무 날이나 걸리는 행려의 길에 단단히 수모를 겪지 않으면 안 되는" 그런 곳이었다고 그 고립된 지형적 배경을 그리고 있다.

사라져버린 고향집, 그 복원

이야기가 전개되는 어떤 특정한 장소, 예를 들면 가옥의 구조나 방 안을 묘사하는 장면 보여주기의 배경은 그 속에서 생활하는 사람들의 생각이나 행동을 연상시키는 힘을 갖는다.

김주영은 자신의 유년 시절 어머니와 함께 생활한 고향 마을 장터의 그 집을 장편소설《고기잡이는 갈대를 꺾지 않는다》의 배경으로 하여 가난했던 그 시절을 그려내고 있다.

지금은 어머니가 안방만 혼자 지키면서 방 둘과 덧이어 지은 가겟집에서 건네주는 월셋돈으로 가용을 보태 쓰며 칠순의 연세로 살고 있는 '모두 세 개의 방이 있는 고향집'은 "부일식당 쪽 가게는 장터거리와 곧바로 맞물려 있기 때문에 장삿속이 쏠쏠한지, 셋돈을 꼬박꼬박 건넨다지만, 장터거리와 등을 돌린 쪽의 방을 전세 낸 사람들은 건네는 셋돈의 금액과 날짜들이 들쑥날쑥이어서 셈속 차리기가 수월찮다"는 푸념이었다. 나는 그곳에서 유년 시절과 50년대에 이르는 그 암울하고 스산했던 소년 시절 모두를 보냈다. 물론 유아기 때는 그것을 깨닫지 못한 터였지만, 뒤를 가릴 줄 알게 되고 말문이 트이기 시작하게 되면서 나는 매우 혹독한 굶주림에 시달렸다. 어른들은 그때 벌써 허기로 잠을 때울 만치 일제 말기의 궁핍을 참아가는 데 이골이 나 있었다.

김원일의 장편소설《바람과 강》도 자신이 '1950년 11월부터 고향 진영의 장터거리 집〈울산댁〉에서 3년 남짓 더부살이'를 한 '입암 장터거리' 주막집을 배경으로 하고 있다.

월포옥은 그즈음 새로이 노선이 생겨 하루에 한 차례씩 포항에서 청송과 안동 쪽으로 오르내리는 고물버스가 멈춰 섰다 떠나곤 하는 버스 정류장 아래, 죽장면 면사무소와 붙어 있는 지서 앞에서 맞장으로 트인 장터마당 들머리에 있었다. 월포옥 초가 흙벽을 뭉개어 유리 달린 외짝문만 달고 옥호를 내다걸 만한 반반한 처마도 없었지만 인근마을 사람들이나 장사꾼들은 주모의 택호인 월포댁에서 따온 이름 그대로 그 식당을 그냥 월포옥 또는 월포집이라 불렀다.

무시날에 월포옥의 가겟방은 언제나 장터거리의 사랑방 구실을 하였다.

그 골방, 그 간이역이 그 작품의 전체적 배경일 수도 있다

어느 특정한 장소를 설정하여 그 한정된 장소에서만 이야기가 전개되는 소설도 많다. 다음은 시골 간이역의 을씨년스러운 배경을 무대로 하고 있다.

> 역장은 먼지 낀 유리창을 통해 대합실 안을 대충 휘둘러 본다. 대합실이라고 해야 고작 국민학교 교실 하나 정도의 크기이다. 일제 때 처음 지어졌다는 그 작은 역사 건물은 두 칸으로 나뉘어져서 각각 사무실과 대합실로 쓰이고 있는 터였다. 대개의 간이역이 그렇듯이 대합실 내부엔 눈에 띌 만한 시설물이라곤 거의 없다. 유난히 높은 천장과 하얗게 회칠한 사방벽 때문에 열 평도 채 못 되는 공간이 턱없이 넓어 보여서 더욱 을씨년스런 느낌을 준다. 천장까지 올라가 매미마냥 납작하니 붙어 있는 형광등의 불빛이 실내 풍경을 어슴푸레하게 드러내주고 있다.
>
> (임철우의 〈사평역〉 중에서)

집 안의 특정한 장소를 무대로 이야기를 펼쳐가는 소설도 많이 볼 수 있다. 다음은 내성적인 한 소녀가 우울한 나날을 보내는 '다락방'이 배경으로 그려지고 있다.

> 그 창문 방향에는 우리 집 안뜰과 옆집의 앞뜰, 앞집의 뒷담이 옹기종기 경계를 맞대고 있었으며, 더 멀리는 지붕들의 파도 너머로 자동차길이 펼쳐져 있었다. 다락 밑의 부엌에서, 연탄가스와 수증기가 뿌옇게 서려 있는 작은 부엌에서, 반백의 어머니가 얼굴이 빨갛게 익은 채 땀을 흘리며 하숙생의 점심을 짓고 있는 동안, 나는 바닥에 엎드려(창이 낮아서 엎드리지 않으면 밖

이 내다보이지 않았다) 반쯤 울음에 젖어 그 작은 창문을 통해 햇빛 밝은 풍경을 하염없이 내다보았다. 그러다 보면 나는 낮은 곳으로, 낮은 곳으로 스며드는 물처럼 내가 보고 있는—이를테면 채송화와 분꽃과 봉숭아와 다알리아가 피어 있는 조그마한 화단의 한 귀퉁이나, 우물 속에 두레박을 드리우고 물을 긷고 있는 이웃집 아주머니의 꾸부정한 뒷모습, 나팔꽃 덩굴로 덮여 있는 앞집의 뒤담벼락, 연탄과 하숙생의 책보따리가 차곡차곡 쌓여 있는 광의 한구석—속으로 빠져 들었다.

(서영은의 〈사다리가 놓인 창〉 중에서)

유년기의 복원

작가가 복원시키는 유년 시절의 그 기억, 그 장면들이야말로 그 작품의 문학성을 높이는 장치 역할을 한다. 그것은 작가의 머릿속에서 수십 년 동안 걸러진 끝에 선택된 것이므로 미적 구조까지 거의 완벽하게 갖춰졌다고 봐도 좋을 것이다. 유년기의 기억을 밑천 삼아야 좋은 작품을 쓸 수 있다는 것도 그런 의미에서 한 말이다.

유년기의 그 기억을 오늘의 상황과 심경에 잘 투영시키는 배경은 대체로 유년기의 가정적 혹은 사회적인 형편을 보여주는 역할을 하게 마련이다.

다음은 일곱 살짜리 여자아이의 눈으로 그려진 그 집안의 환경이다.

내가 태어나던 해에 벌써 스물이 넘어 처녀티가 꽉 밴 큰언니에서 중학교 졸업반이던 막내언니까지 딸이 무려 넷이었다. 마흔셋에 임신인지도 모르고 네댓 달 배를 키우다가 엄마는 여기저기 용하다는 점쟁이들한테 다녀보고는 마침내 낳을 결심을 했었다는 것이다. 모든 점쟁이들이 '만장일치로 아들'이라고 주장해서였다.

……참말이지 밝히고 싶지 않지만 우리 아버지는 청소부다. 아침 새벽부터 저녁 늦게까지 남의 집 쓰레기통만 뒤지고 다니는 직업이라 몸에서 냄새도 말할 수 없을 만큼 지독했다.

(양귀자의 《원미동 시인》 중에서)

"겨우내 북풍이 실어 나르는 탄가루로 그늘지고, 거무죽죽한 공기 속에 해는 낮달처럼 희미하게 걸려 있는" 해안촌海岸村 혹은 중국인 거리라고 불리는 동네에서 유년 시절을 보내는 〈중국인 거리〉의 화자는 그 유년 시절을 다음과 같이 그리고 있다.

드디어 화차가 오고 몇 번의 덜컹거림으로 완전히 숨을 놓으면 우리들은 재빨리 바퀴 사이로 기어 들어가 석탄가루를 훑고 이가 벌어진 문짝 틈에 갈퀴처럼 팔을 들이밀어 조개탄을 후벼내었다. 철도 건너 저탄장에서 밀차를 밀며 나오는 인부들이 시커멓게 모습을 나타낼 즈음이면 우리는 대개 신발주머니에, 보다 크고 몸놀림이 잽싼 아이들은 시멘트 부대에 가득 석탄을 팔에 안고 낮은 철조망을 깨금발로 뛰어넘었다.

(오정희의 《중국인 거리》 중에서)

그 시대, 그 상황을 잘 잡아야 한다

남편을 잃은 진영은 1·4후퇴 때 세 살먹이 아이를 업고 친정 어머니와 같이 제일 마지막에 서울을 떠났다. 그러나 안양에 이르기도 전에 중공군이 그들을 앞질렀고, 유엔군의 폭격 밑에 놓였다.

수없는 피난민이 얼음판에 거꾸러졌다. 피난 짐을 끌던 소는 굴레를 찬 채 둑 밑으로 굴렀다. 피가 철철 흐르는 시체 옆에 아이가 울고 있었다. 진영은 눈을 가리고 달아났던 것이다.

악몽과 같은 전쟁이 끝났다. 진영은 아들 문수文秀의 손을 잡고 황폐한 서울로 돌아왔다. 집터는 쑥대밭이 되어 축대조차 찾아볼 수 없었다. 진영은 기왓장 밑에서 물썬물썬 무너지는 책 한 권을 집어 들었다.

(박경리의 〈불신시대〉 중에서)

어떤 사회적 신분이나 직함 등도 작품의 배경이 된다. 복거일의 장편소설 《비명을 찾아서》는 1909년 일본 추밀원 의장 이토 히로부미가 하얼빈 역에서 암살되지 않았다는 가상 아래 일제 치하의 역사를 재구성해본, 이른바 대체역사이다. 작가는 당시의 시대상을 그리기 위해 시간적·공간적 배경을 십분 활용하고 있다.

그 이튿날 오후 히데요는 야나기자와 다다오 선생 댁에 세배하러 갔다. 야나기자와는 조선 문단의 두드러진 시인들 가운데 한 사람으로, '일본시인협회' 조선지회의 간사였고, '조선시인연맹'의 부위원장이었다. 그는 내지인이었다. 그의 아버지가 조선 총독부의 정무총감을 지낸 이래 쭉 조선에 머물면서 활동하고 있었다.

미기요마쩨에 있는 야나기자와 세네도미 남작의 저택은 으리으리했다.

등장인물의 신분과 직업도 환경적 배경이다

그 직업을 통해서 여러 상황을 구체적으로 보여줄 수 있는 이점을 이용하는 것이다.

영문자로 '얄루 클럽yalu club'이라고 큼직하게 쓰고 그 밑에 자그마하게 '
압록강 홀'이라고 한글로 쓴 유리 간판이 보였고 "종업원 이외의 출입을 금
합니다"라고 쓴 양철 조각 같은 것이 보였다. (······) 문지기 일이란 클럽 안
에서 가장 한가한 직책이라는 것을 곧 알 수 있었다. 저녁 다섯 시부터(그때
가 미군들이 클럽에 나타나기 시작하는 시간이기도 했다) 클럽에 나오기 시작하는
여자들의 검진 패스를 확인하고 입장시킬 여자와 입장시킬 수 없는 여자를
가려내는 일과 망측한 인각印刻이 든 라이터나 플라스틱 조화 같은 것을 팔
러 들어오는 전상자戰傷者나 아이 업은 아주머니 등 잡상인을 막는 일, 구걸
하러 오는 사람들을 적당히 구슬려 돌려보내는 일 따위가 그것이었는데, 여
자들은 성병의 유무를 판결하기 위해서 주 2회씩 받게 되어 있는 검진을 대
체로 충실히 받고 그 결과에 잘 순응하는 것 같았고, 그래서 입장을 막아야
할 여자는 적었으며, 잡상인이나 구걸하는 사람이 자주 오는 것도 아니었으
므로 나는 거의 구경꾼처럼 한가했다.

클럽은 30평 남짓 되어 보이는 홀과 서양 영화 같은 데서나 구경해 본 적
밖에 없는, 스탠드를 잘 갖춘 카운터와 사이키델릭 음악을 주로 트는, 유리
상자 같은 레코드 음악 재생실로 되어 있었다. 홀 한복판에 춤출 수 있을 만
한 장소만 남겨놓고는 테이블과 의자들이 차지하고 있었으며 (······)

(조해일의 〈아메리카〉 중에서)

작품 전체를 지배하는 분위기도 된다

언덕 아래의 시끌한 소음이 겨울의 냉기 속에 얼어붙으면서 안개처럼 우
우 짙게 내리깔리는 집 안의 정적을 이따금 흔들어주는 것은 눈발을 세울
듯 우중충 흐린 하늘을 스쳐오는 교회의 종소리였다. 낡은 테이프로 음악을
흉내 내면서 울려오는 그 종소리는 심장을 치는 성스럽고도 경건한 의미를

담고 있지 않았다. 그것은 집회를 유도하는 그런 세속의 호객하는 소리처럼 음험할 뿐이었다.

저녁 종소리를 들으면서 나는 가까워진 천재지변을 예감하는 하찮은 동물들의 그 본능처럼 분명 뭔가 냄새 맡고 있었다.

겨울, 1970년대 초 굉장한 충격으로 상륙한 오일 파동에다 어떤 피치 못할 사연까지 덤으로 붙어 느닷없이 앞당겨진 장장 두 달 여의 이 양양하고 칠칠한 겨울 방학─그리고 형의 첩거였다.

(필자의 〈침묵의 눈〉 중에서)

'안개'는 그 작품의 분위기를 보여주는 흔한 배경이다.

무진에 명산물이 없는 게 아니다. 나는 그것이 무엇인지 안다. 그것은 안개다. 아침에 잠자리에서 일어나서 밖으로 나오면, 밤 사이에 진주해 온 적군들처럼 안개가 무진을 삥 둘러싸고 있는 것이었다. 무진을 둘러싸고 있던 산들도 안개에 의하여 보이지 않는 먼 곳으로 유배당해 버리고 없었다. 안개는 마치 이승에 한이 있어서 매일 밤 찾아오는 여귀女鬼가 뿜어내놓는 입김과 같았다. 해가 떠오르고, 바람이 바다 쪽으로 방향을 바꾸어 불어가기 전에는 사람들의 힘으로써는 그것을 헤쳐버릴 수가 없었다. 손으로 잡을 수 없으면서도 그것은 뚜렷이 존재했고, 사람들을 둘러쌌고, 먼 곳에 있는 것으로부터 사람들을 떼어놓았다. 안개, 무진의 아침에 사람들이 만나는 안개, 사람들로 하여금 해를, 바람을 간절히 부르게 하는 무진의 안개. 그것이 무진의 명산물이 아닐 수 있을까?

(김승옥의 〈무진기행〉 중에서)

어떤 것의 형성 과정도 배경이다

'한강 가운데 동서로 돋아 있는 섬'이었던 여의도가 종합개발에 의해 '새 서울'로 변모되는 과정을 소설의 배경으로 삼은 김용운의 《안개꽃》은 정확한 수치까지 써가며 개발 과정을 그리고 있다.

우선 첫 공사로 윤중제輪中堤부터 쌓아 나갔다.

윤중제는 87만 평의 여의도를 여름철 홍수의 피해로부터 보호해 줄 튼튼한 둑으로서 흡사 럭비볼, 아니면 고구마처럼 생긴 7.6킬로미터의 섬의 둘레가 시멘트 블록으로 쌓아 올려졌다.

윤중제 공사는 꼭 1백일 만에 완성되었다. 이어 1970년 5월 15일에는 강북의 마포와 연결된 서울대교가 준공되었다. 서울대교는 너비 25미터, 길이 1천 3백 90미터로서 당시로는 남한에서 제일 긴 다리가 되었다.

신중히 선택된 배경만이 작품의 형상화에 기여한다

작품을 구상할 때 쓰려고 하는 이야기에 알맞은 배경을 선택한다는 것은 그 작품의 형상화에 절대적이다. 어떤 사건은 어떤 시간, 어떤 공간이 아니면 일어나지 않는다. 어떤 인물은 특정한 환경에서만 그 개성을 드러내는 법이다. 모든 소설은 작가가 선택한 특정의 시간과 장소에서 선택된 인물이 선택된 일을 하게 돼 있다. 그 선택의 무대가 바로 배경이기 때문에 배경이 제대로 설정되지 않으면 다른 것의 선택에 큰 혼선을 빚기가 쉽다. 바다 밑 2만 리에서만 가능한 이야기가 있는 것이고, 80년대 정치적 상황 속에서 그 시대에 걸맞은 일이 있게 마련인 것이다.

사건이 벌어지는 무대를 되도록 단순화시키든가 제한하는 것이 초보자에게는 좋을 것이다. 대체로 어떤 극한 상황 혹은 한정된 장소나 시간을 주어 그 속에서 일어나는 일을 긴장감 있게 서술하는 것이 쉽기 때문이다. 그러기 위해서는 제한된 그 시간과 그 장소에 대한 완벽한 준비가 필요할 것이다. 이상李箱은 '유곽이라는 느낌'의 그 '33번지'와 '十八가구' 중 '내 방'의 상황을 적절히 활용하고 있고, 이광수·김동인은 각각 〈무명〉과 〈태형〉의 배경을 '감방'이라는 극한 상황을 설정해 성공한 바 있다.

작가 채희문은 송전 철탑을 세우는 현장을 배경으로 〈철탑〉을, 병원 안의 수술실 등을 집중적으로 추적하여 쓴 〈병원〉 등 좀 특이한 소재를 이용해 성공작을 만들어내기도 했다.

윤흥길의 중편소설 〈꿈꾸는 자의 나성〉은 말단사원 '나'가 만나게 되는 '꾀죄죄한 사내'의 이야기인데 그 무대가 처음부터 끝까지 다방으로 한정되어 있다.

현장의 그 사실감을 최대한으로 살려야 한다

방현석의 〈새벽출정〉과 김인숙의 〈함께 걷는 길〉은 노동 쟁의의 현장을 배경으로 실감나게 그린 작품들이며, 홍희담의 〈깃발〉은 80년대 광주 사건이 일어난 그 며칠의 광주를 배경으로 다룬 작품이다.

작가가 작품의 배경에 신경을 쓰는 것은 독자의 인상에 남는 시간과 장소를 선택하기 위해서라고 해도 좋을 것이다.

배경은 사건 전개의 복선

배경은 그 작품의 의도를 상징적으로 보여주는 것이어야 하며 가능하면 그 배경 자체가 복선이 되도록 장치하는 것이 좋다. 진눈깨비가 추적이는 산동네 묘사를 통해 그 산동네에 일어날 참담한 어떤 상황을, 삼복더위 속에 허덕이는 어떤 상황을 통해 한 사람의 죽음을 예견케 할 수도 있을 것이다.

인물의 성격에 어울리는 배경이 설정돼야 한다. 다소 병적인 침울한 성격의 인물이 생활하는 방이 너무 밝고 청결하게 설정되어서는 어울리지 않을 것이다. 유년기를 배경으로 한 소설과 노년기를 배경으로 한 소설의 분위기가 같을 수 없는 이치와 마찬가지다.

소설의 배경은 우리들이 영위하고 있는 생활의 양상이 복잡한 만큼 복잡한 것이다. 결국 우리들은 배경 속에 살고 있는 것이다. 소설을 쓰는 당신은 그 복잡한 배경을 보다 인상 깊게 독특한 체험으로 그려 보이고자 노력하는 사람인 것이다. 좋은 소설은 그 배경을 잘 설정하는 일에서부터 시작된다.

일상적인 것과 비일상적인 것

소설에 그려지는 배경은 우리들이 흔히 체험하는 일상적인 것과 그 체험이 쉽지 않은 비일상적인 것으로 나누어 생각할 수도 있다. 일상적인 것은 우리들이 생활하면서 늘 부딪치는 사회의 여러 현상들, 늘 가보는 건물의 어느 공간, 학교의 교실, 회사 사무실, 노동현장, 여인숙의 습기 찬 방, 들꽃이 만발한 어느 산야, 가난한 월급쟁이의 가정환경, 비 혹은 눈이 내리는 어느 밤의 황량한 분위기, 부처님의 말씀이 자주 인용되는 불교적 분위기 등이다.

비일상적인 배경은 그 시간이나 공간이 다소 비현실적이거나 추상적인 것이어서 그 점이 오히려 독자의 관심을 끌 수도 있을 것이다. 미래의 과학세계를 보이는 공상과학소설이나 아프리카 밀림지대를 그리는 특이한 세계만이 비일상적인 배경이 아닐 것이다. 윤후명의 〈돈황의 사랑〉 등의 소설에 나오는 누란에 대한 묘사와 최수철의 소설에 나오는 배경이 다소 비현실적인 분위기를 나타내고 있다.

관념소설이나 좀 특이한 심리상태를 그리는 심리소설도 비일상적인 배경을 그렸다고 생각하면 좋을 것이다.

상상, 배경 만들기의 즐거움

작가는 자신이 잘 아는 세계, 반드시 체험한 세계만을 배경으로 설정해야 한다는 강박감에서 해방되어야 한다. 소설을 쓰는 재미 중의 하나는 자신이 잘 알지 못하는 세계를 잘 아는 것처럼 그려내는, 그 상상의 재미인 것이다. 상상으로 그려낸 배경이 실제의 상황보다 더 진실되고 실감나게 하는 것이 소설의 세계이기 때문이다.

소설의 배경은 작품 전체를 지배하는 것이 있고 각 작품의 부분이 보여주는 부분 배경이 있는 것이다. 부분과 전체가 서로 조화를 이룰 수 있도록 세심한 배려 속에 배경이 설정돼야 한다.

중요한 것은 작품의 배경이 실제의 그것보다 실감나게, 지루하지 않게, 보다 구체적으로, 새롭게 보여주기 위한 작가로서의 참신한 시각을 갖지 않으면 안 된다는 사실이다. 현실의 그것에서 현실의 그것보다 더 새롭고 의미 있는 세계를 배경으로 그려내기 위해 보다 독창적인 눈을 갖지 않으면 독자의 인상에 남는 좋은 배경을 얻기 힘들다는 뜻이다.

설정된 작품 배경에 대한 독자의 신뢰, 그것은 그 작품의 성공을 뜻한다.

5장

작가의 길, 그 여정을 위한
몇 가지 물음에 대하여

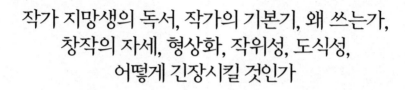

작가 지망생의 독서, 작가의 기본기, 왜 쓰는가, 창작의 자세, 형상화, 작위성, 도식성, 어떻게 긴장시킬 것인가

하나의 사물이 형태를 갖춰 구체적으로 나타나기까지는 많은 물음을 필요로 한다. 그 물음은 그 사물의 본질과 필요성을 규명하기 위한, 혹은 그것의 완벽한 형태 구현을 위한 창조적 충동 같은 그런 관심에서 비롯된다. 그것은 무엇인가. 그것은 무엇을 하는가. 그것은 어떻게 만들어지는가. 그것을 만드는 의도는 무엇인가. 그 의도를 잘 살리기 위한 방법은 무엇인가.

소설 한 편이 만들어지는 과정에도 많은 물음과 그 물음이 규정한 설명이 필요한 것이다. 소설이란 무엇인가. 이러한 물음으로부터 시작해야 한다. 소설이란 도대체 무엇인가. 소설, 왜 읽어야 하나? 소설, 왜 써야 하나? 소설, 어떻게 써야 하나. 나한테 소설을 쓸 그런 재능이 정말 있는 것일까.

실제로 우리는 소설을 쓸 때 불현듯 일어나는 많은 물음으로 하여 소설쓰기를 중단하거나 대답이 불가능한 물음 자체의 그 무게를 감당하기 어려워 아예 절망하는 경우도 많다. 그러나 계속 물어야 한다. 물음은 확인의 의미를 갖기 때문이다. 자신이 하고 있는 일에 대한 확신을 갖고 싶을 때 생겨나는 물음을 잘 다스릴 줄 알아야 한다. 내가 쓰고 있는 이 방법은 정말 최선의 것일까. 물음은 또 자신이 하고 있는 일에 대한 반성의 의미를 갖는다. 이 이야기 속에 담으려는 내 확신은 정말 믿을 만한 것인가.

소설 쓰기 공부를 하는 사람들이 평소에 가지고 있는 몇 개의 물음을 드러내봄으로써 그 물음 자체의 필요성 혹은 중요성을 함께 생각해 보기로 한다. 그러나 그 물음들에 대한 대답은 지극히 피상적이거나 대답하는 사람의 개인적 견해에 따라 많이 다를 수 있다는 것을 미리 밝혀둔다. 그 물음의 의도도 묻는 사람에 따라 다를 것이고 보면 대답하는 사람의 견해 역시 얼마든지 유동적일 수 있기 때문이다. 중요한 것은 그 물음에 대한 대답 자체가 아니라 그 대답을 허심탄회하게 받아들일 수 있는, 그 물음이 규정하고 있는 어떤 고정적인 관념으로부터의 해방인 것이다. 무장을 해제하고 그 대답의 의도 속으로 진지하게 다가서야만 얻음이 있을 것으로 믿어진다.

묻는 사람 스스로가 찾아내는 대답, 그것이 그 물음의 정답인 것이다.

**물음 1. 작가 지망생이 거쳐야 할 소설 독서에 대해 말씀해 주십시오.
내 취향에 맞지 않는 작품도 계속 읽어야 하는지요?**

읽는 일이 쓰는 일보다 중요합니다. 많이 읽는 사람만이 오래도록 좋은 소설을 쓸 수 있기 때문입니다. 읽는 훈련이 잘된 사람만이 쓰는 일보다 읽는 일을 더 중요하게 생각하는 법입니다. 바꿔 말하면 좋은 소설을 쓰는 사람은 쓰는 일보다 읽는 일에 더 시간을 할애한다는 것입니다. 읽는 일이 쓰는 일보다 즐겁기 때문이지요. 읽는 즐거움을 아는 사람은 정말 행복한 사람이지요. 그런 행복감이 어느 날 느닷없이 쓰고 싶은 충동으로 바뀔 때 좋은 소설을 쓸 수 있다고 생각합니다.

소설을 쓰려는 사람 중에는 소설 읽기를 매우 싫어하는 사람이 의외로 많습니다. 쓰고 싶은 욕구에 시달려 그 욕구 자체의 함정에서 헤어나지 못하기 때문입니다. 그것은 끊임없는 도로徒勞가 예견되는, 몹시 불행한 일입니다.

읽는 일과 쓰는 일의 비율을 7 : 3 정도로 하는 것이 이상적일 것입니다. 이제 쓰지 않고는 더 견딜 수 없다고 생각되는 그 단계까지 묵묵히 남의 작품에 빠져 드는 그런 습관을 가져야 합니다. 그것은 좋은 작품을 쓰기 위한 준비의 시간일 것입니다. 준비가 없이 시작한 일이 성공한 일은 별로 많지 않습니다. 더욱이 소설 창작의 경우는 쓰고 싶은 욕구만으로 조급하게 나서서는 결코 좋은 작품을 써낼 수 없다는 사실을 명심해야 합니다.

소설 읽기를 통해 소설이 무엇인가 터득할 수 있어야 합니다. 소설 쓰기의 방법도 소설 읽기를 통해 터득하지 않으면 안 됩니다.

가능하면 단계적인 독서를 하는 것이 좋습니다. 30년대의 소설과 80년대의 소설이 같을 수 없기 때문이지요. 그 시대별 소설의 특징과 흐름을 이해하기 위한 것이 바로 단계적인 독서일 것입니다. 그 시대 소설이 필요로 한 주제나 소설의 방법을 터득하는 것이 지금 자신이 쓰고자 하는 주제의 설정과 방법의 모색에 도움이 되리라고 봅니다.

단계적인 독서로 어느 정도 우리 소설의 맥이 짚이면 우리가 살고 있는 바로 이 시대, 이 사회 속에서 우리와 함께 숨 쉬고 있는 작가들의 작품을 집중적으로 읽을 필요가 있습니다. 이 시대의 우리 작가들의 관심은 무엇이며 그 관심의 표명은 어떠한 양상으로 전개되고 있는가의 확인이 필요한 것이지요. 즉, 이 시대에 쓰이고 있는 소설의 체취를 익혀 자기 것으로 하지 않으면 독자에게 감동을 안겨줄 그런 소설을 만들기가 어렵다는 뜻이지요.

틈틈이 외국의 소설도 읽어야 합니다. 우리네와 그 풍토나 생활 습속이 다른 외국의 소설을 읽게 되면 우선 어떤 구속에서 벗어난 자유로움을 찾을 수 있을 것입니다. 그 자유로움의 터득이 바로 발견의 기쁨인 것입니다. 이렇게 사소한 일상 속에도 소설이 될 수 있는 이야기가 있구나. 이런 식의 이야기 전개도 가능하구나. 대체로 외국의 소설은 그 세계의 낯설음으로 인해 사소한 것에도 대단한 의미의 깊이를 주게 되며 그 방법의 다양함을 신선하게 받아들이게 되는 것입니다. 자신이 쓰고 있는 이야기가 잘 풀리지 않을 때 외국의 소설을 읽게 되면 생각보다 쉽게 어떤 해답이 얻어질 수 있을는지도 모릅니다.

절망하기 위해서도 소설을 많이 읽어야 합니다. 좋은 작품을 읽게 되면 다른 독자와 달리 소설을 쓰는 사람은 감동에 앞서 절망부터 하게 됩니다. 자신은 도저히 이런 작품을 만들 수 없다는 그런 좌절과 열등감이겠지요. 필자는 한때 의도적으로 그런 절망을 맛보기 위해서 좋은 작품을 찾아 읽는 일에만 열중한 적이 있습니다. 지금도 필자는 신인 작가들의 좋은 작품을 읽을 때마다 절망합니다. 이런 작품을 도저히 써낼 수 없다는 그런 열등감은 생각보다 견디기 어렵습니다. 그러나 그 절망은 오래가지 않습니다. 특히 자기 극복을 위한 과정으로서의 그 절망 연습은 새로운 에너지로의 치환 작용까지 가능케 합니다. 절망의 깊이에 비례한 창작 욕구가 유발된다는 것이지요.

꼭 좋은 소설만 골라 읽지 않아도 됩니다. 이런 정도의 작품은 나도 쓸 수 있다는 자신감을 갖기 위해서 수준이 좀 떨어지는 작품도 읽을 필요가 있다는 뜻입니다. 어떤 작품이든 소설을 쓰려는 사람에게는 배울 점이 있게 마련입니다.

작품을 한 편 한 편 따로 읽는 방법도 있겠지만 가능하면 한 작가의 것은 작품집을 통해 집중적으로 읽는 것이 그 작가의 관심세계나 문체를 알아보는 데 좋습니다. 일단 끌린다고 생각되는 작가의 작품은 여러 권 읽을 수 있어야 소설 쓰기 공부에 도움이 된다고 봅니다. 작가가 되고 싶다면서 무슨 상 수상 작품집에 실린 작품 정도나 읽고 어느 작가를 다 안 것처럼 생각하는 것은 소설 쓰기 공부에 별로 도움이 되지 않습니다.

"어떤 작가의 작품은 아무리 열심히 읽어도 무슨 얘기를 했는지 알 수가 없다. 어떤 작품은 내 취향에 전혀 맞지 않아 읽지 않기로 했다."

소설 독서를 하는 사람 중에는 이런 불만을 얘기하는 경우가 적지 않습니다. 옳은 얘기입니다. 실상 아무리 읽어도 무슨 뜻인지 모르는 소설도 많이 있습니다. 그런 소설은 결코 좋은 작품이라고는 할 수 없겠지요. 그러나 꼭 '무슨 뜻'을 전달하기 위해서 쓰지 않은 작품도 있을 수 있다는 점을 알아야 합니다. 소설의 미적 구조에 역점을 둔 작품일수록 난해한 법이기 때문이지요. 그러나 그 난해성을 그 작품의 실패로 생각해서는 안 됩니다. 그 난해성 자체가 그 작품이 노리는 핵심일는지도 모르기 때문이지요. 독자에 따라서는 그 난해성에서 그 작품의 진가를 찾는 재미를 보고 있을 수도 있으니까요.

내 취향에 맞지 않는다고 그 작품을 아예 상종도 하지 않겠다는 생각은 옳지 않습니다. 소설을 쓰려는 사람은 일반 독자와 다르기 때문이지요. 그것이 내 취향에는 맞지 않지만 다른 사람의 취향에는 잘 맞을 수 있다는 것을 알 필요가 있습니다. 내가 보신탕을 싫어한다고 해서 그 보신탕 자체를 부정해서는 안 됩니다. 원숭이 뇌를 가장 좋은 요리로 생각하는 사람이 있을 수 있는, 그 다양한 식성처럼 문학작품은 사람 사람마다의 입맛에 따라 그 맛이 다르게 평가된다는 것을 인정해 줄 수 있어야 작가로서 성공할 수 있습니다. 실상 모든 작품은 그것을 쓴 작가의 개성에 따라 그 양상이 모두 달리 나타나게 된다는 것을 소설을 쓰는 사람만이라도 인식할 필요가 있다고 봅니다. 오히려 자신의 취향에 맞지 않는 작품을 열심히 읽는 과정에서 더 알찬 소설 쓰기의 공부가 될 수도 있다는 것을 믿도록 하십시오.

독서는 습관입니다. 작가가 되기 전에 독서습관을 잘 길러놓으면 작가가 된 후에도 계속 책을 읽는, 공부하는 좋은 작가가 될 수 있다는 것을 명심할 일입니다.

물음 2. 작가가 되기 위한 기본기를 갖추라는 말은 무슨 뜻입니까?

작가의 기본기 확인은 작가로서의 자질 갖추기라고 할 수 있습니다. 작가의 자질은 작가가 된 뒤에도 계속 다듬어질 수 있는 것이라고 합니다. 하물며 작가가 되기 위해 공부하는 사람이 그 기본기를 갖추고 있지 못하다고 한다면 문제가 있기 때문에 기본기의 확인이 필요한 것입니다.

작가의 기본기는 우선 그 자신이 쓰려고 하는 소설에 대한 인식이 제대로 돼 있는가 하는 것부터 확인하게 됩니다. 소설의 본질과 그 특성에 대한 이해도 없이 소설을 쓴다고 하는 것은 농부가 그 농토 혹은 어떤 작물에 대한 예비지식도 없이 덤벼드는 것과 다름없이 무모한 일이 될 것이기 때문입니다. 소설에 대한 일반 독자들의 이해와 작가 지망생으로서의 소설 이해는 많이 달라야 한다고 생각합니다. 그것은 접근방법의 논리적 차이일 뿐만 아니라 단순히 감상만 하면 되는 독자의 입장과 그러한 감동을 연출해야만 하는 '쓰는' 입장의 다름에서도 구별될 수 있는 것입니다. 그 부분은 〈소설이란 무엇인가〉에서 어느 정도 짚고 넘어갔다고 보아 생략하기로 합니다.

기본기는 소설을 쓰려는 사람의 중심 바탕으로부터 나오는 그 솜씨를 의미합니다. 중심 바탕에서만 나올 수 있는 그 솜씨는 오랜 연마 속에서 갖춰진다고 봅니다. 되도록 습작 기간을 치열하게 가지라는 주문도 그런 맥락에서 이해해도 좋을 것입니다.

작가의 기본기 확인이 가장 쉬운 것은 그 문장을 통해서일 것입니다. 문학의 일차적 재료가 언어라는 그 인식과 그것의 가시화는 그 작가의 문학적 재능의 확인이기도 합니다. 재능이 있는 사람은 자신이 구사하는 언어를 함부로 다루지 않습니다. 자신의 재능이야말로 바로 자신이 다루는 그 언어에 의해서 발견되고 다듬어진다는 것을 알고 있기 때문입니다. 어차피 작가는 언어를 다루는 장인일 수밖에 없다는 걸 일찌감치 알 필요가 있습니다. 모든 것은 자신이 부리는 언어가 해준다는 그 장인의식이 그 작가의 기본기이기도 합니다.

작가가 어떤 눈을 가졌는가 하는 것도 작가의 기본기 확인이 될 것입니다. 아무리 언어를 잘 다루는 사람이라고 하더라도 다루고자 하는 그 내용이 빈약한 것이면 그 언어는 쓰기도 전에 굳어버리는 질 나쁜 석고처럼 무용지물이 되고 말 것입니다. 작가는 다른 사람과 다른 눈을 가지고 있어야 합니다. 눈이 있되 감은 채로 세상을 바라보는 그 눈은 작가의 눈이 아닙니다. 작가의 눈은 항상 깨어 있어야 합니다. 사물을 제대로 보는 눈이 작가의 눈입니다. 또한 현실을 보는 작가의 자세, 현실에 대한 자기 나름의 뚜렷한 생각을 작가의 눈이라고 할 수 있습니다.

작가의 눈은 사물과의 적당한 거리를 유지하고 있는, 그 객관화의 여유에서만 가능합니다. 작가의 눈은 보고 판단할 뿐, 그 보고 판단한 것을 어설프게 밖에 내놓아 단정해 버리기를 주저하는 눈입니다. 독자가 함께 보고 판단하여 단안을 내려줄 것을 기대하는 쪽의 그런 눈인 것입니다. 현장에 있지 않고 실내에 앉아 밖을 내다보기 때문에 더 넓게, 보다 총체적으로 파악할 수 있다고 믿는 그런 객관화의 여유를 갖는 작가의 눈을 가져야 합니다.

진부한 것, 상투적인 것에다 어떤 의미를 부여함으로써 보다 새로운 의미로 살아나게 하는 힘을 가진 것이 작가의 눈입니다. 일반화된 진리를 뒤집어 부정한 다음, 그 부정의 독창성을 다시 일반적인 진리로 바꿔 내보낼 수 있는 그런 눈이 작가의 눈이어야 합니다.

아무리 하찮은 사물이라도 작가가 관심을 가질 때 비로소 가치를 갖게 하는 그런 요술의 눈이 필요합니다.

뻔한 것을 뻔한 방법으로, 상투적인 것을 상투적인 시각으로, 당연한 것을 당연한 목소리로 보여주는 그런 소설 쓰기를 두고 작가로서의 기본기가 부족하다고 말할 것입니다. 사물을 새롭게, 보다 참신한 시각에서 파악했을 때만 독자들이 그 소설에 기대를 가지게 된다는 것을 명심할 일입니다.

물음 3. 작가가 되려는 사람이 자신에게 확인시켜야 할 가장 중요한 것은 무엇입니까?

소설이 거짓말로 꾸며지는 세계라는 것을 작가 자신이 믿어야 한다는 것입니다. 그 거짓말을 꾸며내는 것이 자신의 상상력이라는 것도 함께 믿지 않으면 안 됩니다. 상상력에 대한 믿음, 그 능청스러움이 있어야 좋은 작가가 될 수 있다고 생각합니다. 아울러 작가의 상상력에 의해 형상화된 그 작품을 독자 또한 상상력으로 읽어주기를 기대하며 그렇게 준비할 때만 좋은 작품을 쓸 수 있는 법입니다.

그 다음으로 중요한 것은 그 상상력을 구체적으로 형태화하는 것이 바로 우리가 쓰는 우리의 모국어란 것의 인식입니다. 작가는 우리말을 가장 사랑하는 사람만이 될 수 있다는 자기 암시에 걸리도록 노력하십시오.

작가는 현실을 관념으로 혹은 어떤 관념의 또 다른 관념화를 시도하는 철학가나 사상가가 아니고 그 현실이나 관념을 보다 독창적인 세계로 구현시키는 창조자라는 인식의 확인도 중요하다고 봅니다. 작가이면서 동시에 철학가이고 사상가가 되고 싶은 것은 누구나의 욕심일 것입니다. 그러나 우선 작가가 되는 일이 더 중요하다는 것을 알지 않으면 안 됩니다.

물음 4. 왜 소설을 씁니까? 작가 지망생들에게 줄 수 있는 기성 작가로서의 가장 솔직한 말은?

소설 쓰는 일이 그 어떠한 일보다 나한테 적합한 일이라고 믿기 때문입니다. 달리 말하자면 나는 소설 쓰는 일 외에 다른 재주가 없다는 열등감을 소설 쓰는 일로 보상받고 싶다는 것입니다. 더 솔직히 말하자면 나는 소설 쓰는 일이 가장 즐겁습니다.

문학 행위에서 분명한 것은 오직 절망 그 한 가지뿐이라는 사실을 감안한다 하더라도 소설을 안 쓰고 견디는(못 쓰고 있다는 표현이 더 적절할 것이다) 그 절망에 비하면 쓰는 절망쯤은 차라리 사치일 수도 있다는 생각입니다. 조금 고상하게 말하자면 나는 이야기를 꾸밀 때의 그 감동을 내가 좋아하는 사람들의 얼굴에서 확인하고 싶어 소설을 쓴다고도 말할 수 있을 것입니다. 더 고상하게 말하자면 그 감동(혹은 그 효능성)이 내가 싫어하는 쪽에도 미쳐갈 수 있다는, 그 기대가 소설 쓰기를 즐거운 일로 만드는지도 모른다고 생각합니다.

물음 5. 작가 지망생들이 가져야 할 습작 과정의 정신적 자세는 어떠해야 한다고 생각하십니까?

한번 미쳐볼 만한 일이라고 생각합니다. "소설이나 써볼까?" 하는 그런 건방진 생각을 버리고 '이것'과 결판을 내야 한다는 작심으로 시작해야 할 것입니다. 이것저것 눈치 보지 말고 외곬으로 밀고 나가는 뚝심만이 작가가 되기까지의(작가가 된 뒤에도 마찬가지다) 그 긴 고통의 시간을 이겨낼 수 있다고 봅니다. 소설에 대한 보다 겸허한 자세만이 작가가 되기까지의 그 울분, 그 절망을 이겨낼 수 있을 것입니다.

문학병은 그 열로만 치유할 수 있습니다. 미쳐야 합니다. 치열하게 달라붙지 않으면 안 됩니다. 열심히 읽고 부지런히 써보는 그런 일에 치열해야 한다는 말입니다. 그렇게 미칠 만한 가치가 있다고 믿는 일이 더 중요할 것입니다. 그만한 가치가 있습니다. 제대로 미칠 수 있을 때 그 가치가 보일 것이라고 믿습니다.

물음 6. 작품의 형상화란 무슨 뜻입니까?

"소설의 미적 형상화" 혹은 "아직 형상화 이전의 미숙한 작품", "작품의 형상화까지는 아직 거리가 있다" 등등의 말에서 발견되는 '형상화'란 말은 그 말을 쓰는 사람의 특정한 의도와는 관계없이 '작품의 성공'이라는 쪽으로 받아들여지게 마련입니다. 물론 형상화가 덜 됐다는 것은 그 작품이 제대로 만들어지지 못했다는 뜻으로 받아들여질 것은 말할 것도 없을 것입니다.

국어사전에 나와 있는 형상화의 뜻은 "형체로서는 분명히 나타나 있지 않는 것을 일정한 방법과 매체에 의하여 명확한 형체로서 표현하는 일"로 풀이되어 있습니다. 이 풀이에서 중요한 것은 분명하지 않은 것을 뚜렷한 형상으로 현현시킨다는 말입니다. 즉, 추상적인 것을 보다 구체적인 것으로 나타나게 한다는 데 형상화의 핵심이 있다고 생각합니다. 막연한 어떤 생각을 보다 구체적인 형태로 보여주기 위한 어떤 방법, 그 방법을 가능케 하는 어떤 매체의 필요성도 생각하지 않을 수 없습니다. 특히 소설은 언어의 특수한 구조, 즉 언어를 매체로 한 미적 구조이기 때문에 그 언어에 대한 인식과 그 쓰임이 작품의 형상화와 관계가 깊지 않을 수 없을 것입니다.

소설에서 '형상화'란 말은 그 주제(작가의 사상이나 어떤 의도)의 육화肉化를 가리키는 말이기도 합니다. 주제가 작품의 통일적 조직에 자연스럽게 어울리지 못한 채 따로 노는 경우를 두고 작품의 형상화가 안 됐다는 말을 쓰고 있습니다. 작품을 이루는 각 요소들이 유기적으로 균형과 조화를 이룰 때만이 형상화가 가능할 것입니다.

형상화란 말은 예술작품으로서의 소설이 작가의 의도를 얼마나 미적으로 구현시켰나 하는 관심으로부터 시작된 말이라고 생각해도 좋겠지요.

소설을 굳이 내용과 형식으로 나눈다고 했을 때 그 내용과 형식이 아무런 '어색함'이나 '무리가 없이' '하나'로 통일됐다고 했을 때도 '형상화'란 말을 씁니다. 작품의 형상화에 결정적인 역할을 하는 것이 바로 작가의 장인의식일 것입니다. 보다 아름답게, 보다 완벽한 구조를 지향하는 작가의 정신이 바로 장인의식이라고 생각해도 좋습니다. 작가로서의 장인의식이 있어야 주제와 소재 또는 그 문체가 바람직한 균형을 이루면서 형상화의 조화를 연출할 수 있을 것입니다.

물음 7. 개연성이란 무슨 뜻입니까?

어떤 일이 일어날 수 있는 확실성의 정도를 개연성이라고 합니다. 어떤 작품을 읽고 그 작품의 어느 사건이 "개연성이 부족하다"고 지적했을 때 그것은 그 사건이 일어날 수 있는 확실성의 정도가 지극히 낮다는 것으로 생각하면 좋을 것입니다. 다 아는 바와 같이 소설은 역사와 다릅니다. 역사는 특정한 사실(실제로 있었던 일이어야 한다)의 기록으로 끝나는 것이지만 문학은 그러한 특정한 사실과 그러한 특정한 사실에서 유추된

'있을 수 있는 진실'을 위해 꾸며낸 세계이기 때문에 역사보다 더 가치가 있다고 한, 아리스토텔레스의 개연성에 대한 견해는 소설의 발전과 그 수명에 절대적인 영향을 끼쳐왔습니다. 역사는 우연성으로 성립될 수도 있지만 소설에서 일어나는 모든 일은 필연성 혹은 개연성을 갖지 않으면 안 된다는 사실입니다. 우리가 소설의 얼개를 짤 때 가장 신경을 쓰는 것이 바로 그 얘기를 꾸며내지 않으면 안 되는 개연성 찾기일 것입니다. 실제의 사실과 유사한 이야기를 꾸며내는 그 이유가 바로 실제의 사실에서 쉽게 발견되기 어려운 보편 타당성 있는 개연적 진실을 보여주고자 하는 의도에 있기 때문입니다.

어느 마을에 동행한 신문기자와 작가의 취재 수첩은 각기 다른 양상의 기록을 남길 것입니다. 신문기자의 수첩에는 그 마을이 범죄가 단 한 건도 없는 그 역사적 기록성이 중시된 내용이 담길 것이요, 작가의 수첩에는 범죄가 없는 그 특정한 사실의 이면에 '있을 수 있는' 어떤 진실 찾기의 취재 수첩이 될 것입니다. 즉, 범죄가 없는 마을을 만들기 위해 조작될 수도 있었던 어떤 사건이 작가의 관심일 수도 있기 때문이지요. 범죄가 있었던 일을 은폐하는 과정의 인권 유린 같은 것, 얼마든지 있을 수 있는 그 일이 바로 개연성일 것입니다.

6·25 때 딸 하나를 안고 월남한 한 여인의 이야기에서 '우연성'과 '개연성'을 찾아보기로 하지요. 같은 사건이라도 작가의 이야기 구성에 따라 개연성이 될 수도 있고 우연성으로 떨어질 수도 있습니다. 남편과 함께 월남하다가 남편은 도중에 총상을 입은 채 잡혀가고 어린 딸과 함께 살아남게 된 그 여인은 세상의 갖은 풍파와 싸우면서 딸을 공부시킨 끝에 드디어 딸의 대학졸업이란 감격적인 순간을 맞게 됩니다.

바로 그 감동적인 날 저녁, 딸과 함께 귀가하는 바로 그 시간에 20년 전에 헤어진 남편이 대문 앞에 서 있다고 생각해 보십시오. 현실에서 실제로 그런 일이 얼마든지 일어납니다. 그러나 소설에서는 그 남편이 나타날 수 있는 확률을 중시하지 않으면 안 됩니다. 그것이 소설에 필요한 필연성의 문제이며 개연성과도 관련이 되는 것입니다.

느닷없는 남편의 출현, 그것은 우연적인 것으로 그 이야기가 보편적인 진실을 잃게 할 요인이 되기 쉽습니다. 그런 진실보다는 그 만남의 극적인 감동에만 관심 있는 소설은 그런 필연성을 그다지 중요하게 생각하지 않을 수도 있습니다. 그것이 바로 우연성이 남발된 대중통속소설이 되는 것이겠지요.

그러나 남편이 나타날 수 있는 확실성의 정도를 높이기 위해 누군가 그 남편을 닮은 사람을 전철 속에서 보았다든가 재일교포 간첩단 사건 등을 삽화로 처리하는 등의 복선만 적절히 깔았다면 그것은 분단의 아픔이라는 필연성을 획득한, 보편적 진실에 접하는 개연성의 세계로의 연결이 가능하다는 것입니다.

물음 8. 소설을 쓸 때 주제를 분명히 밝히는 것이 좋습니까, 아니면 되도록 감추는 것이 좋습니까?

이 물음은 작가가 그 작품을 통해 하고 싶은 말을 어떻게 드러낼 것인가 하는 갈등에서 비롯된 것이라고 생각합니다. 할 말 쓸 말을 어떻게 집어넣어야 주제의 형상화를 이룰 것인가 하는 고민이겠지요.

중요한 것은 소설 주제에 대한 작가로서의 인식입니다.

대체로 작가가 개연적 진실을 갖춰 꾸며내는 그 거짓말의 의도 속에 주제가 포함되어 있는 법입니다. 주제는 작품 속에 드러나는 그 작가의 중심 사상이요, 작품이 지향하는 핵심적인 의미입니다. 그것은 그 작가가 선택하여 다루는 소재와 인물에 대한 그 작가 나름의 해석이며 의미 부여요, 인생관의 투영일 것입니다. 그러므로 소설에서 말하는 주제는 그렇게 단순한 것이 아닙니다. 소설의 주제는 보다 복합적인 성질의 것이어서 때로는 드러낼 수도 있는 것이며 때로는 상징적으로 혹은 함축된 의미로 제시되기도 합니다.

소설은 어떤 논증적인 글이나 수필과는 달라서 그 글의 어느 부분에 그 주제를 분명히 밝혀야 한다는 부담을 갖지 않아도 될 것입니다. 소설의 주제는 작가가 그 작품을 써 나가는 과정에서, 또는 독자가 그 작품을 읽는 도중에 발견되는 성질의 것으로 작품 전체를 통해 은은히 퍼지는 어떤 울림이라고 할 수도 있겠습니다.

작가는 '할 말 쓸 말'을 위해서 소설을 쓴다기보다 그 할 말 쓸 말을 어떻게 해야 어색하지 않고 자연스럽게 이야기 속에 스며들 수 있을 것인가를 놓고 머리를 쓰는 그런 사람입니다. 늘 할 말 쓸 말을 단정적으로 분명히 하는 철학가·사상가 또는 정치가와 작가가 다른 점도 바로 거기에 있다고 생각할 필요가 있습니다. 자신의 철학·사상 혹은 정치적 어떤 이념을 위해 소설을 쓴다고 하더라도 작가는 궁극적으로 그런 것들의 형상화를 위한 과정의 어떤 즐거움, 심지어는 고통까지도 사랑하는 장인匠人일 수밖에 없다는 뜻입니다.

작가 지망생들의 작품을 읽을 때 '불투명한 주제', '주제의식의 모호' 등의 평을 하는 것은 그 작품을 쓴 사람이 무엇을 쓸 것인가를 분명히 하지 않았다는 것이지, 그 작가의 철학이나 주장을 분명히 밝히지 않았다는 말과는 다른 것입니다. 그 주장을 너무 분명히 밝힐 경우 '주제의 형상화'에 실패했다는 평을 듣게 될 우려가 크다고 하는 것도 그런 맥락에서 생각할 수 있을 것입니다.

좋은 소설이란 '무엇을 쓸 것인가'를 분명히 한 뒤, 할 말 쓸 말이 작가의 개입에 의한 것이 아닌, 독자들의 감동을 통한 어떤 판단을 의미심장하게 불러일으키는 그런 주제의식을 가진 작품일 것입니다

물음 9. 작위성이란 무엇입니까?

'작위가 눈에 거슬린다', '작위적 구성', '인물설정의 작위성' 등의 말이 있습니다. 작위란 의도적으로 벌인 짓이나 행동을 말하는 것으로 그 짓이나 행동이 자연스럽지 못할 때 주로 쓰이는 말입니다.

어차피 소설은 꾸며진 거짓말 이야기이고 과장된 것이기 때문에 꾸며졌다는 그 자체가 작위일 것입니다. 그러나 꾸며진 것이 눈에 띄게 드러나면 그것은 꾸미게 된 의도와는 달리 그 효과를 잃게 되기 쉽습니다. 즉, 이야기를 만드는 그 의도가 노출되어서는 좋은 결과를 얻기 어렵다는 뜻이지요.

거짓말이되 거짓말이 아닌 것처럼 자연스럽게, 꾸며진 것을 전혀 눈치채지 않게 하기 위해서는 완벽한 구조를 갖춰야 합니다. 그 완벽한 구조를 지향하는 것이 바로 능청스러움이요 시치미 떼기입니다.

그 시치미 떼기, 능청스러움의 노출이 바로 작위로 지적되는 것이지요.

구색을 갖추기 위해서 의도적으로 장치된 사건들, 유기적 필연성을 생각한 삽화의 억지 삽입, 서두 잡기의 그 부자연스러운 시작, 역시 억지로 짜 맞춘 것 같은 결말, 인물설정과 그 배치의 얄팍한 의도 등등이 작위성으로 지적될 것들입니다. 작위란 말부터가 작품의 형상화에 거부반응을 주는 요소이기 때문에 그것의 노출을 피하기 위한 각별한 노력이 있어야 할 것입니다. 이것저것 억지로 짜 맞춰 구색을 갖추려는 그 짜깁기가 작위로 나타나기가 쉽습니다. 되도록 자연스럽게 보이기 위한 어수룩함의 능청이 필요한 것도 그 때문입니다.

물음 10. 도식성을 극복할 수 있는 방법은 무엇입니까?

도식성이란 이미 고정되어 있는 틀에서 벗어나지 못했을 때 그 작업을 부정적으로 평가하는 말입니다. 어떤 틀, 어떤 양식樣式에 맞게 만들어낸다는 것은 공장에서 만드는 제품과 다를 게 없습니다. 그러나 창조되는 모든 것은 기존의 틀을 깨려는 독창성의 드러냄이 필요한 것입니다.

이야기의 시작에서 그 끝마무리까지 기존의 이야기 방법과 전혀 다른 면이 없이 서술된다든가, 인물의 설정이나 그 성격이 이제까지의 작품이 보여준 그 전형성에서 벗어나지 못하면 독자는 그 이야기에 쉽게 식상하는 법입니다.

도식성을 벗어나는 일은 바로 상투성의 굴레에서 벗어나는 일이기도 합니다. 기승전결의 뻔한 전개, 흔해 빠진 주제를 그렇고 그런 목소리로 역설하는 일 등은 도식성의 늪에 빠져 들었음을 의미합니다.

독자가 미리 생각하는 방향에서 한 치도 벗어나지 못하는 작품은 결코 좋은 작품이 될 수 없습니다. 독자의 예측을 깨는 그 의외성이 도식성을 극복할 수 있을 것입니다. 굳이 실험소설을 예로 들 필요도 없습니다. 따지고 보면 모든 소설은 다 실험이게 마련입니다. 그 실험의 정신, 새로움을 추구하는 창조정신이 도식성 극복의 열쇠인 것입니다.

물음 11. 독자를 긴장시키는 구체적인 방법은 무엇입니까?

독자를 긴장시키기라는 소설 기법의 문제는 소설을 소설답게 만드는 탄력 넣기라고 할 수 있을 것입니다. 아무리 늘어져 보이는 소설도 그 작품 나름의 독자를 긴장시킬 수 있는 비장의 무엇을 가지고 있는 법입니다. 물론 독자의 층에 따라 그 긴장의 종류나 농도가 다를 것이지만 소설이 독자를 사로잡는 그런 요소를 가지고 있어야 한다는 점에서는 그 긴장시키기의 원리가 크게 다르지 않을 것입니다.

긴장의 첫째 요소는 궁금증일 것입니다. 집 안에 낯선 사람이 찾아왔을 때의 그 호기심이 우리를 긴장시켰던 어린 시절의 그 긴장을 생각해

보십시오. 독자에게 낯선 것 보여주기가 필요한 이유도 바로 거기에 있을 것입니다.

긴장의 그 다음 요소는 갈등의 양상일 것입니다. 이것이 옳은가, 저것이 옳은가, 모순되는 두 개의 명제가 팽팽히 맞서는 그 갈등 구조가 독자를 사로잡을 수 있을 것입니다. 소설 속의 갈등에 독자가 함께 참여할 수 있는 그런 구조가 독자를 긴장시킬 수 있다는 뜻입니다.

앞으로 일어날 일에 대한 기대, 그것이 독자를 긴장시킬 것입니다. 이 사건 또는 이 사람의 말로 미루어 반드시 예측 불허의, 어떤 커다란 일이 일어날 것 같은 기대를 갖게 할 일입니다.

작가만 알고 있다는 투의 그 특수 체험이라든지 전문적 식견이 독자를 긴장시킬 것입니다. 누구나 다 알고 있는 사실을 대단한 일인 것처럼 떠벌려봤자 독자의 흥미를 유지할 수는 없을 것입니다.

소설을 많이 써본 작가는 독자를 긴장시킬 수 있는 요소들을 작품 구성의 겉에 깔아 독자의 흥미를 유지시키면서 정말 보여줘야 할 문제로 조심스럽게 끌고 가는 기법을 사용합니다. 건망증이 심한 사람의 건망증 행각을 독자 긴장의 요소로 삼으면서 실상은 인간의 원초적 상실감이나 무상감을 이야기의 뼈대로 삼을 수 있다는 말입니다.

서술 속도의 조절도 긴장감을 일으키는 중요한 요인이 됩니다. 때에 따라서는 밀도를 짙게 주었다가, 어느 순간 생략법으로 비약하는 그런 속도를 주게 되면 독자가 한눈을 팔 수 없을 뿐더러 그 비약한 거리를 메우기 위해 부산하게 움직이는 그 긴장을 확인할 수 있을 것입니다.

작가가 소설 속에 가끔 제기하는 문제가 독자를 긴장시킬 수 있을 것입니다. 사랑의 문제, 혹은 인생의 심오한 어느 부분을 다소 현학적인 어투로 날카롭게 찌르는 기발한 말을 보여주면 독자는 누웠던 몸을 일으켜 짐짓 심각해지는 긴장을 보이는 법입니다.

이야기 전개의 새로움, 개성적인 말투, 좀 궤변스러운 논리의 참신성 등등이 독자를 긴장시킬 것입니다.

고급독자가 소설을 읽으면서 긴장하는 가장 중요한 요소는 그 작가가 창조해 낸 그 인물의 성격을 통해서입니다. 소설이 인물의 성격창조에 그 진가眞價를 둔다는 것을 명심하는 것 자체가 독자를 긴장시킬 수 있는 비법이기도 할 것입니다. 그것이 악인이어도 좋습니다. 독자를 사로잡을 수 있는 매력 있는 인물을 만들어내는 일에 정성을 기울일 일입니다.

사실성, 모델 문제, 복선, 단락 짓기, 단편과 중편, 통속소설과 본격소설, 조어, 실험소설

물음 12. 리얼리티, 즉 사실성의 기준은 어디에 두어야 하는 것입니까?

사실성의 기준이 따로 있을 수 없다고 봅니다. 작가의 입장에서 생각한 사실성과 독자의 그것이 다를 것이고 사실성의 개념도 허구의 세계가 찾고자 하는 그런 '진실성의 문제로서의 사실성'과 단순히 현장감의 '실감으로서의 사실성'이 다르게 설명될 수 있기 때문일 것입니다.

어떻든 소설이 개연적 진실을 얻기 위해서 꾸며내는 거짓일 때 개연성이 보여줄 수 있는 타당성 있는 진실이 사실성의 획득이 될 것은 두말할 것도 없을 것입니다. 물론 문학적 진실은 과학이나 역사가 추구하는 그런 진실과 같지 않을 수도 있습니다. 오히려 과학이나 역사의 진실과 상반되거나 그것을 부정하는 것이 문학적 진실일 수 있습니다. 그리고 매우 비현실적인 얘기를 다룬 카프카의 《변신》이나 허균의 《홍길동전》에도 사실성은 엄연히 존재한다는 사실입니다.

사실성의 문제에서 작가가 생각할 일은 어떻게 하면 독자의 공감(혹은 신뢰)을 얻을 수 있는 소설을 쓸 수 있는가 하는 점입니다. 작가가 아무리 어떤 문제에 심취하여 눈물을 흘린다고 해도 독자가 공감하여 눈물을 흘리지 않으면 그 문제는 소설로서의 진실성 혹은 사실성을 획득한 것이 못되는 것입니다.

사실성의 확인은 독자의 실감을 통해서 가능합니다. 현실의 재현이 얼마나 실감났는가 하는, 그 실감을 얻기 위해서 작가들의 재능은 발휘돼야 합니다. 있는 그대로 그려낸다고 실감이 나는 것은 아닙니다.

소설을 처음 쓰는 사람들은 대개 실감나는 묘사를 하기 위해 있는 그대로의 사실을 되도록 빼놓지 않고 다 그려내려고 합니다. 그러나 그렇게 지리멸렬한 글을 통해 작가가 생각한 만큼의 실감은 얻어지기 어렵습니다. 묘사란 사물의 지배적인 인상을 보다 신선하게 그려낼 때만 가능하기 때문입니다. 그러나 사물의 지배적인 인상이 작가의 눈에 포착됐다는 것은 그 사물을 그릴 만한 어떤 의미를 찾아냈다고 생각해도 좋을 것입니다. 사실성의 획득은 사물의 의미를 포착하여 그것을 실감나게 그려낼 때 가능하다는 뜻입니다.

소설에서 사실성이 강조되는 것은 작가가 독자에게서 어떤 신뢰를 얻어내고자 하는 의도 때문입니다. 독자가 그 작가와 그 작가가 쓴 작품을 신뢰한다는 것은 그 작품이 사실성을 획득했다는 것으로 생각해도 좋을 것입니다. 작가 자신도 확신하지 못하는 어떤 사실, 어떤 신념의 소설화는 독자의 신뢰를 얻어내기 어렵습니다. 가장 잘 아는 문제, 가장 절실한 문제를 쓰라는 말도 그가 쓰는 작품의 사실성을 획득하기 위한 신뢰 쌓기를 위해서일 것입니다. 작가가 되기에 앞서 사람이 돼야 한다는 것도 그런 맥락에서 이해해야 할 것입니다.

물음 13. 실제로 있는 이야기나 모델이 있는 인물을 소설로 쓸 때 어느 정도까지를 실제의 상황과 같게 쓸 수 있는지요? 그리고 실제의 이야기를

다루는 부담감을 이겨내는 방법은 어떤 것이 있습니까?

소설이 아무리 꾸며낸 이야기라고 하더라도 그것은 실제의 사실과 많이 닮은 이야기일 수밖에 없습니다. 실제의 사실에서 보고 듣고 느낀 것을 허구의 세계로 재창조한 것이기 때문입니다. 작가가 아무리 상상으로 꾸며 썼다고 하더라도 그런 이야기는 이 세상에 얼마든지 있는 것이고 또 있을 수 있는 것입니다. 작가는 자신이 쓴 소설과 똑같은 일이 어느 곳에 실제로 있다는 얘기를 많이 듣게 됩니다.

필자의 경우, 졸작 〈아베의 가족〉은 그 상황과 그 인물들이 모두 작가의 상상에 의해 만들어졌지만 많은 사람들로부터 실제의 상황과 모델이 있지 않느냔 질문을 받고 있습니다. 실제로 어느 곳에 내 작품과 똑같은 상황, 그런 인물이 있다는 얘기를 많이 들었습니다. 필자는 그런 말을 들을 때마다 그 작품이 어느 정도 사실성을 획득했다는 회심의 미소를 짓게 됩니다. 그것은 독자들이 내 소설을 통해서 비로소 현실을 관심 있게 보기 시작했다는 그런 자부 같은 것이지요.

실제로 있는 이야기의 허구화를 그다지 겁내지 않아도 좋을 것입니다. 소설이 실제의 일을 그대로 묘사하는 것이 아닌 이상 그것은 실제의 사실과 다를 수밖에 없는 가공의 세계, 즉 창작된 세계인 때문이지요. 창작은 현실의 일을 변용시켜 현실과 다른 또 하나의 독창적 세계를 구현하기 위해 보다 선택적이고 현실보다 훨씬 체계적이고 질서 있는 구조로 나타나게 되어 있습니다. 아무리 실제로 있는 일, 있는 인물을 그린다고 하더라도 그것은 필요에 따라 취사선택된 것들이기 때문에 보다 총체적인 안목에 의해 정리된 세계인 것입니다. 작가의 상상력과 그 상상력을 부리는 재능이 그런 세계를 만들어낸다고 믿어야 합니다.

자신의 상상력으로 만들어지는 허구세계의 의미와 그 가치를 신봉할 수 있을 때만 실제의 사실을 소설로 쓰는 일에 부담감을 갖지 않을 수 있을 것입니다. 자신의 상상력에 대한 신봉이자 허구세계에 대한 가치 부여의 확고한 신념이 그것을 가능케 할 것입니다. 상상력에 의해 재창조한다는 자부를 갖지 못할 때 실제의 상황을 능가할 수 없다는 생각으로 오히려 상상력의 위축만 가져오기 쉽습니다.

어떤 여성 작가가 자신의 시가媤家 얘기를 소설로 쓴 것이 마음에 걸려 괴로워하는 것을 본 적이 있습니다. 설사 시가 식구들이 읽을 것을 대비해서 좋은 방향으로 이야기를 만들어 썼다고 하더라도 그 부담감은 달라지지 않을 것입니다. 쓰고 싶은 것을 피했다는 작가로서의 양심까지 덧붙어 더욱 껄끄러운 마음을 떨쳐버리기 어렵겠지요. 그런 마음의 껄끄러움에 상상력을 위축시켰다는 언짢은 마음까지 겹칠 것이 분명합니다.

작가는 좀 냉정하고 무서운 면이 있어야 합니다. 그것이 소설이 될 수 있다고 판단이 섰을 때는 주저 없이 허구화할 수 있는 그런 담력이 있어야 한다는 말입니다.

모델이 있는 소설을 쓸 때 그 당사자의 인격에 관한 문제나 사회적 물의를 피할 수 있는 것은 전적으로 작가의 문학적 재능이 가능케 합니다. 즉, 문학적 형상화만 되었다면 아무리 실제의 일을 소설로 썼다고 해도 아무런 문제가 있을 수 없기 때문이지요. 그러나 형상화도 안 된 작품은 실제의 그 일이 생경하게 튀어나와 문제를 일으키는 것을 종종 볼 수 있었습니다. 결국 잘 쓴 작품은 실제의 일을 허구화하는 데 성공한 것이고 그렇지 못한 작품은 허구화에 실패했다고 보는 것이 좋을 것입니다.

모델이 있는 소설을 쓸 때의 실제의 그 인물을 있는 그대로 그리지 말고 되도록 그 외양적 특성이나 성격을 그 반대로 그려내게 되면 어느 정도 부담감을 갖지 않을 수도 있을 것입니다. 키가 작고 성격이 모질게 느껴지는 사람을 그릴 때는 그 반대로 키가 크고 유순한 인물을 그려내는 식의 바꿈을 시도하라는 것이지요. 더 좋은 것은 여러 사람의 인상을 골

고루 따다가 조합해 내는 방법입니다. 어떤 사람에게서는 코의 특징을, 또 어떤 사람에게서는 말하는 버릇을, 또 다른 사람에게서는 정서적인 어떤 특징을 빌려서 전혀 다른 새 인물 하나를 개성 있게 창조해 내라는 그런 얘기입니다.

그 소설을 읽는 사람들이 모두 자기가 그 작품의 모델이 된 것 같은 어떤 찔림을 받고 나서 곧 그것이 자기가 아닌 주변의 누구와 흡사하다고 생각을 바꿀 수 있는 그런 인물을 그려낸 소설이 성공한 작품이라고 생각합니다. 그것은 그 작가가 그린 인물이 인간의 보편성과 특수성을 모두 갖추고 태어난 인물이기 때문입니다. 어떤 특정한 인물을 그리고 있으면서도 우리들 주변 누구일 수도 있는 그런 인물로 만들어내는 것이 작가의 능력이란 그런 뜻입니다.

처음부터 어떤 모델을 소설화하자는 생각은 별로 좋지 않다고 생각합니다. 그런 소설이 성공한 예는 거의 없다고 단언할 수 있습니다. 필자의 경우에도 어떤 모델을 소설로 만들자고 생각하고 시작한 작품이 두어 편 있는데 쓰는 과정도 어려웠을 뿐만 아니라(쓰는 신명이 전혀 나지 않았습니다) 작품이 발표된 뒤의 그 찝찝스러운 것은 아직까지도 여전합니다. 그런 작품이 성공작이 될 수 없었음은 두말할 것도 없습니다.

이러이러한 인물을 그리자는 구상 과정에 그런 가상의 인물에 적합한 실재의 인물을 찾아 모델로 하는 것이 이상적인 일이라고 생각합니다. 즉, 자신이 그리고자 하는 어떤 인간 모델을 먼저 정한 다음 설정된 인물과 비슷한 주변의 인물을 찾아 모델로 한다는 것이지요. 실재의 인물이 작가의 상상력을 촉발시키는 가장 확실한 방법이기도 할 것입니다.

물음 14. 복선의 효과적인 장치는 어떻게 하는 것이 좋습니까?
복선은 펼쳐지는 이야기가 앞으로 어떤 상황으로 나타날 것인가에 대한 암시를 뜻하는 것으로, 어떤 사건이 혹은 상황이 미리 전조를 보이는 그런 장치들을 말합니다.

복선의 장치는 우선 독자를 긴장시키는 역할을 할 수 있어야 합니다. 진행되는 이야기가 어떤 방향으로 발전될 것인가 하는 궁금증과 더불어 독자가 스스로 기대하고 예측하는 그런 상상의 단서를 주는 것이 복선이기 때문입니다. 독자는 넌지시 암시하는 것을 찾아 다가올 사건들을 예측하면서 독자는 그 이야기에 흥미를 갖고 빠져 들게 되는 것이지요. 즉, 독자는 작가가 장치한 복선의 그 비밀을 푸는 재미에 빠져 소설에서 눈을 떼지 못한다는 그런 말입니다.

독자의 기대를 배반하는 그런 복선의 장치도 필요합니다. 소설을 읽을 때 독자들이 신선한 충격을 받는 것도 바로 그 기대나 예측이 빗나갔을 경우이기 때문이지요. 그것은 그 작품을 쓴 작가에 대한 신뢰이면서 동시에 그 작품의 비중을 높이는 그런 결과를 가져오게 될 것입니다. 역시 이 작가의 상상은 대단하구나 하는 그런 신뢰를 줄 수 있도록 복선을 탄탄히 해야 합니다.

이것이 복선일는지 모른다는 그런 예측 정도로 나타나지 않고 그것을 너무 분명히 드러낸 것은 작위적으로 느껴져 오히려 독자의 신뢰를 잃게 되는 경우가 많습니다.

복선은 소설 읽는 재미를 가중시키는 그런 역할로 장치돼야 할 것입니다.

또한 복선은 그 소설을 읽는 사람들에게 미리 심리적 준비를 하게 함으로써 앞으로 일어날 일이 우발적·돌발적인 것이 아니라는 것을 알려주는 역할을 합니다. 소설의 구성에서 사건들의 유기적 결합에 의한 진행이 강조되는 것도 그러한 복선을 잘 활용하라는 말로 생각할 수 있습니다. 소설 문학이 지향하는 '개연적 진실'의 형상화도 바로 그러한 개연성을 획득케 하는 복선의 장치가 완벽할 때 가능할 것입니다.

등장인물의 대화나 좀 별난 행위 등으로, 혹은 어떤 에피소드의 삽입으로, 또는 어떤 배경(분위기)으로 복선을 삼을 수도 있습니다. 비바람이 치는 음산한 날씨 묘사를 통해 그 작품의 내용이 비극적으로 전개될 것을 암시하기도 하며, 단역처럼 보이는 어떤 인물을 매우 강한 이미지로 부각시켜 놓음으로써 독자들에게 언제고 그 인물이 어떤 중대한 역할을 하게 될 것이란 기대를 갖게 하는 것도 복선의 하나일 것입니다.

물음 15. 소설의 서술에 있어서 단락 짓기는 어떻게 해 나가는 것이 좋은 것일까요?

단락 혹은 문단 나누기는 소설작법에서 그다지 중요하지 않게 다뤄져 왔거나 아예 무시해 왔다는 생각입니다. 그러나 기성 작가들의 작품을 읽을 때나 작가 지망생들의 습작을 읽으면서 절실히 느끼는 것은 단락을 무시했기 때문에(단락 나누는 법을 아예 모르는 경우가 더 많습니다) 그 작품이 독자에게 잘 먹혀들지 않는 경우가 많다는 것을 확인할 수 있었습니다.

이야기의 서술이 산만하게 느껴지는 것도, 서술의 진행이 매끄럽지 못한 것도, 앞뒤 이야기의 연결이 모순되고 부자연스러운 것도 모두 단락이 제대로 돼 있지 못하기 때문인 경우가 많습니다. 단락 짓기와 그 흐름을 분명히 하는 것은 독자의 소설 여행을 돕기 위한 작가로서의 성의라고 생각합니다.

물론 옛날에는 단락을 나누지 않고 글을 썼지만 지금은 행을 바꿔 각 단락의 첫머리를 한 칸 비워 쓰는 일로 그것이 앞의 단락과 구별되게 하는 방법을 쓰고 있습니다.

문장이 여러 개 결합하여 이루어지는 것이 단락으로 그 단락은 반드시 하나의 화제를 가지고 있어야 합니다. 즉, 아무리 작은 단락이라도 그 단락 속에는 하나의 독립된 의미가 들어 있어야 한다는 것이지요. 물론 그런 작은 의미들이 모여 좀 더 큰 내용단락을 만들고 그 내용단락들이 모여 완결된 한 편의 '글'이 되는 것입니다. 단 한 개의 문장으로 한 단락을 이루는 경우도 얼마든지 있을 수 있지만 그런 때도 한 개의 문장이 한 개의 화제를 가지고 있다고 볼 수 있습니다. 다음은 다섯 단락으로 된 글이 각각 어떤 화제를 가지고 있는가를 살펴본 것입니다.

─큰형은 죽었다.(큰형의 죽음을 강조)
─큰형의 유품인 그 구두가 사전리에서 옛날 추전리 마을로 넘어가는 산등성이까지 나를 올려놓았던 것이다. 큰형은 죽었다. 별난 귀향두 다 있군. 그 벌레들이 술렁거리기 시작했다. 왜 죽었는가.(그 죽음에 대한 의문)
─지난 밤 화톳불을 피웠던 물가 어디에도 그곳에서 밤샘을 했을 조카의 모습은 보이지 않았다.(조카에 대한 관심)
─어느 화가가 햇살 퍼져 오를 즈음의 이 신비한 물안개를 바라볼 수 있다면 그는 필경 준비해 온 여러 빛깔의 물감들을 집어던졌을 것이다. 수묵의 진가를 보여줄 그 물안개는 정말 장관이었다. 그러나 아직 햇빛이 안 닿은 건너편 산골짝 그늘 속의 골안개는 여전히 음험한 형상으로 어둑한 겨울산을 휘감고 있었다.(물안개 묘사)
─물안개에 대한 추억 한토막이 있다. 스무 살 때였다. 그때 나는……(과거회상)

단락을 구분하여 쓰는 것은 그 작품을 읽을 독자에 대한 예의로서, 독자와의 의사소통을 좀 더 원만하게 하기 위한, 여러 장애 요인의 제거 작업이라고 생각해도 좋을 것입니다.

단락은 보통 '통일성', '일관성', '강조성' 등 네 가지 원리에 의해 구성돼야 한다고 설명합니다. 즉, 한 단락 속에서는 한 가지 화제만 다뤄야 한다는 것이 통일성이요, 각 단락을 이루는 문장들은 하나의 화제를 향한 일관된 흐름을 갖기 위해 일관성 있는 집합을 이뤄야 할 것이며, 여러 개의 단락이 모여 큰 단락을 이룰 경우 중심단락과 그 중심단락을 보조하기 위한 부속단락들이 긴밀한 관계로 연결되어야 비로소 완결된다는 완결성, 그리고 글에서 어떤 사실을 두드러지게 강조하고 싶을 때 쓰는 강조성 등을 단락의 원리로 해야 한다는 것이지요.

단락을 자주 바꾸게 되면 이야기에 속도가 주어지고 긴장감을 잃지 않게 하는 이점이 있는 반면 작품의 밀도가 없어지고 그 흐름이 산만해질 우려가 크기 때문에 필요 이상의 단락 바꾸기는 삼가는 것이 좋습니다. 한 단락으로 소설 한 편을 완성시킨 작품이 있다는 것을 참고할 필요가 있을 것입니다. 문학성을 강조하는 작품일수록 서술의 밀도를 중시하는 경향으로 그 작품의 무게를 느끼게 하는 것도 단락을 좀 더 신중히 다룰 때 가능하다고 생각합니다.

대체로 단락 구분의 필요성은, 전체를 부분으로 나누기 위해서이며, 동시에 작은 부분을 더 크게 묶기 위함이고, 그렇게 단락을 구분 지음으로써 독자에게 틈틈이 숨 쉴 여유를 주고자 함도 거기에 해당될 것입니다.

특히 소설에서 단락을 구분 짓는 것은 과거와 현재를 교차할 때, 사건의 현재진행에서 과거 회상으로 옮겨가는 부분 등에서 많이 쓰입니다. 이러한 장면 혹은 시간의 바뀜은 독자가 그 작품의 내용과 친숙하게 되느냐, 아니면 혼란에 빠지느냐 하는 매우 중요한 역할을 하게 된다는 것을 명심할 일입니다.

화자(혹은 시점)가 바뀔 때도 단락을 바꿔줘야 합니다. 3인칭 시점으로 서술되는 이야기에 '그'의 독백이 필요하면 1인칭으로 서술하게 되는데, 이럴 때 단락이 분명히 바뀌어야 할 것입니다.

등장인물들의 대화도 각각 한 단락으로 봐야 하기 때문에 대부분 단락을 구분 지어 서술하지만 과거회상 속에서의 대화는 보통 지문 속에 그대로 쓰는 것이 좋습니다.

수나는 그때 열다섯 살이었다. **하늘이 무서워요.** 그 나이에 그네는 그런 소리를 자주 했다. **하늘이 무섭다니, 그게 도대체 무슨 소리냐.** 그네의 어머니가 걱정스러운 얼굴로 물었고, 수나의 대답은 늘 같았다. **난 죽어야 해요.**

두 개의 이야기를 복합적으로 서술하는 경우(과거와 현재가 바뀌는 경우에도)에 이야기 A에서 이야기 B로 전환할 때는 한 행을 비우고 새 단락으로 들어가는 것이 좋을 것입니다.

물음 16. 단편소설과 중편소설은 그 구성이 어떻게 다른 것입니까?

소설을 그 길이 혹은 분량으로 나눌 때 보통 콩트conte, 단편소설short story, 중편소설novella, 장편소설novel이란 용어로 가름합니다. 콩트는 대개 200자 원고지 15장 안팎이고, 단편은 70장 내지 130장 정도, 중편은 200장 내지 500장까지로 그 기준을 잡을 수 있을 것입니다.

그러나 이들 구분이 꼭 원고지 분량에 따른 그 길이에 있지 않다는 것을 명심할 필요가 있습니다. 단편소설에 맞을 이야기를 그 길이만 늘여 중편으로 뻥튀기한 중편소설이 있고, 중편에 불과한 이야기를 억지로 길게 늘여 장편으로 만들어놓은, 별로 좋지 않은 현상도 그 길이만 생각한 데서 비롯된 것이라고 생각합니다.

그러나 콩트와 단편, 그리고 장편의 차이는 그 길이도 중요하지만 보다 다른 각도로 구분하는 것이 좋을 것입니다.

여기 나무 하나가 있습니다. 땅속에 묻혀 있는 뿌리에서부터 나무의 굵은 줄기를 따라 여러 개의 가지가 다시 잔가지를 거느린 그런 큰 나무입니다.

장편소설은 그 나무 전체에 비유할 만한 것이고, 중편소설은 그보다 가지가 많지 않은 작은 나무로 생각하면 좋을 것입니다. 그런 큰 나무의 한 가지를 단편이나 콩트로 생각해서는 안 됩니다. 단편이나 콩트는 그런 큰 나무의 일부인 작은 가지가 아니고 그 큰 나무의 큰 줄기를 자른 단면과 같은 것입니다. 나무 전체를 통해 그 나무의 모든 것을 보는 것이 중편이나 장편이라고 하면 단편이나 콩트는 그 나무의 단면을 통해 그 수종樹種, 수령樹齡이며 그 목질까지 파악하는 그런 것입니다. 즉, 인생의 어느 단면을 통해 인생 혹은 세상의 모든 것을 파악하는 것이 단편이나 콩트라는 말입니다. 다시 말해 단편소설은 장편이나 중편의 축소판이 아닌 그 나름의 독특한 세계를 보여주는 장르라고 할 수 있을 것입니다.

보다 함축적이고 면밀한 구도 아래 단일한 이야기를 단일한 기법으로 인상 깊게 표현하여 역시 단일한 효과를 얻어내는 그런 형식이 단편소설입니다.

한 시간 혹은 두어 시간 동안 한눈을 팔지 않고 단숨에 읽어낼 수 있게끔 그렇게 압축적으로 짜인 것이 단편이라면, 중편소설은 단편소설의 긴축성 있는 구성법과 이야기가 복잡하게 얽혀가는 장편의 그 늘어진 구성법의 이점만을 살려 효과를 얻기 위해 절충적으로 얻어진 형식이 아닌가 싶습니다.

단편이 하나의 주제, 하나의 사건, 단일한 인물, 단선單線 구성으로 하나의 장점을 향해 긴축적으로 모여드는 그런 구조라면, 중편소설은 보다 융통성 있는 구조를 지향하는 장르로 생각할 수 있습니다.

중편소설은 대체로 겉에 드러내는 주제와 속에 감추고 있는 주제가 서로 조화를 이루기 위해 그 사건과 행위도 이중 구조로 전개되며 그 구성은 두 개의 이야기가 서로 교차하는 방식의 복선을 취합니다. 달리 말해 중편소설은 두 개의 이야기가 서로 앞서거니 뒤서거니 유기성을 잃지 않는 한도에서 독자적인 세계를 보여주면서 진행되는 구조라고 할 수 있습니다.

물론 단편소설보다는 그 시간과 공간 활용의 폭도 다양하고 여유가 있게 마련입니다. 장편보다는 등장인물이 제한적이지만 단편에 비해서는 그 숫자를 융통성 있게 등장시킬 수 있는 이점을 가진 것이 중편소설일 것입니다. 우리 소설도 차츰 단편 중심에서 중편과 장편 중심으로 바뀌어가고 있는 실정입니다.

작가 지망생들은 자신이 구상 중인 이야기가 단편에 적절한 것인가, 아니면 중편소설에 알맞을 그런 구조인가를 파악하여 그것에 걸맞은 형식을 찾아 써야만 좋은 작품을 만들 수 있을 것입니다.

물음 17. 통속소설과 본격소설은 어떻게 다릅니까?

근래 우리나라 문학 현상의 특징으로 드러나는 것의 하나는 접두어가 많이 붙는다는 사실입니다. **순수**문학, **경향**문학, **참여**문학, **민족**문학, **민중**문학, **농민**문학, **노동**문학, **상업주의**문학, **분단**문학, **통일**문학, **6·25**문학, **전쟁**문학, **이산**문학, **반공**문학, **실향민**문학, **아동**문학, **성인**문학 등등. 이것은 문학을 보다 편하게 이해하고 그 효용가치를 매기기 위한 문학 주변적 구분법으로 다변하는 사회 현상의 복잡하고 미묘한 양상을 보여주는 한 징표일 것입니다.

본격소설과 통속소설을 굳이 구별하여 인식하고자 하는 것도 이 사회가 안고 있는 보수와 진보, 혹은 전통적인 것과 그것의 일탈 과정에서 빚어지는 갈등의 양상으로 생각합니다.

그러나 작품을 쓰는 사람들은 그런 접두어에 되도록 무감각해지는 것이 좋습니다. 그런 접두어에 신경을 곤두세워서는 좋은 작품을 쓸 수 없기 때문입니다. 문학 행위가 제반 사회 현상과 결코 무관할 수는 없지만 그러한 사회 현상을 통해 문학의 본질과 특성을 규명하고 제한하는 것은 작가의 영역이 아닙니다. 작가는 오직 균형감 있는 현실 인식으로 인생의 총체적 해석과 그 의미를 최대의 복합성과 통일성을 갖춘, 작품의 형상화에만 온 힘을 기울여야 독자를 감동시킬 좋은 작품을 쓸 수 있는 것입니다.

모든 작가는 자신이 본격소설을 쓴다고 생각합니다. 설사 삼류 주간지에 지극히 야한 여자를 등장시켜 수시로 옷을 벗기는 작가라도 자신을 통속작가라고는 생각하지 않는다는 사실입니다. 이것은 통속의 의미가 갖는 불건전성과 상업성에 기인한 기피 현상 때문일 것입니다.

일반적으로 통속소설이라고 하면 깔보고 낮추는 경향이 있는데 이것은 감각적·관능적 가치에 치중하는 그 불건전한 성향이 독자에게 진실을 오도시키고 마비시킨다는 인식 때문일 것입니다. 실제로 통속소설은 상업성과 결탁하여 독자의 성적 충동을 야기함으로써 도덕적 질서를 훼손하는 주범으로 선고유예를 받은 상태로 인식되어 있는 것이 사실입니다.

그러나 통속소설이 본격소설과 대립되는 개념으로 이해되어서는 곤란합니다. 그것은 가치 매김의 차이일 뿐 그 용어의 명백한 구별처럼 구분되는 성질이 아니기 때문입니다. 통속소설도 문학적 가치를 가질 수 있고 독자의 저변 확대에 기여할 수 있으며 대중의 재미 충족과 삶의 여유를 만들어준다는 측면에서 보면, 그 기여가 본격소설에 비해 결코 못하지 않기 때문입니다. 문제는 작품을 쓰는 작가의 양식과 그가 지닌 능력에 있다고 봅니다. 작가가 지극히 통속적인 의식을 가지고 그 의식에 걸맞은 그런 의도 충족을 위한 저급한 소설을 쓴다면 그것은 통속소설이 될 것이고, 그 소재가 아무리 가볍고 저급한 것이라도 작가가 보다 진지한 자세로 상업성을 배제한 채 문학성을 고집하여 고상하고 준엄한 의식으로 창작을 하게 되면 그것이 본격소설이 될 것이기 때문입니다.

작가의 능력이 문제되는 것도 바로 이 부분입니다. 작가의 통찰력과 창조정신에 따라 보다 심오하고 고상한 얘기를 만들어낼 수 있는 것이고 사물을 보는 안목과 현실 인식의 깊이가 없으면 아무리 고상한 소재라도 진부하고 고루한 얘기로 전락시켜 통속적인 방법이 동원되는 수밖에 없을 것입니다.

굳이 본격소설을 정의하자면 어떤 목적성이나 상업성을 배제하고 소설의 본질을 잃지 않겠다는 작가의식의 엄숙함에서 창작된 것이라고 할 수 있겠습니다. 다시 말해 작가의 그 의도가 순수하고 질적 가치를 우위에 두어 그 가치를 구현할 작가의 능력이 있는 한 아무리 벗기는 얘기라도 본격소설이라는 것입니다.

물음 18. 소설 창작에 있어 조어는 어느 정도까지 가능한 것일까요?

조어는 말을 새로 만들어 내거나 이미 있는 말을 엉구어서 새로운 뜻을 지닌 말을 만듦을 뜻합니다. 문법이 먼저 있는 것이 아니라 말의 여러 현상이 먼저 있는 것처럼, 작가는 그 말을 만들어내는 사람이고 문법가는 그 말을 찾아서 정리하는 사람입니다. 작가가 되기 위해서는 어휘력이 있어야 한다고 여러 번 강조한 것도 그 때문입니다.

실상 작가들은 자신이 쓰는 작품에 새로운 말을 집어넣는 경우가 많이 있습니다. 그것이 사회적 공인을 거치지 않은 것이라 해도 그 작가는 그 말 이상의 다른 적절한 어휘가 없다고 생각할 때는 그 말을 계속 고집하는 것이지요. 그것이 작가의 권한일 수도 있습니다.

그러나 조어의 활용은 신중히 해야 할 것입니다. 어휘력이 풍부하여 많은 낱말을 활용하는 능력이 있지만 자신이 구사하는 어느 표현에 적절한 말을 찾지 못했을 때 조어를 생각해야 합니다. 사전에 있는 그 어떠한 말도 자신이 표현하고자 하는 뜻에 따르지 못한다고 생각했을 때 조어가 필요한 것이기 때문입니다.

조어를 쓴 것이 안 쓴 것보다 못한 경우가 더 많습니다. 그것을 쓴 사람만이 뜻을 이해하는 그런 조어는 독자에게 생경하여 거부감을 주기가 쉽기 때문입니다. 새로운 말이 사회적 공인을 받기 위해서는 오랜 세월과 수적으로 많은 사람들이 그 말을 이해하고 공감할 수 있어야 한다는 것이지요. 특히 작가 지망생들이 조어를 쓰는 것은 바람직하지 않다고 생각합니다. 우리말 사전에 있는 말만 제대로 쓸 줄 알아도 대작가가 될 수 있습니다. 작품을 쓸 때 사전을 옆에 놓고 펴보는 습관을 가져야 합니다. 우리가 모르는 말, 알지만 사장시켜 버린 좋은 말들이 그 사전에 얌전히 숨어 있는 것을 발견했을 때의 그 기쁨을 맛보아야 합니다. 특히 우리의 아름다운 고유어가 사장되어 있음을 알게 됐을 때의 안타까움도 우리말을 사랑하게 되는 동기가 될 것입니다.

우리말 사전을 아무 곳이나 펴 찬찬히 눈여겨보십시오. 지금까지 듣지도 보지도 못한 기가 막히게 좋은 말들이 당신의 눈을 황홀하게 할 것이 분명합니다.

필자는 어느 날 **사람의 몸피의 크기**를 뜻하는 '걸때'란 낱말을 찾기 위해 국어사전을 뒤지다가 그 페이지에 있는 여러 개의 괜찮은 어휘들을 만나게 되었습니다. 언제고 써먹을 수 있겠다 싶은 낱말들을 뽑아보았습니다.

건축식 정원(형식정원), 건축주체(온돌, 벽, 기둥 등), 건치(말린 꿩의 고기, 신부가 올리는 폐백의 한 가지), 건태(마른 북어), 건폐율, 건포마찰, 건풍(북서풍), 건하다(아주 넉넉하다, 흥건하다), 건하장(새우를 말리는 곳), 건혈, 건혼나다(괜히 놀라서 혼이 나다), 걷곳다(옛말), 걷몰다, 걷어지르다, 걸개(거지, 거렁뱅이), 걸개이(지렁이의 경북방언), 걸걸거리다, 걸근거리다, 걸기질(논바닥을 평평하게 고르는 일), 걸까리지다(크고 실팍하다), 걸뜨다(물 위에 뜨지 아니하고 중간에 뜨다)

역시 국어사전 그 페이지에 있는 낱말풀이에서 속담을 찾아보는 일도 괜찮은 수확이 될 것입니다.

걷다(걷기도 전에 뛰려고 한다, 참새를 보면 그해에 대과大科를 한다)

고어古語를 재생해서 사용하는 것도 조어의 활용에 해당할 것입니다. 특히 의성어·의태어 등의 첩어는 작가가 얼마든지 만들어 쓸 수 있는 영역입니다. 필자의 경우 좀 음울하고 조소적인 웃음소리를 ㅎㅎㅎ 등으로, 가슴이 활랑활랑, 안개가 우왁우왁, 는정는정 떨어지는 때, 어정버정, 와장와장, 프슴프슴 등의 첩어를 많이 만들어 쓰고 있습니다. 첩어만은 그 상황이나 상태를 표현하는 데 있어서 우리말 사전에 없는 말을 만들어 써도 괜찮기 때문이지요.

현대식 격언이나 속담을 만들어 쓰는 것도 참신하게 읽힐 것입니다. 작가 나름의 풍부한 어휘 구사력을 가지고 조어를 써서 성공한 작가로는 30년대 작가 김유정과 《임걱정》의 홍명희, 그리고 작가 나름의 맞춤법과 띄어쓰기를 고집하여 소설문장의 격을 크게 높인 황순원, 토속어의 적절한 구사로 감칠맛을 낸 이문구, 김주영, 한승원, 윤흥길, 김원일 등을 꼽을 수 있을 것입니다.

그러나 작가가 되어 많은 작품을 쓰기 전에는 되도록 우리말 사전에 있는 좋은 말들을 골라 쓰는 습관을 갖는 것이 좋다는 것을 다시 한 번 강조해 둡니다. 국어사전도 제대로 찾아보지 않는 작가가 조어를 쓴다는 것은 낙동강 잉어가 뛰니까 사랑방 목침이 뛰는 꼴이 될 뿐입니다. 요즘은 종이책 사전보다 인터넷 사전을 통해 글쓰기의 즐거움을 찾는 사람들도 많습니다.

물음 19. 실험소설이란 어떤 것입니까?

작가 지망생들의 습작을 읽을 때 '실험의식의 부족'을 흠으로 잡는 경우가 많습니다. 기성작가들이 써온 소설의 그 틀과 관습을 그대로 본떴을 뿐 자기 나름의 방법 모색이 없음에 대한 불만인 것입니다. 특히 소설의 모범답안 만들기 같은 짜깁기식의 창의성 부족에 대해서도 같은 불만을 토로하게 됩니다. 물론 소설의 모범답안을 지향한 작품은 구조적 안정감이란 이점을 높이 살 수 있지만 창의성이 부족하다는 평가를 받게 됨으로써, 다소 서툴지만 실험의식이 돋보이는 작품에 높은 점수를 주는 것이 보통입니다.

소설은 작가의 상상력에 의해 창조되는 허구의 세계이기 때문에 그 허구화의 독창성이 최대한 발휘될 수 있어야 독자들의 경험세계를 뒤흔들어 긴장시키는 좋은 소설을 쓸 수 있을 것입니다. 러시아의 형식주의자 스크로브스키는 문학의 근본 목적을 "낯설게 만들거나 이상스럽게 만드는 것"에 두면서, 이제까지의 의식의 상투성과 관습의 틀을 깨고 독자의 잃어버리고 있는 의식에 신선한 감흥을 줄 어떤 기법의 개발에 역점을 둘 것을 강조하고 있습니다.

실험소설은 전통적인 소설이 보여줄 수 있는 관습적 사고를 깨고 미지의 세계를 탐구해 들어가는 그런 실험정신의 소관입니다. 전통의 일탈,

그것은 일단 주류에서 벗어남으로써 관습에 젖은 독자를 당황케 하며 급기야는 배척을 받는 것이 보통입니다. 그러나 그 반역이 주류 속으로 흡수되어 새로운 전통으로 지리를 잡은 과정이 곧 소설의 발달사라고 해도 지나친 말이 아닐 것입니다.

그런 뜻에서 소설의 역사는 실험의 역사라고 할 수 있습니다. 가설항담街說巷談에 자기 나름의 창의로 윤색을 한 고려 패관소설에서, 권선징악의 뚜렷한 주제를 가진 이조소설로, 다시 개화기의 과도기소설을 지나 이광수·김동인이 연 20년대 현대소설로, 그리고 90년대를 지나 오늘에 이른 우리의 소설사를 보더라도 우리의 심금을 울린 작품이 모두 그 나름의 실험정신에 의해 전통을 거슬러 새로운 주류를 이룬 작품이었음을 확인할 수 있습니다.

서구소설의 경우는 더욱 분명한 탐구정신이 그 실험의 역사를 증명하고 있습니다. 루카치는 도스토옙스키의 소설을 아직 이 세상에 없었던 새로운 작품으로 평가했습니다. 도스토옙스키뿐 아니라 좋은 작품을 남긴 모든 작가는 관습의 상투성을 깬 실험정신으로 작품을 빚어 성공했습니다. 카프카도 그 끈덕진 실험에 의해 영원히 살아남는 작가가 되었던 것입니다.

프루스트의《잃어버린 시간을 찾아서》를 시작으로 조이스, 울프, 포크너 등으로 대표되는 '의식의 흐름'으로 인간의 내면세계를 탐구한 실험 소설들과 1947년을 전후한 반소설Anti-Roman 시도,《고무 지우개》의 로브그리예, 사로트, 미셸 뷔토르 등으로 대표되는 '누보 로망Nouveau roman' 이야말로 소설의 장래를 비관적으로 보는 견해에 일침을 가하면서 소설의 새 장을 열어가는 신선한 충격의 소설을 빚어내기에 이르렀던 것입니다.

이인성, 최수철 등으로 대표되는 우리 작가들도 우리 소설의 주류에 정면으로 도전함으로써 보수 성향으로 안존하려는 우리 소설에 역동적 역할을 충분히 해내고 있어 이제 새로운 주류를 형성해 가고 있다고 볼 수 있습니다.

실험소설은 우선 그 형식의 새로움을 추구합니다. 무엇을 쓸 것인가도 중요하지만 '어떻게' 쓸 것인가에 대한 탐구로써 독자에게 낯선 세계를 경험케 하여 사물을 보는 인식을 달리하게 하자는 것이지요.

무엇을 담는 그릇이 그 모습을 달리해 왔듯 소설도 이야기를 담는 그릇에 대한 지금까지의 고루한 인식을 깨고 보다 새로운 '담는 방법'의 탐구가 실험소설을 낳는 힘이 돼왔던 것입니다.

앞의 글에서도 강조한 바 있지만 작가의 통찰력과 독창성이 그 재능과 제대로 만나 최선을 다한 작품은 모두 실험소설입니다. 이미 발표되어 어느 정도 평가를 받은 작품은 모두 그 나름의 기법으로 새로운 세계를 연 작품이라고 봐도 좋을 것입니다.

실제로 예술의 역사는 실험의 역사라고 할 만큼 지속적인 혁신을 거듭함으로써 그 당대에 찬사보다는 비방과 지탄을 받아왔던 것입니다. 그 비방과 지탄의 내용은 분명한 것을 모호하게 흐려놓음으로써 관심 끌기의 사기극이란 것이었습니다. 속임수라고 생각되는 바로 그 부분이 이제까지의 전통적 관습을 깬 실험의식에서 나온 것들입니다.

속임수로 보이는 그 기교의 창안에 의해 소설 쓰는 일이 신명나도록 해야 합니다. 사건 진행의 시간적 질서를 무시한다든가, 기발한 우화수법, 상식의 범주를 벗어난 사건의 유발, 느닷없는 고딕체 활자의 사용이나 글자 거꾸로 쓰기, 복고적 운문체 문장, 한 페이지에 원고지 한 장 정도 분량의 내용만 쓰고 여백 남기기, 띄어쓰기·맞춤법 무시의 혼란된 표기, 등장인물 없는 소설, 수시로 교차되는 시점, 문물기사 등의 스크랩 삽입, 전문 지식의 과다한 나열에 의한 지적 포즈 잡기, 신과 같은 신성한 것을 모독하는 언사로 충격 주기, 두 나라 이상의 언어 구사, 내적 독백체, 논픽션 기법 등 전통적 격식 깨기는 작가의 재능에 따라 얼마든지 개발될 수 있을 것입니다.

물론 실험의식에 의한 기법의 창안은 전통적인 소설의 방법에 통달한 뒤 그것보다 더 좋은 방법을 찾기 위한 탐구정신에서만 가능하다는 것을 명심하지 않으면 안 됩니다.

결말, 제목 붙이기, 퇴고, 신춘문예,
효율적인 습작, 등단의 길

물음 20. 소설 결말 처리는 어떻게 하는 것이 좋습니까?

바둑에서는 '끝내기'를 잘해야 한다는 말이 있습니다. 포석도 좋아야 하고 실리를 좇는 세 잡기도 잘해야 하지만 끝내기의 한 점 돌이 성패를 가름하는 데 결정적인 역할을 할 때가 많기 때문이지요.

성공한 소설은 대체로 그 끝내기가 잘돼 있음을 발견하게 됩니다. 앞부분의 다소 지리멸렬함, 사건 전개의 혼란스러움 때문에 자칫 그 작품을 끝까지 읽지 않고 집어던질 우려까지 있는 작품이 그 결말 처리를 잘했을 때 독자에게 돌아오는 감동은 유별난 것입니다. 이청준의 성공한 몇 개의 작품이 바로 결말 처리의 능숙성 때문에 앞부분의 별것 아닌 이야기들이 기대 이상의 효과를 얻게 되는 예라고 하겠습니다.

좋은 결말은 우선 그 이야기를 어디서 끝내야 할 것인가가 제대로 계산됐을 때만 가능합니다. 끝내야 할 때를 안다는 것은 그 작품의 구조에 결함이 없게 하기 위한 균형 잡기에 어느 정도 자신이 있다는 것을 말하는 것이지요. 결말은 소설의 완결을 위한 균형 잡기라고 생각할 수 있습니다.

　일종의 속임수에 해당하는, 독자의 기대를 어긋나게 하는 그런 결말은 작가가 감추고 있던 마지막 카드에 독자가 완전히 손을 들게 하는 방법이지요. 모파상이나 오 헨리의 결말법이 바로 독자의 기대를 완전히 뒤엎는 그런 것에 해당하는 것입니다.

　필자의 경우도 독자의 기대를 저버리는 결말법을 많이 사용했습니다. 악인인 주인공이 끝에 가서는 결국 인간적인 어떤 변화를 보이는 결말로 끝날 것이란 독자의 예상을 완전히 뒤엎고 오히려 더 극악한 행위를 보여주는 그런 결말을 보인다는 것입니다. 또한 주인공의 실종을 모티프로 삼은 작품의 경우에 독자들은 그 실종이 어떤 양상으로든 해결되기를 기대하고 있는 그 예상을 깨고 아무런 해결이 없이 미궁인 채로 끝내버리는 방법도 있지요. 이것은 독자가 그 실종의 문제를 스스로 해결하기를 기대하는, 이른바 '독자의 몫' 남기기입니다.

　필자는 소설의 결말은 삼각형의 꼭짓점에서 아랫변으로 내리긋는 실선 같은 것으로 생각합니다. 바로 그 선에 의해 이등분된 삼각형이 좋은 단편소설이란 생각을 갖고 있기 때문입니다.

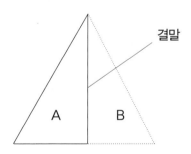

A : 작가의 상상으로 만든 세계

B : 독자의 상상으로 만들어지는 세계

이등분된 삼각형 A에 맞붙는 삼각형 B는 독자의 상상력으로 만들어져야 한다는 생각인 것이지요. 삼각형 B가 바로 독자의 몫으로 작가가 그 끝내기를 어떻게 하는가에 따라 삼각형 B의 윤곽이 잡힐 수 있을 것입니다.

즉, 작가는 삼각형 반쪽만, 그리고 나머지 반쪽은 독자가 그리도록 해야 한다는 것이지요. 이야기의 완결을 짓지 않는 것이 좋다는 뜻일 수도 있습니다. 뭔가 여운이 남는 그런 작품을 만들라는 뜻과 같습니다.

소설의 좋은 끝내기는 독자를 멍청하게 만들게 됩니다. 모든 것을 끝에서 다 해결하게 되면 독자는 그냥 주억거리고 맙니다. 그런 결말보다는 독자가 다 읽고 나서도 책을 놓지 못하고 멍하니 그 작품 내용에 다시 빠져들게 해야 합니다. 즉 인상적인 결말을 만들어야 한다는 것이지요. 모파상의 〈목걸이〉 같은 그런 반전의 경이로움이 준비돼 있어야 한다는 것입니다.

반전의 효과를 최대한으로 살려야 합니다. 이제까지 감춰왔던 것을 재치 있게 밝히는 것이 결말입니다. 결말은 독자를 혼란시켰던 갈등과 긴장을 풀어줘야 할 단계이기도 합니다.

결말로 비로소 새로운 시작이 준비되는 그런 '생각하는' 결말이 좋은 끝내기입니다. 그러기 위해서는 독자가 궁금해하는 것을 한꺼번에 다 풀어버리지 말고 암시적으로 끝나게 하는 것이 좋습니다.

고조된 감정의 이완을 통해 독자가 냉정을 되찾아 사태를 처음부터 다시 되짚어보는 기회를 주도록 하는 것도 결말이 해야 할 역할이라고 생각합니다. 끝내기를 잘하지 못하면 그 작품을 위해 공들인 것이 말짱 헛것이 된다는 것을 명심하지 않으면 안 됩니다.

작품의 서두가 독자를 유인하는 덫이라면 결말은 그 덫에 치인 독자가 스스로 그 덫을 풀고 나올 상상력 주기의 열쇠 만들기 같은 것입니다.

어떻든 인상에 남는 끝내기를 위해 마지막 문장에도 신경을 써야 합니다. 필자의 졸작 중에서 몇 개 작품의 끝 문장을 예로 들겠습니다.

　그러면서 그는 느닷없이 웃음을 터뜨리는 것이었다.
　ㅎㅎ, ㅎㅎㅎ
　눈 덮인 산속, 아직 눈 조용히 비껴 내리고 있는 밤이었다.

〈〈동행〉〉

　교실 문을 열어젖뜨리는 순간 나는 내 얼굴에서 떨어져 나가는 껍데기의 무수한 파편들을 의식했다.

〈〈껍데기 벗기〉〉

　"야, 쌍! 어떤 놈은 좆씨가 아니구 뭐냐?"
　나는 팔소매를 걷어 올리기 시작했다.

〈〈소인의 나들이〉〉

　하느님!
　그가 난생 처음 기도하기 시작했을 때 호루라기 소리가 들려왔다. 통행금지였다.
　그는 서둘렀다. 우선 집까지 무사히 돌아가고 싶은 한 시민의 통행금지 위반을 겁낸 필사의 뜀질이 시작된 것이다.

〈〈고려장〉〉

　"너지?" / 나는 그 사내의 귀에다 나직이 속삭인 다음 그 뾰족한 턱에다가 냅다 주먹을 날렸다. 그 새끼였던 것이다.

《침묵의 눈》

……무섭다. 나는 무서워서 살 수가 없다.

《우상의 눈물》

ㅎㅎ. / 온몸으로 좌악 소름이 끼쳤다. 그것은 지금 어디엔가 숨어 우리들을 내려다보고 있을 큰형이 내 입술을 몸주로 해서 내보내는 그 교활한 웃음소리였기 때문이다.

《썩지 아니할 씨》

그렇게 생각하고 들어서인가, 산기슭 관목림 깊은 데서 나는 뻐꾸기 소리는 이날따라 유난히 비감스러웠다.

워꿈 워꿈 워, 워꿈…….

《지빠귀 둥지 속의 뻐꾸기》

"죽지 않으려구 그렇게 잠적한 친구가 죽긴 왜 죽어, 비록 그 잠이 생각보다 길진 몰라두 그 친구 절대 죽진 않는다구."

《잃어버린 잠》

좌우지간에 이달 말까지(6월 30일, 일요일이여) 우리 애새끼 안 찾아놓으면 내 이깐놈에 노점 집어치우구 당신 안방 신세 좀 지려고 하니, 그리 아시라기거요. 택구 애비 씀

《왜》

겨울이 간다. 누나야, 네가 이긴 겨울이 가고 있구나.

나는 토미를 그네들의 무덤까지 데리고 갈 참이었다. 그리고 내 친구 토미에게 소주를 먹일 생각이었다. 한국을 알고 싶어 하는 미국 사람에게는 소주로부터 시작할 일이다. 또한 황량한 들판에 던져진 그 시든 나무들의 꿋꿋한 뿌리가 돼줄는지도 모를 우리의 형 아베의 행방을 찾는 일도 우선 그 무덤에서부터 시작해야 한다고 나는 그렇게 생각했던 것이다.

〈〈아베의 가족〉〉

물음 21. 소설의 제목 붙이기에 대하여

제목은 그 작품의 얼굴입니다. 사람을 처음 만날 때 우선 그 얼굴만 보고도 그 사람의 모든 것을 다 알 것 같은 느낌이 드는 것도 얼굴이 주는 그 첫인상 때문에 그럴 것입니다.

얼굴 쳐다보기가 그 사람을 아는 첫 과정이듯이 제목 읽기는(독자들은 소설의 제목부터 음미한다) 그 작품을 이해하기 위한 최초의 시도일 것입니다. 즉, 제목은 그 작품이 지닌 비밀을 푸는 암호 같은 것으로 생각할 수도 있습니다. 물론 내용과 전혀 다른 엉뚱한 제목을 붙일 수도 있지만 대개의 경우 그 제목은 작품의 한 구조로서 이름 붙여지는 것이 정상일 것입니다.

그러므로 제목 붙이기는 그 작품 형상화의 한 과정이며 출생 신고라고도 할 수 있을 것입니다. 제목의 역할을 결코 가볍게 생각해서는 안 됩니다. 소설의 제목은 독자가 그 작품에 관심을 갖도록 끌어들이는 역할을 할 수 있어야 합니다. 그 제목만 보고도 작품을 읽고 싶은 충동이 일어날 수 있는, 흥미 유발의 그런 요소를 가진 제목을 찾아야 합니다. 별로 좋은 현상은 아니지만 어떤 독자는 소설의 제목이 마음에 들어야 책을 산다고 하더군요.

꼭 그런 독자를 겨냥해 제목을 붙여야 할 필요는 없지만 어느 독자고 유인할 수 있는 그런 흥미로운 제목 찾기를 창작하는 즐거움으로 만들어야 합니다.

되도록 기발한 제목을 찾을 일입니다. 그것은 진부한 것, 너무 흔해 빠져 독자가 식상한 그런 제목을 피하라는 말과 같습니다. 그 제목을 통해 어떤 호기심이 유발되지 못하는 평범한 제목은 가능하면 피하는 것이 좋다는 뜻입니다. 사물의 의미를 포착하는 날카로운 눈을 가진 독자들이 그런 평범한 제목에 흥미를 느낄 수 없을 것은 너무 당연한 일입니다.

제목은 되도록 독자의 기억에 오래 남는 것으로 붙이는 것이 좋습니다. 그 작품을 통한 감동이 그대로 제목과 연결될 수 있는 그런 제목이어야 독자의 기억에 오래 남을 수 있을 것입니다. 오랜 시간이 지난 뒤에도 자신이 읽은 작품의 그 제목이 떠오를 수 있는 그런 것이 좋은 제목일 것입니다.

비록 그 작품의 내용은 생각나지 않더라도 제목만은 기억되는 그런 것도 좋은 제목이라고 할 수 있겠지요. 우리가 읽은 외국의 소설 중 기억에서 지워지지 않는 《좁은 문》,《누구를 위하여 종을 울리나》,《노인과 바다》,《이방인》,《전쟁과 평화》,《데미안》,《돈키호테》,《25시》,《드리나 강의 다리》,《죄와 벌》,《적과 흑》,《대지》 등은 그것이 비록 번역된 것이라 해도 그 작품이 이룩한 성과에 크게 보탬이 되었던 좋은 제목이라고 생각합니다.

소설의 제목은 대체로 그 작품을 함축적으로 보여주는 그런 역할을 할 수 있도록 붙이는 것이 좋습니다. 즉, 작품의 볼거리나 주제가 제목에 암시되도록 응축시키는 제목이 좋다는 뜻입니다. 〈잉여인간〉(손창섭), 〈비틀거리는 중간〉(송원희), 〈상전 길들이기〉(이동하), 〈타인의 생애〉(유재용), 《토지》(박경리), 〈무너진 극장〉(박태순), 〈어둠의 혼〉(김원일), 〈형벌의 집〉(필자) 등은 그 제목이 그 작품의 내용을 함축하고 있으며 주제를 암시하고 있기도 합니다.

추상적·관념적인 제목으로 할 것인가, 아니면 보다 구체적이고 가시적인 것으로 할 것인가를 놓고 조금 고심할 필요도 있습니다. 작품의 내용이나 분위기에 따라 추상적인 제목이 좋은 경우도 있을 것이며 어떤 작품은 보다 실질적인 제목이 어울리는 경우도 있을 것이기 때문입니다. 현대소설은 보다 상징성을 띤, 구체적인 사실로써 제목을 붙이는 경향을 보이고 있습니다.

〈동경〉(오정희), 《불꽃》(선우휘), 〈장군의 수염〉(이어령), 〈연〉(김원일), 〈붉은 방〉(임철우), 〈장마〉(윤흥길), 〈객지〉(황석영), 〈부사장 부임지로 안 가다〉(이호철) 등은 작품 내용을 상징하되 보다 구체적인 사물로써 제목을 삼고 있습니다.

《소설가 구보 씨의 일일》(최인훈), 〈달평 씨의 두 번째 죽음〉(필자), 〈조철씨의 어떤 행복한 아침〉(한용환), 〈꺼삐딴 리〉(전광용) 등 사람 이름을 이용한 제목 붙이기도 효과적입니다. 이럴 때는 그 인물의 성격이 뚜렷하게 부각되지 않으면 독자에게 실망을 안겨줄 우려도 없지 않습니다.

〈미망未忘〉, 〈맥脈〉, 〈소지燒紙〉, 〈잔월殘月〉 등의 한자어로 된 간단한 단어 활용의 제목도 작품 내용을 집약적으로 암시할 수 있는 장점이 있습니다.

그러나 요즘은 그 제목이 순 우리말이나 외국어로 바뀌어가는 경향이 있으며 주어와 술어, 혹은 목적어와 서술어를 가진 긴 제목도 많이 볼 수 있습니다.

《나무들 비탈에 서다》(황순원), 〈부끄러움을 가르칩니다〉(박완서), 〈귀는 왜 줄창 열려 있나〉(김국태), 〈소경 눈뜨다〉(이제하), 〈무지개는 언제 뜨는가〉(윤흥길), 〈집보기는 그렇게 끝났다〉(박완서), 〈과천에는 새가 많다〉(이동하), 〈원숭이는 없다〉(윤후명) 등의 긴 제목은 모두 순 우리말로 되어 있을 뿐만 아니라, 그 제목의 끝이 모두 서술어로 되어 독자에게 생동감을 불러일으키는 효과를 주기도 합니다.

어떤 단어 앞에 좀 별난 수식어를 얹음으로써 효과를 얻는 제목도 많습니다. 〈아홉 켤레의 구두로 남은 사내〉(윤흥길), 《난장이가 쏘아올린 작은 공》(조세희), 〈우리들의 일그러진 영웅〉(이문열), 〈그해 겨울로 날아간 종이비행기〉(김영현) 등이 그렇습니다.

시대라는 말을 끝에 붙여 그 시대의 특징적인 것을 보여주는 제목도 많습니다. 〈불신시대〉(박경리), 〈영자의 전성시대〉(조선작), 《영웅시대》(이문열), 〈사이코 시대〉(필자) 등을 예로 들 수 있습니다.

'사람들'이라는 말을 제목에 쓴 소설도 많습니다.

〈잃어버린 사람들〉(황순원), 《원미동 사람들》(양귀자), 〈매일 죽는 사람들〉(조해일) 등이 있습니다.

《사람의 아들》이란 기발한 제목의 소설을 쓴 이문열은 "제목을 정하지 못하면 글이 써지지 않는다"고 하며 "단편의 경우 제목을 정하고 원고지 다섯 장만 나가면 반을 썼다고 말할 만큼 제목을 중시하고 거기에 비중을 두는" 한편, 외국 작가의 작품에서 제목을 따오는 것으로 효과를 얻고 있다고 합니다. 실제로 그는 "쓸 거리는 있고 제목은 안 정해지고 할 때, 외국 시들을 읽으며 그중 한 구절을 커닝한다"고 말하고 있습니다. 《추락하는 것은 날개가 있다》가 그런 경우의 한 예일 것입니다.

어떻든 작가는 제목을 정하는 일에 좀 더 힘을 기울일 필요가 있습니다. 마음에 맞는 제목이 떠올라 작품을 쓸 때는 그 제목이 활력소가 되어 작품이 잘 풀려 나가는 경험을 할 수 있을 것입니다.

필자의 경우도 제목이 잘 정해졌다고 생각되는 작품은 초고부터 퇴고까지의 과정이 매우 신명이 났던 기억을 가지고 있습니다.

필자가 대학재학 시절 '동행'이란 작품 제목을 생각해 내어 흥분했던 기억이 아직도 생생합니다. '함께 간다'는 이 말이 풍기는 소설적 뉘앙스가 작품을 만드는 신명으로 연결됐다는 생각입니다. 그것은 그대로 그 작품의 소재요 주제였으며 플롯이 되었던 것입니다. 그 〈동행〉이 필자의 데뷔 작품이 되었다는 것은 기분 좋은 일이 아닐 수 없습니다.

〈아베의 가족〉, 〈우상의 눈물〉, 〈침묵의 눈〉, 〈썩지 아니할 씨〉, 〈외딴 길〉 등이 필자 나름대로는 마음에 드는 제목이었다고 말할 수 있습니다.

물음 22. 퇴고는 어떻게 하는 것이 좋습니까?

자기 속에 최상의 독자를 키우는 것이 작가가 해야 할 의무의 하나다. (황순원)

작가 황순원의 이 말은 그 작품을 쓴 작가만이 최상의 독자라는 말로 이해됩니다. 즉, 자기 작품을 읽는 최상의 독자가 되지 않고는 작품을 쓸 수 없다는 말일 것입니다. 그렇습니다. 그 작품을 쓴 사람만큼 그 작품에 대해 잘 아는 사람이 없다는 믿음이 없고서는 좋은 작품을 쓰는 작가가 되지 못합니다. 그것은 창작 행위에 대한 인식은 물론 그 작품 하나하나를 마지막까지 다루는 작가로서의 책임을 잊지 말아야 한다는 뜻이기도 합니다.

자기가 쓴 작품이 별로 탐탁지 않다고 생각되면 그 작품은 결코 발표하지 않는 작가가 많다는 것을 알 필요가 있습니다. 잡지사나 출판사의 청탁에 쫓겨 별로 마음에 들지 않는 작품을 우선 발표하고 났을 때의 그 후회는 생각보다 크게 마련입니다. 한번 발표된 작품이 마음에 들지 않을 경우 언젠가 다시 개작改作을 하면 되지 않느냐고 생각할 수도 있지만 대개의 경우 개작이 이루어지는 것은 기대하기 어렵습니다. 설사 개작을 했더라도 처음에 발표되었을 때의 그 작품은 그대로 남아 있는 것으로, 처음 발표 때의 부족한 부분이 이렇게 잘 고쳐졌다는 것을 알려주기 위해 모든 독자를 다시 찾아본다는 것은 불가능한 일이기 때문이지요. 실제로 처음 작품을 읽은 사람이 그 작품이 아무리 잘 고쳐졌다고 해도 그것을 다시 찾아 읽는 일은 거의 없다고 보는 것이 좋을 것입니다.

'엎지른 물'이 되지 않게 하기 위한 작업이 퇴고 과정이라고 해도 틀리지 않을 것입니다. 퇴고는 작품의 마지막 손질이며 동시에 아직 생명을 얻지 못한 작품에 혼 불어넣기라고 생각할 수 있습니다. 그러므로 퇴고가 있기까지는 작품이 완성된 것이라고 생각해서는 안 됩니다.

대개의 경우 자신이 쓴 작품을 다시 읽는 일은 매우 어렵습니다. 그것은 작품을 쓰는 과정에 어렴풋이 느낄 수 있었던 어떤 결점들과 다시 만나기 싫기 때문일 것입니다. 다시 읽다가 보면 분명 잘못된 점이 발견될 것이고 그것을 바로잡을 자신이 없을 것 같은 불안감 또는 드러난 결점을 다시 고쳐야 할 그 일의 성가심이 싫은 것이지요.

그러나 자기 작품의 최상의 독자가 되기 위해서는 정면 돌파를 하지 않으면 안 됩니다. 정면 돌파의 정신으로 하는 퇴고를 습관화해야 좋은 작품을 얻을 수 있습니다.

퇴고는 작품을 쓴 사람의 눈으로 작품을 읽는 것이 아니라, 아직까지 작품을 읽지 않았던 고급독자의 눈으로 읽어야 합니다. 즉, 자기 작품의 객관화가 퇴고 과정이라고 생각해도 좋을 것입니다.

그러한 객관화를 위해서 퇴고는 초고가 끝난 후 상당한 시간이 지난 뒤에 하는 것이 좋습니다. 빠르게는 이삼일 뒤, 길 때는 몇 달 뒤에 퇴고를 할 수도 있습니다. 더 오래 처박아두었다가 꺼내 읽게 되면 그 작품의 지지리 못난 얼굴이 더 확실하게 보이게 될 것입니다. 그것이 바로 자기 자신의 객관화라고도 할 수 있을 것입니다. 그러한 객관화가 바로 자신의 안에 최상의 독자를 키운 것으로 볼 수 있습니다.

퇴고에서 가장 중요한 것은 작품을 쓸 때 떨떠름하던 문제와 정면 대결하여 그 떨떠름한 것을 떨쳐버리는 일입니다. 버리기 아까워 집어넣은 잡다한 삽화는 눈 딱 감고 빼버리는 용기도 필요합니다. 꼭 필요한 것만 남긴다는 생각으로, 마치 나무를 전정하듯 가차 없이 잘라버릴 수 있어야 합니다. 작품을 쓸 때 좀 어색하다 싶은 것은 틀림없이 독자의 눈에 거슬린다는 것을 명심하지 않으면 안 됩니다.

퇴고는 개작의 한 과정입니다. 자기가 쓴 작품을 50퍼센트 이상 뜯어고칠 수 있는 저력이 있어야 좋은 작품을 쓸 수 있다고 믿어집니다.

좀 허술하게 서술된 곳을 그 분량의 몇 배로 꼼꼼히 늘여 쓰는 밀도 주기가 그 작품의 예술성 획득이라는 생각으로 퇴고에 임해야 합니다.

다음 사항을 유의하게 되면 보다 효율적인 퇴고가 될 것입니다.

— 작가의 의도가 너무 노출된 것은 아닌지.
— 화자 혹은 시점의 혼란은 없는지.
— 장치했던 복선은 적절하게 활용되었는지.
— 인물의 성격은 일관성 있게 설정되었는지.
— 배경설정의 의도는 적절하게 활용되었는지.
— 도대체 누구 이야기를 하려고 한 것인지. 그 '누구'에게 초점은 잘 맞춰졌는지.

― 작품의 톤tone은 주제에 알맞게 잡혔는지.

― 문체는 이야기 구조에 알맞게 잡혔는지.

― 묘사해야 할 부분이 장황하게 '설명' 된 곳은 없는지.

― 구성상 이야기의 앞뒤를 바꿔야 할 곳은 없는지.

― 대화를 좀 더 실감나게, 긴축적으로 쓸 수는 없을 것인지.

― 탈자나 오자는 없는지.

― 맞춤법이나 띄어쓰기가 잘못된 곳은 없는지.

― 제목은 적절하게 붙여졌는지.

― 불필요한 에피소드는 없는지.

― 사건 구성상 이야기의 비율은 적절한 것인지.

― 이른바 작품의 형상화가 어느 정도 이루어졌는지.

물음 23. '신춘문예'에 응모하려고 합니다. 각 신문사마다 작품을 선별하는 경향이 다르다고 하는데 정말 그런지요?

그것은 등단에 대한 집념과 그 집념이 생각보다 쉽게 이루어지지 않음으로 해서 생기는 일종의 자기 위안적 혹은 소아병적 풍문일 뿐입니다.

심지어는 수년간 당선된 작품을 분석하여 어느 신문사에는 어떤 성향의 작품이 당선되었고 어느 심사위원은 그 취향이 이러하기 때문에 이런 작품이 아니면 안 된다는 식의 분석과 통계를 낸 글도 있었습니다. 실제로 같은 작품을 두 곳의 신문에 응모했다가 한 편은 당선이 되고 다른 곳의 것은 예심에도 오르지 못했다는 예를 들어, 신문사 나름의 성향 혹은 그 수준이 다르다는 것을 강조하기도 합니다.

물론 그 신문사 나름으로 선임한 심사위원들의 소설에 대한 개인적 소신이나 그 취향이 다를 수는 있습니다. 실제로 작품을 읽는 사람에 따라 그 평가가 상당히 달라질 수 있는 것도 사실입니다. 심사하는 사람들의 작품을 보는 그 나름의 안목이 다를 것이고, 작품을 선별하는 나름의 기준도 다를 것이 때문입니다. 읽는 사람에 따라 그 작품의 가치를 매기는 기준이 다를 수 있다는 말이지요.

어떤 사람은 작품의 전체적인 흐름이나 구조가 안정감을 가졌는가 못가졌는가 하는 것을 중시하며, 또 다른 사람은 작가 의도의 참신성과 그 깊이에, 또 어떤 사람은 등장인물의 내면적 갈등과 그 묘사에 관심을 더 보입니다. 소설의 모범답안보다는 실험의식에 의한 참신한 발상에 관심을 보이는 사람이 있는가 하면, 소설문장의 막힘없는 구사에 더 관심을 보이는 사람이 있습니다. 즉, 그 가치 기준이 다양한 것이 당연한 일이라는 말입니다.

때로는 쫓기는 심사 일정 때문에 좋은 작품을 머리 부분만 읽고 버릴 수도 있습니다. 꼭 한 편만 당선작으로 뽑아야 하는 신춘문예의 한계 때문에 당선작보다 결코 못하지 않는 작품들이 아예 언급도 되지 않는 경우도 얼마든지 있을 수 있습니다. 한때는 신춘문예에 낙선한 작품들을 골라 문단에 등단시킨 잡지도 있었을 정도입니다.

이러한 불신은 비단 신춘문예에 한한 것이 아니라 등단 과정의 어느 곳에서나 발견될 수 있는 것입니다. 오히려 공적으로 여러 사람 앞에 공개된다는 의미에서 신춘문예가 다른 등단 방법보다 더 객관적이고 공정할 수 있을는지도 모릅니다.

문제는 작가 지망생의 정신상태입니다. 어느 신문이 어떤 경향의 작품을 선호하는가 하는 데 신경을 쓰고 응모할 정도의 얄팍한 계산이 작용된 등단은 문학을 올바로 하는 행위가 결코 아닙니다. 설사 그런 요령 터득으로 운이 좋게 작가가 되었다고 하더라도 그 작가는 그 데뷔작 하나로 작가의 수명을 다하고 말 것이 분명합니다. 그런 요령을 알아 신춘문예에 당선한 작가는 결코 없습니다. 좋은 작품을 계속 써낼 재능과 그런

저력을 가진 사람은 등단의 요령 익히는 일을 혐오해야 합니다.

이 정도면 부끄럽지 않다고 생각되는 작품이면 어느 곳에 응모해도 인정을 받을 수 있습니다. 설사 그 당장에는 빛을 받지 못한다고 하더라도 그런 작품은 언제고 독자로부터 인정을 받게 된다는 것을 믿어도 좋을 것입니다.

물음 24. 습작은 어떻게 하는 것이 효율적입니까?

문학은 철저하게 혼자서 가는 길입니다. 혼자 있어야 하는 외로움의 그 첫 단계가 바로 습작일 것입니다.

작가가 되겠다는 결심을 굳힌 뒤 직접 작품을 써보는 단계를 습작기라고 할 수 있을 것입니다. 습작기에 들어서는 단계에 나타나는 결정적인 징후는 이제까지 별것 아니게 보이던 기성 작가가 달리 보이게 되고 우습게 생각했던 그 작품들이 대단하게 여겨진다는 것이지요. 쓴다는 일에 대한 두려움은 지금까지 기성 작가들을 함부로 성토하고 비판하던 그 깔봄에 비례하게 되는지도 모릅니다. 그것은 지금까지 이론을 통한 소설 이해가 작품을 쓰는 일에 별로 도움이 되지 못한다는 당혹감일 수 있습니다. 이론과 실제가 다르다는 것을 터득하는 것이 곧 습작의 첫 단계가 돼야 합니다.

지금까지 읽은 작품 얘기는 여러 사람 앞에서 당당하게 할 수 있었지만 지금 혼자서 하고 있는 '쓰기'는 아무한테나 발설하기 어렵다는 생각이 절망으로 이어질는지도 모릅니다. 도대체 이것이 소설이 될 수 있을까 하는 의구심이 생기면서 자신이 없어지게 되는 것이지요. 이러한 의기소침의 단계를 거치는 것이 습작의 정상적인 작업일 것입니다. 이것은 자기 분수를 아는 일로서 이때부터 소설에 대한 인식이 새로워지고 쓰는 일에 대한 두려움을 통해 보다 겸허한 자세를 가질 수 있을 겁니다.

남이 쓴 작품을 많이 읽는 일이 습작기에 가장 중요한 일입니다. 습작을 하기 전까지의 즐거운 독서가 아니라 온통 절망투성이의 그런 독서가 필요하다는 말입니다. 많이 읽는 것이 습작의 비결이라는 것을 알면서도 실천하기 어려운 것이 바로 이때의 독서일 것입니다. 쓰고 싶다는 욕구가 독서를 방해하는 것이지요. 그것을 극복해야 좋은 작품을 쓸 수 있습니다.

습작을 전혀 하지 않은 상태에서 작가가 되었다고 말하는 기성 작가들이 더러 있습니다. 그럴 수도 있을 것입니다. 실제로 작품 한 편을 써서 그대로 작가가 된 사람도 없지 않습니다. 그러나 그 작가는 작품을 직접 쓰는 대신 쓰는 일의 몇 배에 해당하는 독서와 체험의 축적을 습작으로 대신 했다는 것을 알아내기란 그리 어렵지 않습니다.

자신에게 소설을 쓸 수 있는 재능이 있는가 하는 확인도 습작기에 할 일입니다. 문학적 재능은 그 여건이 맞아야만 제대로 발휘될 수 있는 법이기 때문이지요. 소설을 읽는 즐거움, 자신의 어휘력을 신장시키는 보람, 자신의 체질과 개성에 맞는 이야기의 방법 찾기 등에 치열하게 달라붙다 보면 그 재능이 어느 때 가장 신명을 내는가 하는 것을 확인할 수 있을 것입니다.

남의 작품을 많이 읽는 과정에 어휘력을 기르는 작업을 해야 합니다. 읽으면서 처음 보는 낱말, 그 쓰임이 참신하고 공감이 가는 말들을 메모하는 습관도 습작기에 할 일입니다. 때로는 마음에 드는 구절이나 문장을 메모하는 것도 좋습니다. 그렇게 메모된 낱말이나 문장은 언제고 자신의 소설 문장에 적절히 활용되는 날이 있을 것입니다.

기성 작가의 중·단편을 원고지에 옮겨보는 일도 습작기에 해볼 만한 일입니다. 특히 소설문장이 어떤 것인가 체득하기 위해서는 남의 작품을 베껴 써보는 것이 좋은 공부가 될 것입니다. 어떤 신인 작가는 습작기에 기성 작가의 중·단편 10여 편을 베껴 쓰는 과정에서 문장의 주술 호응과 소설문장의 묘미를 터득할 수 있었다고 합니다. 서술과 묘사의 차이도 그 문장의 하나하나를 통해서 터득됐다는 것입니다. 물론 남의 작품을 베끼는 일이 그렇게 쉬운 일이 아닙니다. 그러나 쉽지 않기 때문에 그 일을 해내는 사람이 그렇게 못한 사람보다 앞서 간다는 것을 잊어서는 안 됩니다.

습작기에 몇 편의 작품을 써보는 것이 좋으냐고 물어오는 분들이 있습니다. 그러나 이 물음은 대답하기가 매우 어렵습니다. 단 한 편의 습작을 하더라도 그것이 재능의 발휘에 결정적 도움이 될 경우가 있고 수십 편을 써도 별 진전이 없는 경우가 있기 때문입니다. 몇 편을 쓰는 것이 중요한 것이 아니라 단 한 편을 쓰더라도 소설을 제대로 알고 썼는가 하는 것이 문제입니다.

그러나 소설이 무엇인가 하는 것이 제대로 터득된 뒤라면 보통 열 편부터 스무 편 정도까지 쓴 다음에 등단의 길을 찾는 것이 정상이 아닌가 싶습니다. 문단은 냉혹합니다. 공부하지 않는 작가, 그 능력의 축적이 없는 작가는 가차 없이 버리는 것이 그 세계의 생태라는 것을 알 필요가 있습니다.

습작기를 얼마나 가져야 하는가 하는 물음도 있습니다. 이것 역시 사람에 따라 다를 것입니다. 단 두 달 동안의 습작기를 가진 사람도 그 공부하는 방법과 밀도가 제대로만 주어진다면 수년간 공부를 한 사람보다 한결 나을 수도 있다고 봅니다.

습작기나 작가가 된 뒤에도 스크랩을 많이 하는 것이 작품을 보다 효율적으로 쓸 수 있는 방법이 될 것입니다.

치열하게 공부해야 합니다. 당신의 문학적 재능이 신명나게 발휘될 수 있도록 최선을 다해야 합니다. 지금까지의 '소설이나' 써볼까 하는 그 소극적인 자세를 버리고 보다 열심히 달라붙어야 합니다. 한쪽 발만 어중간히 걸친 채 재능 타령만 하고 있어서는 결코 작가가 될 수 없습니다. 막말로 미쳐야 합니다. 그렇게 미칠 만한 가치가 있다는 것을 믿도록 하십시오.

물음 25. 작가가 되는 길, 즉 등단 방법에 대하여

가장 행복한 일은 소설 쓰기 공부를 집어치우고 소설 읽기의 즐거움에 흠뻑 빠져 드는 것입니다. 이제 그런 즐거움을 주는 소설의 비밀을 어느 정도 터득했기 때문이지요. 쓰고 싶다는 그 욕구만 버릴 수 있다면, 빨리 좋은 작품을 써서 작가가 되고 싶다는 그 세속적 욕심만 지워버릴 수 있다면 그 즐거움에의 탐닉이 가능할 것입니다. 그러나 그게 어려운 것이지요. 아무리 버리려고 안간힘을 써도 이제 그 일은 가능하지 않다는 예감으로 당신의 가슴은 철판에 눌린 듯 답답할 것입니다.

그리하여 어느 날부터인가 당신은 작가가 되겠다는 생각을 구체적으로 실현시키기 위해 사방을 두리번거릴 것입니다. 작가가 되는 길은 어디에 있는가. 어떤 길로 가는 것이 빠르며 작가로서 성공할 수 있는 길일 것인가. 더구나 당신은 작가가 되었다는 것을 당신을 아는 모든 사람들 앞에 드러내고 싶은, 그 욕심으로 많이 시달리고 있을 것입니다. 어떤 이는 등단만 하면 그것으로 작품을 쓰는 일을 그만둘 수도 있다는 식으로 등단에 연연해 있는 것을 보게 됩니다. 그것이 솔직한 표현이긴 하지만 결코 좋은 생각이라고 볼 수 없습니다.

작가가 되어 세상에 이름을 알린다는 사실보다 중요한 것은 좋은 작품을 남기고 싶다는 올바른 창작 욕구로 자신을 길들이는 일입니다.

우선 등단부터 해놓고 보자는 생각보다 등단을 한 뒤에 좋은 작품을 쓰는 것이 더 중요하다고 생각하는 사람은 어느 길로 등단을 해야 좋은가를 놓고 얄팍한 계산을 하지 않습니다.

어떤 방법으로 등단을 했는가를 중시하던 시대는 이미 지났습니다. 어느 통로를 통해 등단했는가를 따지는 사람이 있다고 하면 그것은 문학에 대한 올바른 생각을 갖지 못한 소아병적 사고이거나 어떤 열등감의 드러냄으로 생각해도 틀리지 않을 것입니다.

등단의 그 통로가 문제가 아니라, 등단하기 위한 그 준비로서의 작가 정신 갖기와 좋은 작품을 쓰는 것이 더 중요하다는 것을 명심해야 합니다.

재능이 있는 사람, 그 자질이 잘 닦여진 사람은 어느 때고 등단을 합니다. 그런 사람은 등단의 통로에 대해 그다지 신경을 곤두세우지도 않습니다. 그러나 그런 작가에 의해 쓰여진 작품은 반드시 좋은 등용문을 거치게 돼 있습니다. 어쩌다 실수로 문단 질서를 어지럽히는 질 좋지 않은 잡지를 통해 등단했다고 하더라도 그 작가는 그런 것에 신경을 쓰지 않고 좋은 작품을 써서 인정을 받을 것이 확실합니다.

주의할 것은 어떤 정실이 개입되는 등단입니다. 기본기도 갖추지 못한 작품을 들고 우왕좌왕 등단의 길을 찾아 헤매다 보면 뜻하지 않게 상처를 입을 가능성도 없지 않습니다. 극히 일부이긴 해도 작가가 되려는 사람들의 그 티 없는 욕구를 악용하려는 형편없는 잡지도 없지 않기 때문이지요.

이왕이면 공정한 평가를 받아 만인 앞에 당당히 나가는 그런 등단 방법을 찾아야 합니다.

지금까지 알려진 등단 방법은 그해 연말에 작품을 응모하여 신년 벽두에 많은 사람들에게 알려지는 신문사의 '신춘문예'와 전통 있는 문예지의 추천이나 신인상, 혹은 장편소설 현상공모를 통해 데뷔하는 방법 등이 있습니다.

또한 동인지나 부정기 간행물 등에 작품을 발표하여 작가로 인정을 받는 방법도 있고, 작가 스스로가 출판사를 통해 책을 간행하여 작가로 인정받을 수도 있습니다.

어느 방법이든 그 나름의 장단점이 있게 마련이어서 굳이 어느 것을 선택하는 것이 좋다고 말하기 어렵습니다. 설사 선택을 했다고 하더라도 그 길이 그렇게 순탄할 리가 없습니다. 나름대로의 피눈물 나는 각고刻苦가 없고서는 그 길을 끝까지 통과하기가 쉽지 않기 때문이지요.

등단의 길 중 가장 각광을 받는 것은 새해 첫날 소설에 대해 모르는 사람들에게까지 알려지는 신춘문예를 통한 등단일 것입니다. 하루아침에 유명해질 수 있는 이 등단은 그 어떤 방법보다 모험적일 것이며 그만큼 치열한 경쟁을 거쳐야 할 것입니다. 물론 수백 편이 응모된다 해도 예선에 오르는 20여 편을 제외한 나머지 작품들은 소설의 기본기도 갖추지 못한 수준 이하의 작품들이라 문제도 되지 않지만 꼭 한 편만을 선택해야 하는 경우 심사하는 이의 취향과도 관계가 있기 때문에 운도 따라야 한다는 말도 있습니다.

또한 신춘문예는 그 화려함에 값할 만한 상금이 붙어 있어 배도 먹고 이도 닦는 격이어서 더욱 매력이 있어 보입니다. 그런저런 이유로 해서 작가 지망생들은 신춘문예 철만 되면 열병을 앓기 시작합니다. 단 한 편으로 작가가 되고 대번에 유명해지고 싶은 설렘이 그 주변 사람들까지 들뜨게 하는 것이지요.

"신춘문예 응모작품을 쓰듯"이란 말을 흔히 합니다. 그것은 창작하는 행위와 거기서 얻어지는 작품에 대한 남다른 애착 혹은 자신감을 은연중 드러내는 표현으로 생각됩니다. 즉, 소재나 주제를 다루는 데 있어서는 물론이고 그것의 형상화를 위한 방법에 있어서 이제까지의 고루한 방법을 깨고 보다 참신한 세계를 열어 보이겠다는 야심적 작업을 두고 "신춘문예 응모작을 쓰듯"이란 말을 쓴다고 생각합니다.

뻔한 이야기를 뻔한 방법으로 쓴 것은 신인다운 패기와 실험정신의 결여로 심사하는 이들의 관심을 끌지 못하기 때문입니다. 독창적 자기 스타일의 모색과 그 실험의식은 신춘문예 등에 응모하는 사람들의 신조가 돼야 할 것입니다. 이것은 신인으로서의 패기, 그리고 그 재능의 확인이라는 측면에서 매우 중요한 일입니다. 그렇다고 지나치게 독선적이고 파격적인 것, 혹은 이색적인 소재만을 다뤄 심사하는 이들의 관심을 의도적으로 유도하려는 것은 좋지 않습니다. 어디까지나 문학작품이 보여줄 수 있는 최소한의 보편성과 가치를 갖춘 상태에서의 독창성과 실험의식이 필요한 것입니다.

신인이 되기 위해 문예지나 신춘문예에 응모하는 데 있어 가장 중요한 것은 그것을 준엄한 자기반성의 기회로 삼는 성실한 자세를 가져야 한다는 것입니다. 신춘문예 마감을 며칠 앞두고 그제야 작품을 쓰겠다고 귀재연鬼才然하는 사람을 보게 되는데 그런 사람은 우선 정신자세가 잘못됐다고 할 수 있습니다. 그렇게 쓴 작품이 당선될 리도 없겠지만 설사 운이 좋아 당선이 됐다고 하더라도 그 작가는 오래 살아남지 못할 것이 불을 보듯 뻔한 일입니다.

등단하는 그 데뷔작이 대표작이 되어서는 곤란합니다. 작가가 되었다는 그 성취감에 취해 자기를 잃고 준엄한 각고와 자성의 자세를 잃게 되면 결코 좋은 작품을 쓸 수 없기 때문입니다.

소정의 절차를 거치는 그 시작을, 성공으로 착각하지 않는 사람이어야 부단히 공부하는 좋은 작가로서 좋은 작품을 써낼 수 있을 것입니다.

서두르지 않고, 어느 관문을 뚫을 것인가 하는 그 문제로 필요 이상 신경을 써 연연하기보다 묵묵히 자기 수련에 힘쓰는 자세를 갖는 것이 좋은 작가가 되는 길이라는 것을 명심할 일입니다.

어떤 관문을 통해 등단하는 것이 좋을 것인가가 중요한 것이 아니고 어떤 작품으로 인정을 받을 것인가에 신경을 쓰는 것이 올바른 작가의 길일 것입니다.

6장

창작의 뒤안길
— 내 작품은 이렇게 쓰여진다

왜 쓰는가 하는 물음

내가 택한 최선의 생활방식

내가 잘 아는 어떤 사람은 시인도 아니고 소설가도 아니지만 거의 매일 글을 쓴다. 그가 쓰는 글에는 시도 있고 소설 양식을 빈 이야기도 있지만 그는 자신이 쓴 글을 굳이 일기라고 고집한다. 잘 믿어지지 않겠지만 그는 결코 시인이 되고 작가가 되기 위한 습작으로 그런 글을 쓰는 것이 아니다. 자신이 쓴 글을 일기라고 고집하는 이유도 그것이 시나 소설과 거리가 있다는 그런 겸양에서 나온 말일 것이다. 어떻든 일기 쓰기는 그의 생활에서 뺄 수 없는 가장 중요한 일과처럼 보인다. 어떻게 그처럼 일기 쓰기에 열중할 수 있느냐고 묻는다. 습관이지요, 그의 대답은 그렇다. 도대체 그러한 습관은 어떻게 생긴 것일까. 무엇이 그를 일기 쓰는 일에 그처럼 길들여지게 했단 말인가. 이쪽의 궁금증에 대해 그가 마지못해 하는 대답이 있다. 먹고 싸고 자고 입고 하는 그런 굳어진 일상과는 뭔가 구별되는 짓으로 일기 쓰는 일을 선택했다는 것이다. 글 쓰는 일의 선택,

그것은 그가 누리고 있는 일상과는 격이 다른 차원의 세계의 지향이라는 연상을 가능케 한다.

일기 쓰기, 그것은 그가 택한 그의 생활방식이라고 믿어진다. 그러면 도대체 어떤 충동이 그에게 그런 생활방식을 최선의 것으로 선택하게 했을 것인가.

아주 드문 일이긴 하지만 나 자신도 내가 선택한 소설 쓰기에 대해서 자문할 때가 있다. 소설, 왜 쓰려고 하는가.

나는 무엇을 위해 살고 있는가. 어느 순간 불현듯 이런 의문이 떠오를 때가 있는데 그 의문에 대한 가장 적절한 대답은 나는 정말 '무엇을 위해' 살고 있는가 하는 또 다른 반문이다. 더 시간이 흐른 뒤에 곰곰 생각해 봐도 내가 정말 무엇을 위해 사는 그런 훌륭한 삶을 꿈꾸어보기라도 했는가 하는 자조적인 반문이 있을 뿐이다.

문학의 경우도 그런 것이 아닐까. 나는 왜 쓰는가. 나는 정말 '무엇을 위해' 소설 쓰는 일에 그처럼 열중해 왔는가. 이것은 문학의 효용가치에 선행하는 표현 주체로서의 보다 허심탄회한 자문이다.

소설 읽기를 좋아했다. 소설이 무엇인지 전혀 모르는 상태에서 소설에 몰입했던 중학교 시절의 그 순수한 탐닉이 지금까지 내 몸속에 그대로 살아 있다는 생각이다.

소설을 쓰기 시작한 것도 소설을 전혀 모르는 상태에서였고 그런대로 꽤 오래 작품을 쓴 지금에도 작가로서 소설에 대해 알고 있는 지식은 지극히 피상적이며 동시에 선험적인 것들이다. 소설은 작가가 꾸며낸 거짓말 이야기다. 궁금증 주머니를 여러 개 주렁주렁 매달아, 읽는 이가 흥미진진하게 끌려 들어오지 않고는 못 견디는 그런 이야기 구조, 재미, 그리고 감동. 이것이 작가인 내가 소설에 대해 가지고 있는 생각의 밑바닥이다. 바로 그 따위 것들을 직접 매만지고 싶어 그처럼 미쳐왔던 것이다.

그렇다. 나는 소설 쓰는 일에 미쳐왔다. 어떤 일에 미친 사람이 그 미친 원인을 제대로 얘기한다는 것은 우스운 일이다. 어떤 일에 미치는 것은 이성에 의한 선택이 아니라 어떤 엑스터시 상태를 의미한다.

어릴 때 어렵게 얻은 낡은 하모니카를 밤낮없이 입에 물고 누가 듣건 말건 입술이 부르트도록 그것에 도취한 일이 있다. 나는 소설 쓰는 일에 그런 열정으로 미쳐왔다. 하모니카의 음색 고르는 그 묘미에 취하듯 나는 '쓰는 즐거움'을 즐겨왔던 것이다. 소설을 쓰지 않으면 안 된다는 강박감, 그러나 내게 그런 재주가 많지 않다는 절망감, 구상하는 과정의 소화 불량까지 동반하는 그 고통, 그리고 엄청난 체력의 소모전이 되는 집필의 그 노동까지도 '쓰는 즐거움'을 포기하게 할 수는 없었던 것이다. 쓰는 일에 미친다는 것이 바로 그렇다는 얘기다.

더 솔직히 말하자. 소설 쓰는 일이 가장 즐거웠다. 내가 가지고 있는 유일한 재능 발휘의 그 즐거움이 바로 소설 쓰기였다는 그런 얘기다.

자신이 하고 싶은 일을 할 수 있는 것, 그것은 일종의 구원이다. 소설 쓰는 일이 나를 구원했다. 다른 어떤 일보다 소설 쓰는 일이 나를 즐겁게 했던 것이다. 등단한 즉시 소설 쓰는 일을 하지 못한 그 10년 세월을 통해 나는 그것을 터득했다.

첫 창작집 《바람난 마을》(1977년 출간)의 작가후기 첫머리에 나는 이렇게 썼다.

등단한 직후 귀향하여 내 나름의 삶의 방식에 취해 소설 만드는 일을 외면해 왔다. 그 따분한 소비의 세월이 내게 준 가르침은, 문학은 여기餘技도, 객기도, 그렇다고 생활의 방편은 더욱 될 수 없다는 그 초보적인 진리였다. 그것은 스스로 택한 고행이며 거짓된 삶으로부터 나를 건져 올리는 생명 현상이었던 것이다.

그렇다. 내 문학은 내 자신의 구원에서부터 시작되었다. 그리하여 소설 쓰는 일은 내 생활 전부를 지배하는 중심원이라고 할 수 있다. 문학이 그것을 하는 사람의 내적 필연성에 의해 그가 추구하는 삶의 여러 현상들에서 가장 비중을 둘 수 있는 확신이 있을 때라야만 그 문학은 참되다는 생각을 다지게 된 것도 그런 구원의식을 갖게 되면서부터였을 것이다.

즉, 소설 쓰는 일은 내가 택한 최상의 생활방식이다. 이 방식으로 사는 일만이 나를 즐겁게 했다는 말이다. 그것은 모든 열등감으로부터의 해방을 의미했다. 그런 면에서 내 열등감은 나를 작가로 만들어준 가장 강력한 동기였다고 할 수 있을 것이다.

나를 즐겁게 한, 그 구원의 소설 쓰기와 그 결과로서의 작품이 남들에게 어떤 울림을 일으킬 것인가 하는 것은 그 다음 단계라고 생각된다. 마치 하모니카를 아무도 없는 데서 지치도록 분 끝에 문득 누군에겐가 자신의 하모니카 실력을 뽐내고 싶다는 그런 심리와 다르지 않을 것이다.

내가 즐거운 것처럼 다른 사람을 즐겁게 할 그런 감동적인 방법은 없을 것인가. 이것은 내가 선택한 최상의 생활방식을 보다 넓게 사용해 보고 싶은 욕구를 의미한다. 내 이웃들에 대해서, 혹은 아직 내 관심 속에 들지 못했던 세계에 대해서도 알고 싶고 참견하고 싶은, 작가로서의 욕심일 것이다.

무엇을 쓸 것인가

내 관심세계에 대하여

소설의 주제에 대한 내 생각은 다분히 회의적이다. 나는 아직까지 어떤 가시적인 주제를 설정해 놓고 그것을 구현시키기 위한 소설 구상을 시작한 일은 없다고 단언하고 싶다.

그 주제라는 것부터가 그렇다. 독자의 입장에서 보면 소재와 주제가 분명히 구분될 수 있을는지 모르지만 소설을 만드는 입장에서는 그것의 구분이 불필요하기 때문이다. 소설에서 굳이 주제를 구분해 내자면 그 이야기를 통해 작가가 하고 싶은 말이 될 것이다.

즉, 그 이야기가 지향하는 어떤 의미라고 할 수 있다. 그러나 정말 하고 싶은 말이 소설의 주제일 것인가. 그 하고 싶은 말을 위해서 소설을 쓴단 말인가.

어떻든 작가는 항상 무엇을 쓸 것인가 하는 문제에 부딪힌다. 무엇을 쓸 것인가. 이것은 작가가 어느 것에 관심을 가지고 있는가 하는 관심의 문제일 것이다. 작가로서의 내 관심은 비교적 현실적이나 그 인식의 범위는 매우 추상적인 것이다. 분단 문제, 교육 문제, 인간 소외 문제, 악의 문제 등등 구체적으로 구분되는 것은 작품이 발표된 뒤의 일일 뿐이다. 다시 말해 주제는 소설을 만드는 과정에 형성되어 작품이 발표된 뒤에도 계속 만들어진다는 뜻이다.

1963년 발표된 내 데뷔작 〈동행〉의 주인공 '최억구'는 6·25 때 부역자로서 마을 사람들한테 죄를 짓고 고향을 떠난 뒤 오랜 징역살이를 끝낸 뒤에 다시 도시에서 살인을 하고 고향의 아버지 무덤을 죽음의 장소로 생각한 뒤 귀향한다.

단편 〈맥〉의 '최만배'와 그 아들 '진호'의 귀향, 중편 〈하늘 아래 그 자리〉의 '마필구'와 '나', 〈아베의 가족〉의 '진호'의 귀향이 모두 같은 모티프를 갖는다. 이들의 이러한 귀향은 지금까지 버리고 살았던 자기 찾기이며 현실 인식이라고 할 수 있다. 그런 의미에서 내 작품의 상당수는 뿌리 찾기 혹은 잃어버린 것의 복원 같은 것으로 그 주제를 삼았다고 해도 틀리지 않을 것이다.

사물이 중심을 잃고 흔들리거나 아예 무너져 내리는 것은 있어야 할 것이 제자리에 없거나 알아야 할 것을 제대로 알지 못하고 있을 때 생기는 현상이다. 잃어버린 것, 지금이라도 알아야 할 것을 찾아낸 소설의 주인공들은 귀향길에 오른다. 이른바 귀소성歸巢性이다. 일그러지고 부도덕하게 오염된 현실을 실지失地라고 인식하게 됨으로써 작품의 주인공들은 어느 날 문득 이제까지 망각하고 살아온 과거 내지는 아픔의 진원을 생각하게 된다. 자아와 현실이 비로소 만나는 이러한 자각을 보여줄 수 있는 이야기의 구조 속에 빼놓을 수 없는 인물이 등장한다.

아버지다.

이제까지 오늘의 삶을 부도덕하게 혹은 참담하게 만든 주범이기에 오직 증오로써 극복해야 할 대상이었을 뿐인 아버지가 달리 인식되는 단계가 작품의 결말 부분을 이루게 된다. 그것은 아버지(역사 혹은 현실)와의 갈등의 절정에서 문득 아버지의 어제를 만짐으로써 비로소 오늘의 아픔과 그 상처가 제대로 진단된다는, 일종의 귀향 의지라고 생각된다.

아버지와의 이러한 화해는 이제까지의 내 소설에서 중요한 모티프가 된다. 그 화해(때로는 더 심한 반목으로 발전되는 수도 있다)가 바로 자아와의 만남이며 현실 인식에 이르는 가능성이라고 할 수 있다.

내 소설을 고향상실 시대의 부계문학父系文學으로 보는 견해에 동의하는 것도 힘의 근원으로서의 아버지를 떠올리는 그러한 인식의 중요성에 있다고 하겠다. 아버지란 하나의 세계에 질서를 부여하는 힘이요, 그 질서 자체이기도 하다.

그것이 어떠한 이야기 구조이든 나는 소설이 구상되는 과정에 아버지의 권위가 추락된 상황을 설정하기를 좋아한다. 아버지의 권위와 그 질서 부여의 지혜가 어디에서 막히고 어찌해서 상실되기에 이르렀는가를 그 이야기를 통해 말하고 싶어 한다는 말이다.

크고 완전한 삶, 정당하고 밝은 삶이 어두워지고 무너져 내리는 것이 다름 아닌 아버지의 힘이 실추되었거나 거짓의 탈을 썼기 때문이라고 생각하기 때문이다.

분단 상황에 대한 인식은 아버지의 권위 추락 및 그 힘의 생성 가능성에 대한 중요한 단서가 된다. 하나이어야 할 것이 둘로 나누어짐에 대한 울분과 그 상심이 등장인물들의 정신적 공동화空洞化 현상을 일으키고 있음을 보여주고 싶은 것이다. 그것을 굳이 주제라고 할 수는 없지만 오늘의 정치·경제·사회 등 모든 분야의 혼란과 무질서의 원흉이 바로 분단 상황이라는 단순 논리가 작품의 중심 원리로 작용하게 된다는 것만은 부인하고 싶지 않다.

소설이 필요로 하는 주제는 대상에 대한 인식 그 자체라고 생각해도 좋을 것이다. 그러므로 한 작가가 어떠한 형태로든 분단에 대한 그 나름의 어떤 철학과 인식이 있을 때 그 작품은 주제를 가졌다고 생각해도 좋다고 본다.

6·25적 소재를 다룬 내 소설의 가시적 주제 접근은 피상적 이데올로기에 의한 위해危害의 희생자들에 대한 깊은 연민에서부터 시작하고 있다. 이것은 이질화한 민족의 정체성에서 동질성을 회복하려는 의도와 다르지 않다.

실상 내 소설의 대부분은 그러한 '깊은 연민'에서 발상되었다. 하나같이 이념적 가치관이나 판단력을 가지지 못한 무지렁이들이 벌이는 시대착오적인 가해와 피해의 악순환이 그 자식들에게까지 넘겨져, 치욕적인 삶을 치러내야 하는 유형무형의 고통과 그 아픔이 자아 인식이란 통과제의에 의해 어떻게 승화된 힘으로 나타나는가 하는 관심 갖기와 그것의 형상화에 있다고 하겠다.

나의 역사 인식은 그들 고통 받는 삶 자체가 역사라는 생각에서 비롯된다. 어제의 상흔이 아직 치유되지 못한 사람들의 삶을 추적하는 과정에서 나는 항상 우리의 숨 쉬는 역사를 진맥할 수 있었다. 나는 전쟁이나 어떤 수난기에 태어나는 무수한 영웅이나 지사들에 의해 만들어졌다는 역사에 대해 심한 거부감을 갖고 있다. 그것은 큰 명분을 위해 작은 것을 짓밟아온 커다란 힘의 비인간적 권위와 폭력, 그리고 정치 쟁의들의 파렴치함에 대한 혐오라고 할 수 있을 것이다. 또한 항상 큰 명분을 전제로 내세워지는 분단 극복 운운의 통일 의지의 과시나 민족, 민중을 등에 업고 그것을 밥으로 삼는 이들의 독선적이고 편협한 식성에 대해서도 불만이 많다.

1985년 상재한 연작 형태의 장편《길》에서 나는 이때까지 보여온 아버지와의 화해를 거부함으로써 아직도 거짓 아버지가 집요하게 매달려 있는 그 명분 자체를 부정했다.《길》의 주인공 '나'의 친구 '병대'는 아버지를 존경하진 않지만 가장으로서의 권위만은 인정한다고 말한다. 즉, "아버지는 내 존재의 확인이며 현실이기 때문에" 그렇다는 것이다. 이러한 '병대'의 현실 인식에 대해 '나'는 다른 견해를 보인다. "솔직히 난 네가 부럽다. 나는 결코 아버지의 가장으로서의 권위를 인정할 수 없다. 이제까지 아버지에게 우리 식구들이 현실이 아니었듯 아버지 역시 내 현실과는 거리가 먼 데 있기 때문이다."

결국 그러한 아버지는 "내 정수리에 쇠꼬챙이를 내리꽂는 내적이기에 맞서 싸워야 할 대상"이라는 것이다. 그것은 이 시대 도처에 도깨비처럼 혹은 자못 진지한 모습으로 출몰하는 허상과 그것의 실체가 드러남을 두려워하는 정직하지 못한 눈과 그 허상 지키기의 교활한 지혜와의 싸움이라고 할 수 있다.

위선과 교활한 지혜는 더욱 질 나쁜 폭력이다. 권위주의 또한 내가 싫어하는 질 나쁜 폭력이다. 중·고등학교 시절 어른들의 삶이 온통 거짓투성이라는 것을 알고 깊은 회의에 빠졌던 적이 있다. 그 어른들의 눈이 정직하지 못하다는 사실에 대해 나는 울화통이 치밀곤 했다. 그들 눈에 낀 탐욕의 안개를 보았던 것이다.

단편 〈침묵의 눈〉 속의 '형'의 광기를 유발한 어른들의 위선과 권위주의는 평소 내가 심판하고 싶었던 세계의 하나였다. 그것은 은폐되는 진실에 대한 분노라고 할 수 있다. 평소 가졌던 이러한 생각들이 6·25적인 소재로부터 다른 소재에 대한 관심을 갖게 했을 것이다. 단편 〈돼지새끼들의 울음〉, 〈우상의 눈물〉, 〈왜〉, 〈술법의 손〉, 중편 〈음지의 눈〉 등이 위선과 교활한 지혜에 대한 내 나름의 분노를 작품으로 형상화하는 과정에서 얻어진 것들이다. 나는 정치가나 그와 비슷한 일을 하는 사람들을 좀 심할 정도로 싫어한다. 하나부터 열까지 그들의 모든 것을 불신하고 적대시해왔다. 목소리가 높고 신념이 넘쳐 보이는 그런 제스처에 숙달한 사람일수록 그 껍질을 벗겨 그 실체를 드러내 보이고 싶은 충동을 느꼈던 것이다. 그들은 어느 면으로 따져보아도 가해자지 시혜자는 아니었다.

중편 〈하늘 아래 그 자리〉와 〈외등〉, 연작 장편 《길》에 나오는 국회의원들이 모두 부정적인 시각으로 그려진 것도 정치가에 대한 그런 생각 때문이었을 것이라고 생각한다.

> ……정신력이 문제란 말이다. 이겨야 한다는 생각 외에는 머릿속에 그 어떤 생각도 있어서는 안 된다. 내 손가락 하나가 펴지면 우리는 죽는다는 생각, 차라리 손가락이 끊어져라, 그렇게 빌어야 한다. 그리고 만약 적에게 밀려 살 가망이 없다고 판단했을 때 너희들은 적의 급소를 잡아라. 죽을 바엔 적과 함께 죽어야 한단 말이다.
>
> (필자의 〈돼지새끼들의 울음〉 중에서)

'일사불란한 힘'과 '우리를 위한 나의 인생'을 강요하고 길들이는 악랄한 선과 권위주의에 대한 안 좋은 내 생각은 주로 교단을 배경으로 하여 전개된다.

강원도에서 7년, 서울에서 13년, 꼭 20년 동안 중·고등학교에서 학생들을 가르쳤다. 작가가 되겠다는 꿈 그 이전부터 내게 가장 적합한 일이 교직이라는 생각을 해왔기 때문에 학생들을 가르치는 일에 내 나름으로는 최선을 다했다고 자부한다. 물론 70년대 말부터 소설을 쓰고 싶은 욕구와 직장생활의 그 쫓기는 틀에 박힌 생활과의 갈등을 겪으면서, 이런 정신자세로 학생들 앞에 서는 것은 차라리 죄악이라는 생각으로 늘 시달려온 것은 사실이지만 그렇다고 가르치는 일을 소홀히 한 적은 없다고 본다.

그것은 학교 사회에 대한 신뢰에서 비롯되었을 것이다. 그 제도와 운영에 대해서는 누구 못지않게 불만이 많으면서도 학교 사회 구성원에 대한 내 신뢰는 남들에게 이해시키기 어려울 만큼 두터웠던 것이다. 아무리 남들에게 지탄받는 교사라도 칭송받는 장사꾼보다 몇 배나 순수하다는, 그런 신뢰였던 것이다.

이처럼 교직 사회에 대한 신뢰가 두터우면서도 나는 그 사회나 동료들에게 늘 죄의식 같은 것을 느껴야 했다. 그 첫째 이유는 작가로서 내가 교단의 부조리나 모순에 대해 시원스레 성토하거나 꼬집지 못했다는 점이다. 학교 사회를 배경으로 한 여러 편의 소설을 쓰면서도 그것이 교단소설 혹은 세태소설의 차원이 아니라는 자부를 바탕에 가지고 있었기 때문에 보다 구체적인 사실을 그려내지 못했던 때문이다. 교육 문제를 보다 본격적으로 그려내지 못하는 데는 그런 가시적인 것에의 집착이 자칫하면 내가 신봉하는 문학을 훼손시킬 수도 있다는 두려움 때문이기도 하지만, 교단을 소재로 한 내 소설이 자칫 잘못 읽혀 내가 좋아하는 교직 동료들에게 본의 아닌 상처를 줄는지도 모른다는 생각에서 벗어나기 힘들었기 때문이라고 말할 수도 있겠다.

내가 소설에서 즐겨 그리는 인물에는 악종이나 광기를 가진 인물들, 그리고 정신박약자들이 많다. 중편 〈외딴 길〉의 '할아버지', 〈썩지 아니할 씨〉의 '큰형', 〈우상의 눈물〉의 '기표' 등이 악종의 대표적인 인물로서 주로 타인의 삶에 피해를 주는 만큼 주위로부터 소외되고 배척당하는 그런 인물이다.

철저하게 악을 행하는 그들의 행적으로 독자들을 긴장시킨 다음 그 악종과 맞서고 있는 인물들의 자기 방어적인 삶의 비열성과 대비시킴으로써 그 악에 대한 인식을 달리하고자 했다.

단편 〈고려장〉의 '어머니', 중편 〈지빠귀 둥지 속의 뻐꾸기〉의 '강대규', 〈사이코 시대〉의 '땡삐' 등이 광기를 지닌 인물들이다. 이 시대의 특징적 징후를 광기로 규정하여 그 광기 유발의 요인을 독자들의 상상력에 맡겨

보려는 의도의 인물설정이라고 할 수 있겠다. 나는 소설 속에 나오는 정신병의 그 증세를 이야기의 한 구조로 적절히 이용할 뿐 그 증세의 원인을 규명하는 일은 되도록 피하고 있다. 그 광기 자체를 문제 삼은 것이 아니고 그 광기로 인간관계와 사회 혹은 역사를 진단할 수 있다. 광기를 가진 인물과 맞서는 관계의 인물을 보여주기 위해서 그런 작품을 구상했다고 해도 틀리지 않을 것이다.

……두 사람 모두 반사회적이며 인격파탄의 부도덕한 인간이라는 사실이다. ……일종의 과대망상 같은 것으로, 보는 각도에 따라 편집병이라고도 할 수 있었다. 두 사람 모두 어떤 망상에 사로잡혀 살았다. ……말할 것도 없이 땡삐는 실패작이었다. 그러나 만재는 사회적인 조건과 그 기준으로 볼 때 성공작임이 분명했다.

땡삐가 그 망상을 철저하게 파괴적으로 몰고 간 반면에 만재는 그걸 창조적으로 썼다고 봄이 옳을 것이다. 다시 말하면 한 사람은 사회적 규범을 깨기 위해 그 신념을 맹목적으로 휘두른 셈이고 한쪽은 그 규범을 이용해 망상을 실현시켰다고나 할까.

중편 〈아베의 가족〉의 '아베', 〈여름의 껍질〉의 '영채', 〈형벌의 집〉의 '혜자', 〈추억의 눈〉의 '쐐기', 〈지빠귀 둥지 속의 뻐꾸기〉의 '수지 어머니' 등은 백치거나 비정상적인 사고를 하는 인물들이다. 악종 인물이 가해적 삶의 방식을 실현해 보이는 반면 정신박약자들은 일종의 피해자들로서 광기를 가진 인물들처럼 이 사회의 여러 현상을 재는 상징적 존재라고 할 수 있다. 그런 인물의 설정은 정상적인 인물들이 자기와 관련돼 있는 비정상적인 인물들의 존재와 그 행동방식에 대해 어떻게 대응하는가 하는 관심의 진단에 있다고 할 것이다.

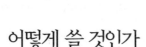

어떻게 쓸 것인가

소설 창작의 실제

어떤 목적의식을 가지고 소설 쓰기를 시작하지 않은 것처럼 소설 쓰는 어떤 방법을 터득한 뒤에 소설을 쓰지 않은 것만은 분명하다. 모든 작가가 다 그렇다고 여겨진다. 작가란 생리적으로 소설이론이 자신의 체질에 맞지 않는다고 생각하는 사람들이다. 이론에 대한 이러한 거부반응을 일종의 열등 콤플렉스로 설명할 수도 있겠지만, 이것은 어디까지나 자유분방한 상상력이 이론의 덫에 치일 것을 겁낸, 작가로서 행사할 수 있는 최소한의 자기 방어라고 생각해 주는 것이 좋을 것이다.

이론이 개입된 비판의식을 가지고 읽은 소설은 독자에게 아무런 감동도 주지 않는다. 이것은 소설 독법에 대한 중대한 단서로서 소설이 무엇인가 하는 터득은 물론 소설을 어떻게 써야 할 것인가 하는 방법론에 이르기까지 상당한 영향력을 갖게 될 것이다. 다시 말하지만 소설은 어떤 작법에 의해 쓰여지는 것이 아니다. 소설을 읽으면서 터득된 소설에 대한 감성이 쓰지 않고는 견딜 수 없는, 그 어떤 일로도 이에 상응할 만한 즐거움을 찾을 수 없는, 그런 쓰고 싶은 욕구에 의한 재능과 맞아떨어질 때만 좋은 소설이 쓰여진다고 믿고 싶다.

어떤 '이야깃거리'가 떠오르면 그 '이야깃거리'에 맞는 어떤 방법을 생각하게 된다. 이때 지금까지 읽은 소설에서 체득된 인식이 방법을 결정 짓는 중요한 역할을 한다.

내 경우 소설작법에 대한 선험적 인식은 소설은 지리멸렬하게 늘어진 구조가 아니라 꼭 있어야 할 사건들만의 긴절한 얽힘이어야 한다는 것이다. 이것은 추리소설이 갖는 스릴과 서스펜스에 대한 선망이라고 해도 맞는 말일 것이다. 그것은 탐정소설에 탐닉했던 중학교 시절의 독서에 기인한 것이라고 생각된다.

모리스 르블랑과 코난 도일의 탐정소설이 나를 사로잡았다. 뤼팽이나 셜록 홈스는 서로 다른 소설의 주인공들이지만 그들은 독자들의 상상력 속에서 수시로 만나 힘겨루기를 했다. 뤼팽이나 홈스를 생각하면 지금도 가슴이 울렁거릴 정도다. 작가로서의 이야기를 만드는 상상력이 길러지는 데 결정적 역할을 했다고 믿어진다. 지리멸렬하게 늘어지는 소설을 싫어하는 것도 그런 탐정소설의 영향일 것이다.

나는 소설을 소설답게 하는 묘미와 그 힘은 읽는 이가 한눈을 팔 수 없게 하는 긴장감 두기에 있다고 생각한다. 여기서 말하는 간장감이란 단순히 호기심을 유발하는 그런 스토리의 전개라기보다 작가가 계속 던지는 질문과 감춰둔 보물찾기에 읽는 이가 기꺼이 동참하고 싶은 자발적 노력을 유도해 내는 힘을 뜻한다.

긴장감을 생명으로 삼는 소설일수록 그 갈피 속에 단 한 가닥의 허술한 줄이 눈에 띄어도 그 효과는 반감되게 마련이어서 그 구성에 힘을 기울이지 않으면 안 된다. 나는 작품 구성 단계에서 되도록 여러 유형의 복선을 장치함으로써 그것이 사건 전개에 유효적절한 개연성으로 활용될 수 있도록 추리적 구도를 잡는다.

추리적 수법을 의도적으로 구사한 작품으로는 범인과 형사가 함께 밤의 눈길을 가는 구조인 단편 〈동행〉, 아내의 죽음 이후 없어진 아내의 실반지의 행방을 좇는 과정을 통해 드러나는 주인공의 과거 보여주기의 〈실반지〉, 아버지의 자살 원인을 추적해 가는 〈좁은 길〉, 집에 날아드는 돌로 공포에 떠는 한 가족 구성원들의 이야기인 중편 〈투석〉 등이며, 이 외에도 단편 〈할아버지 묻힌 날〉, 〈맥〉, 〈전야〉, 〈바다 재우기〉, 〈광망〉, 〈달평 씨의 두 번째 죽음〉, 중편 〈하늘 아래 그 자리〉, 〈여름의 껍질〉, 〈사이코 시대〉도 그 계열에 넣을 수 있을 것이다.

나는 되도록, 그것이 단편이든 중편이든 겉으로 드러내는 의도와 안으로 감추고 있어 독자가 스스로 찾아내게 하기 위한 의도를 따로 설정해 놓고 그것이 서로 보완적인 조화를 이루는 구성법을 즐겨 쓴다. 등장인물의 배치와 그들의 과거, 현재를 교차시키는 서술 진행에 있어서도 반드시 이중의 복합 구성을 시도한다.

중편 〈하늘 아래 그 자리〉의 줄거리를 예로 들어 그것이 두 개의 의도를 향해 복합적으로 구성되었음을 살펴보도록 하자.

18년간 옥살이를 마친 마필구 노인이 하암리 김씨 문중의 산 은장봉 명당에 조상의 뼈를 묻기 위해 귀향한다. 그 노인과 우연한 동행이 된 '나'(김세범)는 김씨 문중의 마지막 보루인 할아버지의 죽음을 앞두고, 할아버지가 돌아가 묻히고 싶어 하는 고향의 의미를 가슴에 담기 위해 역시 고향을 찾는 길이었다. 상암리와 하암리는 대대로 내려오면서 빈부귀천 상놈 양반이 반복하며 계층적 대립을 보여온 그런 땅이다. 대립하는 이 두 계층이 화해할 수 있는 계기로서의 마필구 노인의 죽음과 '나'의 자아실현이 그 현장에서 이루어진다. 즉, '마필구'와 '나'의 이야기가 다궤多

軌로 서술되는 것이다.

대립하는 것은 계층 간의 갈등뿐이 아니고 구세대와 신세대 사고의 차이에도 발견되며 역사 증언으로서의 현실 인식과 보다 인간적인 만남의 화해가 대립 구조로 이야기의 주조를 이루게 되는 것이다.

나는 특히 단편과 중편의 구별을 그 분량으로 따지기보다 그 구성의 복합성을 기준으로 삼는다. 중편 〈지빠귀 둥지 속의 뻐꾸기〉의 구성도 두 개의 다른 이야기가 하나의 앵글에 맞춰져 전개되는 방법을 썼다.

새삼스레 소설이 인간의 탐구라는 말을 떠올릴 필요도 없다. 나는 그 것이 비록 전형성에서 한 치도 벗어나지 못하는 인물이라고 하더라도 그 인물이 독자로부터 관심을 끄는 '매력 있는 인물'을 찾는 일에 매우 열중하게 된다. 독자가 별로 탐탁잖게 생각하는 인물을 그려내기 위해 그처럼 힘을 기울인다는 것이 조금 억울하다는 생각을 하기 때문이다.

작품의 얼개를 짜기 전 나는 반드시 그 이야기 속에 나오는 인물의 외양은 물론 인적 사항이라든가 그 말투까지도 생각하게 된다. 내가 그리려는 소설 속 현실에 꼭 부합하는 인물이 떠오르지 않으면 이야기의 얼개가 짜지지 않기 때문이다. 비록 그 인물이 우리들 주변에서 얼마든지 볼 수 있는 평범한 인물에 불과하다 해도 일상의 그런 인물과 구별되는 점을 찾지 않으면 그 인물은 선택되지 못하는 것이다.

어휘 또는 문체에 대하여

어릴 때 내 열등감의 하나는 남들 앞에 나서서 이야기를 하게 되는 경우, 해야 할 '말'을 제대로 구사하지 못한다는 것이었다. 내 뜻을 상대에게 곡진하게 전달하지 못한다는 이 단절감은 아예 사람들 앞에 나서는 일을 두려워하는 내성적 성격으로 발전되어 갔을 것이다. 훨씬 뒤에 생각한 일이지만 말하기의 그 두려움은 내 어휘가 부족하다는 인식으로부터 시작되지 않았는가 싶다.

어휘가 빈약하다는 인식은 나이를 먹어가면서도 달라지지 않았다. 특히 내가 하는 말은 논리적·분석적이지 못하고 감성의 지배를 받는 충동적인 것이라는 인식으로 해서 늘 말의 늪에 빠져 허덕이고 있다는 생각을 버릴 수가 없었다. 그런 약점들을 감추기 위해서 필요 이상의 말을 많이 하고 유사한 어휘들을 장황하게 늘어놓거나 수식어를 남용하게 됐을 것이다.

작가가 된 뒤에도 이 열등감은 여전했다. 작가로서 내게 가장 열등한 부분이 어휘력 부족이라는 생각은 늘 쓰는 일에 대한 절망으로 이어지곤 했다. 모처럼 구상된 이야기가 원고지만 펴놓으면 시들시들 메말라가는 느낌이었다.

머릿속에 떠오른 좋은 생각을 내 문장으로 여실하게 그려내기 힘들다는 지레 겁먹기였다. 막상 쓰는 일을 시작한 뒤에도 뜻대로 문장 구사가 되지 않아 파지를 수십 장 내는 고통스러운 작업은 그렇게 시작되었던 것이다.

마음에 드는 문장을 만들기 위해 다시 고쳐 쓰는 작업을 할 때마다 일체의 교정 없이 술술 써 나간다는, 문장에 귀재연하는 동료 작가들에게 기가 죽곤 했다. 그렇게 기가 죽은 상태에서 오기처럼 뻗쳐나는 생각이 생겨난다. 별 어려움 없이 대번에 술술 써낸다는 그 작가의 문장보다 나은 문장을 만들자는 작심인 것이다. 그 작심이야말로 문장 열등 콤플렉스를 극복하는 최선의 방법이었다고 믿는다.

적절한 어휘를 찾기 위해 국어사전을 뒤지는 과정에 내가 터득한 것은 보다 좋은 어휘를 찾아 쓰는 그 일을 즐기고 있다는, 일종의 장인 기질의 발견이었다. 언어의 조탁 혹은 문장 구문에 대한 긴장이야말로 내가 글을 쓰는 즐거움의 빼놓을 수 없는 부분이라는 생각을 갖게 되었다. 실상 어휘를 찾고 그것을 구사하는 과정의 그 고통스러운 작업이 내가 선택한 문학의 길에 없어서는 안 된다는 그 인식은 매우 귀중한 것이었다.

그러나 나는 스타일리스트가 아니다. 나의 열등한 부분을 극복하는 과정에서 터득된, 언어가 모든 것을 해준다는, 언어에 대한 신뢰와 그 두려움을 중시할 뿐 결코 언어 구사 자체의 재미에 탐닉한 것이 아니기 때문이다. 이것은 내 문학을 이루는 그 방법을 사랑할 뿐 그 방법 자체에 구속받아서는 안 된다는 생각을 가지고 있는 한, 내 문학이 건조한 형식 속에 함몰되어 말라 죽지 않으리란 확신을 가능케 했다.

어떻든 어휘 혹은 문장에 대한 관심은 내 나름의 스타일을 갖기 위한 노력으로 이해해도 좋을 것이다. 어쩌면 스타일이란 그것을 갖기 위한 노력 그 이전에 이미 결정되어 있었는지도 모른다. 작가의 철학이나 인격, 혹은 개성이 그가 구사하는 언어에 의해 뭉뚱그려져 그의 호흡처럼 나오는 것이 문체이기 때문이다. 그러나 작가는 은연중 자기 문체를 만들기 위한 부단한 노력을 기울인다. 문체가 만들어진다는 기대는 문체를 결정짓는 요소가 그 표현방식인 언어체의 조형술에 의해 가능하다는 인식 때문일 것이다. 그리하여 자기 나름의 어휘 선택 및 비유의 활용, 문자의 구조 등에 관심을 기울인다고 본다.

나는 좀 더 함축적이면서도 긴장감 있는 문체를 가지고 싶었다. 때로는 시적 분위기를 자아내는 서정적 문체에다 산문문장이 보여줄 수 있는 한도의 리듬도 생각했다. 신념의 투사를 가능케 하는 의지적인 문체를 구사하고 싶다는 욕심도 많이 작용하게 되었다고 생각한다.

가능하면 작품마다 그 작품의 분위기가 필요로 하는 문체를 구사하고 싶었다. 실제로 내 나름으로는 각 작품의 배경이나 이야기 구조에 따라 호흡을 달리해 왔다고 말하고 싶다. 연작 장편《길》에서 여섯 편의 중·단편의 문장을 의도적으로 달리하려고 노력했다. 〈출향〉은 이야기의 서장으로 긴 호흡의 문장을, 어린아이의 시각으로 사물을 바라보는 〈술래 눈뜨다〉에서는 간결하면서도 서정적인 분위기를, 미군부대 막사에서 생활하는 아이의 이야기 〈이류 속에서〉는 다소 자학적인 구어체의 급박한 문체를, 〈허허벌판〉과 〈산 넘어 강〉은 다소 격양된 의지적 문투로써 주인공의 의식을 인상 깊게 심고자 했던 것이다.

나는 우리말 부사어 중에서 의성·의태어 등의 첩어 활용이야말로 작가만이 해낼 수 있는 고유 영역이라는 생각을 해왔다. 추적추적, 우욱우욱, 는실난실, 는정는정, 허위허위, 서슴서슴, 강종강종, 옴죽옴죽, 옴팍옴팍 등등 국어사전에 나와 있는 것은 물론이고, 말 그대로 소리와 모양을 흉내 내는 것이기 때문에 얼마든지 만들어 써도 좋다는 생각이다.

1963년 데뷔 작품 〈동행〉을 쓸 때는 나는 모음 없이 쓸 수 있는 웃음소리를 생각해 냈다. 그것은 웃음소리를 시각화시킴으로써 그 효과를 얻고자 하는 발상이었다.

> 그러면서 그는 느닷없이 웃음을 터뜨리는 것이었다.
>
> ㅎㅎ, ㅎㅎㅎ
>
> 눈 덮인 산속, 아직 눈 조용히 비껴 내리고 있는 밤이었다.
>
> (필자의 〈동행〉 중에서)

나는 지금까지 다소 자학적이고 조소 섞인 그 음울한 웃음소리를 각 작품에 계속 써오고 있다. 풀피리 소리를 '프 프 프'으로 써본다든가, 듣기에 따라 얼마든지 달리 들을 수 있는 의성어를 내 나름으로 그 분위기에 어울리는 것으로 선택해 썼던 것이다. 뻐꾸기 소리를 '워꾹, 워, 워꾹'으로 표현하는 것도 그 한 보기일 것이다.

작가는 되도록 정확한 문장을 쓰기 위해 노력한다. 그러나 정확한 문장이 꼭 기존 문법에 맞는 문장을 의미하지는 않는다. 어쩌면 기존 문법의 그 경직성을 깬 참신한 어휘 구사나 좀 독특한 구문이 작가가 말하는 정확한 문장, 좋은 문장이라고 생각한다. 정확한 문장보다 더 중요한 것은 내 목소리, 내 말투로 하고 싶은 말을 보다 실감나게 전달할 수 있는가 하는 내 문체 굳히기와 그 실천에 있다고 믿어진다.

구상에서 탈고까지

    소설 한 편이 만들어지는 과정은 그렇게 간단히 설명될 성질의 것도, 또 그렇게 설명되어서도 안 된다는 생각이다. 최대한의 복합성과 균형미를 갖추기 위한 작품의 제작 과정은, 좋은 소재를 얻는 일에서부터 그것을 다루는 작가의 재능이 신명과 만나는 치열한 몸떨림이 있기까지의, 그것을 써본 사람만이 아는 어떤 의도 이상의 힘이 작용되고 있음을 설명해 내기 어렵기 때문이다.

    다만 소설 한 편이 발상된 과정과 그것을 작품으로 형상화하기까지의 이런저런 의도들을 되짚어보는 일은 어느 정도 가능할는지도 모른다. 그러나 이런 경우에도 이미 만들어진 작품과 그 의도가 반드시 일치한다고 볼 수 없다. 작품은 이미 작가의 의도를 떠나 독립된 개체로 존재하기 때문이다.

    중편 〈투석〉은 지방신문의 어느 기자가 쓴 기자수첩의 한 토막 기사에서 발상된 작품이다. 근거가 없는 거짓말이 없다는 말처럼 아무리 상상력에 의해 만들어지는 소설이라고 해도 그 상상에 불을 붙이는 어떤 단서가 있지 않으면 안 되기 때문이다. 형사 두 사람이 피의자 한 사람을 데리고 어느 가정집에 나타나, 이 사람이 아주머니가 보았다는 범인이 맞느냐고 물어 그 집 부인은 무슨 영문인지 몰라 어물거리는 사이에 그들이 그냥 돌아갔고 그 일로 그 부인은 불안한 나날을 보내고 있다는, 피의자를 아무에게나 대면시킨 경찰의 경솔한 처사를 비난하는 기사였다. 나는 그 기사를 읽는 순간 불안해하는 그 부인이 떠오르면서 이 사회에 횡행하는 폭력의 또 다른 면을 스크랩했던 것이다. 잘하면 짤막한 소설 한 편이 만들어질지도 모른다는 기대 같은 것이었다. 그러나 가끔 그 기사를 다시 찾아보곤 했지만 내가 무슨 필요로 그런 것을 오려뒀는지 기억도 안 났다. 그리고 몇 년 뒤 잡지사의 원고 청탁에 쫓겨 무엇을 쓸까 생각하는 과정에 그 기사를 다시 읽게 되었고 아주 짤막한 이야기 하나를 만들자는 생각을 하게 되었다.

"밤낮없이 불안하다. 그 피의자의 험악한 얼굴이 꿈에 나타난다. 전화벨 소리에도 소스라치게 놀란다. 가족들에게 배달되는 편지에도 신경이 쓰인다. 소포가 왔을 때는 뜯어보지도 못한다. 시장에서 문득 마주친 남자의 눈길에 가슴이 덜컹 내려앉는 등 신경쇠약 증세를 보이기 시작, 심한 불면증. 급기야는 남편과 불화. 가정 파탄."

이런 정도의 이야기를 사회병리학적 진단이라는 측면에서 좀 더 밀도 있게 그리되 독자를 긴장시킬 수 있는 새로운 서술방법을 생각하자는 것이 처음의 의도였다.

간단한 아웃트라인을 한 뒤 집필을 시작했다. 그 부인이 악몽에 시달리는 장면과 가정의 단란한 일상 등을 소설의 앞부분으로 잡았다. 그러나 20여장 써 나갔는데 느닷없이 돌이 날아드는 상황이 떠올랐다. 이야기 구조를 전면 수정하고 싶은 일종의 신바람이 일었다. 먼저 구상했던 이야기를 완전히 버리고 좀 더 폭넓은 작품으로 하되 개인의 내적 갈등 양상에서 사회적 혹은 역사적 갈등으로 발전시키는 이야기를 생각하기 시작했다.

"돌이 날아든다. 간헐적으로 날아드는 그 돌멩이를 통해 그 가정의 구성원들 모두가 자신과 연결 지어 갈등한다. 자신이 가해자였을는지도 모르는 과거 혹은 현재 생활에 대한 각성의 양상을 추리적 수법으로 전개한다. 피해상황에서 가해자의 처지로의 심적 변화를 통해 악순환하는 역사의 가해와 피해의 뒤바뀜을 돌이 날아드는 공포 분위기를 통해 그려낸다. 누가 돌을 던졌는가 하는 것은 끝까지 밝히지 않는다. 불신과 혼란의 시대적 암울함 속에서 고뇌하는 현대의 양심과 그 마비 현상을 다소 조소적인 어투로 서술한다."

대충 이런 내용의 중편소설이 구상되어 탈고되는 데는 약 한 달 정도의 시간이 필요했다. 물론 써 나가는 과정에 이야기의 구조가 상당히 바뀌긴 했지만 처음의 그 주제의식의 테두리를 벗어날 수는 없었을 것이다.

인물의 설정에 있어서는 다소 도시적이긴 하지만 분단 전 세대인 '최 노인'과 '아들 내외'가 서로 대립하는 관계로, 전후 세대로서 '대학생'을 관찰자의 처지로 등장시켜 한 가족 구성원들의 갈등을 통해 사회 제도의 모순됨을 보여주려 했다. 이 작품의 상징적 소도구는 그 집에 날아든 돌멩이로, 그 석질과 모양새를 묘사함으로써 효과를 얻고자 했다.

단편 〈퇴장〉도 신문기사에서 발상을 얻어 만들어진 작품이다. 어느 중학교 교사가 자신이 가르치는 학생을 구타하여 그 학생이 장 파열을 일으켜 병원에 입원하게 되자 사회적 물의가 일어나면서 모든 신문이 학교 교육에서의 체벌 문제를 앞 다투어 다루며 그 교사를 폭력 교사로 낙인 찍어 가차 없이 매도하는 기사였다. 나는 그런 기사를 읽으면서 어떤 문제를 제기하기 위한 언론의 인권 유린적 폭력에 대해 분노한 바 있었다.

며칠 뒤 그 교사가 자살을 했다. 어제까지 그 교사를 폭력 교사로 매도

하던 신문들이 제자를 때린 양심의 가책에 의한 자살이라고 그 죽음을 미화하기 시작했다. 그가 자살을 함으로써 교단의 살아 있는 양심을 실천해 보였다는, 듣기에 따라 죽지 않고 살아 있는 모든 교사는 비양심적이라는, 교단을 성토하는 그런 기사에 나는 더욱 분노하지 않을 수 없었다. 그것은 사물을 다른 각도로 이해하고 싶은 작가로서의 분노라고 할 수 있었다. 물론 그 기사를 읽고 작품을 쓰고 싶다는 생각까지는 하지 않았지만 현실 속의 어떤 문제를 작가적 안목으로 재정리해 볼 기회는 되었던 것이다.

그 교사의 죽음을 소설로 쓰게 된 동기는 어느 교육신문을 읽다가 얼마 전 일간지들의 그 기사와는 다른 기사를 읽고서였다. 그 교육신문은 양심의 가책만으로 자살하지 않았을 것이란 논지 아래 그 교사가 자살하기 전 어머니에게 남긴 유서를 공개하고 있었다. 양심의 가책으로 죽음을 택한 것이 아니라는 것이 그 유서에 분명히 적혀 있었다. 작가로서의 내 생각이 옳았다는 생각과 함께 그 죽음의 의미를 작품으로 만들고 싶다는 충동을 느꼈다. 그 교사가 죽음을 통해 '퇴장'을 단행한 그 과정을 소설화하기 위해서는 제자 체벌이 있은 뒤에 벌어졌을 여러 상황을 가정해 보는 일이 중요했다. 학교 당국과 동료 교사들, 학생들, 학부형들, 신문기자 등이 모두 죽음까지 몰고 가는 폭력으로 변할 수 있는 상황을 상상하는 일로부터 그 작품은 구상되기 시작했던 것이다.

중편 〈외딴 길〉과 〈썩지 아니할 씨〉는 소시민의 삶에 끼어들어 그네들의 방만한 삶을 긴장시키고 반성케 하는 악에 대한 내 나름의 해석과 그 접근 방식을 보여주기 위한 작품이다. 두 작품 모두 교활하고 끈질긴 악의 화신으로 노인이 등장한다. 그 악과 맞서는 자리에, 자신들의 안위가 피해받고 있음을 두려워하는 사람들의 또 다른 힘을 다소 부정적인 시각으로 보여준다.

어떤 인물과 인상 깊은 만남을 통해 소설이 발상된 예에 해당하는 작품들이다. 다시 말해 모델이 있는 작품이라고 해도 크게 틀리지 않을 것이다.

할아버지의 형제들 중에 '넷째 할아버지'라고 불리는 할아버지는 당신 살아생전에 마나님도 없었고 자식도 없는 그런 분이었다. 그렇게 혈혈단신으로 떠도는 그 할아버지는 경우가 바르고 학식도 있어 남에게 피해를 주는 그런 분이 아니었다. 어쩌다 우리 집에 오셨을 때도 식구들 눈치를 보는 등 그 언행에 흐트러짐을 보이지 않았다.

그 할아버지를 소설로 그려보고 싶다는 생각을 해오던 중 그 할아버지가 어느 시골에서 쓸쓸하게 돌아가셨다는 소식을 듣게 된다. 나는 그 할아버지의 삶을 거꾸로 바꾸어보고 싶다는 생각을 하게 된다. 키도 작은 분을 허우대가 큰 분으로, 선량한 성품을 그 반대로 교활한 것으로 그리기로 한다. 실재의 인물을 그 반대로 그려내고 싶은 충동은 소설을 쓰는 또 다른 재미에 속한다. 모델이 있는 경우 그 외양이나 삶의 양상을 전혀 반대로 하는 경우 그 상상력이 더 왕성하게 발휘되는 경우가 많기 때문이다.

이들 작품을 통해 나는 우리들 내면에 있는 악의 모습을 보다 가시적인 것으로 형상화하여 그 악 자체의 가해적 속성을 부추기는 또 다른 '나쁜 힘'을 규명하고 싶었다.

나는 이런 악의 문제를 다루는 연장선에서 이 시대의 특성을 정신질환 증세로 규정하여 도덕의 마비와 인간성의 파괴 과정을 〈사이코 시대〉란 중편소설에서 다루어보고 싶었다. 이 작품이 발상된 것은 역시 신문의 사회면 기사였다. "정신질환 24명, 심야 집단탈출, 아산 무허無許 기도원서, 말리던 동료 1명 치사." 이런 짤막한 기사를 읽는 순간 내 주변에 있는 몇 사람의 정신질환 환자가 생각났고 나는 이제까지 무관심하게 지나

처온 그네들의 삶에 대해 관심을 가지게 되었다. 특히 그런 사람들을 수용하고 있는 기도원을 가보지 않고도 상상이 가능했던 것은 기자들이 쓰는 고정 난에 소개된 "폭행, 배고파 견딜 수 없었어요"를 통해서 충분히 가능했던 것이다. 기도원을 직접 답사해 보고 썼더라면 하는 아쉬움은 있지만 그 일이 오히려 상상력을 위축시킬 수 있다는 것을 자위로 삼을 수밖에 없었다.

자신들의 안위를 위해 사회로부터 격리시킨 그 악이 소시민의 삶에 각성과 반성을 요구하는 '필요악'으로서의 역할을 갇힌 자와 밖에 있는 자와의 관계를 뒤집어 생각하는 과정이 바로 이 작품의 형상화 작업의 신명으로 작용되었다고 생각한다. 특히 미친 사람이 정상인에게 해보일 수 있는 그 비정상적인 작태를 최악의 것까지 상상해 내는 그 신명이 작품을 만드는 데 큰 힘이 되었다는 생각이다.

〈아베의 가족〉에 대하여

작가가 어떤 문제에 집요하게 달라붙어 오직 그 문제의 심화·확대를 위해 초지일관할 수 있다면 그 작가는 그것의 성공 여부와 관계없이 행복한 사람이라고 생각된다. 우선 그것은 그 문제 속에 그 작가의 창작 욕구를 강렬하게 유발하는 소재로서의 보고적 가치가 충분하다는 것을 의미하기 때문이다. 작가정신의 치열성은 말할 것도 없고 쓰는 일의 즐거움이 그런 소재의 광맥이 짚였을 때만 가능한 것이 아닌가 싶다. 문학은 그 행위를 통해 재미를 얻지 못하면 끝내 의미를 찾지 못하는 괴로운 일로 소비될 뿐이라고 믿고 있다. 즐거워야 한다. 그렇게 즐거운 마음으로 열중할 수 있는 광맥을 찾기 위해 노력하는 과정이 문학의 길 그 자체가 아닌가 싶은 것이다.

모든 작가는 그 나름의 문제를 천착하고 있다는 자부 속에서 자신의 취향과 개성에 의해 구축되는 허구의 세계가 노력한 만큼의 의미로 채워졌다는 평가를 기대하게 마련인 것이다.

내 경우도 그런대로 두어 곳에 심지를 꽂고 불을 당겨본 셈인데, 그 불길의 시답잖음으로 인한 아쉬움 혹은 조급성이 동어반복이나 도식의 늪을 쉬 벗어나지 못하는 원인이 아닌가 싶다. 파먹어야 할 소재원의 고갈은 작가의 한계를 의미한다. 나는 그 한계를 극복하기 위해 지금까지의 작업을 〈아베의 가족〉이란 중편으로서 정리해 보기로 했던 것이다.

〈아베의 가족〉은 내게 뜻 아니한 횡재를 가져다주었다. 이 작품으로 두 개의 문학상을 겹치기로 수상한 데다 TV의 특집극 제작으로 세상에 널리 알려졌기 때문이다.

어떤 면에서 이 작품은 데뷔작 〈동행〉에서부터 등식처럼 돼버린 귀소 의지 혹은 뿌리 찾기에 이어지는 것으로 6·25적 소재를 좀 더 확대하고 정리하려는 의도에서 쓴 것이다.

교육 계통의 사무직에서 일하던 친척 한 분이 뜻하지 아니한 실직으로 좌절에 싸여 지내던 중 미국 이민을 결심했다는 소식을 전해 듣고 충격을 받았다. 그 친척이 이 땅에서 배운 모든 지식을 버리고 청계천에서 산소땜질하는 일을 배우고 있더란 얘기는 더욱 충격적이었다. 상황이 떠다미는 그런 비극적 이민에 대한 생각이 한 편의 소설로 나타나기에 이른 것이다.

그러나 〈아베의 가족〉은 밖에서 거둔 세속적 성과와는 달리 작가의 처지에서는 여러 가지 아쉬움을 많이 남긴 작품이다. 400여 장에 가까운 이 작품을 쓰기 위해 그해의 여름 방학 한 달이 필요했다.

이 작품은 3부로 나뉘어 이야기가 전개된다. 1부는 4년 전 미국으로 이민 간 '아베'의 가족 중의 한 사람인 주인공 김진호가 GI(미국 육군 병사)의 신분으로 고국 땅을 밟는 데서부터 시작된다. 미국 군인으로서의 그 첫 외출은 그를 무한한 감회에 젖게 한다. 이민 가기 전에 살던 산동네를 찾아가 이 척박한 땅에서 어렵게 살던 어린 시절을 회상하며 그 가족의 참담했던 과거 생활과, 그것을 극복하기 위해 미국으로 이민 간 뒤의 그 곳에서 실의에 찬 생활을 갖지 않으면 안 된 또 다른 비극을 술회한다. 깜

둥이 아이들한테 윤간당하는 여동생, 식품점 딸의 핏기 없는 얼굴, 아버지의 변화, 무력증으로 폐인이 된 어머니, 무엇이 그네의 영혼을 빼앗아 갔는가.

2부에서는 어머니가 대학 노트에 쓴 수기를 통해 30년 저쪽 분단 전후의 비극이 그려진다. 한국에 남겨두고 떠나지 않으면 안 된 배냇병신 아베의 출생 비밀이기도 하다. '아베'를 뱃속에 가진 채 시아버지의 죽음과 남편의 실종을 겪어야 한다. 전란의 와중에서 흑인 병사들에게 시어머니와 함께 난행당하는 비극 속에서 정신박약아 '아베'가 태어나게 된다.

'아베'가 다섯 살 때 지금의 남편 김상만을 만나게 되고 그 일로 쫓겨나게 되지만, 상흔을 확인한 두 사람은 결합하여 가정을 이룬다. 그러나 '아베'의 의붓동생인 진호 등은 '아베'를 짐승처럼 다룬다. 자신들이 처한 참담한 가정환경이 모두 '아베'에서 비롯된다고 믿기 때문이다. 지금까지 '아베'를 친자식처럼 돌보던 남편마저 이민의 꿈에 부풀어 무관심하게 되자 그네는 삶의 의미를 잃는다.

3부는 '아베'가 자신의 의붓형이라는 비밀을 알아낸 뒤 죄의식에 사로잡힌 진호가 어머니가 버린 '아베'를 찾아 나서는 이야기다. 같은 부대 친구인 토미와 함께 어머니의 시댁이었던 강원도 샘골까지 찾아가지만 그곳은 이미 수몰되어 호수가 돼버렸고, 다만 한국을 떠나기 직전 어머니가 '아베'를 그곳까지 데리고 왔었다는 이야기만 듣는 일로 소설은 끝난다.

어머니는 왜 그 먼 곳까지 병신 자식을 데리고 왔던 것일까. 그리고 그네는 '아베'를 어떻게 했는가.

대충 이런 내용인데 대개 욕심을 많이 부린 작품이 그러하듯 허술한 구석이 많은 작품이 되고 말았다. 1부를 너무 치기 어린 감상으로 처리했다는 아쉬움이 그렇고, 2부 '어머니의 수기'는 더욱 아쉬움이 많다. 즉 이 수기 부분은 소설다운 이야기로서의 기능을 잃은 채 그냥 회상 형식으로 삽입된 별개의 이야기로서 작품의 전체 구조에 효과적으로 작용하지 못했다는 생각이다.

6·25전후의 그 다난한 시대를 산 한 여인네의 삶을 보다 소설적 서술로 처리했어야 했다는 구성의 비율을 맞추지 못한 아쉬움인 것이다.

사실 나는 이 작품을 중편으로 쓰면서도 언젠가는 장편으로 개작할 것을 생각하고 있었던 것이다. 개작할 경우 수기 부분을 다른 방법의 서술로 바꿔 분단 전후의 시대상황을 좀 더 자세히 다루고 진호네 가족들이 미국 사회에 적응해 가는 과정도 보다 리얼하게 다룰 계획이었다. 특히 어머니에 의해서 유기된 '아베'의 행방을 찾는 이야기를 70년대 혼란스럽던 우리 사회를 배경으로 해서 본격적으로 다루고 싶었다.

그러나 나는 그 작품이 발표된 뒤 장편으로의 개작 계획을 포기하기로 했다. 그것은 우선 TV 영상을 통해서 나간 또 다른 〈아베의 가족〉에서 받은 충격 때문이기도 했지만 원래의 구상 의도를 어느 정도 살린 그 중편 〈아베의 가족〉을 독립된 작품으로 남겨두는 것이 더 낫겠다는 생각 때문이었다.

어쨌든 나는 작품 〈아베의 가족〉을 내 스스로 유기하고 말았다는 자책감과 함께, 애초에 그것을 서두르는 일 없이 장편으로 만들지 못한 내 불성실과 조급성을 많이 후회했다. 이런저런 이유로 〈아베의 가족〉은 내 작품 중에서도 유달리 미련이 많이 남는 작품이다. 그리하여 내가 버린 '아베'는 지금도 내 주위를 배회하며 나를 괴롭히고 있다. 더 분명한 사실은 '아베'가 내 내면에 악령처럼 살아 있어 소설 쓰는 신명으로 뻗쳐오르고 있다는 사실이다.

전상국 교수의 소설 쓰기 명강의

1판 1쇄   2017년 7월 12일
1판 3쇄   2022년 10월 4일

지은이   전상국

펴낸이   임지현
펴낸곳   (주)문학사상
주소   경기도 파주시 회동길 363-8, 201호(10881)
등록   1973년 3월 21일 제1-137호

전화   031) 946-8503
팩스   031) 955-9912
홈페이지   www.munsa.co.kr
이메일   munsa@munsa.co.kr

ISBN 978-89-7012-968-6 (03800)